KB167866

검은 달무리,
금빛 숲

검은 달무리, 금빛 숲

해연 장편소설

II

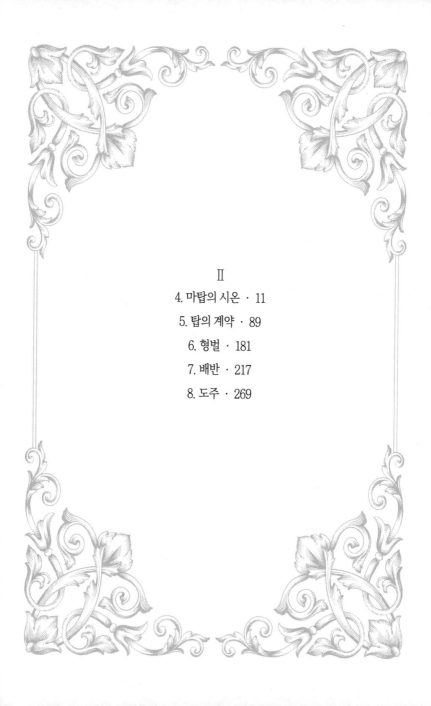

Ⅱ

4. 마탑의 시온 · 11

5. 탑의 계약 · 89

6. 형벌 · 181

7. 배반 · 217

8. 도주 · 269

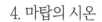

4. 마탑의 시온

시야에 잡히는 풍경이 친숙하다. 희뿌연 안개에 젖은 광활한 평원.

고개를 한껏 꺾어 보아도 그 끝이 아득하기만 한, 거대한 비석처럼 우뚝 솟은 흑색의 탑을 바라보며 난 문득 터무니없는 생각을 떠올렸다. 집으로 돌아온 느낌이다, 라고.

돌아왔다니, 우스운 말이지. 이곳을 벗어나야 한다고 항상 습관처럼 되뇌곤 하는데.

첫 임무를 성공리에 마쳐 들뜬 기분에 그림자가 드리웠다. 바깥세상으로 나간단 것에 기뻐했던 기억이 선명했건만 이렇게 안주해서야.

이곳이 내가 돌아오기를 바라는 장소여서는 안 되는데. 언젠가 기회가 주어졌을 때, 미련 없이 떠날 수 있게.

상념에 잠긴 채, 란델과 나란히 걷던 난 어느덧 문 앞에 다다랐다.

사람을 감지하는 양 미끄러지듯이 저절로 열리는 문을 지나, 바로 마스터에게로 향하려던 난 문득 이상한 장면을 목도했다.

이상한, 그래 그 말이 딱 맞았다. 분명 떠나기 전만 해도 홀은 텅 비어 있었던 것 같은데. 발치에 고급스러운 융단이 깔려 있었다.

눈을 들자, 홀 중앙에 길게 드리운 푹신푹신해 보이는 소파의 뒷모습이 시야에 잡혔다.

햇살을 녹여 얇게 덧씌운 듯한 반짝이는 금박이 도드라진다. 타닥

거리는 벽난로가 앞에 놓여 있다면 딱 어울릴 법한 광경. 언제 인테리어가 바뀌었지? 마스터의 취향은 아닌 것 같은데.

고개를 기우뚱하며 걸음을 옮기는데, 소파 위로 머리통 하나가 삐죽이 솟아난다.

결 좋은 머리카락이 찰랑대는 뒤통수를 난 유심하게 들여다보았다. 금빛이라고 하기엔 시리고, 선명한 색이다. 저런 걸 플래티나 블론드라고 하던가.

"엘리야."

란델의 걸음이 빨라졌다. 반가운 기색이 역력한 그의 음성에 문득 돌아본 난, 그대로 굳어 버렸다.

그건 내가 그에게서 한 번도 본 적 없는 표정이며 눈빛이었다. 친애의 정으로 넘쳐나는, 물비늘처럼 잔잔하게 반짝이는 미소.

따스하고 아름다운 표정이었다. 원체 온화한 생김새를 지닌 덕에 쉽사리 온기를 흉내 내는 란델이었지만, 그건 종종 그의 입가에 자리하곤 하는 그린 듯한 미소와는 다른⋯⋯.

가슴이 덜컹 내려앉는다. 이상하게도 심장이 아릿했다.

그 표정이 꼭 내게 말해 주는 것 같았다. 단 한 번도, 네게 진심을 보인 적이 없었노라고.

란델은 내 시선을 느끼지 못하는 것처럼 환한 얼굴로 서둘러 걸음을 내디뎠다.

그의 부름이 주문이라도 된 것처럼, 소파가 미끄러지듯이 움직였다. 반 바퀴 회전하여 이리로 향한 소파에는, 한 사람이 앉아 있었다.

한순간, 의식이 끊긴 듯했다. 지나치게 시선을 빼앗긴 탓이었을 것이다.

마탑의 시온, 그것도 첫 번째 시온이라니. 이번엔 또 얼마나 대단한 미모의 소유자일까, 기대하긴 했다. 그리고 눈앞에 화폭에서 튀어나온 것 같은 아름다운 남자가 있었다.

그가 남자라는 걸 눈치챘던 건, 시온 중에 여자라곤 나 하나밖에 없단 걸 진작부터 알고 있었기 때문이다.

실제로 내가 처음으로 마주한 엘리야는 남녀로 구분할 수 있는 사람이라기보단, 세공품을 보는 듯한 인상이었다.

그의 눈은, 자수정보다 깊고 고귀한 보랏빛이었다. 거의 색채 없이 찬란하게 반짝거리는 머리카락과 대조되어 그 눈빛이 어둠에 젖은 양 유독 그윽했다.

기다란 육신을 비스듬히 뉘여 이쪽을 바라보는 머리부터 발끝까지 기품이 철철 흘러넘친다. 타고난 태가 그런 것처럼, 무엇 하나 힘을 들이지 않은 꾸밈없는 모습 그대로 그러했다. 화려하게 세공된 크리스탈 잔 같기도 하고, 서쪽 하늘에 드리운 보랏빛 황혼처럼 아취가 있다.

뭐랄까, 대단히……. 품격 있는 아름다움이었다. 어쩐지 무릎을 꿇고 경배를 올려야 할 것 같은 기분이 든다.

스스로 비하하고 싶진 않지만, 이런 사람이 나와 같은 시온이라는 게 모욕일 정도.

그리고 내 감상에 보응하듯 란델이 엘리야라고 불린 남자에게 다가가 무릎을 굽혔다.

"……오랜만에 보는군요."

시온은 서로 평등하다고 하지 않았던가? 기꺼이 몸을 낮추는 모습이 너무도 익숙해 보여서 어리둥절해하는 찰나, 엘리야의 입가에 미소가 피어올랐다.

"란델."

청각을 사로잡는 듯한, 매혹적인 음색이다. 그가 자연스러운 동작으로 손을 내밀자, 란델이 그 손을 잡고 입술을 댔다.

손등에 키스. 기사가 공주님을 대하는 듯이 정중하여 어쩐지 낯이 뜨거워진다.

그러나 이어지는 대화는 내 예상과는 조금 달랐다.

"멋대로 홀에 이런 걸 설치해 두는 악취미는 아직 포기하지 않았습니까."

흡사 그에게 복종하는 것처럼 굴던 란델이 순식간에 분위기를 바꾸어 혀를 차며 묻는다.

"새로운 식구를 맞이하기 위해서 특별히 준비했지."

"이런 게 무슨 의미가 있는지 모르겠군요. 거추장스러워요."

"촌스러운 너로서는 알 도리 없겠지만, 이 정도로 배경을 꾸며 줘야 첫 대면이 그럴싸하지 않겠어? 나를 소개하는 데 말이야."

"왜 첫 대면이 꼭 그럴싸해야 하는지 모르겠지만, 한 가지는 확실하군요. 쓸데없는 곳에서 세심한 건 여전하십니다."

"너야말로 잔소리는 여전하구나."

빠르게 투닥거림 섞인 대화가 오가는 동안, 난 혼란에 잠겨 있었다. 뭐지. 첫인상과는 좀 다른데. 분명한 건, 그들의 대화는 대단히 친근하게 들렸다. 그건 내가 마탑에서 기대한 적 없는 느낌이라서, 생소하다 못해 낯설었다.

"그러면, 거기."

문득 보랏빛 눈동자가 내게 박히자, 난 움찔 몸을 떨었다. 소파에서 약간 거리를 둔 채 멈춰 서 있어서 마침 어떻게 해야 할지 애매한 상황이었다.

"이리로 오지 않겠니."

권유로 들리지 않는 거만한 말투였다. 그게 그에게 지독하게 어울려서, 손가락을 까딱하는 모습에도 이상하리만치 반발심이 들지 않았다. 난 마법에 걸린 것처럼 걸음을 옮겨 그의 앞에 다다랐다.

턱을 괴고 관찰하듯이 날 빤히 바라보는 얼굴은 세상 누구라도 유혹해 낼 수 있을 것처럼 아름다웠다. 대리석처럼 희고, 화사해서 사람 같지가 않았다.

손바닥에 땀이 차오르며 어쩐지 초조해진다. 그가 나를 마음에 들어 하지 않는다면. 그 가정이 이상하게도 두려웠다.

누구도 그에게 미움을 사거나, 눈 밖에 나는 걸 원하지 않을 것 같다. 사람 간의 관계에서 아무것도 하지 않고도 당연스레 주도권을 쥐는, 그런 속성의 사람이었다. 그만큼 마력적일 만치 흡인력 있고, 매혹적이다.

손끝으로 제 뺨을 툭툭 친 남자가 싱긋 웃으며 속삭였다.

"작고 귀여운 아이로구나."

그 소소한 칭찬에, 얼굴에 화끈 열이 오른다. 별로 작은 편도 아닌데다가, 귀여운 인상도 아닌 난 이내 어설픈 표정을 지었다.

예쁘지 않은 여자한테 의례적으로 붙이는 말이 '귀여운'이라고 하던가. 화사한 미소를 머금은 채로 엘리야가 덧붙였다.

"진심인데."

"……네."

"물론 내 나이쯤 먹으면 어린 것들은 모두 귀엽기 마련이지."

그러시겠지요. 울컥하는 대신 난 떨떠름하게 고개를 끄덕였다. 란델보다 나이가 많은 그는 수백 살쯤 먹었을 텐데, 그럼에도 이렇게 생생한 젊음을 뽐내고 있다는 게 매치가 잘되지 않았다.

나이를 패널티로 이만한 아름다움을 가지게 된다면 그것도 괜찮은 교환이 아닐까?

"흑발이구나. 마스터와 같은."

엘리야가 의미심장하게 읊조리며 내게로 손을 뻗었다.

"이리로 가까이."

그 속삭임에 마법이라도 담겨 있는 것 같았다. 생각할 겨를도 없이 자동으로 몸을 숙이자, 뻗어온 하얀 손가락이 머리카락을 훑었다. 감촉을 만끽하듯 만지작거리던 손이 이내 자리를 옮겨 어깨를 끌어당긴다.

균형을 잃고 확 기울어진 몸이, 그의 인도대로 소파에 자리를 잡았다. 그의 앞에 엉거주춤 앉게 된 난 몸 둘 바를 몰랐다.

뭐야 이건? 뭐하려는 거야. 엘리야의 손길이 당황한 내 뺨을 느릿하게 훑었다. 그토록 가까이서 마주한 엘리야의 눈빛은 홀릴 듯이 윤

15

미한 색채를 머금고 있어서, 저항하기 어려웠다. 사람의 눈이 어찌 그리 보석 같을 수 있는지…….

장님이 얼굴을 더듬듯이 세심한 손길이 눈이며 콧날, 얼굴선을 고루 어루만진다. 낯선 남자가 얼굴을 주물럭대고 있는데 거부감이 들지 않는 게 신기하다. 내가 지나치게 경계심이 없는 걸까.

나뭇결의 홈을 살피듯 날 주의 깊게 만져보던 엘리야가 잠시 후 의혹스럽게 입을 열었다.

"마스터의 딸은 아닌 거지?"

"……아닌데요."

"그럴 것 같았어."

난 또 뭐라고. 뭐가 그럴 것 같다는 거야?

캐묻고 싶었지만 난 말을 삼켰다. 엘리야에게 무례하게 따져 묻는 건 부당하다 못해, 있어선 안 될 일처럼 느껴진다. 이것도 카리스마일까.

묘한 압박감이었다. 다행히 이미 겪은 바 있는 대화라 심적인 타격은 없었지만. 인상을 찌푸리자, 엘리야가 슬며시 웃었다. 아, 또. 빛이 번져 나는 듯한 미소다. 눈이 호사를 누리는 기분이었다.

마스터도 아름답지만, 이 사람은 뭐랄까……. 전용 반사판을 대었는지 혼자만 반짝반짝 후광을 두른 것 같다.

……아마 블레셋도 이 사람 앞에서는 순한 양이 되겠지.

그 순간 딴 생각하지 말라는 듯이 엘리야가 내 이마를 손끝으로 슬쩍 눌렀다.

"이름은?"

"아힌, 이라고 해요."

"내 이름은, 들었지?"

"네."

"불러 봐."

"엘리야."

고분고분하게 입을 열면서 난 일순 '님'을 붙여야 할까 고민했다. 꼭 엘리야 님이라고 불러야 할 것만 같다. 나더러 반말을 권유했던 란델이 정작 그에게 존대를 쓰는 것도 이해가 간다.

내가 사는 세계에 이런 사람이 있었다면 그는 아마도 거만한 탑스타였을 것이다. 주목받는 게 당연하고 명령하고 남들이 따르게 하는 것도 당연한 사람이다.

남자에게 이런 표현을 붙이는 게 적합할지는 모르겠지만, 그는 흡사 여왕벌 같았다. 그러면 난 그의 벌집 속으로 편입된 일벌 한 마리일까. 마스터는 벌집 주인? 이렇게 상상해 보니 퍽 재미있는 그림이었다.

엘리야는 날 바라보며 피식 웃었다.

"착한 아이구나."

그러면서 애완견을 대하는 양 머리를 쓰다듬는 게 묘하게 기분이 좋은……. 아니, 이건 좀 위험한데. 인간으로서의 존엄성을 박탈당하는 것 같은걸.

옆에서 엘리야와 나의 기묘한 첫 대면을 지켜보던 란델이 한숨을 내쉬며 입을 열었다.

"……보고를 올리러 가야 합니다만."

"어차피 네 일이지 않았나?"

"그렇지요."

"그럼 너 혼자 마스터께 보고를 올리고 오렴. 나는 아힌과 이야기를 나누고 있을게."

내 의사는 상큼하게 무시하며 엘리야가 시큰둥하게 대꾸하자 란델이 단호하게 끊었다.

"아힌이 처리한 일이니, 직접 가는 쪽이 좋을 것 같습니다."

띄워 주는 발언에 난 눈을 휘둥그레 떴다.

"첫 임무라 들었는데……. 너 꽤 유능한가 보구나."

그러면서 엘리야는 고개를 비스듬히 기울였다. 의미심장하게 속삭임이 흘러든다.

"마탑에 든 지 6개월밖에 되지 않았는데, 마력 수준도 상당하고."

……역시 시온답다고 해야 할까. 괜히 얼굴을 만지는 줄 알았더니, 그동안 내 상태에 대해서 조사를 마친 모양이다.

내가 그걸 느낄 수 없었던 이유는 자명했다. 첫 번째 시온인 엘리야는 마탑에서 마스터 다음가는 마법사임이 틀림없으니까. 그 말은 즉 그가 나와는 비교도 되지 않는 경지의 강력한 마법사라는 뜻이다.

"그러면 이만."

란델이 일어나라며 시선을 주었기에 내가 머뭇거리며 몸을 일으키려는데, 엘리야의 손길이 제지하듯 내 어깨를 눌렀다. 그는 노래하듯이 말했다.

"그런데 안 되겠단다."

"또 무슨 변덕입니까?"

엘리야의 눈이 기묘한 운을 냈다.

"난 만 챠드나 들여서 이 아이를 샀거든."

뒤통수를 한 대 얻어맞은 것 같았다. 그 순간, 불현듯 떠오르는 장면이 있었다. 그때 경매장에서 그 남자, 당신이었어? 난 질겁한 채 퍼뜩 엘리야의 여유로운 낯을 응시했다.

"……이게 무슨 소리지?"

잠시 후 란델이 읊조린 음성이 이상하도록 스산하게 들렸다. 그는 내가 경매에 올라서 팔렸단 걸 모르고 있었다. 앞으로도 쭉 모르길 원했는데, 그대로 묻히는 줄 알았던 게 이렇게 들춰지다니. 속이 뜨끔한 난 눈치를 봤다.

그 질문이 자신을 향한 거라 여겼는지, 엘리야가 유연하게 답했다.

"그래, 실은 산 건 에스겔이었어. 하지만 내가 시킨 거니까, 내가 산 거지."

허공을 배회하던 란델의 눈길이 내게 닿았다. 난 화들짝 놀라서 급히 고개를 내렸다. 죄를 진 듯이 시선을 마주하기가 어려웠다.

나 엄청 잘못한 거 아니야? 마탑의 시온이 어떤 존재인지 란델에게 교육도 받았는데, 노예상에 잡혀간 것도 모자라 팔리기까지 했으니 한심하다고 생각해도 무리가 아니다.

근데 에스겔이라고? 처음 듣는 이름인데 그 사람도 시온인가 보다. 수로 따지면 내가 다섯 번째니까, 엘리야, 에스겔, 란델, 블레셋나. 이렇게 수가 딱 맞는 것 같은데.

란델은 날 질책하는 대신, 엘리야에게 목소리를 낮춰 물었다.

"샤자한에 왔었습니까."

"에스겔이."

"그에게 볼일이 있었을 리는 없겠고, 당신이 그를 보냈겠지요."

"그래, 알다시피 나는 일이 있잖니. 하지만 새로운 시온이 드디어 얼굴을 비췄다기에 궁금했단다. 그래서 그의 시야를 통해서 보았지. 아주— 재미있었어."

뭐가요? 의미심장한 투로 말하며 엘리야의 입가가 흥미진진한 미소를 머금었기에, 난 어쩐지 민망해졌다. 남 놀리기 좋아하는 사람 같은데, 두고두고 흑역사가 될 조짐이다.

"시온을 사적으로 유용하는 건 안 될 일이라고, 말씀드리지 않았습니까."

가라앉은 음성이 제법 엄격하게 들려온다. 란델이 그렇게 딱딱한 얼굴을 한 건 처음 본 터라, 난 눈치를 살폈다.

그런데 그의 훈계를 듣고 있는 상대는 별로 개의치 않는 모양이다.

"본인이 흔쾌히 하겠다고 했는데?"

"당신이 말하는데 누군들 거절할 수 있겠습니까."

란델이 한숨을 섞어 토로하자 엘리야가 낮게 웃었다.

"그래, 요는 그거지."

곱게 휘어지는 눈매 사이로 보랏빛 눈동자가 나른하게 반짝였다. 소파에 느슨하게 몸을 기댄 엘리야가 오만하게 속삭였다.

"모두가 나를 위해 기꺼이 무언가를 하려고 한다는 점."

……와, 정말 감탄이 나온다. 저런 말을 자기 입으로 할 수 있다니. 엄청난 철면피잖아. 그도 그렇거니와 엘리야가 말하니 진실처럼 들렸다. 말문이 막힌 듯한 란델의 표정이 신빙성을 보태었다.

란델을 단숨에 벙어리로 만든 엘리야가 턱을 괸 자세로 다시 입을 열었다. 나른한 투였다.

"그럼 가 봐."

"……네?"

언제는 가지 말라면서요. 입을 벙긋거리자 엘리야가 싱긋 웃으며 내 코를 툭 쳤다.

"마음이 바뀌었거든."

그때 란델이 눈짓했으므로 난 엘리야를 흘긋 일별하고, 자리에서 일어섰다. 마스터에게로 향하는 우리를 엘리야가 물끄러미 응시하고 있었다.

싱숭생숭한 기분이다. 내가 무언가 거슬리게 했나? 원래 이렇게 사소한 반응에 연연할 만큼 소심한 성격은 아니었는데, 엘리야에게는……. 미움을 사고 싶지 않았다. 왠지 모르게 그랬다.

"변덕이 도진 것뿐이니 신경 쓸 필요는 없단다."

란델이 무심한 얼굴로 그리 말하니 한시름 놓인다. 홀 중앙의 원반에 올라서자 순식간에 우리는 마스터의 거처로 이동했다.

장막 같은 고요가 배어 있는 너무도 익숙한 방이었다. 닳지 않은 채 새것 같은 가구와 사람의 온기를 씻은 듯이 찾아보기 어려운 특유의 적막한 분위기도 여전했다. 버려진 성이 이러할까.

그리고 그 와중에도 가장 익숙한 건 역시 이 사람.

"마스터."

미동도 없이 앉아 있는 모습이, 죽은 사람이라기보단……. 그대로 새겨진 조각상 같았다. 란델의 부름에 슥 드러나는 눈동자는 지상에 내린 어떤 밤보다도 짙었다. 입안이 말라붙게 하는, 아득하고 심원한 어둠. 마스터에게 느껴지는 것은, 죽음도 삶도 초월한 무언가였다.

끝 모를 깊이의 동굴을 들여다보는 게 본능적인 두려움을 자극하는 건, 그것이 미지이기 때문이다. 나는 아직도 마스터가 어떤 사람인지 설명할 수 없었다. 익숙해졌다는 건 딱 두려움을 이겨 낼 만큼. 그와 마주할 때마다 엇박자로 뛰는 심장에도, 이제는 적응이 되었다.

다만……. 마스터에게 친근감을 느끼는 게 과연 가능한 일일까? 의문이 솟는다. 꿈속의 마스터보다 지금 눈앞의 마스터가 더 거리감 있었다.

"임무를 마치고 돌아왔습니다."

란델이 마스터의 앞으로 다가가 몸을 굽히자, 나 역시 엉거주춤 그를 따라 했다. 마스터의 무감한 시선이 나와 란델을 담았다.

홍채가 보이지 않는 눈은 흑수정처럼 투명하나 박제된 것처럼 생명의 기운이라곤 찾아보기 어려웠다. 그럼에도 빨려드는 것 같은 존재감이 그에게 있었다.

"아힌이 왕에게서 계약을 이끌어 냈습니다. 샤자한은 이전과 같은 조건으로 마력석을 조달할 것입니다."

내 공로를 내세우는 발언에 얄팍한 기대감이 일었다. 꿈에서 나와 만나 그간 내가 벌인 삽질에 대해서 보고 들은 바 있으니 별다른 감흥은 없을 듯싶지만, 반면에 예상치 못한 성과라 할 만한 일이었다.

나는 세심한 눈으로 마스터의 표정을 관찰했다. 그러나 정작 그에게선 어떤 변화도 엿보이지 않았다.

"그래."

마스터는 그저 무심한 투로 서술했다.

"나가 보아라."

……실망하기에는, 내가 품은 기대가 너무 옅었다. 마스터가 인조인간처럼 구는 게 어제오늘 일은 아니니까.

"그럼 이만."

란델이 몸을 펴고 등을 돌렸을 때, 나는 무심코 그를 따라나서려 했다. 짧은 기간이지만, 그와 함께 행동하는데 익숙해졌던 것이다.

죄지은 게 많은 내 무의식이 마스터와 둘이서 맞대면 하는 걸 피하고 싶었는지도.

"너는 남아야지."

란델이 그 한마디 남기고 방에서 사라졌을 때, 난 어설픈 웃음을 보였다. 이상하게 어색하고 불편한, 마치 생판 남의 집에 발을 들인 기분이다.

샤자한이 차라리 이곳보단 마음이 편했다는 건, 뒤늦지만 묘한 깨달음이었다. 가슴이 쿵쾅대기 시작한 걸 느끼며 난 조심스레 입을 열었다.

"마스터."

뭐라도 어떻게 말을 걸어 이 침묵을 깨야 하는 건 심약한 내 몫이다. 내가 있든 말든 평소대로 신경 쓰지 않고 눈을 딱 감아 버리면 좋을 텐데, 마스터는 두 눈 멀쩡히 뜨고 있었다.

그러나 비껴간 시선이 무엇을 담고 있는지 알지 못했다. 이상스레 초조해진다.

"그동안 어떻게 지내셨어요?"

불쑥 친구 대하듯 물어버린 난 혀를 깨물고 싶어졌다. '네가 그걸 알아서 뭐할 건데.' 딱 이 대답이 돌아올 만한 질문이었다.

이 사람과 같이 있는 건 역시 심장 건강에 좋지 못해. 난 이 가시밭길을 탈출하기 위해, 전부터 생각했던 말을 꺼냈다.

"저어, 저도 제 방이 있어야 하지 않을까요."

"그건 안 된다."

놀랄 정도로, 즉각적인 대답이었다. 마스터의 눈길이 그제야 내게 닿았다. 화들짝 놀라면서도 난 의지력 있게 물었다.

"왜요? 이제는 실력도 많이 늘었는데……."

나도 마음 편히 쉴 만한 공간이 필요하다. 이제 실력도 늘었으니 슬슬 도망갈 방법도 연구해 봐야 하고…….

"네 정체를 숨기기에는 미흡한 실력이다."

정체라고 말하니, 대단한 존재라도 된 것 같은 느낌이 들었다. 하지만 누가 그리 열과 성의를 다해 내 정체를 조사하려 들까. 같이 임무를 맡아서 나간 란델도 이젠 별 관심이 없는 듯한데.

어쩌면 마스터의 말은 단순히 내가 이세계에서 왔단 걸 들켜서는 안 된다는 뜻이라기보단……. 위험을 초래해서는 안 된다는 소리로 들린다. 이 마탑 안에서 위험이?

하긴 마스터가 마탑인 서로 간의 다툼에 관여하지 않는다고 했으니 어리고 별 실력 없는 내가 시온이라는 걸 못마땅하게 여기는 사람이 날 노릴 수도 있겠다.

블레셋도 날 그냥 확 죽여 버리려고 들었잖아. 그런 걸 생각하면 이건 내게 신경 써 주는 걸까. 내 추측이 무안해지도록 마스터가 냉정하게 한 마디를 더 보탰다.

"이 방은 마력을 쌓기에 최적의 공간이니."

빨리 실력을 키워서 마탑에 보탬이 되라는 투였다. 물론 마스터의 어조는 무미건조했지만, 내 귀가 그렇게 들었다.

그럼 마스터가 다른 방으로 옮겨가시면 안 될까요? 라고 묻고 싶었지만, 거기까지는 많이 아닌 것 같아서 난 입을 꾹 다물었다. 결국 마스터와 꼼짝없이 동거 생활을 해야 할 판이다.

다행히 무딘 내 신경 줄은 이 익숙하되 새로운 상황을 순탄히 받아들였다.

마스터 전용 안락의자와 멀찍이 떨어진 침대 위로, 피로를 핑계로 곧장 몸을 뉘인 난 순식간에 포근한 잠에 휘감겼다.

이건 전적으로, 내가 성실하다고 해도 칭찬 한마디 건네지 않을 마스터 탓이다. 돌아와서 열심히 마법 수련을 해야겠다고 결심하긴 했지만……. 잠이 너무도 달았다. 이곳에서라면 이리스 라하느의 습격을 떠올리며 자다가 몸서리치지 않아도 되니까. 그 여자는 어떻게 되었을까?

얼마간 수마 속에서 헤맨 끝에, 저절로 눈이 떠졌다. 몇 시간이나 지났지.

낮에도 밤에도 밝기에 큰 차이 없이 그늘이 진 듯 온통 잿빛인 데다가 고적하여, 시간의 흐름을 유추하기 어려운 방이었다. 그간 이 안에서 시간의 흐름을 알 수 있었던 건, 규칙적인 생활을 했기 때문이었다. 정 궁금하면 마스터에게 물어보면 되고.

"안 계시네."

문득 마스터의 고정 좌석에 시선이 닿자 말이 새어 나왔다. 텅 빈 자리가 주인의 부재를 알리고 있었다.

밀려드는 허전감에 침대에서 몸을 일으킨 난 마스터의 안락의자로 다가갔다. 그리고 불순한 의도를 품고 주변을 삭 둘러본 뒤, 킁킁 코를 들이댔다. 그러나 의자에선 순전히 가구 특유의 냄새만 났다.

그리 오래 앉아 있었다면 체취가 밸 만도 한데, 이건 거의 새것 같잖아. 아무리 마법이라지만 너무도 비현실적이다. 아주 옅은 체취도 묻어나지 않는 의자는 내가 본 이래로 단 한 번도 청소하지 않았음에도 무척 깨끗했다. 손가락으로 꾹 눌러 보니 확실히 푹신하긴 하다.

무슨 꿀을 발라놨기에 항상 이 자리를 고수하시는 걸까. 편안해서? 딱히 마력수련을 하기에 좋아 보이지도 않는데.

슬쩍 자리에 엉덩이를 붙여본 난, 별다른 감상 없이 자리에서 일어났다. 언제 마스터가 돌아오실지 몰라 두려웠기 때문이기도 했었다.

난 내가 들어온 입구 쪽을 응시하며 중얼거렸다.

"이제 나도 나갈 수 있지."

마스터가 내게 그 방법에 대해서 알려 주었다. 지난 꿈속에서. 내가 알게 된 마법 중에 그것도 포함되어 있었다.

일순 고개를 든 충동은 불붙듯 확 일어나 거세졌다. 강렬해진 탐구심이 어서 이 방을 나서자고 날 부추기고 있었다. 자유롭게 돌아다니다가, 방 안에 머무르게 되니 갇힌 듯이 답답하다.

이번 임무를 통해서, 실력을 입증한 나는 어느 정도 개인 행동을 할 수 있게 되었다. 마탑 밖으로 나가는 것도 아닌데 이제 이런 것까지 제한범위에 들진 않겠지.

허락 없이 나가도 괜찮을까? 지난번에도 마스터는 날 내보내고 다시 소환했었다. 어차피 그는 날 소환할 수 있으니 잠깐 나가는 것 정도는 문제가 되지는 않을 테다. 한 번 나가면 최대 한나절 이상 나갔다 오시곤 하는 마스터를 계속 기다릴 여유가 내겐 없었다.

무엇보다 만나고 싶은 사람이 있었다. 매혹적인 보랏빛 눈동자를 생생하게 뇌리에서 그려 낸 난 이어 곧바로 홀의 모습을 떠올렸다.

나는 좀 더 마탑에 대해서 알고 싶었다. 또 마스터에 대해서도 알고 싶었다. 그리고 내게 그걸 말해 줄 사람은, 의뭉스러운 태도로 암시를 던지곤 하는 란델이 아니라…….

엘리야, 그일 것 같았다. 그런 느낌이 든다.

홀은 텅 비어 있었다. 정말 나와의 첫 만남을 위해 일부러 준비해 둔 걸까.

아늑한 소파가 사라지니 아쉬운 기분이었다. 이 삭막한 겨울성의 마탑에서 가장 동화 같은 모습이었는데. 하긴 마냥 그러고 있을 수는 없겠지.

어디로 가야 하나. 망설이며 서 있는데 어디선가 하얀 나비 한 마리가 포르르 날아와 눈앞에서 따라오라는 듯이 빙빙 돌았다. 날개 가루가 허공에 흩뿌려졌는지 코가 근질거린다. 이걸 잡아버리면 어떻게 될까.

갈등은 짧았다. 손을 내뻗자 냉큼 달아나버리는 나비를 따라 난 천천히 걸음을 옮겼다.

홀을 빠져나가서 어떤 방에 이르기까지 난 이 흥미로운 방식의 초청에 대해 생각하고 있었다.

방에 들어선 난 발을 멈추었다. 은은히 등이 밝혀진 방 안은 한껏 신비로운 분위기를 자아낸다. 대리석으로 만든 것처럼 매끄러운 흑색 벽면에서는 빛 가루를 잘게 박아 넣은 양 야광성의 광택이 났다.

화려하게 세공된 흑목 소파 위에 고급스러운 하얀 모피가 깔려 있었다. 아까와는 다른 모양의 소파다. 어디에서 가져오는 걸까?

화려한 배경에도 묻히지 않고, 그 와중에도 가장 눈에 들어오는 건 그 위에 나른하게 반쯤 누워 있는 엘리야다. 이렇게 보니 꼭 기품 있는 고양이 같다.

반짝이는 플래티나 블론드를 후광처럼 두른 엘리야는 권태로운 낯으로 검지를 세웠다. 그의 손위로 팔랑팔랑 날아가 앉은 나비는 이내 생기를 빼앗긴 듯이 먼지처럼 부스러졌다. 몽환적인 광경이다.

"늦었구나."

질책하는 듯이 들리는 말에 난 고개를 갸웃했다. 늦었다니? 다시 만나기로 약속한 적이 있었나. 엘리야가 내 속을 읽어 낸 듯이 속삭였다.

"내가 기다렸으니까."

……네, 그러시겠지요. 뭐랄까, 참 심플한 논리다. 그가 기다렸으니, 내가 늦었단 것. 그에게 감히 꼬치꼬치 따질 수는 없었으므로 난 지극히 다소곳이 답변했다.

"기다리시게 해서 죄송해요."

"이리 와서 앉으렴."

엘리야가 만면에 화사한 미소를 머금은 채 내게 손을 내밀었다. 흡사 인기스타와 단둘이서 면담을 가지는 듯했다. 난 잔뜩 긴장한 채 그 손을 맞잡아 이끄는 대로 그의 곁에 앉았다. 엘리야가 흐음, 소리를 내며 날 훑어본 뒤 물었다.

"날 찾은 이유가 뭐지?"

"……엘리야가 절 찾았잖아요."

나비까지 보내 놓고는. 불쑥 반박해 버리고나니 아차 싶었다. 엘리야가 턱을 잡아 올리자 난 당황하여 눈만 깜빡였다. 그는 홀릴 듯한 빛이 담긴 눈으로 속삭였다.

"내게로 온 이상, 네가 날 찾은 거야."

"……."

"내 나비를 볼 수 있는 건 나를 필요로 하는 사람뿐이니까."

그에게서 풀려나자 마법에서 깨어나듯 정지된 사고가 돌아왔다. 난 깨달음에 직면했다.

아, 그런가. 근데 그건 정신계 마법의 영역 아니야? 란델이 술수를 쓰다가 가로막힌 것처럼 마스터가 방어막을 쳐 둬서 정신계 마법은 내게 먹히지 않을 텐데.

의문에 휩싸였으나 그보다 더 중요한 일이 있었다. 그를 해소하는 대신 난 공손한 태도를 유지하며 입을 열었다.

"알고 싶은 게 있어요."

말해 보라는 듯이 우아하게 눈썹을 치켜 올리며 엘리야가 소파에 등을 깊게 기댔다.

그러나 이어 꺼낼 질문을 생각해 보던 난 이내 망연한 얼굴로 말했다.

"그런데 뭐부터 물어봐야 할지 잘 모르겠네요."

묘한 눈초리로 날 바라보던 엘리야가 웃음을 터뜨렸다. 그 명랑한 웃음소리며 흩날리는 머리카락, 휘어진 눈매가 환상처럼 아름다워서, 난 일순 멍하니 그를 바라보았다.

정신이 돌아왔을 때, 난 인상을 찌푸렸다. 민망하면서도 울컥했다. 얼빠진 소리를 했다는 건 나도 안다고. 하지만 정말 묻고 싶은 건 많은데 내가 알아야 할 게 뭔지 모르겠는걸. 그게 면전에서 비웃을 만한 일일까.

울컥한 게 티가 났는지, 웃음이 잦아든 엘리야가 내 코를 톡 치며 말했다.

"발끈하는 건 란델과 똑같구나."

"……네?"

난 귀를 의심했다. 란델이, 발끈한다고요? 엘리야와 투닥거릴 때조차 태도만큼은 퍽 어른스러웠던 그 아니던가. 엘리야가 어깨를 으쓱해 보였다.

"아 지금은 재미없는 녀석이 되어 버렸지만, 어렸을 적에 말이야."

란델이 어렸을 적이라면……. 그게 얼마나 된 이야기인지는 굳이 묻고 싶지 않았다.

"란델은 내 허리춤에 찰 만큼 조그마한 아이일 때 마탑에 들어왔지."

"귀여웠겠어요."

란델을 꼭 빼닮은 남색 머리카락과 푸른 눈동자를 가진, 인형 같은 소년을 상상으로 그려 낸 난 진심 어린 감탄사를 냈다.

"그때에는 불퉁한 표정으로 내게 자주 반항했단다. 그게 귀여워서 더 건드렸던 것 같아."

네, 반항하면 귀여워서 더 건드리시는군요. 난 최대한 그에게 고분고분하게 굴리라고 다짐했다.

회상에 잠긴 듯 허공에 시선을 두던 엘리야가 이윽고 오만하게 물었다.

"내 어린 시절이 궁금하겠지?"

당연히 궁금해 해야 한다는 투였다.

"네."

별생각 없었는데 그가 말을 꺼내니 솔직히 듣고 싶긴 하다. 엘리야가 냉큼 서두를 열었다.

"나는 어린 시절에도 이 미모였지."

"……."

무슨 서두가 이래. 내가 뭐라고 반응해야 하는 거야? 엘리야는 처연하리만치 슬픈 얼굴을 부러 자아내며 말을 이었다.

"미인의 삶은 원래 고달픈 법이라, 난 꽤 다사다난하게 살았단다."

"네……."

스스로 '미인'이라고 지칭하는 뻔뻔한 사람은 태어나서 처음 보았는데, 반론의 여지없이 고개가 끄덕여지는 것도 놀라웠다. 취향의 벽을 넘어서 누구에게나 미인일 사람이긴 하지. 성격도 저대로였다면 더 고달팠을 거 같기도 하다.

난 감히 입 밖으로 내놓지 못할 무엄한 생각을 한껏 속으로 궁시렁거렸다.

"마스터가 날 구해 주셨을 때는 꽤 기대를 했는데……."

뭘 기대했는데요? 난 진지하게 묻고 싶었다. 마왕의 신부, 이런 게 머릿속에서 떠오르는 건 내가 망상병에 걸린 탓은 아니겠지. 확실히 성별만 바뀌었으면 납치당할 공주님처럼 생기긴 했어.

"어쨌든 이렇게 되었단다."

결론이 지나치게 빨랐다. 너무도 많은 말이 생략되어서 도대체 무슨 소리인지 알아들을 수 없었다. 난 세세히 캐묻는 대신 이해한다는 듯이 고개를 끄덕거렸다. 별로 듣고 싶은 이야기도 아니다.

"세월은 사람을 변하게 한다지만, 그때에도 마스터는 지금과 다름없으셨지."

어조를 바꾼 엘리야가 깊어진 눈으로 과거를 떠올려갔다. 난 가만히 귀를 기울였다.

"마스터를 처음 뵈었을 때, 세상에 암흑이 찾아든 것 같았단다. 낮이 소멸하고 종말의 밤이 내리는 것 같았지."

난 투명한 이채를 띤 엘리야의 눈동자를 들여다보았다. 빛을 반사하는 보석 결정처럼 아름답고 신비한 보랏빛이었다. 거기에 담긴 것은 어떤 감정일까. 그리움? 혹은…….

"그때 난 영원한 안식이 찾아왔다고 믿었지."

처음으로 난 엘리야에게 공감할 수 있었다. 영원한 안식을 다르게 표현하자면 죽음. 나도 마스터를 처음 본 순간, 그가 사신이라고 착각했다.

차이가 있다면, 난 그가 가져다줄 죽음을 두려워했다는 것. 엘리야의 말은 흡사 그게 달가웠단 의미로 들렸다. 비유적이거나 철학적인 의미가 아니라, 죽음에 다가선 순간 안식이 찾아왔다고 말할 수 있는 건 삶이 불운하거나 고통스럽기 때문이 아닐까.

어떤 삶을 살았기에……. 이미 얼버무린 그의 생애에 대해서 묻는 건 너무 사적이라고 여겨졌으므로 난 그 무게를 가슴 속에 묻으며 중얼거렸다.

"마스터는 왜 시온을 데려오신 걸까요."

아니, 애당초 왜 이 마탑을 만드신 걸까. 절망에 빠진 이에게 내밀어진 구원의 손길은 마치 기적과 같을 테지. 하지만 빛을 가장한 어둠처럼 기적은 곧 스러지고 그것이 이내 목을 졸라맬 때, 그건 더한 절망으로 화한다.

가라앉은 분위기를 띄우려는 듯 엘리야가 노래하는 투로 이야기를 시작했다.

"마스터께선 수백 년 전, 그 어떤 시온도 존재하지 않던 시간, 이 거대한 탑을 텅 빈 대지에 세우셨지. 그 과정이 왜, 어떻게 이루어졌는지는 아무도 알지 못하지만, 마탑은 그로부터 무수한 세월 동안 존재해 왔지. 내가 이곳에 처음 왔을 때에도, 이 탑은 지금과 같은 모습이었단다. 그때에는 여기에 마스터와 나밖에 없었어."

엘리야는 후후 웃으며 별거 아닌 듯이 이야기했지만, 나로서는 가볍게 들을 수 없는 내용이었다. 이 거대한 탑을 도대체 어떻게 세웠을까. 마스터가 얼마나 대단한 마법사인지 알 수 있는 대목이다.

더군다나 그 이야기를 들으니, 마스터가 꼭 살아 있는 화석처럼 느껴졌다. 얼마나 긴 세월을 살아오신 걸까. 현실감이 들지 않는다.

난 가장 중요한 질문을 꺼냈다.

"성격도 원래……."

"저러셨단다. 여전하시기도 하지."

……짐작한 대로였다. 하늘에서 떨어진 걸까, 땅에서 솟아난 걸까.

욕하는 건 아니지만 저런 성격 저런 외모의 저런 마법사가 그 당시에도 범상한 존재는 아니었을 듯한데. 어떤 출생과 성장환경을 가졌기에 저렇게 될 수 있었던 거지.

난 마스터라는 사람의 불가사의를 새삼 인식했다. 애초에 사람이긴 한 건가? 진짜 마왕 같은 거면……. 난 궁금증을 풀어 주면서 한편으로는 더하고 있는 엘리야가 변덕을 부리기 전에, 모든 의문을 풀어내기로 했다.

"마스터는 사람인가요?"

"글쎄, 아마도? 신체상의 특이점은 없으니까 인간인 것 같은데."

엘리야는 모호하게 답하며 머리카락을 꼬았다. 그 여성스러운 행동이 어찌나 잘 어울리는지, 더 놀랄 것도 없다.

난 시선을 빼앗는 그의 행동에서 가까스로 신경을 돌렸다. 이쪽 세계에는 종족이 내가 아는 인간만 있는 건 아니었지. 무수한 유사 종족을 인간이라 묶어서 칭하는 곳이니, 특별히 다른 형태를 취하고 있지 않으면 인간이라고 불린다.

그리고 마스터는 인간 같지 않은 느낌은 들어도, 겉보기에는 인간이었다. 그것도 아주 아름다운……. 그 미동조차 없는 고요한 몸가짐, 심연처럼 검은 머리카락과 새카만 두 눈. 유리로 빚어낸 듯한 투명하고 흰 피부. 흠 잡을 데 없는 이목구비.

어떤 무미건조한 심장에라도 전율을 일으킬 만한 그 모든 것이 너무도 생생하게 뇌리에 그려졌기에, 상념을 뿌리치며 난 재빨리 다른 질문을 끄집어냈다.

"마스터께선 왜 마탑을 세우셨지요? 무슨 목적으로요."

엘리야가 교사처럼 손가락을 척 치켜들었다.

"그걸 알았다면 좋았겠지. 왜인지는 나도 모른다. 말씀해 주시지 않았거든. 허나 그렇기에 마탑이 있고, 시온이 있는 거란다."

나는 엘리야의 말을 곰곰이 되짚어 보았다. 마스터는 필요에 의해 마탑을 세웠다. 마탑이 하는 일은, 소원을 들어주며 대가를 취하는 것. 그렇게 함으로써 마탑은 인세와 연을 맺는다. 그 행위를 '관여'라고 정의한다면?

여기서 나는 샤자한에서의 일을 떠올렸다. 마스터는 마력석을 필요로 한다. 그것은 마탑을 통해 무언가를 해야 하는데 마탑을 유지, 가동하기 위해선 마력석이 필요하기 때문이다. 마탑 자체가 마스터에게 수단이라면, 그 목적은 인세에 관여하는 것. 바꿔 말하면…….

─마스터가 인세에 관여해야 하므로, 마탑을 만들었다.

그러나 왜? 내 질문은 조금 더 섬세해졌다.

"마스터께선 무엇을 원하시는 거죠?"

왜 나를 살렸을까, 왜 나라는 시온이 필요할까. 그 사소한 의혹의 뿌리는 마스터가 바라는 그 무언가에 닿아 있었다.

이번 물음에 엘리야는 잠시 침묵을 지켰다. 그는 이윽고 화답하듯이 되물어왔다.

"마스터께서 무언가를 욕망하시는 걸 본 적 있니?"

"……아니요. 그런데."

그 말을 들으니, 문득 생각나는 게 있었다. 나는 가닥을 짚듯 중얼거렸다.

"제게 무언가를 원하는 것처럼 보이신 적이 있긴 해요."

내 말이 엘리야의 흥미를 확실히 자극한 것 같았다. 보랏빛 눈동자에 광채가 스쳤다. 그는 유독 일렁이는 눈으로 나를 주시했다.

대단치 않은 답변을 하려던 난 부쩍 부담스러워졌지만, 애써 꿋꿋하게 입을 열었다.

"제게 마법을 가르치는데 열의가 있으신 것 같았어요. 절 방치해 두시긴 했지만 가르쳐 달라고 하면 꽤 잘 가르쳐 주셨거든요. 그걸 욕망이라고 부르기는 어렵겠지만요."

빠른 성취를 원한다고 하니까, 상상도 못 한 방법을 쓰실 만큼 어떤 의미에서는 대단히 적극적으로…….

아니, 더 생각하지 말자. 타박이 날아올까 두려워 말꼬리를 흐리는데, 엘리야가 고개를 갸웃했다.

"실은, 궁금했단다. 왜 처음부터 네게 직접 마법을 가르치려고 하신 걸까. 아무리 시온을 들인다고 해도 마스터께서 그런 수고를 감수하실 이유는 없는데."

제가 다른 세계에서 와서요. 가늠하듯이 날 들여다보면서 턱을 괴는 엘리야에게 그 간단한 진실을 토로할 순 없었다.

마스터의 경고를 새겨들었다는 이유도 있지만, 샤자한의 왕 앞에서 경솔한 말 한마디에 생사의 고비를 오가야 했던 때의 기억이 아직도 뚜렷했다. 내게 걸린 금제가 어디까지 적용되는지 알 수 없는 이상, 난 항상 입을 조심해야만 했다.

하지만 엘리야가 말한 것에 대해선, 나도 궁금한 게 있다. 어째서 마스터는 나를 구해 주셨을까. 내가 그에게 살려 달라고 말했다고 한들, 무시하고 그냥 지나쳐 버렸으면 되었을 텐데. 마스터는 그러고도 남을 사람인데.

혹여 내게 그가 필요로 하는 무엇이 있었다면……

물론 이 모든 게, 그저 내 과도한 의미부여에 지나지 않을지도 모른다. 마스터가 날 구한 건, 그저 내가 그에게 구원을 요청했기 때문일 수 있겠지. 마침 시온이 필요했기에 날 주워간 걸지도.

"네가 여자라서일까."

엘리야가 스스로 말하고 우습다는 듯이 입꼬리를 들어 올렸다.

"그건 아닐 테지."

네, 아니겠지요. 마스터와 동거 생활을 오래 하면서 하도 의식하지 않은 나머지 성별을 잊어 가는 기분마저 든다.

그간 확실하게 깨달을 수 있었던 건, 내가 설사 좀비라해도 마스터가 조금도 개의치 않을 거라는 사실 뿐이다. 엘리야가 말한 건 그런 뜻이리라. 아니면 설마 내가 너무 못나서 마스터가 내게 이성적인 호감을 느낄 일이 결코 없단 뜻은 아니겠지?

가늘게 좁혀드는 눈매가 마음이 들지 않는지 엘리야가 손끝으로 꾹 눌러서 폈다. 내 얼굴 근육도 마음대로 못하나? 독재자가 따로 없다고 내심 투덜대고 있는데,

"누군가를 향한 마음이라는 건 때로는 불행을 가져다준단다. 나는 네가 그렇게 되길 바라지 않아."

이어 흘리는 말에 난 눈을 크게 떴다.

"가여운 이세벨처럼 스러지지 말기를."

낯선 이름이었다. 그 이름은, 여자의 것처럼 들렸다. 그러나 어쩐지 불길한 느낌이었다. 음영 지듯 깊어진 눈을 마주하며 난 판도라의 상자를 여는 기분으로, 조심스레 물었다.

"이세벨이 누구지요?"

"포도 덩굴처럼 짙고 탐스러운 녹색 머리카락과 별처럼 빛나는 눈동자를 가진 아이였지."

오래된 가락을 읊조리듯 여운이 담긴 음성이었다.

"이제는 재가 되어 버렸지만."

"재가…… 되었다고요?"

상이 맺히듯 보랏빛 동공에 희미한 그림자가 어렸다. 엘리야의 시선이 내게로 곧게 박혔다.

"……이만 가 보는 게 좋겠구나."

달싹이던 입술이, 한순간에 내게 작별을 고한다.

"저, 엘리야."

돌연 끊어 내는 것에 당황한 나머지 난 그의 이름을 불렀다. 아무리 변덕스러운 사람이라지만, 이건 너무 갑작스럽잖아.

"오늘은 여기까지."

쉬이― 소리를 내며 모호하게 웃은 엘리야가 날 밀어냈다. 너무도 순순히 난 소파에서 밀쳐져 바닥에 발을 대었다. 그리고 일순, 취한 듯이 시야가 아찔해졌다. 눈을 깜빡이던 난 아득해지는 정신을 부여잡으며, 비틀거리는 몸을 바로 세웠다. 고개를 들었을 때, 나는 텅 빈 홀 가운데에 자리하고 있었다.

"이게 무슨 일이지?"

……꿈을 꾸고 온 듯한 감각이다. 얼떨떨한 나머지 난 바삐 좌우

를 돌아보았다. 뺨이라도 꼬집어볼까? 선 채로 잠이 든 게 아니라면 이 무슨 조화일까.

그때 등 뒤에서 소리가 들려왔다.

"엘리야의 초대에 응한 모양이로구나."

인기척을 느끼지 못해 화들짝 놀란 난 작살 맞은 물고기처럼 공중으로 튀어 오를 뻔했다.

"라, 란델. 놀랐잖아요."

"미안하구나."

별로 미안해 보이지 않는 상큼한 미소였다. 하지만 어쩐지 기분이 가라앉아 보였다. 느낌이 그랬다. 보고를 마치고 난 뒤에 무슨 일이 있었던 걸까.

그리 친하다고는 할 수 없는 사이지만 그래도. 내가 운을 떼기 전에, 란델의 말문이 먼저 트였다.

"엘리야에게 휘둘리지 않도록 주의하렴."

그 충고에는 나도 할 말이 있었다.

"이미 휘둘리고 있는 거 같은데요."

이대로 가면 엘리야의 신도 중 하나로 합류하게 되지 않을까 부쩍 우려된다. 내가 진지하다는 걸 알아챘는지 란델이 곤란한 듯이 한숨을 내쉬었다.

"엘리야는 매력적이고 아름답지. 그의 마력 역시, 그런 속성이니 저항하기 어려울 테지."

나는 고개를 끄덕거렸다. 엘리야의 마력은 강력하되 짙은 장미향처럼 상대를 물들여 지배하는 느낌이다. 란델이 간단하게 엘리야를 정의했다.

"다른 이가 자신을 원하게 만드는 사람이란다."

"그래서 휘둘리지 않는 방법은요?"

입이 딱 닫히는 걸 보니, 그로서도 달리 방도가 없는가 보다. 란델도 엘리야에게 퉁명스럽게 대하긴 했지만, 마치 신하처럼 굴지 않았던가.

이미 본인부터가……. 의심스러운 눈길을 던지자 란델이 헛기침을 했다. 마침 엘리야가 말하다 만 내용이 궁금했기에, 난 기습을 가하듯 빠르게 질문을 꺼냈다.

"이세벨이 누구인가요?"

자연스럽게 흐르던 공기가 일순 정지하는 듯했다.

"누가, 그 이름을……."

란델의 입매가 뻣뻣하게 굳었다. 푸른 눈이 온화한 기색을 잃고 차게 얼어붙는다. 내가 잘못 꺼낸 걸까.

하지만 엘리야가 그 이름을 말한 건, 실수로 보이지는 않았다. 대답을 미루었을망정 차라리 내가 그걸 알도록 의도한 것처럼 들렸는데…….

란델이 그늘진 투로 물었다.

"엘리야가……. 그것까지 말하더냐."

"네."

탓하고 싶지는 않지만, 내가 알려고 들 걸 원치 않았다면 애초에 그 이름을 내게 말해서는 안 되었다. 엘리야는, 그러면 내가 궁금해하길 원해서 그 이름을 언급했을 것이다.

내가 흔들림 없는 눈으로 응시하자, 란델이 기가 찬 듯 말했다.

"도대체 무슨 생각인지."

"말씀해 주실 수는 없나요."

재촉하듯이 말할 수 있었던 건, 그 질문이 상처가 될 만큼 란델이 민감하거나 연약한 사람이 아니란 걸 알고 있었기 때문이다.

"네가 있는 다섯 번째 시온의 자리에 원래 있었던 아이."

란델은 단호하게 말을 맺었다.

"이제는 없는 사람이야. 더는 중요하지 않은 이야기지."

나 이전에, 시온이었다고? 날카로운 유리 파편이 심장을 긁고 지나가는 듯이 전율이 일었다. 섬뜩한 예감이 가슴을 조였다.

"왜, 이제는 없는데요?"

그 물음에 대한 답은 약간 늦게 돌아왔다. 침잠된 눈빛이었다. 그의 낯에 무어라 표현할 수 없는 어둠이 깔렸다. 폐허를 목격한 듯이 란델이 속삭였다.

"……죽었거든. 재가 되었지."

……죽었다고. 난 그 단어를 되뇌었다. 그래, 마탑의 사람이 마탑엔 이제 없다면 그런 이유이겠지. 그런데 어떻게……. 마탑의 시온이 죽을 수 있었던 거지?

두려움이 먹구름처럼 몰려든다. 차가운 안개에 둘러싸인 양 이상하리만치 스산했다. 몸이, 가슴이 피가 빠져나가는 양 온통 싸늘해진다.

엘리야도 그 이세벨이라는 사람이, 재가 되었다고 했지. 그게 단순히 화장했다는 의미가 아니라면 정말로 재가 되었다고…….

누가, 어떻게, 그리고 왜. 의혹을 담고 올려다보는데 갑자기 강력한 마력이 물밀 듯이 내게로 밀려들었다. 전신을 옭아매는 저항할 수 없는 마법.

그리고 그의 입이 움직이는 걸 마지막으로, 시야가 뒤바뀌었다. 나는 이 현상을 이미 겪어 본 바 있었다.

─소환.

아주 간단하게, 내가 원하든 원하지 않든 나는 마스터의 뜻대로 방으로 돌아왔다. 난 눈앞의 인영을 향해 서툴게 내뱉었다.

"마스터."

마스터는 막 방으로 돌아와서 나의 부재를 알아채고 소환한 듯이, 방 중앙에 서 있었다.

그 적막한 시선이 나를 담았을 때, 거세어진 맥박이 고막을 지배했다. 쿵쿵 울리는 소리가 어지러웠다. 죄를 지은 것처럼 조마조마하다 못해, 두려움에 속이 저린다.

란델에게 미처 하지 못한 질문의 답을, 알 것 같았다. 나 이전에 시온이었던 사람이 죽었다고. 이세벨이라는 이름을 가진, 그 여자가.

누가, 어떻게.

적어도 그것만큼은 답을 알 것 같았다. 모른 체 할 수 없는 선연한 깨달음이었다. 저도 모르게 발이 주춤거리며 그에게서 거리를 두었다. 통제할 수 없는, 본능적인 움직임.

마스터가 시온을 죽였다. 그리고 새로운 시온으로 나를 들였다. 섬뜩하다 못해 공포증이 치달았다. 모든 것을 백지로 만들어 버리는 두려움이 나를 잠식하고 있었다.

그게 꼭 나를 죽인다는 인과로 연결되지는 않을지언정, 나는 어느 때보다도 선명하게 자각하고 있었다.

마스터는 언제든 나를 재로 만들어 버릴 수 있는 존재라는 것을. 그게 생각보다 더 간단하고, 생각보다 더 손쉬운 결정일 수 있다는 것을.

낭떠러지에 매달린 것처럼 아찔했다. 그간 마스터의 저울질 속에서 나는 아슬아슬하게 삶 쪽의 무게를 더했을망정 수도 없이 죽음 쪽으로 기울었을지도 모르겠다.

그래, 사람은 언제나 사람을 죽일 수 있다. 지나가는 아주 평범한 사람조차도 그건 예외가 아니다. 하지만 거기에는 엄연히 벽이 존재한다. 정신적으로든 물리적으로든.

힘은 가졌으되, 처벌이 두려워서 살인을 실행에 옮기지 못하는 이. 힘은 가졌으되 사람을 죽일 만큼 냉혹하지 못한 이. 가치관, 금기, 법 그 모든 것이 누름돌이 되기 마련. 그러나 그 누름돌이 존재하지 않는 이가 있다면……. 그게 바로 마스터였다.

마스터에게 그 모든 장벽은 무용한 것. 그토록 강력한 마법사니까. 지금 나를 소환한 것만큼이나, 나를 죽이는 것이 그에게 손쉬운 일이라면—

내가 어떻게 그를 두려워하지 않을 수 있을까.

내가 그걸 모르고 있었나? 아니, 마스터는 처음부터 내게 보여 주었지. 내게 보여 주려고, 날 만난 첫날 그 사내를 죽였는걸. 혹여 그럴 의도가 아니었을지라도, 그게 마스터에게 지극히 간단한 행위였음은 자명하다.

그때, 마스터에게 주먹을 내지른 사내가 인간이라고 말할 수 없는 덩어리가 되어 바닥에 굴러 떨어진 그 모습이 눈에 선했다.

6개월이나 지났음에도—

그 때문에 더욱 도망치고 싶어졌고, 마법에 몰두하지 않았나. 기억이 선명한 반면 그 일을 현실과 연결 짓지 못하고 있는 나 자신이 놀라웠다.

이래선 안 된다고 경각심을 되새기는 일이 있을지라도 그건 한순간의 다짐에 지나지 않았다. 어려운 일이 생기면 그를 찾아 아이처럼 징징거리고 말았지. 사람이 아무리 편의적인 생물이라지만 나는 어째서 그리도 까맣게 잊고 있었지. 혀를 깨물고 싶은 기분이 든다.

그러나 변명하자면, 그럴 만한 이유가 있었다. 마스터와 함께 지내면서 그에게 조금이라도 정이 들지 않았다면 거짓말이다. 정이 드는 정도가 아니라……

엘리야에게 매혹된 이상으로 나는 그를 좋아하고 있었다.

그래, 좋아하고 있어.

그게 더한 의미에서의 좋아함이 아니기를 빌고 있을지라도. 그게 돌이킬 수 없이 열렬한 감정이 아니라고 믿고 있을지라도.

그렇기에 그가 정말로 악인이며 지독한 냉혈한이라 날 당장에라도 살해할 수 있다는 걸 무의식적으로 배제하고 있었다.

내가 좋아하는 사람이 나를 해치지 않았으면 하는 바람이 믿음으로 화한 걸까. 아니, 반대로 난 너무도 깊이 깨닫고 있었는지 모른다. 마스터에게 일말의 기대를 걸고, 그가 나를 조금쯤 좋아하기를 바라는 건……

순수히 내가 그를 좋아하기 때문이 아니라, 그게 마스터의 누름돌이 되어 주길 바라서라는 걸.

무수히 많은 여인을 살해한 왕에게 이야기를 들려주다 마침내 그의 마음을 사로잡아 목숨을 건진 세헤라자데처럼, 나도 그렇게 되어서……. 내가 도망쳐도 용서해 주길. 그런 소망이 어느덧 피어올라 있었던 걸까.

나는 두려운 것을 멀리서 지켜보듯 마스터를 응시했다. 깨달음은 이내 슬픔으로 화하여 가슴으로 퍼져 나간다. 욱신거리는 심장이 공포심을 벗어 내고 통증을 알렸다.

마스터에게 내가 보잘것없는 존재라는 걸 실감하는 건, 가슴을 싸늘하게 파고드는 뭔가를 선연히 느끼는 일이었다. 나락으로 떨어지는 듯 아찔하고, 불에 덴 양 아팠다. 그리고 못내 우스웠다.

마스터가 나를 아껴서 나를 치워 버릴 수 없기를 바라다니. 정말로, 태평하기도 하지. 그건 내가 노력한다고 되는 것도 아닌데.

뼈를 깎는 노력으로 가능한 거라면, 희망이라도 있겠지. 하지만 내가 가능하다면 진작에 다른 시온들도 가능하지 않았을까.

그의 첫 번째 시온인 엘리야. 누구나 매혹시킬 만한 그 사람이라면.

한편으로는 실망스러웠다. 나 자신의 이기심이. 끄집어내어 진 속내는 내가 진심이라고 믿고 있던 것을 배반하고 있었다. 그게 되돌아와 가슴을 후벼 팠다. 이토록 계산적인 내가 그를 냉혈한이라고 비난할 자격이 있나?

나는 마스터에게 진심인데, 그는 내게 조금도 마음 주지 않는다고……. 그에게 바라고 서운해 할 자격이 있나. 이게 그를 이용하려 드는 것과 뭐가 다르지?

이런 내 얄팍한 속내를 꿰뚫어 보았다면 마스터가 날 좋아하지 않는 건 당연한 거 아닐까. 타협과 위로의 속삭임이 곧 나를 휘돌았다.

……어쩔 수 있겠어? 감정은 아무것도 해결해 주지 않아. 사람은 누구나 이기적이야. 평생을 그에게 얽매여서 여기서 살 수는 없잖아. 마스터는 결코 날 돌려보내 주지 않겠지.

낯선 세계에 떨어져서, 누군들 돌아가고 싶지 않을까. 그를 이용해서라도 그렇게 하겠단 게 왜 나쁘지? 이렇게 될 내가 원한 것도 아닌데. 단 한 번도 원한 적 없는데. 재난에 휩쓸려 버린 피해자일 뿐인 내게 무슨 죄가 있지?

누가 비난하든 상관없다. 어차피 도울 사람은 없고, 난 결국 이곳을 벗어나야 한다.

—내 세계로 돌아가기 위해서.

무언가에 막혀버린 듯이, 나는 그 의무적인 다짐에 감정을 불어넣지 못했다.

가슴을 꽉 메우고도 남을 그리움과 서글픔, 불안감으로 왈칵 눈물을 쏟다가, 무너져 내릴지도 모르기에 무의식적으로 주의를 돌렸는지도 모른다. 언제나 그래 왔듯이.

분명한 건, 하나. 내겐 마스터의 애정이 필요하다. 좋아하니까 필요하고, 필요하니까 좋아하고. 내겐 그 둘 다였다. 그 두 가지가 내 안에서 때때로 충돌하며 치열하게 우위를 다투었다.

냉정하게 말하자면, 마스터가 나를 좋아하되 나는 그를 좋아하지 않아서 이용할 수 있는 상황이 가장 바람직했다. 그러나 전자는 이루지 못했고 후자는 내 안에서 모호하게 뒤엉키고 있었다. 어느 것도 내게 유리하지 않았다.

짧은 시간 나를 혼란하게 휩쓸어 낸 상념과 감정은 서서히 가라앉아갔다.

마스터는 막막한 눈으로 아무 말도 없이 서 있는 내가 그저 몰래 나갔다가 소환되어 당황하거나 겁먹었다고 생각한 모양이다. 질책할 의도는 없는지 그가 고요히 물었다.

"엘리야를 만났나."

내 몸에 묻어 있는 마력의 자취를 읽어 낸 듯했다. 방에 없다는 걸 알고 바로 소환했을 정도면, 내가 도망칠 거라고 의심했을지도 모르겠다. 난 떨리는 가슴을 추스르며, 가까스로 답했다.

"……네."

엘리야를 만났단 게 민감한 문제일 수 있다는데 가닥이 닿은 난 재빨리 덧붙였다.

"벼, 별 이야기는 안 했어요!"

흐트러진 음성이 퍽 수상쩍게 들린다. 어째서 마스터 앞에만 서면 이렇듯 실수를 연발할까. 수많은 사람의 이목 속에 선 것보다 마스터는 나를 더욱 긴장하게 한다.

"그는 원하는 대답을 능히 이끌어 낼 수 있는 자이니, 마음을 놓아서는 안 된다."

사무적으로 말한 마스터가 그대로 자신의 자리로 걸어가 앉았다. 그걸로 용건이 끝났다는 듯한 태도였다.

굳은 채 서 있던 나는 찬찬히 그의 얼굴을 들여다보았다. 마치 잠들어버린 양 완만한 선을 그리며 내리깔린 눈꺼풀은 미동도 없었다.

완벽한 단절감. 이럴 때의 그는 무수한 세월, 변함없이 이어져 내려온 아스라한 절경 같다. 시간의 흐름조차 멎어버린 듯한 생기 없는 정적.

그의 모호한 무심함이 가슴에 사무쳤다. 차라리 당신이 내게 못되게 굴었다면 나는 속 편히 당신을 배척할 수 있었을 텐데.

그러나 나는 그에게 너무도 많은 것들을 받았다. 호의나 호감에 기반을 둔 게 아닐진대 그는 나라는 씨앗을 길러 내듯이 물과 양분을 흠뻑 뿌려 주었다. 그 베풂에 목마른 내가 혹하지 않기는 어려웠다. 가랑비에 옷이 젖듯 아주 천천히 그렇게 되었다.

묻고 싶은 말들이 가슴께에서 어른거린다. 두려움에 목이 메어 내뱉지 못할 것을 알면서도, 나는 그에게 묻고 싶었다.

이세벨이 누구인지. 그리고 왜 그녀를 죽여야만 했는지. 나를 왜 데려왔는지. 그리고 왜 이 마탑을 세웠는지…….

그러나 난 이내 시선을 거두었다. 기척을 느낀 그가 다시 눈을 뜨고 나를 바라본다면, 내가 어떻게 할지 모르겠다.

한순간 치밀어 올랐던 감정의 잔재가 속에서 소용돌이치고 있었다. 가장 어리석은 꼴은, 날 돌려보내 주면 안 되느냐고 그의 발목을 붙잡고 울음을 터뜨리는 거겠지.

그래선 안 돼. 울렁이는 목울대가 감정을 내리누른다.

나는 천천히 침대가로 다가가 앉았다. 잠들기 위해서가 아니었다. 난 내가 할 수 있는 일, 즉 마법을 배우는데 몰두하기로 했다. 그래야 진정이 될 것 같았기에.

나는 마스터에게 외출을 암묵적으로 허락받았다. 그가 굳이 제지하지 않았다면 그건 적어도 해서 안 될 일은 아니라는 뜻이다. 나를 소환했던 것과는 별개로 그에게 내 외출을 금지할 생각은 없어 보였다.

하루가 지난 뒤, 온종일 마법 수련에 힘을 기울였던 난 마음이 한결 가라앉아 있었다.

언제 사라졌는지 모르게 또다시 마스터가 자리를 비운 걸 발견하자, 다시 엘리야를 만나러 가야겠다는 생각이 들었다. 내가 다시 그를 만나러 오길 원해서 일부러 말하다가 만 게 아니었을까. 그 점은 좀 의심이 간다.

내가 궁금해서 안달 나 하는 모습을 보고 즐기는 건지도 모르지. 그는 남을 휘두르는 걸 좋아하니까! 정말, 악취미야. 부글거리는 심정으로 홀로 이동한 나는 어제처럼 날아든 나비를 따라갔다.

나를 맞아들이는 엘리야는 근심이나 걱정이란 단어와 거리가 먼 것처럼 여전히 반짝반짝했다.

"어서 오렴."

몽환적인 분위기 속에서 화사하게 미소를 짓는 그를 보자 불만도 씻은 듯이 잊었다. 수면으로 끌어올려져 빛이 깃드는 양 모든 게 환하기만 하다.

내게 시름을 안겨 주었던 이가 도리어 내 기분을 나아지게 한다는 건 아이러니한 일이다. 이것도 능력이겠지.

이 사람이 내가 살던 세상에 있었으면 신흥 종교의 교주가 되지 않았을까? 순식간에 신도를 갈퀴로 끌어 모으고도 남았을 텐데 말이야.

마스터가 그를 표현했던 말들이 다시금 떠올라 인상 깊게 되새겨진다.

'원하는 대답을 능히 이끌어 낼 수 있는 자.'

첫 번째 시온이라면 마스터의 첫 제자일 텐데. 애정이 담겨있기는커녕 지독히 객관적이고 거리를 둔 표현이었다. 이 엘리야 역시도 마스터의 마음을 사는 데에는 실패했던 걸까.

갑갑해진 난 그의 곁에 다가가 앉았다. 오늘은 인테리어가 바뀌지 않았다. 수시로 새로운 소파를 조달하는 건 그에게도 귀찮은 일이겠지. 무어라 말을 꺼내야 할지, 망설이는 내게 엘리야가 먼저 말을 걸었다.

"만 챠드는 언제 갚을 거니?"

……아니, 빚 독촉을 했다.

"……네? 그거 제가 갚아야 해요?"

뜬금없는 소리에 난 당황해서 반문했다. 이게 무슨 소리야. 내가 언제 날 사달라고 했냐고. 난 그냥 정 안 되면 경매장을 박살 낼 생각도 했는데.

그 돈 정말 내긴 한 걸까? 의심스럽게 쳐다보자 엘리야가 머리카락을 손끝으로 빙빙 감아올리며 피식 웃었다. 아니꼽도록 우아한 자태다.

"갚을 수는 있고?"

"저 돈이 없는데……."

정말 거짓말이 아니고 단 한 푼도 없었다. 납치되었을 때 다 털리고 그 이후로 돈을 가져 본 적이 없으니까.

근데 그게 무슨 상관이야. 내가 그 돈을 왜 갚아야 해?

"물론, 농담이란다. 값을 치르긴 했는데 바로 돌려받았어. 그러니 어디 가서 그런 소리 하지 말렴."

'마탑의 시온이 없어 보이면 곤란하니까.'라고 웃는 엘리야에게,

난 떨떠름하게 답했다.

"네에, 다행이네요."

별로 순순히 돌려주었을 것 같진 않지만, 이제 아무래도 상관없는 문제였다. 그만 좀 놀렸으면 좋겠는데 아쉬운 게 있으니 화도 못 내겠고. 거참 고뇌다. 내가 아쉽지 않아도 쉽사리 화를 낼 수 있는 상대가 아니었으니.

이제 본론으로 접어들 참인지 엘리야가 내게 몸을 기울이며 지그시 눈빛을 보냈다.

"내게 궁금한 게 있지 않아?"

"어제 하시던 말씀."

좀 더 자세히 해 주셨으면 해요. 말을 꺼내기 무섭게, 엘리야가 고개를 모로 기울였다.

"이세벨은 너와 비슷한 나이에 마탑에 들어왔단다."

에둘러 말하지 않고, 무거운 화제로 바로 파고들면서도 엘리야의 표정은 여전히 가벼웠고 눈빛은 아스라했다. 감정은 있되, 슬픔에 사로잡히지 않을 만큼 옅은 잔재가 그에게 남아 있는 듯이 보였다.

"에스겔이 그 아이를 돌봤지. 그리 오래는 아니었어."

모든 게 덧없다는 투로, 엘리야는 여유롭게 속삭였다.

"얼마 지나지 않아, 죽었으니까."

"왜죠?"

"그 아이는 어리석었어."

잔영이 어리듯 보랏빛 눈동자에 희미한 깊이가 깔린다.

"마탑에 있는 무수한 미남을 놔두고 하필 사랑해서 안 될 사람을 사랑했지."

그는 짐짓 농담처럼 들리게끔 말했다. 나는 답을 알면서도, 확인하기 위해 묻지 않을 수 없었다.

"그게 누군데요?"

"마스터."

물밑으로 가라앉아 바닥에 닿듯 충격이 머릿속을 울렸다. 어딘지 모를 진원을 떠나 온몸으로 떨림이 번져 나간다. 예상하고 있었는데, 어째서 이런 기분이 드는 걸까. 눈앞이 아득해지는 이 감각.

"이세벨은 마법에 재능이 뛰어났어. 그래서 마스터께서 그 아이를 선택하셨지."

느릿하게 흘러드는 음성이 숨겨진 비사를 끄집어냈다.

"그 아이는 마스터를 원했어. 그건 어쩔 수 없는 일이었을 거야. 너도 알다시피—"

엘리야의 눈이 기이한 윤을 냈다.

"마스터께서는 다른 이들이 그를 갈망하게 하거든."

나는 말없이 동조했다. 이제는 알 것 같아. 왜 블레셋이 그리도 애타는 눈길로 마스터를 좇았는지.

엘리야와는 다른 의미로 마스터는 특별했다. 그는 존재 자체에 사람을 허덕이게 하는 무언가를 내포하고 있었다.

흠 없이 무결한 도자기의 윤기 흐르는 표면이 사람을 매료시키듯 본질에서 비롯된, 온기가 결여된 비인간적인 완전성이 이질로써 마음을 사로잡는다. 모든 존재를 합리적이고 명료하게 파악하고 활용하는 기계적인 면모는 그 완전성에서 한 치도 어긋나지 않았다.

마스터는 사고하고 숨 쉬는 그 누구도 가지지 못한 것을 가지고 있었다. 그 점이 제가 가지지 못한 것을 탐하는 이들을 매혹시켰던 것이다.

그건 지극히 본능적인 끌림. 그러하기에 나 역시도…….

"블레셋이 그랬고, 이세벨도 그랬지. 하지만 블레셋과 이세벨의 감정은 분명히 달랐어. 블레셋은 사랑받지 못한 아이처럼 막연히 애정을 갈구한 반면 이세벨은 열정적이고 담대했지."

이상하게, 그 소리가 듣기 거슬렸다.

"그 아이는 제 마음을 참아 내지 못했어. 어리기도 했거니와 이세벨에게 사랑은 곧 소유였지. 알다시피 시온은."

엘리야는 화사한 얼굴로 입꼬리를 올렸다.

"그리 자제심을 교육받지 않거든."

확실히 당신은 제멋대로인 쪽 같아. 란델도 그러하거니와 성격은 각자 특색이 있되, 그들은 하나같이 자존감이 충만했다. 나만 빼고.

엘리야가 한층 소리를 낮추고, 속삭였다.

"그래서 그 아이가 마스터에게 고백했을 때—"

나는 숨을 죽였다.

"마스터께서는 눈 한 번 깜빡하지 않았어. 그리고 그분다운 투로 답하셨지. '네 감정은 내게 하등 쓸모가 없다.'"

제법 훌륭한 모사였다. 멎었던 숨이 밀려드는 안도에 다시금 내쉬어질 새도 없이 엘리야가 말을 이었다.

"가엾은 이세벨은 마스터에게 호소했어. 사랑이 아니어도 좋으니까, 그녀의 마음을 알아 달라고. 그를 처음 본 순간 운명이라고 믿었다고. 거기에 저항할 수 없었다고."

엘리야의 입가에 의미를 알 수 없는 미소가 드리워졌다.

"……내가 잘못 본 걸 수도 있겠지."

비밀을 속삭이듯이 한껏 낮추어진 음성이 귀에 감겼다.

"그 말이 마스터의 무엇을 건드렸는지는 몰라. 무표정한 얼굴도 태도도 여전했지만, 난 그분에게서 변화를 느꼈어. 공기가— 움직였거든. 마치 화가 나신 것처럼 보였지."

"……."

"그 순간 난 처음으로, 마스터가 사람처럼 보인다고 생각했어."

그 무심한 마스터가 거부 반응을 보였다고? 고백한 순간, 상대가 그런 기색을 내비친다면 그게 얼마나 참담한 기분일지 상상하고 싶지 않다. 그리고 기분만으로 끝나지 않았을 터.

먼 과거의 이야기인 것을 알면서도 가여워하기 이전에 안심하고만 나 자신이 용납이 되지 않아 입술을 깨물었다.

"마스터는 말씀하셨지. '진정 저항할 수 없는 걸 네게 주마.'"

"……."

"그 말이 끝났을 때, 이세벨은 그 자리에서 산 채로 재가 되어 부스러졌어."

전율과 함께 온몸에 소름이 일어났다. 마스터가 한 사람의 목숨을 순식간에 앗아 가는 광경을 난 이미 본 적이 있지 않았던가. 그처럼 구역질 나는 모습은 아니었을지언정 두려움이 덜했을 것 같지는 않다. 비현실적인 죽음.

"참혹하고……. 초라한 마지막이었지. 누구도 막지 못했어. 당연히, 너무도 순식간에 일어난 일이었으니까."

"왜 그녀를 말리지 않았어요?"

내게 이 이야기를 들려준 연유에 가닥이 닿자, 난 묻지 않을 수 없었다.

"모두가 안이하게 생각했으니까. 자비로운 분은 아니지만, 마스터가 시온을 해하신 적은 없었단다. 그래, 오히려 관대했다고 해야겠지. 시온은 마스터의 유용한 수족이니. 종종 블레셋을 벌하긴 하셨지만, 그때뿐이었어. 마스터는 늘 모든 것에 무심하셨지."

엘리야는 내리깐 눈을 들어, 나를 똑바로 응시했다.

"그래서 이세벨이 죽음을 맞게 될 줄은 아무도 예상하지 못했던 거야. 모두가 차라리 이세벨이 호되게 벌을 받고 제 감정을 포기하게 되기를 바랐지. 하지만 결과는……. 이제까지 시온이 죽은 건 그때가 처음이었단다."

엘리야가 짚어내듯이 속삭였다.

"글쎄, 제 감정을 내세우는 그녀가 용도에 맞지 않다고, 마스터께선 판별하신 게 아닐까. 다들 그렇게 생각했지."

가느다란 미소가 엘리야의 입가에 떠올랐다. 흥미로운 듯 그가 이야기했다.

"하지만 나는 그때 마스터의 눈빛을 잊지 못해. 혐오, 분노, 증오……. 그분을 지배했던 건 그중 어떤 감정이었을까."

애초에 별로 감수성이 넘치는 사람 같아 보이지도 않았지만, 엘리야의 반응은 슬픔과 거리가 멀어 보였다. 이세벨의 죽음을 그리 깊게 받아들이지 않은 것처럼. 그도 실은 무척이나 냉정한 사람이 아닐까.

하긴 마탑에 오래 있지 않았다고 했잖아. 나와 비슷한 나이였다면 엘리야와 함께 한 시간도 길지 않았을 터. 그럼 내게 이런 이야기를 해 주는 건 적어도 과거의 전철을 밟지 말라는 배려일까.

"최악의 상대를 사랑하는 건, 한 명으로 족해."

"블레셋은 아직도……."

마스터께 감정이 남아 있는 것 같던데요, 말을 꺼내기 무섭게 엘리야가 피식 소리를 냈다.

"그 아이는 이미 포기했어. 그저 포기한 자신을 납득할 수 없어서 떼를 쓰고 있을 뿐이지."

그러면서 안타까운 듯이 중얼거린다.

"나를 사랑했다면 적어도 그렇게 되지는 않았을 텐데."

이건 또 무슨 소리람. 뜬금없는 말이었다. 엘리야가 턱을 괴며 은근한 어조로 속삭였다.

"그러니 생각해 봐, 너도."

이건 내 하렘에 들어오면 어떻겠냐는 섭외 혹은 유혹인가. 난 그를 향해 눈을 흘겼다. 멋대로 남을 휘두르는 사람인 건 알겠지만, 이 가라앉은 분위기에 그런 농담이 나와?

엘리야가 태연스레 답했다.

"이 마탑은 마음을 공허하게 만드는 장소야. 나는 누군가의 결핍을 채워 주는데 자신이 있지. 누군가를 사랑한다면 보답 받을 수 있는 상대를 택하는 게 낫지 않겠니."

말도 안 되는 소리를 그럴듯하게 하는데 기가 턱 막혔다.

"그렇지만, 그 보답이 누구에게나 주어지는 거라면 그게 무슨 의미가 있죠? 그건 유일하지 않잖아요. 마음은 그런 식으로 충족되지 않아요. 내게만 향하는 것이 아니라면 의미가 없……."

흥분해서 말을 쏟아 내던 난 문득 입을 다물었다. 엘리야가 날 의미심장하게 쳐다보고 있었기 때문에.

"네 의견을 잘 들었다. 물론, 나는 항상 의견을 수용하려고 노력하는 편이지."

그럴 내용도 그럴 의도도 아니었는데, 엘리야의 한마디에 난 어쩐지 그에게 나만 사랑해 달라고 징징거린 꼴이 되어 버렸다. 당황하기도 하고 짜증이 솟구친 난 나도 모르게 엘리야를 향해 쏘아붙였다.

"아무튼, 전 필요 없어요!"

"그리 정색할 건 없잖니, 상처받게."

상처받았다고 하기엔 뻔뻔스러울 만치 여유 넘치는 얼굴이다. 흥분을 삭이며 난 한 글자 한 글자 또박또박 일러주었다.

"저는 이세벨이라는 그 사람과 같은 꼴을 당할 생각 없어요. 그렇다고 대체품으로 엘리야를 택하지도 않을 거고요!"

"어째서? 내게 네가 사랑하기에 부족한 점이라도 있는 거니?"

왜 이런 대화를 나누고 있어야 하는지. 속이 탈만큼 민망하고 어지러웠다.

"그런 뜻이 아니라, 그렇게 마음대로 누구를 좋아할 수 있는 것도 아니고요."

난 달아오른 얼굴을 식히면서 설명했다.

"날 사랑하지도 않으면서 내가 그 사람을 사랑한다는 이유만으로 응해 주는 건 원하지 않아요."

특히나 그런 이유로 응해 준다는 걸 알고 있다면, 얼마나 비참한 기분일까.

"세상에 동등한 감정은 없어."

엘리야가 노래하듯이 말했다.

"나는 나를 사랑하는 모두에게 애정을 품고 있지만, 그게 그들이 품은 감정과 같지는 않단다."

"네에."

그건 척 듣기에도 깊이가 얕을 만하다. 감정도 에너지니까. 에너지의 절대량은 한계가 있고 그게 많은 사람에게 흩뿌려진다면 당연히 개개의 상대를 향하는 건 얄팍할 수밖에. 그래, 당신이 이세벨의 죽음을 아무렇지도 않게 말할 수 있는 건, 그 때문이겠지.

어떤 의미에서 엘리야는 마스터처럼 냉정한 사람이다. 감정적으로 기복이 없고 해수처럼 늘 일정한 높낮이만을 유지하는. 너르고 고르게 사랑하는 건 편애하지 않기 때문이지.

"엘리야는 어떤 사람에게 특별한 감정을 가져 본 적이 있어요?"

놀랄 만큼 빠르게 대답이 돌아왔다.

"있지."

그게 누구인지는 듣지 않아도 알 것 같았다.

"마스터는 내게 빛이었단다. 나는 그의 혈육이 되고 싶었지. 처음으로……. 느껴 본 갈망이었어."

자식처럼 사랑받고 싶었단 소리인가. 고개를 갸웃하는데 엘리야가 말을 이었다.

"하지만 그리 강렬한 마음은 아니었단다. 마스터는 누구도 사랑하지 않는 분이시지. 나는 그의 첫 번째 시온이지만, 마스터는 내게 의미를 두지 않았거든."

그게 상처가 되지 않았다는 양 엘리야가 대수롭지 않다는 투로 속삭였다.

"아마 내가 이세벨과 같은 말을, 이세벨처럼 했더라도 결과는 같았을 거야."

겉보기로는 좀 독특한 구석이 있고 성격도 별나다고 생각했는데 의외로 현실적이고 날카로운 끝맺음이었다.

그런데 마스터는 남자잖아? 엘리야는 어지간한 여자보다, 심지어 샤자한의 이리스보다도 아름답지만, 남자에게 그런 말을 들었다면 두 배쯤 화가 났을 듯싶었다. 재도 남기지 않았을지도.

토를 달고 싶은 충동을 삼키며, 난 다른 화제를 꺼냈다.

"란델이나 그 에스겔이란 사람은 어땠나요."

"란델은 영리한 아이였어. 오래지 않아 기대를 지워 낸 그 아이는 더 이상 마스터를 바라보지 않으려고 노력했지. 에스겔도 느리긴 했지만, 비슷한 과정을 거쳤고."

그 간단한 말속에 무수한 갈등이 함축되어 있었다.

"우리 모두 천애 고아나 다름없는 신세였지. 그렇기에 우리를 구원해 준 마스터에게 애정을 갈구하는 건 어쩔 수 없었던 거야."

그리고 당신은 마스터를 대신해 애정을 돌려주는 역할을 맡았다는 건가. 진짜 이상한 시스템이다.

"무슨 이야기를 하고 있나 했더니."

문득, 어디선가 낮은 음성이 들려와 난 퍼뜩 돌아보았다. 어디선가 들어 본 듯한.

"결론은 간단합니다. 엘리야, 쓸데없이 늘어지는 이야기 할 필요 없어요."

"에스겔."

"마스터에게 우리는 자식도 제자도 아닌 쓸 만한 도구에 불과하다는 것."

성큼 이리로 다가서며 말하는 사람의 키는 꽤 컸다. 딱 부러지는 발음만큼이나 대단히 세련되고, 깍듯한 인상이었다. 말할 것도 없이 미남이었고, 밤색 머리카락에 녹색이라고 하기에는 채도 높은 투명한 비취색 눈동자가 도드라졌다. 맑고 깨끗하지만, 그만큼이나 선명하여 거리감 느껴지는 눈빛이었다.

"새로운 시온이 마스터에게 빠져들까 봐 염려라도 되셨던 겁니까. 특히나 여자이니."

그의 시선이 내게로 향하자 난 반갑다는 뜻으로 미소를 보여야 할지 망설였다. 첫 만남이니 인사를 해야 할 것 같은데 척 보기에도 까다로운 사람 같다.

내가 무언가 행동하기 전에 엘리야가 지적했다.

"인사를 생략했구나."

그러면서 손등을 보인 채 손을 내미는 게……. 나한테 한 말이 아니었어? 놀랍게도 바로 반응이 돌아왔다.

에스겔은 미간을 찌푸리면서도 당연한 듯이 무릎을 꿇고 엘리야의 손을 받아들었다. 그리고 이미 몸에 밴 것처럼 손등에 입을 맞추었다. 란델도 그랬지만, 저게 엘리야 전용 인사 방식이라도 되나?

마스터가 저런 걸 요구하지 않아서 다행이라고 생각하면서도 쓸데없지만 중대한 고민이 움텄다. 난 저거 안 했는데……. 나도 해야만 하는 걸까.

시간 낭비할 것 없다는 듯 에스겔이 일어서며 내게 말을 툭 던져 상념을 끊어 냈다.

"다음부터는 사람들 눈앞에서 구경거리가 되지 않길 바란다."

아, 경매……. 날 샀다는 사람이 이 사람이었지. 참 첫 만남부터 냉정하게 후벼 판다.

"벼, 변명하자면 저도 가만히 있을 생각은 없었어요."

"애초에 거긴 왜 올라간 거지? 엘리야처럼 주목받는 걸 좋아하는 성격도 아닌 듯한데."

에스겔이 특유의 깔끔한 발음으로 물었다. 엘리야를 숭배하는 것처럼 굴어놓고 평가는 자못 객관적이었다.

내가 거기에 납치당했다는 사실은, 솔직히 잘못도 아니고 그럴 만도 하다고 생각하는데. 내가 이곳 세상이 그리 인신매매가 성행할 만큼 험한 곳인 줄 어떻게 알았겠어?

그러나 이해할 만한 구석이 있어도 내가 '마탑의 시온'이라는 전제가 달린다면 그 모든 게 이상하리만치 여지가 사라진다. 실수긴 실수이니 별로 소문내고 싶지도 않고, 그걸 아는 건 란델과 마스터 둘이면 족하다.

난 퉁명스럽게 얼버무렸다.

"그건 피치 못할 사정이 있어서……."

엘리야가 말리는 척 나섰다.

"그리 탓할 건 없단다. 좋은 구경이었는데. 에스겔의 시야로 본 것이지만, 꽤 흥미진진했단다."

……약을 올리려는 건지 편을 들려는 건지. 조금도 위안이 되지 않는데. 내게 화사하게 눈짓하는 얼굴이 지독하게 얄밉다는 것만큼은 알겠다.

그리 깊이 질책할 의도는 없었는지, 에스겔은 더 이상 의문을 이어 가지 않았다. 흥미 없는 표정을 지은 그는 엘리야를 똑바로 바라보며 용건을 꺼냈다.

"블레셋이 깨어났습니다."

블레셋이……. 내심 그가 보이지 않는데 긴장하면서도 의심쩍어 하고 있던 터였다. 내가 이렇게 탑 내를 돌아다니고 있으니 한 번쯤 나타나서 시비를 걸 만도 한데, 소식이 없으니 불안했다.

깨어났다는 건 잠들었다는 소리겠지. 하지만 에스겔의 말이 단순히 자다가 깨어났단 걸 의미하는 것 같지는 않은데. 무슨 일이 생겼나? 불의의 사고를 당해 의식을 잃었을지도.

이런 생각을 하면서도 전혀 걱정이 되지 않는 걸 보면 나도 여전히 블레셋에게 악감정을 쌓고 있구나 싶다.

엘리야가 느긋하게 물었다.

"상태가 어떻던?"

"전보다 안정된 눈치였습니다. 아마 곧 엘리야를 만나러 올 수 있을 겁니다."

"그 애가 어떻게 변했을지 궁금하구나. 미리 말해 주지는 말렴."

"말할 생각 없었습니다."

쓸데없이 김칫국부터 마신다는 듯이 굳이 무안을 주는 게, 감정적이라기보단 굉장히 사실관계를 중시하는 것처럼 들렸다. 원래 말투가 저런 사람인가 보다.

밖에 나가면 적을 많이 만들 상이지만, 엘리야는 소소한 것에 기분 상해하지 않는 사람이었다. 섬세하지 않다고 하기보단, 여유롭고 자기중심적이라 남의 발언은 안중에도 없다고 보는 게 걸맞겠다.

어쨌든 에스겔의 첫인상은, 좀 어려운 사람이라는 것이다. 무표정에 가까운 얼굴도 그렇고 엘리야나 란델과는 달리 붙임성도 없는 듯해서 쉽게 친해질 수 있을 것 같지 않았다. 깐깐하게 규율을 따지는 선생님 상이다. 그리고 학생인 나는 그런 타입의 어른 앞에서 자연스레 위축되곤 했다.

"너도 알고 있었니?"

말을 걸까 말까 우물쭈물하는데 엘리야가 나를 손가락 끝으로 툭툭 쳤다.

"뭘 알아요? 블레셋을 본 적은 있어요."

"블레셋이 널 죽이려 했다고 들었는데."

……참 민감한 이야기를 아무렇지 않게 꺼낸다. 내가 심약한 사람이었다면 트라우마를 앓고 있었을지도 모르는데.

물론 내가 겉보기에 그리 심약해 보이지는 않지. 또 엘리야라면 그답게 잘난 자신이 그 모든 걸 치유해 줄 수 있다고 믿고 있을지도 모른다.

"그랬었죠."

그 때문에 그를 다시 보게 되면, 갚아 주겠다고 다짐한 적 있었다. 하지만 그건 치기였고, 다분히 감정적이며 비이성적인 다짐에 불과하다.

내가 그간 비록 많은 성취를 이루었다고는 하나 블레셋에게 한 방 먹여주는 게 가능할 것 같지는 않았다. 블레셋이 백 년 넘게 살았다면 그 세월만큼 그와 나 사이에 격차가 존재할 테니까.

더군다나 그 뛰어난 재능 때문에 기어오르는 것도 마스터가 일정 부분 용인했을 정도면, 그가 얼마나 강력한 마법사라는 걸까.

"마음에 담아 두고 있니?"

엘리야가 소곤소곤 물었다. 그렇게 묻는다고 에스겔이 못들을 것 같지는 않은데…… 들으면 어때? 블레셋 귀에 들어갈 위험성이 있다고는 하나 블레셋도 내가 저를 싫어한다는 걸 알고 있을 거라고.

에스겔은 별생각 없는지 비켜난 시선을 허공에 두고 있었다. 나는 그를 의식하지 않는 척 분명하게 말했다.

"당연히 담아 두고 있죠."

당신이라면 당신을 난데없이 습격해서 마구 팬 다음 죽이려고 들었는데, 그걸 순순히 용서하겠어?

엘리야라면 다른 사람을 안중에도 두지 않는 것과 같은 맥락으로 특유의 묘한 냉정함으로 용서 비슷하게 넘겼을 수 있겠지. 하지만 블레셋은 내게 용서를 구하지 않았고 그럴 생각도 없어 보였으며, 그가 용서를 구했다고 한들 내가 그를 꼭 용서해 줘야 하는 건 아니었다.

내겐 그를 싫어할 만한 이유가 있었다. 꽤 오랜 시간이 지났는데도 이렇듯 사그라지지 않는 반감은 처음이다.

……란델도 첫날부터 내게 정신계 마법을 걸었었지. 하지만 내가 그걸 마음에 담아 두지 않은 건 그는 적어도 내 기분을 풀어 주려고 노력했기 때문이다.

"곤란한데."

엘리야가 턱을 괴며 날 지그시 응시했다. 이건 눈빛 공격일까. 흡사 다수의 군중에게 비난받는 것과 비슷한 압박감이 날 짓눌렀다.

"시온끼리 사이가 나쁜 건 바람직하지 못한 일이지. 함께 일하게 될 수도 있는데. 그리고 마스터는 임무 배정에 개개인의 감정을 고려하시지 않을 거고."

문득 그런 생각이 들었다. 마스터께선 이제까지 내 청을 들어주셨으니, 만약 블레셋과 함께 뭔가를 하게 되어 그걸 바꿔 달라고 말씀드리면…… 들어주시지 않을까 하고.

이내 난 혀를 깨물고 싶어졌다. 그런 식으로 편의적으로 돌아가는 내 머리통을 때려 주고 싶었다. 그에 대한 두려움을 되살린 지 오래

되지도 않았는데, 내 사고란 이렇듯 제 좋을 대로 흐른다.

어쩌면 내 최후는, 투정을 이기지 못한 마스터가 날 재로 만들어 버리는 것으로 맞이하게 될지도 모르겠다. 난 고개를 저었다.

"그래도 어쩔 수 없는걸요."

엘리야의 말에 대한 변명이며, 나 자신에 대한 변명이기도 했다. 내 마음이 그런 걸 어쩌겠어.

엘리야가 과장되게 안쓰러운 표정을 지으며 날 끌어안았다. 방어할 새도 없이 난 그에게 푹 파묻혔다.

"그때 많이 놀랐나 보구나. 가엾기도 하지."

지금이 더 놀랐거든요……. 놀라다 못해 코에 확 스며드는 향기로운 체취에 가슴이 두근거린다. 무슨 남자한테 이렇게 좋은 냄새가 나지? 향수라도 뿌렸나.

소파 취향이며 인테리어 센스를 보건대 엘리야는 몸에 향수를 뿌릴 만큼 세심한 남자이긴 했다. 그 아찔한 향취에 엘리야의 품에 안겨있단 게 확 의식이 되며 심장이 떨렸다.

나한테 미인계를 쓰고 있는 건가. 이유는, 블레셋을 용서해 달라고? 당사자도 신경 안 쓰는데 당신이 왜 그를 감싸는 거지.

벗어나려고 해 보았으나, 근육이 별로 없어 보이는 매끈한 외양과는 달리 엘리야는 생각 외로 힘이 세었다. 등 뒤를 두른 손이 꼼짝도 하지 않는다.

난 항의하고 싶었다. 엘리야의 박애 대상에는 블레셋도 포함되어 있겠지. 그간 함께 보낸 세월을 고려할 때 블레셋을 향한 감정이 그의 안에서 나보단 조금이나마 더 비중이 있을 거다. 그런 이해를 넘어 엘리야가 블레셋의 편이라는 생각이 들자, 묘하게 서러운 기분이 든다.

머리 위에서 나직한 음성이 흘러들었다.

"들어 보렴. 그때 블레셋은 정상이 아니었단다."

블레셋의 성질머리는 확실히 정상 같지 않았다. 하지만 미친 사람처럼 보이지도 않았는걸. 사람과 상황을 분간할 수 있을 만큼은 멀쩡해 보였다고.

"블레셋은 너무 오래도록 선택을 미뤄 왔어. 그게 그의 정신에도 영향을 미친 거란다."

"선택이라고요?"

"그래, 블레셋은 릭샤족이잖니. 성년이 되면 성별을 선택하는 것이 릭샤족의 특성이거든."

비상식적인 이야기에 몸에서 힘이 빠졌다. 그래, 그랬지. 릭샤족은 무성이라고 했어. 희귀한 종족이라고도 했고.

"블레셋은 열여섯에서 열여덟 살 사이에 이루어졌어야 할 선택을 지금껏 미뤄 왔어. 최대 서른 살 남짓까지 선택을 미룰 수 있지만 릭샤족은 결국 제 성별을 결정해야 하지. 번데기가 나비가 되지 못하면 죽는 것처럼 그들 역시도 그렇단다. 임계점에 다다르면 의지와 상관없이 몸이 제 스스로 변화하거든. 그게 릭샤족의 타고난 마력의 근거이기도 하지."

설명하는 데 신경이 쏠렸는지 팔이 느슨해져, 난 그의 품에서 빠져나올 수 있었다. 붉어져 있을 뺨에 시선을 두며 엘리야가 말을 이었다.

"하지만 블레셋은 마법사이며 마탑의 시온이지. 그렇기에 그는 제 몸의 생체반응을 정지시키면서까지, 선택을 보류할 수 있었단다. 하지만 그것도 최근 한계에 다다랐지. 조만간 블레셋은 성별을 결정해야 했어. 아니면 정말로 죽게 될지도 몰랐으니까. 블레셋이 삐딱한 아이인 건 사실이지만, 원래 다짜고짜 탑에 소속된 사람을 죽이려고 할 만큼 생각 없는 아이는 아니었단다."

그 전제가 좀 마음에 걸리는데요. 탑에 소속된 사람이 아닌 그냥 사람은 다짜고짜 죽이려고 할 수 있단 뜻인가요? 꼬집어 묻기도 전에 엘리야가 설명했다.

"그 아이에게 드러난 건 극단적인 공격성, 본능에 입각한 움직임. 피할 수 없는 변화를 앞두고 그 애는 초조했을 거야. 조만간 찾아올 거라는 건 예정되어 있었지만, 그 변화가 언제 시작될지는 몰랐지.

마침 그 당시 블레셋은 탑을 비운 마스터가 돌아오기를 고대하고 있었어. 성별을 결정해 달라고 하거나, 적어도 그에게 의견을 구하기 위해서. 아직 미련이 남아 있었던 거겠지."

그때 엘리야와 에스겔은 모두 탑을 떠나 있었다고 했다. 절묘하게 임무를 마치고 돌아온 란델이 블레셋이 막 나를 죽이려는 순간 막아설 수 있었다.

"원래 타인에게 배타적인 편인 블레셋은 마스터의 곁에 있는 너를 보고, 낯선 사람에 대한 경계심과 이세벨에 대한 기억이 겹치면서 더욱 공격적이 되었던 거란다. 또 어떤 이유에서인지는 모르지만, 블레셋의 비틀린 정신이 네 존재를 그에 대한 위협으로 받아들였지. 그게 적개심과 살의로 연결되었던 거야."

퍼뜩 깨달음이 찾아들었다. 그건 혹시, 마스터가 블레셋을 징벌해서가 아닐까. 순전히 블레셋이 마스터에게 대들었던 탓에 초래된 일이지만, 그가 대든 원인은 날 데려왔기 때문이었다.

마스터가 내린 고통스러운 벌에 정상적인 사고를 할 수 없었던 블레셋이 그 아픔이 나 때문에 초래된 거라고 무의식적으로 연결 지었다면……. 추측의 흐름을 놓지 않으며 난 토를 달았다.

"란델을 보고도 물러나던데요."

"말했잖니? 본능적이라고. 본능이라는 건 아주 예민하단다. 란델은 블레셋보다 강하니까. 물러설 수밖에 없었던 거지."

이렇게 들으니 이유가 되긴 하네. 피치 못하게 일종의 정신이상이 온 거라면……. 그럴 수도 있겠지. 우울증에 걸린 사람은 무슨 짓을 할지 모른다니까.

하지만 그 사람에게 죽임을 당할 뻔한 내가 그의 사연을 너그러이 이해해 줘야 하는 법은 없지 않겠어? 멀쩡해진 블레셋이 내게 용서를 구한다면 모를까.

"시온을 살해하려 한 바도 있거니와 그 이후로 블레셋은 급격히 불안정해져서, 은둔 생활을 하게 되었단다."

뭐야, 그럼 내가 6개월 동안 방 밖에도 나서지 않고 마법 수련에만 몰두할 이유도 없었잖아.

"최근에 그는 변화를 맞이했지. 보통은 사나흘이면 변화가 끝나지만……. 이번에는 꽤 오래 걸렸지. 열흘 즈음?"

마음이 풀려가는 걸 느끼면서도 난 퉁명스레 물었다.

"그래서 블레셋은 여자가 되었어요? 남자가 되었어요?"

"이런, 내가 에스젤에게 알려 주지 말라고 하지 않았니. 직접 볼 거란다."

정말로 스스로 확인하고 싶었는지, 다급히 막자 내게도 궁금증이 싹텄다.

하지만 이 사람들과 함께 그를 보러 갈 만큼 친근한 사이도 아니었으며, 그때 제정신이 아니었다니 내가 누군지 기억이나 할까 모르겠다.

바라는 건 있었다. 이왕이면, 여자였으면 좋겠다. 그러면 적어도 육체적으로는 내가 이길 수 있잖아? 여기서 육체적이라는 말은 '외모'를 의미하는 말이 아니라, 폭력적인 의미를 내포한다.

분위기를 환기하듯 엘리야가 가볍게 손을 짝 맞부딪혔다.

"그나저나 둘이, 인사를 해야지?"

"에스젤이다."

내가 입을 열기도 전에 에스젤은 팔짱을 끼고 선 채 참으로 담백하고 심플하게 제 이름을 말했다. 그걸로 끝이었다.

흉내 내려는 건 아니지만, 말할 수 없는 게 많았으므로 나 역시 간결하게 답했다.

"아힌이에요."

나에 대해서 별로 궁금해 하는 것 같지도 않으니, 뭐. 그제야 나는 에스젤을 제대로 관찰할 수 있었다.

반듯하고 냉철한 느낌을 주는 턱 선이며 콧날이 인상적인 미남자다. 아주 남자답다거나 굵직하게 생긴 건 아니었지만, 마탑의 시온

중 유일하게 잘생겼다는 소리를 들을 만했다. 다른 시온은 아무래도 아름답다고 표현하는 쪽이 어울리니까.

"악수도 해야 하지 않겠어?"

뭘 바라는 건가 싶었다. 하지만 엘리야가 턱을 치켜들고 시선을 주자, 그건 거부할 수 없는 명령이 되었다.

내가 엉거주춤 일어나 손을 내미니 에스겔이 바로 맞잡아왔다. 골격이 도드라지는 매끈한 손가락은 겉으로 보이는 눈처럼 흰 살결 그대로 차가웠다.

예의상 아래위로 흔든 뒤 서툴게 맞물린 손을 떼어 내려 할 때, 손끝에 찌릿한 감각이 흘렀다. 방어 반응? 이건 설마⋯⋯. 화사한 미소를 머금은 엘리야가 재미있다는 듯이 중얼거렸다.

"에스겔은 탐구심이 강하지."

빌어먹을 정신계 마법! 난 얼굴을 확 찡그리며 에스겔의 손을 내팽개쳤다. 아무렇지도 않은 듯이 제 손을 갈무리하는 뻔뻔스러운 낯짝을 보니, 기분이 확 나빠진다. 에스겔은 내 불쾌감에 반응하는 대신, 무덤덤하게 중얼거렸다.

"가벼운 탐색이었는데 가로막힐 정도면, 마스터가 너를 단단히 방어하고 있구나. 네 안에 무엇이 있기에—"

말을 맺을 즈음에 그의 눈에 드리운 명암이 짙어졌다. 심히 부담스러운 눈길이다.

장신의 남자가 날 내려다보는 것이 묘한 압박감으로 다가왔다. 그 압박감은 불쾌하기도 해서, 난 이 자리를 벗어나고 싶은 충동에 사로잡혔다.

엘리야가 몸을 일으켜 달래듯이 차근히 내 어깨를 감싸 안았다.

"화내지 말렴."

나긋하게 속삭이는 음성에 가슴이 근질근질하다. 어제 처음 만난 사이이면서 엘리야는 내게 지나치게 거리낌 없이 달라붙고 있었는데, 그게 거북한 것도 사실이었다.

하지만 끈적하기보다는 동성 친구처럼 태도가 담백해서, 무어라 말하기가 어려웠다. 속이 부글부글 끓는데 마음대로 화를 낼 수 없다니. 엘리야의 지배력이란 건 도대체 얼마나 대단한 걸까.

"저 가 볼게요."

부러 단호한 투를 자아내며 난 그에게서 벗어났다. 다행히 엘리야는 순순히 나를 놓아주었다.

에스젤을 매몰차게 지나치면서 난 마탑이고 시온이고 하나같이 지긋지긋하다고 생각했다.

참, 기가 막히지. 여기선 남의 머릿속을 들여다보려는 시도가 참으로 흔쾌히 이루어진다. 그럴 능력만 있다면 뭐든 해도 된다고 생각하는 걸까. 이곳에서 대면하는 무수한 비상식 앞에서 내 상식은 초라하게 빛을 잃고 만다.

엘리야의 방은 내가 떠나고자 마음먹으면 벗어날 수 있는지, 혹은 그가 날 보내 준 건지 성큼 걸음을 내딛자 텅 빈 복도가 나타났다. 문득 돌아보니 등 뒤로는 깨끗하게 아무것도 없었다. 실로 마법 같은 일이다.

……이제 이런 것도 일상이려나. 들은 이야기는 무거웠지만 그렇기에 더욱 현실감이 느껴지지 않았다. 나는 어떻게 해야 하는 걸까. 알면 알수록 더 막막해지는 느낌이다.

내키지 않는 걸음을 떼어 홀 중앙에 도달한 난 금속성을 내는 선 위에 발을 얹었다. 무엇이 어떻게 되었든 지금은, 돌아가야 할 시간이다.

새삼 마스터를 보고 질겁하거나 두려움에 벌벌 떨 필요는 없었다. 그가 얼마나 냉혹한 사람이고 과거에 어떤 짓을 벌였든, 마스터는 그대로 마스터였으니까.

즉 그는 항상 위험한 자였고 나는 그걸 다시금 새기게 된 것에 불과했다.

뇌리로 인지하고 있는 그 사실에 내 몸은 제법 잘 따라주었다. 적어도, 나는 평소와 다른 태도로 마스터를 대하지 않았다. 하지만 실은 목구멍까지 들어찬 질문을 끄집어내고 싶은 충동과 싸우고 있었다.

어째서 이세벨을 죽였는지, 그녀의 무엇이 마스터의 역린을 건드렸는지. 그게 참을 수 없이 궁금했다.

애초에 엘리야가 진실을 말하고 있다는 확신은 없지만, 그가 에스겔이나 란델과 함께 모의하여 내게 거짓을 말해야 할 이유도 없지 않은가. 편애를 다툴 일 없는 마스터 아래에서 우리 시온은 한 우산을 쓴 것이나 마찬가지인데.

하지만 어떤 대답이 올지, 혹은 그가 질문을 용납하기나 할지 두려워 난 입을 다물고 말았다.

나는 차라리 마스터가 이세벨을 싫어해서, 그녀를 해쳤다는 소리를 듣고 싶은 걸까. 그건 그나마 인간다운 일이었으니.

마스터는 내가 엘리야를 만나고 온 일에 대해서 묻지 않았고, 시름에 잠긴 채 며칠이 흘렀다.

나는 그간 단 한 번도 방을 벗어나지 않았다. 세상과 외떨어진 섬 같은 방에 머무른 채로, 말 한마디 나누지 않으며 난 오로지 마법에 몰두했다.

이따금 고요한 대기가 폐소공포증에 걸린 양 숨 막힐 듯이 답답하게 느껴지고, 잡념이 물밀 듯이 밀려오면 가슴이 온갖 감정으로 미어지곤 했다.

난 그때마다 눈을 감은 채 숨을 깊게 들이쉬며 내 안에 쌓이는 모든 것들을 삭이려고 노력했다. 이내 그 모든 것은 물 밑으로 가라앉아 태풍의 눈에 자리한 것처럼 조용해졌다.

마스터가 방을 비울 때조차 내가 나가지 않은 가장 중요한 이유는 이것이었다.

나는 엘리야를 만나면서 알게 되는 것들이 두려웠다. 그가 말한 게 한 올 한 올 질긴 실이 되어 나를 옭아매는 것 같았다. 내가 진정 알고 싶었던 이 마탑을 벗어날 방법. 그게 있기나 할까.

이 마탑에서 살아남고, 자리할 법을 알려 주듯 엘리야는 마냥 다정했지만 그가 말하는 것에 희망이라곤 없었다.

그의 말은 마스터가 그토록 냉혹한 사람이기에 죽음으로밖에 마탑을 벗어날 수 없다는 걸 상기하게 했다. 나를 이세벨에게 대입해 보는 건, 무의미하다 못해 어리석은 짓이었다.

하지만 난 마스터에게 매달리다 무참히 재로 스러져가는 내 모습을 그려 내지 않을 수 없었다. 다만 상념과 고뇌로 점철된 와중에 이어 간 마법 수련은, 의외로 진전이 있었다.

마스터가 나를 몇 번이고 도와주었던 그 일들이 내게 길을 열어준 양 몸에 쌓이는 마력은 빠르게 늘어갔다. 그건 어쨌든 현실에서 마법을 써 본 경험이 도움 된 게 아닐까.

그리고 뇌리 한구석에 스며 있다가 이따금 밀려 올라오는 기억. 꿈에서 마스터와 마주했던 그 순간들—

때로 그를 떠올리며 설레지 않았던 건 아니다. 나를 힘주어 감싸쥐었던 하얀 손가락, 코앞에서 살랑이던 검은 머리카락, 그 서늘한 감촉…….

잠시나마 매혹당하거나 시선을 빼앗겼던, 누군가에게 느낀 그 어떤 감정과도 달랐던 건—

내가 수도 없이, 그 모든 기억을 곱씹으며 동시에 그 모든 것을 뿌리치려 애쓰고 있다는 것.

내 요구를 순순히 들어주었던 때의 마스터는, 그게 비록 필요에 의한 것일지라도 다정했다. 따스하게 느끼기 어려운 무심한 수용이, 그 감정 없는 배려가 가슴에 닿았다.

아무 뜻 없는 선의가 때로 마음을 적시는 것처럼 내가 마스터에게 받았다는 것만은 사실이었기에, 난 처음 만났을 때 몸서리치기만 했던 마스터를 이해해야 한단 속삭임에 마음을 빼앗겼다.

이미 마스터란 존재를 규정지은 듯한 엘리야와 다른 시온들에게 마스터의 잔혹함에는 이유가 있을 거라고, 항변하고 싶은 건지도 모른다. 그건 내가 그에게 기울었기 때문이 틀림없으리라. 그 모든 게 바른 흐름이 아니란 것도 난 분명히 알고 있었다.

난 마스터를 부러 모른 체하며, 그에게 시선을 두지 않았다. 애초에 마스터는 내게 용건이 있을 때만 말을 걸기에, 함께 방을 쓰면서도 서로 다른 공간에 있는 양 위력적으로 침묵은 유지되었다.

두문불출하면서도 하나 걱정이 들었다. 에스겔이 한 짓에 내가 몹시 기분 상해서 엘리야를 피한다는 오해. 새삼 화낼 것도 없다.

더더군다나 엘리야에겐. 다시 그를 만나러 가야겠다고 생각하면서도 나는 막연하게 만남을 뒤로 미루었다.

에스겔의 행동에 화가 나진 않아도 납득이 가질 않는 것도 사실. 도대체 시온들이란! 물론 내 기준을 이곳에서 적용하는 건 불량배들 앞에서 도덕책을 읊는 것이나 다름없다는 걸 알고 있었다.

단절된 며칠이 지난 뒤, 란델이 찾아왔다. 기척이 느껴지자마자 마스터가 눈을 들어 고요히 시선을 던졌다. 나는 자리에서 일어선 채, 그가 마스터에게 고개를 숙이는 모습을 지켜보았다.

그건 묘한 느낌이었다. 엘리야 앞에서도 복종을 바치듯이 몸을 낮추는 그였건만, 그때보다도 자연스럽고 익숙하되 절제된 움직임이었다. 손등에 입 맞춘다거나 하지 않으니 담백했지만, 그 어딘가에 마음이 비어 있었다.

"용건은?"

"아힌을 찾아왔습니다."

그의 시선이 닿자, 난 괜스레 죄책감을 느꼈다. 그는 마스터를 꺼리니 마스터의 방에 찾아드는 게 더욱 내키지 않았을 터이다. 내가 밖에 있었다면 기회를 보아 접촉했을 텐데, 방 안에 꽁 박혀 있으니 결국은 찾아오게 된 건가.

"그동안 잘 지냈니?"

웃는 얼굴로 인사해 오는 란델은 여전했다. 온화한 낯도, 부드러운 말투도, 친근감 어린 눈빛도 그려 낸 듯이 완벽하다. 보고를 마치고 어디론가 사라져 버리길래, 그에게도 나름대로 일이 있으리라 짐작했었다. 난 이제 그 일이 무엇일지 알고 있었다.

블레셋이 맞이한 변화. 에스겔이 블레셋에게 가 있었다면, 란델도 그랬을 것이다. 란델과 블레셋은 꽤 친해 보였으니까. 그게 섭섭하다면, 내가 어린애 같은 기대를 품은 것일 테지.

"잘 지냈어요. 란델, 제게는 어떤 볼일이?"

그의 용건이 퍽 궁금했기에 난 바로 물었다.

"내 안부는 묻지 않는 거니?"

진지한 얼굴로 장난스레 되묻기에, 난 흠끔 마스터의 존재를 의식했다. 시온끼리 친목을 도모해도 되는…… 거구나. 난 변함없는 마스터의 낯을 바라보며 생각했다. 괜히 신경 썼네.

마스터는 란델이 내게 용건이 있다고 말한 순간부터 모든 관심을 끊고 명상에 몰두해 있었다. 듣기는 듣고 있을 텐데, 뭐 상관없겠지. 어쨌든 마스터는 내게 매사에 공적이고 조심스러운 태도를 보여야 할 것 같은 압박감을 주었던 것이다.

"얼굴에 잘 지냈다고 쓰여 있어서 굳이 안 물어봤어……. 어?"

란델이 말하고 있는 내게 냅다 무언가를 안겨 주었다. 언제 꺼냈는지도 모르겠다. 난 붉은 색 옷감덩어리를 손에 들고 이게 뭔가 싶어서 유심히 들여다보다가, 곧 떠올렸다.

"아, 그때 말한 로브!"

"그래, 색이 예쁘게 나왔지? 어디 한 번 입어 보렴."

그가 기대 어린 눈초리를 하고 있었기에 부담을 가지면서도 난 엉거주춤 로브를 몸에 둘렀다.

사륵거리는 감촉이며 가벼운 무게, 그러면서도 얇지도 않고 도톰하여 물리 법칙을 무시하는 듯한 옷감이었다. 아마도 마법이 깃든 물건이겠지. 색은 아주 짙고 화려한 빨강이었다. 스칼렛레드라고 해야 할까. 나보다는 화려한 외양의 다른 시온에게 더 어울릴 것 같지만……

"잘 어울리는구나."

란델이 눈을 휘며 건넨 칭찬이 마치 진심처럼 들려와 쑥스러우면서도, 난 거울을 보고 싶어졌다. 이런 눈에 띄는 색상은 매치시켜 본 적이 없어서, 그의 말이 진실일지 알고 싶었다. 난 아무래도 무채색이 좋은데, 마스터나 블레셋이 먼저 독차지해 버려서 어쩔 수 없었단 말이지.

란델은 혼자 말하고도 모자랐는지, 구태여 마스터께도 말을 걸었다.

"잘 어울리지 않습니까?"

오래도록 함께 지내 와서 그런지 란델은 대범한 구석이 있었다. 잠시 명상을 뿌리친 마스터가 내 쪽을 힐끔 보고 성의 없이 대답했다.

"그렇군."

그 대답이 '어울리지 않는 건 아니군.' 정도로 들려와 바짝 긴장했던 난 김이 빠지면서도 안도했다. 적어도 이상하지는 않다는 거잖아.

물론 마스터의 취향이 어떤지는 잘 모르지만, 적어도 화려한 걸 선호하지 않는다는 건 안다. 기어코 거울을 찾아내 모습을 비춰보니 내가 보기에도 그럴듯했다.

어깨 위에서 떨어지는 선은 우아하고 고급스러웠고, 몸을 감싸는 감촉도 부드러웠다. 거의 입지 않은 듯한 가벼움. 그 화려한 붉은 색상이 내게 의외로 잘 받는지 창백한 낯빛이 화사해 보이고 눈동자가 한층 선명해진다. 이 정도면 괜찮긴 하네.

거울을 계속 쳐다보자, 후회가 찾아들었다. 난 그래도 색이 죽고 명도가 낮은 붉은색을 기대했는데, 막상 이런 걸 입고 나돌아 다니자니…….

"어울리기는 하는데, 이건 꼭 신호등 같잖아요."

경고의 신호로 빨간색을 쓰는 건, 그게 가장 눈에 띄는 색상이기 때문이라지. 빨간 불이니 다른 사람들 눈에 참 잘 들어오겠다 싶었다. 아무 행동하지 않고 서 있기만 해도 주목을 모으겠어. 도주를 꾀하는 내게 바람직한 차림 같지는 않았다.

"……그게 뭔지는 모르겠지만, 눈에 띌까 봐 걱정하는 거라면 그럴 필요 없단다."

당신은 좋은 색을 골랐으니까 그렇겠지. 내가 새초롬하게 올려다보자, 란델이 미소를 띤 채로 찬찬히 말했다.

"아직 보지 못한 모양이구나. 엘리야의 로브는 화려하다 못해 눈이 부실 지경이란다. 어느 사람보다도 눈에 띄지."

……아, 맞아. 엘리야의 로브는 금빛이라고 했지. 나와 만났을 땐 탑 내라 챙겨 입지 않은 모양이다. 그건 정말, 보지 않아도 그다운 차림이리라. 그 모습이 신의 사자처럼 휘황할 듯하여 기대가 되는 것도 사실이었지만, 시선이 쏟아지는 것을 즐길 그의 심리는 이해하기 어려웠다.

실은 그 넘쳐나는 자신감이 이해 가지 않았다. 매력적이기에 자신감이 넘치는 걸까, 자신감이 넘치기에 매력적인 걸까. 닭이 먼저인지 알이 먼저인지 잠시 고민하던 난 냉큼 말했다.

"로브 고마워요."

가져오는 수고는 했다지만, 란델이 사비를 들인 건 아닐 테고 마탑의 재정으로 만든 것일 텐데 마탑은 마스터의 소유다. 그러면 마스터께도 감사 인사를 해야 하는 걸까. 하지만 마스터가 직접 '아힌의 로브를 만들어라.'라고 명을 내렸을 리는 없겠지.

난 결국 내가 감사하다고 말하든 마스터가 전혀 개의치 않을 거라는 올바른 결론을 이끌어 냈다. 바람직한 예의에 대해서 생각해야 하는 사회생활이란 참 어렵다.

"엘리야가 널 그리워하더구나."

란델이 뜬금없이 꺼낸 말에, 난 잠깐 당황했다. 날 그리워한다고? 우린 그럴 만한 사이가 못 되었다. 오래 떨어져 있지도 않았던 데다가, 엘리야는 누군가를 그리워할 만큼 감성 풍부한 사람도 아니다.

이내 어떤 짐작이 떠오른 난 표정을 굳히며 짚었다.

"그가 그렇게 전해 달랬어요?"

날 당황하게 하려고. 란델이 웃는 얼굴로 선선히 고개를 끄덕였다.

"보고 싶다고도 전해 달라고 했지. 아무래도 그가 찾아와서 수다를 떨 수는 없지 않겠니? 네가 그를 찾아갔으면 하는데."

확실히, 친목 도모에 관심 없는 마스터라고 해도 면전에서 떠드는 데 가만히 있지는 않을 것이다. 괜한 두려움에 사로잡혀 그를 멀리했던 것 같아. 그래, 엘리야를 만나긴 해야지. 내친김에 난 고개를 끄덕였다.

"지금 갈까요?"

"그 차림 그대로 가면 엘리야가 좋아할 테지. 마스터, 제가 아힌을 데려가도 괜찮겠습니까."

여기가 마스터의 방이고 내가 마스터가 특별히 신경 쓰는 존재인 걸 잊지 않았다는 듯이 란델이 바로 허락을 구했다. 그가 여상히 그러라고 말할 줄 알았던 난,

"쓸데없는 소리는 하지 말도록."

그 음성에 가슴이 내려앉은 듯했다. 서서히 시선을 옮겨 마주한, 홍채까지 암흑에 삼켜진 그 눈이 내게 속삭이는 것 같았다.

마탑에서 일어나는 모든 일은, 그의 손바닥 안에 있다고. 엘리야와 이야기하던 그때에도 사위를 적요하게 감싼 채 잠자코 귀 기울이고 있던 그 어둠처럼.

엘리야와 무슨 이야기를 나누었는지, 알고 계시는 건 아닐까. 실제로 난 들은 것뿐이었는데 죄를 지은 것처럼 가슴이 떨린다.

그러나 경고처럼 한마디 던진 마스터는 막아설 마음은 없는 양 곧바로 우리에게서 관심을 끊었다. 얼어붙은 채 이끌려 방을 나서자마자 란델이 피식 웃으며 속삭였다.

"그리 동요해서야 어디 가서 거짓말도 못 하겠구나."

"마스터가……. 알고 계시는 거 아니에요?"

엘리야가 내게 무슨 말을 했는지, 란델도 들었음 직하다. 엘리야의 이야기는 내가 마스터를 멀리하기에 충분한 내용이었다. 란델이

대수롭지 않다는 듯이 대꾸했다.

"그럴 수도 있겠지. 마탑에서 일어나는 일들을 마스터가 어디까지 아실 수 있는지는 알려진 바 없으니."

"그런데 그런 이야기 해도 괜찮아요?"

대놓고 뭐라고 한 건 아니지만, 마스터의 이야기를 한 건 사실이고 대부분 부정적인 말들이었다는 점에서 볼 때 험담이었지.

"이세벨이 죽었을 때는 잠잠하긴 했지만, 우리는 종종 마스터의 냉혹함에 대해서 논하곤 했지. 글쎄 마스터께서 우리들의 소소한 의견 교환을 신경 쓰실지는 모르겠구나."

"그럼 방금은 왜 그러셨을까요."

란델은 잠잠히 날 바라보았다. 서늘하게 가라앉은 기색에 열이 올랐던 머리에 찬물이 끼얹어졌다.

"그건 나는 모르겠구나. 짐작 가는 건 없니?"

내가 마스터를 피한다는 걸 눈치채셨나. 그렇다고 벌벌 떠느라 성취가 늦거나 수련에 소홀히 한 것도 아니고…….

마스터야 내가 그를 두려워하든 상관없잖아. 만일 마스터가 바란 게 내가 그를 따르는 것이었다면, 첫날부터 그런 모습을 보였을 리 없다.

곰곰이 생각하는데 란델이 첨언했다.

"내가 말했지 않니, 마스터는 네게 신경 쓰고 있어. 그 이유가 뭔지 짐작할 수 있는 건 너뿐인 것 같구나."

"전혀 모르겠어요. 사실 며칠 전에 엘리야를 만나고 온 후로 대화를 나눈 적도 없거든요. 늘 그렇지만요."

"그래."

미소로 예리한 눈빛을 갈무리하며 그걸로 궁금증을 접은 란델에 반해 정작 질문을 들은 난 기분이 몹시 싱숭생숭했다. 그러나 곧 엘리야의 방에 다다랐기에, 그도 곧 잊었다.

눈부신 빛이 드리운 방에 가까워지자 꽃향기가 아찔하리만치 물씬

풍겨 왔다. 그간 또 무언가가 바뀐 모양이다.

인공 태양이 드리운 듯이 환한 내부는 온통 꽃밭이었다. 색색의 꽃들이 커튼을 따라 매달려 있었고 바닥에도 군데군데 피어난 꽃 덤불이 모습이 작은 실내 온실을 보는 듯했다. 이건 잡지에서나 나오는 모습 같은데. 무슨 센스야?

먼저 가라고 뒷짐 지고 선 란델을 제치고, 시야를 가리는 하늘하늘한 은빛 레이스 커튼을 휘젓고 앞으로 나아가며 난 커튼에 장식된 꽃을 뭉개지 않도록 노력했다.

드디어 마지막 커튼을 걷어 올린 그때에, 난 멈칫했다.

"오랜만에 보는구나."

가느다란 나뭇가지를 엮어 만든 새둥지 같은 독특한 소파 위에 길게 드러누운 엘리야는 보랏빛 눈동자를 농롱하게 빛내고 있었다. 변화가 있을 만큼 오랜만은 아니었지만, 그는 여전히 아름다웠다.

그런데 그 곁에, 서 있는 사람이 눈에 익었다. 공기 중에 부서지는 빛처럼 찬연한 금발이었다. 이어 지중해의 바다처럼 푸른색과 초록색이 채도 높게 뒤섞인 투명한 에메랄드빛 눈동자가 지그시 나를 향했을 때, 난 그가 누구인지 깨달았다.

—블레셋.

마치 그간 몇 년은 세월이 흐른 듯한 모습이다. 키도 이전보다 반 뼘쯤 커졌고 묘하게 가는 선은 여전했지만, 천사 같기만 하던 얼굴은 성인답게 고혹적인 분위기가 흘렀다.

더 사람 같고 남성적이 된 모습, 그래 블레셋은 이제 완연한 성인 남자였다. 짐작한 바대로 그는 남자가 되길 선택한 것이다. 그 와중에도 여자라면 절세 미녀가 되었을 그의 미모가 아깝다는 생각이 들었다.

길고 늘씬한 체형을 하얀 로브에 감싸고 선 그는 인정하기는 싫지만, 부잣집 도련님처럼 우아하며 귀족적이었다. 변화를 겪는 와중에 꽤 시달렸을 법한데, 그의 몸에서 풍기는 마력은 생생하리만치 강력하다. 그를 후려쳐 주겠다는 발상은 생각보다 더 이루기 어려울 것 같았다.

날 보고 우아하게 입술 끝을 비틀어 올린 그가 모른 척 시선을 떼어 낸 채 엘리야에게 시선을 옮겼다.

"의도한 부름입니까?"

그도 이제 막 도착했던 걸까. 엘리야가 홀릴 듯한 미소를 머금은 채 그에게 손을 내밀었다. 상냥한 치사였다.

"예뻐졌구나."

블레셋의 표정이 확 구겨졌다. 남자가 된 이상 예쁘다는 소리가 기분 좋진 않겠지. 벌써 성별에 따른 자의식을 확립하다니.

그러나 내가 보기에 어떤 면에서 엘리야가 한 말은 진실이었다. 곱게 예뻐진 건 아니지만, 전보다 깊이 있고 성숙해졌다.

여유롭기 그지없는 엘리야를 한 차례 노려본 블레셋은 한숨을 푹 내쉰 뒤 표정을 풀었다. 그리고 다른 시온들이 그러했듯이 이내 그 손을 받아들여 손등에 입을 맞추었다.

"아힌, 너도 오랜만이구나."

인사가 끝나자마자 순서에 따르듯 엘리야가 내게 말을 건넸다. 그 은근한 뉘앙스가 마치 며칠 간 찾아오지 않은 걸 질책하는 듯이 들려 난 어깨를 으쓱했다.

"수련하느라 바빴어요."

"그래? 내가 심란한 소리를 하긴 했지. 하지만 난 그 이야기를 해야만 했어. 너도 이제 한 식구인데 당연히 알아야 하지 않겠니."

"네, 알려 주셔서 감사해요."

그 때문에 혼란스럽긴 했지만, 모르는 거보단 나았겠죠. 근데 사이가 안 좋은 걸 뻔히 알면서도 블레셋과 날 함께 부른 건 무슨 경우야. 쟤랑 화해하라고?

의미심장하게 웃은 엘리야가 마지막으로 내 비스듬한 뒤편에 서 있는 란델에게 시선을 옮겼다.

"아힌을 내게 데려오느라 수고했구나, 란델."

"언제나 저는 당신의 충실한 종이지요."

충실한 종이라기엔, 그답지 않게 비딱한 투로 대답한 란델이 엘리야에게 의례 하던 대로 예를 갖추었다.

앞선 두 남자가 엘리야의 손등에 입술을 대는 것을 바라보며 난심각한 갈등에 휩싸였다. 진짜 나도 해야 하나? 나만 저거 안 하고 있는 것 같은데.

한다고 입술이 닳지는 않겠지만, 막상 내가 그에게 저런다고 생각하니 사지가 오그라들고 엄청난 거북스러움이 몰아쳤다. 더해서 스스로 존엄성을 포기하는 느낌이다.

표정을 굳히고 선 내 고뇌를 알아차렸는지, 엘리야가 풋 소리를 내며 웃었다.

"너는 할 필요 없단다. 그렇지, 이건……."

이채가 흐르는 엘리야의 눈이 오만스레 블레셋과 란델을 시야에 담았다.

"나를 마음으로 따르고 있다는 증거니까."

……묘하게 들리는 소리였다. 실질적으로 시온의 주인은 마스터이지만, 그를 향한 충성은 힘의 관계에 의한 불가항력적인 것. 그에 반해 엘리야를 따르는 건, 마음이다. 시온들 사이에서 엘리야의 영향력은 절대적인 것처럼 보였다.

에스켈과 블레셋 사이는 알 수 없지만, 시온들은 제각기 성격이 독자적이었다. 자존심과 힘으로 그득하여, 충돌할 것 같던 그들은 뜻밖에 서로 원만한 관계를 이루고 있었다. 그리고 그 구심점에 위치한 것이 엘리야.

그건 그렇다 치고, 왜 하필 그런 독특한 인사 방식으로 마음을 증명해야 하는지 모를 일이다. 보는 내가 낯 뜨거워지니.

내가 볼 때 저건 순전히 엘리야의 취향이었다. 발등에 키스하라지 않는 게 다행인 것이리라. 그리고 실현 여부를 떠나서 난 그의 발등에 키스하는 시온들의 모습을 목격하지 않을 수 있단 데 깊이 안도했다.

"그렇지, 모두 앉지 않겠니."

엘리야의 제의에 블레셋이 털썩 그의 좌측에 붙어 앉자 난 자연스레 우측으로 다가가 앉았다.

블레셋과 한 자리에 있는 건 분명히 내키지 않았지만, 여기서 까탈을 부리는 건 내 손해일 것이다. 이전까지 그를 싫어하는 마음이 강경했다면 지금도 여전히 싫은 편이었지만, 그 마음이 좀 모호하게 흐려진 것 같다.

6개월이라는 시간이 지나기도 했거니와 블레셋은 흡사 이전과는 완전히 다른 사람 같았다. 그만큼이나 달라졌다. 일단 베이스는 같더라도 성별이 바뀌었으니까…… 난 블레셋을 훑어보며 관찰하고 싶은 욕구를 가까스로 내리눌렀다.

란델은 앉을 생각이 없는 듯 팔짱을 낀 채 떨어진 자리에 서 있었고, 엘리야는 내 쪽을 향해 몸을 기울이며 친근하게 속삭였다.

"그 로브, 잘 어울리는구나. 옷감은 내가 골랐지. 더 화려한 걸로 하고 싶었는데 란델이 반대해 와서, 아쉽게도."

난 란델에게 감사의 눈길을 건네며 입으로는 엘리야에게 인사했다.

"마음에 들어요. 감사해요."

노랑 노랑 병아리색을 주장하기에 란델의 센스도 의심한 적 있는데 얼마나 무대 의상 같은 옷감을 골랐으면 그가 말리기까지 했을까. 날 위해서라기보다는 그의 취향을 관철하고 싶었던 것 같지만, 신경써 준 건 사실이니.

"나도 고르면서 즐거웠단다."

화사한 미소를 지으며 내 머리를 쓰다듬은 엘리야가 곧바로 블레셋에게 말을 걸었다.

"이제는 안정기에 접어들었나?"

"네, 완전히."

"중간에 미쳐 버린 네가 폭주하면 어떻게 할까 걱정했는데, 다행히 잘 견뎌 냈구나."

……내 생각보다 상태가 더 심각했던 것 같지? 내가 처음 왔을 때와는 달리 마탑에 시온들이 우르르 몰려 있기에 왜 그런가 싶었는데, 블레셋 때문이었구나.

장하다는 듯이 엘리야가 그의 뺨을 쓰다듬자, 블레셋이 낯을 확 찌푸렸다. 싫어서라기보다는, 몸 둘 바를 모르는 것처럼 보였다. 성격적으로 심히 결함이 있는 그라도, 엘리야의 앞에서는 순한 양에 불과한 듯하다.

란델이 설명을 보탰다.

"일시에 전신의 마력이 방출되어 위험할 뻔한 순간이 있었는데, 잘 넘겼습니다. 아시다시피, 마력 통제가 에스겔의 주특기니까요."

"에스겔에게 맡기길 잘했구나. 기분은 어떠니."

"그냥 그래요."

착각이었을까? 냉담하게 대꾸한 블레셋의 시선이 순간 엘리야를 넘어 내게로 향하는 듯했다. 내가 시선을 피하자, 그가 낮아진 음성으로 되뇌었다.

"……빨리 임무를 받아 탑을 나가고 싶군요."

"그래, 그동안 답답했겠지. 안정기에 들어섰다고는 하지만, 신체가 급진한 변화를 겪었으니 적응이 필요할 텐데, 괜찮겠니?"

"문제없어요."

"아모스를 한 명 붙여 주는 건 어떨까. 그렇지, 요엘은 어때."

"좋은 생각은 아닌 것 같군요."

처음 듣는 이름에 고개를 갸우뚱하는 내게 묵묵히 서 있던 란델이 설명을 보탰다.

"아모스 중에서도 가장 실력 있는 마법사란다."

아, 그렇지. 시온밖에 보지 못하다 보니 이 마탑에 시온 외에도 수백 명의 마법사가 속해 있단 걸 잊어버리고 만다. 시온 아래 아모스. 아모스 아래 룻. 마스터 아래에서 마탑의 계급 체제는 아주 단순한 구조를 가진다. 시온 다음가는 계급이자 수십 명의 인원이 속한 아모스, 그들은 개개인이 강력한 마법사이다. 개중 가장 실력 있는 아모스라면 이제 갓 시온이 된 나보다도 더 강할 터.

내가 룻과 아모스를 한 번도 본 적 없는 이유는 간단하다. 이 마탑은 심처 중의 심처라, 룻은 이곳에 어지간해선 올 수 없거든. 마탑에 속해 있되 수장은 보기 힘든, 하급 인력이랄까. 모든 것이 마법으로 해결되는 이곳에선 따로 허드렛일을 할 사람이 필요치 않아서, 룻이 마탑에 있을 이유가 없다.

그 룻을 관리하는 자들로, 세계각지로 파견된 아모스 역시도 탑에 머무는 일이 드물었다.

내가 처음 왔을 때에도 블레셋과 란델밖에 보지 못했으니 이곳에서 나다닌 그 짧은 기간 동안 아모스를 보지 못한 건 퍽 자연스러웠다. 나도 시온으로서 실력을 갖추면, 마탑을 자주 떠나 있게 되겠지. 하지만 아직은 멀게만 느껴지는 일이었다.

"아모스는 엘리야의 관리하에 있지. 시온과 직접적으로 소통할 일이 별반 없으니 네가 몰랐을 만도 하단다."

……늘 소파 위에 늘어져 있길래 놀고먹는 한량과인 줄 알았는데 생각보다 하는 일이 있었구나.

난 엘리야를 무례하게 재평가했다. 언제나 느긋해 보이는 그였지만 이렇듯 인테리어에 신경 쓰는 세심한 일면을 보자면, 꼼꼼히 일을 잘할 것도 같다. 내 로브까지 소소하게 챙기고 말이야.

"그럼 임무 배정은 누가 하는 거예요?"

"룻과 아모스는 내가, 시온은 마스터께서. 거의 그렇지."

엘리야가 어깨를 으쓱해 보였다.

"시온과 아모스가 세계에 개입하기 위한 손이라면 룻은 마스터의 눈이란다. 룻들이 보낸 정보는 모두 마스터께로 가지."

"어떤 정보요?"

"마력의 비정상적인 움직임, 급격한 기상이변, 국가의 정세 변화.

대상은 광범위하지만 대개는 이런 것들이지."

마스터가 나를 구할 수 있었던 것도……. 룻 중의 하나가 이상을 감지하고 보고 올렸기 때문이었나.

난 기억을 더듬었다. 내가 배운 바에 따르면, 차원의 틈새가 벌어진 특정 지역에서 마력이 뒤틀리는 현상이 나타났을 것이다. 그게 이 세계에 큰 영향을 미치지는 않겠지만, 적어도 마스터의 흥미를 끌었을 수 있겠지.

"그 정보들을 뭐에 쓰시는데요?"

란델이 설명을 보탰다.

"그건 생각보다 유용하단다. 절망에 빠진, 인세에 영향력을 보일 수 있는 그 누군가의 소원을 들어주며 대가를 취하는 거지. 주기적으로 계약이 이루어져야 영향력을 계속 이어 갈 수 있으니."

"그렇게— 영세토록 부귀영화를 누리는 거지."

엘리야는 턱을 괴며 묘한 웃음을 흘렸다.

"마탑은 아주 부유하단다. 몇 세기에 걸쳐서 긁어모은 재화는 어느 나라와도 비할 수 없지. 그 돈을 쓸데가 없다는 것도 문제지만."

"저야 연구에 마음껏 사치를 부릴 수 있어서 좋긴 합니다만. 애초에 윗사람한테 돈을 타서 써야 하는 구조가 잘못된 겁니다. 어느 룻이, 어느 아모스가 선뜻 사욕을 차리는데 손을 벌릴 수 있겠습니까."

"임무마다 경비는 넉넉히 책정한다고. 다들 절약 정신이 몸에 배어서 말이지. 로브에 보석도 달고 길에 나가서 돈도 펑펑 뿌리고 하면 좋잖아? 아무도 그런 취미가 없으니, 원. 언제나 음습하게 몸을 숨기면서 어둠 속에서 서식하지."

엘리야가 비꼬는 듯한 투로 비난하자 란델이 핀잔을 던졌다.

"그런 식으로 재화를 흩뿌리는 것도 세상에 지나치게 관여하는 일이니, 마스터께서 허락하지 않으실 겁니다."

"누가 그걸 모르겠니. 그래서 내가 마스터께 이 탑의 외관을 금과 보석으로 장식하면 어떠냐고 권했는데, 마음에 드시지 않는 모양이야. 바로 거절당해 버렸단다."

"당연히 거절하시지 않겠습니까. 투과성 있는 마력석도 아니고 금속을 덧씌우면 마력 전이에 문제가 생길 텐데 룻들이 마법을 운용할 때 애먹을지 모릅니다."

"그건 힘을 빌려다 쓰는데 너무 익숙한 나머지 성취를 이루는데 소홀했기 때문이지. 마탑의 마력을 잘 끌어다 쓰는 것도 중요하지만, 본신의 마력을 키우는 게 더 중요하단다. 알겠니? 아힌."

"네에."

어쩐지 잔소리로 끝나 버려서, 난 고개를 끄덕이며 고분고분하게 답했다. 룻들에게 뭐랄 수 없는 게, 마스터의 도움이 없었다면 진보고 뭐고 아직도 난 저 밑바닥에서 허우적거리고 있었겠지.

비록 원치 않은 것일지라도, 나쁘지 않은 방법이었을지도……

생각하던 난 곧 기분이 싱숭생숭해졌다. 몹시 타락해 버린 것 같은 기분이었다.

란델과 엘리야는 그 후로도 쓸데없는 듯이 들리지만 가치 있는 정보로 가득한 대화를 주도해 나갔다.

나도 말이 많은 편은 아니었지만, 블레셋은 그야말로 도도한 자태로 대화를 듣고만 있다가, 간간이 질문이 떨어지면 그제야 제 순서가 돌아왔느냐는 듯이 시큰둥하게 입을 열곤 했다.

블레셋을 보자마자 불편한 자리가 될 줄 알았는데, 엘리야는 그와 내가 대화를 나누도록 유도한다든가 부러 말을 시키지 않았다. 어쨌든 그는 거부감을 불러일으키지 않을 선상에서 나와 블레셋을 한 자리에 두었다. 한계선상을 지키는 데 퍽 능숙하다.

엘리야가 마스터를 대신하여 마탑의 모두를 총괄하는 것도, 이해할 만한 일이었다.

마스터의 첫 번째 시온이며 마스터 다음가는 강력한 마법사라는 점을 떼어 놓고 보아도, 엘리야는 사람 다룰 줄 알았으니까.

그게 묘하게 꺼려졌다. 엘리야 자체는, 물론 더할 나위 없이 매력적이고 친해지고 싶은 사람이었지만 그 반면에 경계심을 움트게 했다.

나를 멋대로 휘두르는, 지나치게 능력 있는 사람과 가까워지는 건 흡사 자의식을 빼앗기는 듯한 느낌이었다. 내 목표는 분명한데, 그가 내게 갖는 영향력이 강해질수록 마음이 흔들려 버릴지 모르니.

마탑의 사람들은 내가 한순간에 망설임 없이 버릴 수 있는 이들이 어야 한다. 그러면서도 내가 선을 그었다는 것을 드러내지 않아야 하는데, 그건 퍽 어려운 일이었다. 내 연기력이 시원치 않기도 했거니와, 호의로 날 대하는 사람을 밀어내자니 양심이 따끔거리기도 했다.

시간이 흘러 엘리야의 변덕으로 모임이 끝을 맺자, 난 인사를 남기고 먼저 방을 나섰다. 돌아가는 대로 바로 마법 수련에 열중할 셈이었다. 그래야 탑에서 자주 임무를 맡아 파견 나갈 수 있기에.

몇 걸음 옮기자마자 바로 뒤를 따르는 인기척이 느껴졌다. 꼭 따른다고 할 수는 없다. 탑 중앙으로 가고자 한다면, 그냥 가는 길이 같은 걸 수도 있으니.

나는 재빨리 상대가 누구일지 추리해 보았다. 몹시 게으른 행태를 보이며 앉아서 방문자들을 불러들이는 엘리야일 것 같지는 않았다. 란델이었다면, 분명 내게 뭐라도 말을 걸었을 것이다.

블레셋? 긴장감으로 몸이 쭈뼛 곤두섰다. 한적한 복도에서 그를 등 뒤에 놓고 있다고 생각하니, 으슥한 길목에서 낯선 남자가 뒤따라 붙는 상황을 연상케 하는 섬뜩한 감마저 있었다.

난 티 내지 않으며 걸음을 서둘렀다. 그가 나보다 키가 크니, 걸음이 빠를 건 당연지사였다. 미묘하게 빨라진 걸음 덕에 그와의 거리는 좁혀지지 않았다. 거의 홀에 다다라 돌아갈 일만 남아서 마음을 놓고 있는데, 뒤에서 음성이 들려왔다.

"너."

너무도 짤막한 부름이라, 어떤 감정이 담겨 있는지 유추할 수 없었다.

그러나 조금 전까지 한 방에 있으면서도 블레셋은 내가 신경 쓰이지 않는 것처럼 쿨한 태도를 보이지 않았던가.

못 들은 체할까 짧은 고민을 마친 난 자연스럽게 몸을 돌렸다. 이 대로 가 버리면 도망치는 것처럼 보일 수 있고, 그렇게 보이는 건 내가 결코 원하지 않는 바였다.

블레셋은 멈추어 선 채로 나를 막연히 바라보았다. 무슨 말을 하려고 한다기보다는, 나를 불러 세우는데 의의가 있었다는 듯이.

포말 부서지는 여름 바다 빛 눈동자가 어떤 감정으로 나를 바라보고 있는지 알 수 없다. 그의 에메랄드 빛 눈은 보석과 같아서, 순수하리만치 감정에서 벗어나 있었고 나를 향한 적의나 분노에서 완전히 자유로웠다. 한순간이나마 내게 더할 수 없는 살의를 내보였던 그 때와 무관한 것처럼.

할 말이 없는 듯했기에, 나는 기다려주지 않고 바로 마스터의 방으로 이동하는 마법을 시행했다.

블레셋이 어떤 표정을 지었는진 보지 못했지만, 아무래도 상관없다. 무시하지 않는 것만으로도, 나는 같은 시온으로서 그를 존중해 주었다.

다시금 깨닫게 되는 건— 그는 변했다. 깨끗이 적의가 사라진 얼굴은 이전의 그와 지금의 그가 달라졌다는 걸 실감케 했다. 그런데 나는 그걸 순순히 받아들일 수 없었다. 블레셋에게서 어떤 사과도 듣지 못했으므로.

그는 까칠한 성격을 가진 이들이 대개 그러듯 사과하지 않을 이였다. 그리고 나는 제대로 된 사과를 듣지 않으면 흐지부지 넘어갈 수 없었다.

감정이라기보단 필요에 의한 결심에 가까웠다. 그를 순순히 용서해 버린다면 내 목숨을 노리는 사소한 일쯤은 아무것도 아니라고 말하는 게 되어 버리니까.

이리스 라하느야 감옥으로 끌려가서 수난도 당해 보았지만, 블레셋을 벌할 이는 아무도 없잖아? 마스터는 네 일은 알아서 하라는 식으로 말했고. 내가 호락호락하고 만만한 상대가 아니라는 걸 입증할 수 있는 건 결국 나 자신의 행동뿐이다.

돌아오자마자, 난 저도 모르게 마스터를 향해서 입을 열었다. 떠나기 전 마스터의 말이 묘한 압박감으로 다가온 탓일 것이다. 내가 시온들과 쓸데없이 어울리는 게 아니라는 걸, 입증해야겠단 의무감.

"블레셋이 변화를 마쳤어요."

난 강조하듯이 부연했다.

"이전보다 더 강해진 것 같더라고요."

이론적으로 폭주하는 마력은 통제력을 찾으면, 그 반동으로 안정을 찾을 때 주변의 마력을 끌어들여 양적 증가세를 보이기 마련이다. 블레셋은 이전보다 더 능숙하게 기운을 숨겨내는 느낌이었다. 내가 진보한 만큼이나, 혹은 그 이상으로 그는 강해졌다.

이제 막 걸음마를 내딛기 시작한 내가 과한 욕심을 부리는 것일 수 있겠지만, 막상 말을 꺼내 놓고 보니 마음이 초조해진다. 경주에서 뒤처진 경주마가 된 느낌. 입술을 깨물고 있는 내게 냉막한 음성이 들려온다.

"예정된 결과였다."

불길한 형체가 어둠 속에서 모습을 일으키듯, 검은 로브가 장막처럼 일어섰다. 주저 없이 나를 직시하는 어둠에 찬 눈동자가 검게 드리운 수면으로 정체 모를 무언가가 솟아오르는 양 섬뜩하다.

그에게 선불리 말을 건 나를 원망하며, 난 어떻게 말을 맺어야 할지 고민했다. 저는 왜 이 모양일까요, 라든가 어떻게 하면 저도 그처럼 마력이 확 늘어날 수 있을……. 난 깨물던 입술에 힘을 가했다.

그 방법은 뻔하잖아? 금제에 걸려 몸부림치던 꿈속에서의 마지막 만남에서도, 나는 필요에 의해 그에게 입술을 허락했다. 그 사실을 생생하게 상기하는 내게, 마스터가 무심한 투로 말했다.

"네게는 쉽사리 강해질 방법이 있지."

물러서고 싶을 만치 강렬한 존재감을 숨기지 않으며, 마스터는 나를 바라보고 있었다. 마치 내가 그 말을 꺼내기를 기다렸다는 듯이.

그는 내가 블레셋의 강함을 논한 자체를, 강해지는 걸 원하고 있다고 받아들인 것 같다. 간과하고 있었지만 자연스러운 논리였다. 나 다음으로 내가 강해지길 원하는 건, 마스터일 테니까.

고요한 대기가 중력이 가해지듯 서서히 나를 짓눌렀다. 그의 눈, 그의 침묵이 그 단순한 말 한마디를 절대적인 명령으로 만들었다. 파동처럼 떨림이 번져 나간다. 날 뿌리째 흔드는 그.

저도 모르게, 비틀거리던 발을 앞으로 내딛자 긍정의 신호로 읽은 걸까, 마스터가 가만히 손을 내밀었다.

밀랍처럼 희고 매끈한 손가락이었다. 허공에 정지해 있는 그대로 생동감이 없어 사람의 것 같지가 않았다. 저승에서 내뻗는 악령의 손길처럼 한기가 흘렀다. 그 손은 사람 하나쯤 단숨에 으깨어 버릴 수 있는 무한한 힘을 내포하고 있었다.

도망치고 싶었다. 그러나 거역할 수 있을 리 없다. 조종당하는 듯이 저절로 걸음이 움직였다. 사지에 제 발로 걸어 들어가는 양 위기감이 차올라 심장이 빠르게 뛴다. 그저 본능이었다.

마스터는 포식자였고, 얼마나 성장했든 간에 그의 앞에서 난 피식자에 불과했다.

아마 나는 겁에 질린 표정을 짓고 있을지 모른다. 느릿하게 뻗은 손이 마스터의 손과 겹쳐졌을 때, 배 속이 떨렸다. 나는 그 어느 때보다도 긴장하고 있었다. 그러면서도 오기가 솟아, 막연히……. 시험하고 싶었다.

엘리야가 들려준 이야기가 내가 마스터에게서 멀어지도록 했는지. 그 때문에 내 마음이 그에게서 진정으로 거리를 두었는지. 내가 며칠간 쌓아 올린 벽이 얼마나 견고할지.

……시험하고 싶었다.

깃털을 가져가듯 전혀 힘들이지 않으며 그가 날 끌어당긴다. 윤활

유를 들이부어도 이처럼 군더더기 없이 매끄러운 동작이 나오지 않으리라.

짙은 어둠에 잠기듯 난 균형을 잃고 마스터의 품 안에 떨어졌다. 내가 어디에 앉은 건지. 심장이 튀어 오르고, 가슴이 조인다. 다시 멋모르고 일어나려는 찰나, 사고를 멎게 만드는 그 무색무취한 감정 없는 얼굴.

백자처럼 희고 달빛으로 빚어낸 듯이 고왔다. 단려한 이목구비 속에 자리한 암흑이 고스란히 담긴 두 눈이 지독하게 생생하다. 그리하여 아이러니하게도 그는 비로소 살아 있는 존재 같았다. 나는 그처럼 완전하고 아름다운 형상을 본 적이 없었다.

그리고 망설임 없이 그 얼굴이 가까워지고 이내, 입술이 닿았을 때—

아…….

나는 내 안에서 굳건하리라 믿었던 성벽이 모래성처럼 허물어지는 걸 느꼈다.

부스스 무너져 내리는 그 소리가 이명처럼 고막을 울린다. 꿈이 아닌 현실에서 그와 직면하고 있다는 게, 거세게 내게로 와 부딪혔다.

그간의 시간이 무용한 것이었다고 비웃듯, 고통스러울 만치 그의 목을 끌어안고 싶었다. 그 충동이 너무도 강렬하여 가슴에 불길이 이는 듯하다. 그에게서 느꼈던 설렘과 두근거림이 단계를 뛰어넘어 치닫는다. 통제할 수 없는 마음에 눈물샘이 젖어들었다.

난 주먹을 세게 틀어쥐고 뻗어 나가려는 손을 막는 데 안간힘을 썼다. 그를 경계하겠다는 다짐이 내 마음을 청개구리처럼 반대로 밀어냈나 보다. 어리석게도.

마스터를 향한 마음을 재어 보며, 재어 볼 수 있으니 태만하게 여겼다. 난 마스터를 이만큼 좋아하니까, 아직은 괜찮아. 어쩔 수 없는 일이잖아? 그래 여기까지 하자, 라며.

오늘 그 모든 것이 폭풍에 휩쓸렸다. 이 사람을 좋아하는 걸 멈춰야 해. 더 이상은 안 돼. 그게 널 죽일 거야.

머릿속에 빨간 등이 켜지듯 경계신호가 온몸을 울린다. 해악이라는 걸 알면서도 벗어날 수 없는, 이 불가항력적인 마음.

마스터가 입술을 떼어 냈을 때, 나는 몸서리치듯 그에게서 떨어져 나갔다. 혐오스러운 어떤 과정을 겪어 낸 듯이 난 새파랗게 질려 바닥에 주저앉아 숨을 몰아쉬었다.

혹시 불쾌하게 여기지 않을까 그의 눈치를 살피는 내가 우스웠다. 실은 줄곧 그러했다. 못 박은 듯이 그에게 시선이 박혀서, 떨어지지 않았다.

감추어 둔 진실을 깨닫는 다는 건 지독히도 낯설었다. 이런 나 자신이, 그리고 내 감정이. 그 속에서 여전한 건 오직 퇴색되지 않는 마스터의 청백한 무심함뿐이었다.

……결국, 엘리야의 말은 내게 아무런 소용도 없었다.

흐름에 거부하려 했던 나를 징벌하려 하듯 내 마음은 너무도 반항적이라서, 멋대로 제어할 수가 없다. 포기도 안 되었다. 억지로 꺾어 부술 수 있는, 그런 게 아니다. 그렇다고 내버려 두어서도 안 될 일이다.

차오른 감정이 수위를 넘나들었다. 이게 넘쳐 버리면, 나는 어떻게 될까. 쫓기는 듯한 심정에 저절로 입을 열었다.

"제게 임무를 주세요."

잠긴 음성이 스스로에게 도망칠 구실을 안긴다. 난 차분한 투로 다시금 말했다.

"다른 임무를 맡고 싶어요."

다행히 떨림 없는 음성은 동요를 드러내지 않았다.

도저히 이대로, 아무렇지 않은 것처럼 여기에 있을 수가 없다. 어떻게 그럴 수 있겠어? 이제껏 그 누구를 향했던 마음과는 달랐다. 이처럼 이 마음이 절대적이고, 치명적으로 나를 흔든 적이 없었다.

떨어져 있다면 괜찮아질 거야. 아니, 그래야만 해. 활활 타오르는 불길도 전소해 버리면 그뿐, 더 이상 장작을 주지 않는다면 그대로 잦아들리라.

내가 그의 도움을 구하지 않는다면, 꿈에서 마스터를 만날 일은 없을 테니까.

지우려 애쓰면서도, 사나운 의문이 차올랐다. 왜 당신은 아무것도 의도하지 않으면서 내 마음을 잡아끌지? 못내 그를 탓하고 싶은 기분.

마스터의 답변이 자르듯이 떨어져 내렸다.

"내일, 엘리야가 네게 임무를 줄 것이다."

변함없는 표정으로 마스터는 내게서 시선을 떼어 낸 뒤,

"그를 찾아가라."

그것으로 말을 맺었고, 그걸로 끝이었다.

마스터가 눈을 감으면, 그대로 이 넓디넓은 방 안에서 그와 나의 세계는 단절된다.

그게 다행스러우면서도, 부쩍 예민해진 가슴 한쪽이 쓰라렸다. 그게 꼭 우리의 일방향적인 관계를 말해 주는 것 같아서.

난 주춤거리며 일어나 내 자리로 걸어갔다. 그리고 쓰러지듯이 그 위에 누웠다.

하루가 어떻게 지났는지 모르겠다. 침대에서 웅크리고 자다 일어났을 때, 마스터는 방에 없었고 급작스레 공허감이 몰려들었다. 세상에 홀로 남겨진 듯이 외로웠다.

그제야 난 엘리야가 말한 것, 그리고 다른 시온들의 마음을 알 것 같았다. 누군가를 향한 마음이 채워지지 않는다면 다른 누군가를 통해서라도, 채우고 싶게 된다. 그게 엘리야였던 것뿐이다. 그는 저 먼 곳을 좇는 마음을 사로잡기엔, 최적의 사람이니까.

잠든 사이 쿵쿵 뛰던 심장도, 잔뜩 올랐던 열도 말랐던 목을 축인 양 가라앉았다.

한편으로는 마스터가 자리를 비운 것에 안도하는 내가 있었다.

좋아하는 마음을 들키는 게 두려운 상대라니, 최악이지. 마음대로 좋아할 수 없는 게 애타듯 괴롭고, 그게 나를 죽일 수도 있단 것에 숨이 막힌다.

난 로브를 챙겨 들고 탈출구를 찾듯이 곧바로 밖으로 이동했다. 그리고 엘리야를 향해 걸음을 옮겼다. 어제 마스터가 그를 찾아가라고 하셨으니, 언질해 두었을지도 모르겠다.

너무도 순순히 내 청을 들어주는 게 달가우면서도 서운하다. 이성을 무시하고 멋대로 기대를 피워 올리고 실망하기를 반복하는 나 자신에 진력이 난다.

엘리야를 부르는 마음에 응하듯, 곧바로 나타난 팔랑거리는 나비는 어제처럼 내 앞길을 인도했고 난 이전과는 달리 단출한 방 안에 앉아 있는 엘리야를 발견했다.

하얀 벽면에 검은 소파. 엘리야답지 않은 인테리어 선정이었지만, 물을 기운도 정신도 없었다. 다행히 그는 혼자였고 그 사실만은 기꺼웠다.

느긋하게 다리를 꼬고 앉은 그는 소파에 비스듬히 몸을 기댄 채 내게 손짓했다. 말없이 다가가 그의 옆자리에 앉자, 엘리야가 손을 뻗어 내 턱을 끌어 올렸다. 그가 흥미로운 투로 속삭였다.

"안색이 좋지 않구나."

그리고 재어 보듯 손끝으로 내 주위 허공을 훑었다.

"하지만 마력이 강해졌어."

마스터의 마력전달이 감정의 격화과 연관이 있는지 마력량이 이전보다 더 상승했단 건, 나도 느끼고 있었다.

다행히 엘리야는 내 마력이 갑작스레 증가한 이유를 묻지 않았다. 날 놓아준 그가 특유의 가벼운 투로 말했다.

"돌아온 지 얼마 안 돼서 쉬고 싶을 줄 알았는데. 글쎄, 마스터가 네게 임무를 주라고 하시더구나."

"제가 원한 거였어요."

"그래? 오랜만에 내 공간에 방문하시기에, 취향에 맞게 인테리어를 바꿔 보았지. 난 마스터의 충실한 첫 시온이잖니. 항상 그분의 마음에 들기 위해서 노력하고 있단다."

진지한 척하는 소리에, 부정적인 감상이 어쩐지 잊힌다. 난 떨떠름하게 응답했다.

"그렇군요."

"하지만 오늘도 여전히 평해 주지 않으셨어. 무언가 부족함이 있었던 걸까. 마스터의 취향은 이 단순하고 무미건조한 색채일 거라고 확신했는데."

상심한 듯 고뇌하는 표정을 짓는 그를 보며 마탑에서 가장 쓸데없는 데 몰두하며 한가하게 사는 사람이 있다면 이 엘리야일 것 같다고, 난 불순한 생각을 품었다.

"어쨌든, 제 임무는요?"

시큰둥하게 묻자, 엘리야가 기다렸다는 듯이 화사하게 입꼬리를 올렸다.

"그렇지, 안 그래도 널 보낼 생각이었거든. 마침 좋은 기회다 싶어서."

"네에."

"블레셋이 이번에 맡은 임무가 있는데, 변화를 마친 지 얼마 되지 않은 그를 혼자 보내려니 걱정이 드는구나. 그를 돌볼 겸 너도 함께 나가면 좋겠구나."

"네?"

나와 그를 한자리에 둘 때부터 모종의 음모를 꾸미고 있다고 짐작했지만, 설마하니 블레셋과 날 붙여 둘 줄은 몰랐다. 당장 나가고 싶어도 이건 아니라고. 난 굳어진 얼굴로 반문했다.

"제게……는 블레셋을 돌볼 만한 능력이 없는데요."

"어쩔 수 없단다. 다른 시온들은 각자 맡은 임무가 있어. 요엘이 금방 귀환할 줄 알았는데 시기가 늦어지게 되었으니. 나중에 합류할 수 있을지 모르지만 확실하지는 않으니까."

난 입을 꾹 다물고, 머리를 굴려 다른 핑곗거리를 찾았다. 엘리야가 놀리듯이 얄미운 투로 물었다.

"혹시 그가 남자라서, 같이 다니는 게 쑥스러운 건 아니겠지?"

이거다 싶어서, 난 확고하게 답했다.

"네, 란델 때야 어쩔 수 없었다지만, 남녀 둘이 붙어서 행동하는 건 아주 문제가 있어요. ……제가 살던 곳에서는 그랬다고요."

조선 시대엔 그랬을 거다. 분명히.

"교미를 걱정하는 거라면 그럴 필요 없단다. 그는 네게 손대지 않을 테니까."

엘리야는 피식 웃었다. 적나라한 말에 뺨이 화끈 달아올랐다. 난 말을 잇지 못하고 버벅거렸다. 그냥 놀릴 셈으로 던진 말에 잘 낚였다 싶었다.

"아무튼, 그렇게 하는 걸로 하고."

전혀 납득할 수 없다는 기색을 역력하게 드러내는 날 보며 엘리야는 그 기다란 손가락으로 느긋하게 머리카락을 꼬았다.

"블레셋과 정 가기 싫다면, 하는 수 없지. 네게 맡길 다른 임무가 있을 때까지 기다리는 수밖에."

그의 보랏빛 눈동자에는 마치 당장 떠나고 싶은 내 심리를 간파한 듯한, 날카로움이 담겨 있었다. 대답하지 못하는 날 향해 엘리야가 손을 내저었다.

"블레셋이 홀에서 기다리고 있을 거란다."

거기서 더 반론을 끄집어내지 못한 것으로, 내 운명은 결정되었다.

5. 탑의 계약

세찬 바람이 소리를 내어 결계를 두드린다. 유난히 바람이 이는 날, 휘몰아치는 대기는 흡사 소용돌이와 같아서, 사람 한 명쯤은 종잇장처럼 휩쓸어 버리고도 남을 만치 거셌다. 결계를 치지 않았다면 몸을 지탱하느라 손잡이를 꽉 부여잡은 손안 쪽의 여린 살이 화상을 입은 양 새빨갛게 부풀어 올랐으리라.

약간의 소음을 제외하면 난 안전하고, 안온한 상태로 새 위에 올라 상공을 날고 있었다. 투명한 막이 외부의 바람을 막아주어 차단된 느낌은 있지만, 아래를 내려다보면 여전히 다리가 떨릴 만큼 아찔한 높이다.

하지만 난 란델의 팔을 으스러트릴 듯이 부여잡았던 과거와는 달리, 눈을 질끈 감고 애써 태연한 척하며 공포심을 이겨 냈다. 눈앞에 떡하니 귀신이 나타난다고 해도 매달릴 수 없는 사람과 함께 있었으므로.

엘리야와 만남을 끝내고 홀에서 마주한 블레셋은 고아한 성자처럼 보였다. 하얀 로브를 뒤집어쓰고 긴 금발을 드리운 그는 나를 보며 적의를 여실히 드러냈던 그때와는 달리 감정 없는 시선을 내게 주었다. 보석처럼 깊이 있는 광채가 어린 눈동자였다.

날 흘끗 일별한 그가 곧 따라오라는 듯이 등을 돌렸다. 그 뒤를 따르는 건 정말로 내키지 않은 일이었다. 불과 몇 개월 전에 날 살해하려고 한 사람이다. 그 사람과 함께 임무를 수행하라는 게 말이나 되는 소리야?

엘리야의 방을 나서면서 몇 번이고 그냥 남겠다고 돌아가 말할까, 갈등했다.

그러나 난 결국 그러지 못했다. 마스터에게로 가는 게 불이 난 집에 다시 걸어 들어가는 것처럼 느껴졌기에. 그 타는 듯한 열기가 여실한데, 어떻게 그럴 수 있을까.

엘리야에게 솔직하게 모든 걸 털어놓는다는 건, 안 될 일이다. 그가 내게 퍽 잘해 주고 있다지만, 상냥함과 선함은 다른 것이고 엘리야는 전적으로 내 편이 되어 줄 만한 사람이 아니었다.

그래, 마탑의 그 누구도 내 편은 아니지. 터놓고 이야기할 사람이 없단 게 새삼 공허하게 가슴을 휘돌았다.

"너, 맡은 임무가 뭔지는 알아?"

목적지에 도달했는지 새가 고도를 낮출 무렵 블레셋이 침묵을 깨고 말을 걸었다.

"아니요."

난 딱 잘라 답했다. 마탑을 벗어나기 전까지 불친절할 정도로 임무에 대해 설명이 없는 게 전통 아니던가. 블레셋이 차분하게 읊조렸다.

"그냥 따라와서 내가 하는 대로 보고 있기만 해. 어차피 별거 아닌 일이니까."

그 말투가 흡사 혼자로도 충분하니까 괜히 방해하지 말라는 식으로 들려서, 울컥한 기분에 내뱉었다.

"내가 오는 게 싫었으면, 엘리야를 설득하면 되었잖아요?"

그랬으면, 나도 당신과 동행 따위 하지 않아도 되었겠지. 아주 사소한 임무라도 다른 걸 시켜달라고 말해 볼 수 있었을 거야.

"네가 오는 걸 왜 싫어해야 하지? 착각하지 마. 이건 임무일 뿐이야. 누구와 함께든 상관없어."

마스터 코스프레를 하는지 쿨하게 내뱉는 말에 명치를 다 때려 주고 싶었다. 하지만 그의 말에서 묘한 기분이 들었다.

난 곰곰이 되짚어 보다가 이내 깨달았다. 블레셋의 말은 꼭……. 나를 싫어하지 않는다고 하는 거 같잖아.

그가 나를 불러 세웠을 때부터, 블레셋이 달라졌단 건 감지한 터. 뭐, 아무래도 좋아. 나는 마스터에게서 떨어져 있었고, 그것만으로도 이 임무를 맡은 걸 달가워해야 하는 상황이다. 블레셋이 나와 원만하게 지내고 싶다고 한다면, 내게도 나쁠 건 없으니.

난 새삼스러운 눈으로 블레셋의 뒤통수를 훑어보며 입을 꾹 다물었다.

곧 서서히 속력을 낮추며 지면에 다다른 새가 살포시 땅에 내려앉았다.

―쿠궁

둔중한 충격과 함께 막이 걷히자 난 부리나케 뛰어내려 땅에 발을 디뎠다. 얼어붙은 눈이 발에 눌려 파삭거리는 소음을 낸다.

하얀빛이 시리게 눈을 파고든다. 사방은 온통 투명하고 차가운 얼음 눈이 깔린 숲이었다. 아래를 보지 않으려 애를 쓰고 있었던 터라, 갑자기 풍경이 달라지자 이질적인 기분이 들었다.

온통 흐린 안개로 가득한 채로 한결같이 서늘한 기후를 유지하는 마탑과는 전혀 다른 곳이었다. 내가 입은 로브에는 몸 전체의 온도를 일정한 상태로 유지해 주는 마법이 걸려 있어서 추위가 실감 나지 않았다.

난 주변을 슥 돌아본 뒤 블레셋을 향해 입을 열었다.

"이제 설명해 주시죠."

그 대단찮은 임무라는 게 도대체 뭔지. 블레셋이 앞장서며 차분한 투로 설명을 시작했다.

"이곳은 기드온이라는 북방의 영지야. 보다시피 내린 눈이 녹질 않아서 땅이 일 년 내내 눈으로 덮여 있지. 사람 살기에는 혹독한 곳이지만, 우리에게는 유용한 땅이야."

"유용한……."

이곳 기드온과도 계약을 맺고 있을 테지. 샤자한에서는 마력석을, 그렇다면 이곳에서는 무얼 받아 내고 있을까?

"가공된 마력석은 마지막으로 룻들의 손에서 마력 정제의 과정을 거친다. 우리는 그것을 마력석을 연다고 표현하지. 그 과정에는 특별히 제조된 정제수가 필요해. 그리고 눈과 얼음, 차가운 대기의 마력이 녹아든 이곳의 정제수는 마력석을 정제하는 데 최적의 것이야. 샤자한이 마력석을 통해 부를 이룩했다면, 기드온에게는 정제수가 그런 품목이지."

"그래서 마탑은 정제수를 대가로 받고 있겠군요."

"기드온과의 계약은 샤자한과의 계약보다도 훨씬 오래되었어. 눈사태로 산맥에 고립된 영주를 구해 주는 대가로 정제수를 받기로 한 것이 시작이었지. 마탑의 지원이 있어 정제수 제조가 발전한 것이기도 하고. 그 후로 우리는 그들에게 룻을 파견하여 성주를 호위하거나 소소한 자연재해를 해결해 주고 있지."

"그럼 이번에는 왜 룻이 아닌 우리가 가는 건가요?"

그와 나를 엮어서 우리라고 표현하는 게 내 귀에도 퍽 어색하게 들렸다.

"성주가 부탁이 있다더군. 매년 하나의 부탁을 들어주는 것이 계약의 조건. 엘리야가 하급마법사로서는 수행할 수 없는 문제라 판단했어. 자세한 건, 가 보면 알겠지."

블레셋이 말을 마칠 즈음, 숲길도 거의 끝에 이르러 이윽고 나뭇잎에 가려졌던 빛이 쏟아져 내렸다.

안개가 끼지 않았음에도 드높은 창공은 회청색을 띠었고, 내리쬐는 햇볕도 얼음 결정처럼 공기 중에서 차게 부서졌다. 그야말로 겨울로 가득한 세계였다.

우리가 도착한 곳은 산기슭에 펼쳐진 야트막한 숲이었다. 나와서 돌아보니, 저편에 아찔하게 높은, 희게 얼어붙은 산맥이 우뚝 서서 거대한 육신을 드리우고 있었다. 산 아래쪽에 깔린 푸르름과 대조적인 깎아지른 듯한 산맥의 단면에는 하얗게 눈이 서려, 범접할 수 없는 기세를 풍겼다.

난 그 경이로운 풍광에 시선을 빼앗겼다. 한 번도 해외여행을 가본 적 없는 내게 사진으로만 접할 수 있는 풍경이 눈앞에 놓여 있으니 낯설고도 신비로웠다.

"바로 이동한다."

블레셋이 말을 걸지 않았다면, 난 한참 동안 멍하니 그 장관을 바라만 보고 있었으리라.

그가 슬쩍 어깨에 손을 얹자 곧바로 마력이 나를 휘감았다. 익숙한 감각이었다.

기드온 영지는 산맥과 조금 떨어진 곳에 위치해 있었다. 그도 그럴 게 저 거대한 산에서 눈사태라거나 산사태가 난다면 영지 전체가 모조리 묻혀 버릴 테지.

산맥의 위용이 먼저 눈에 들어오긴 했으나 평원과 이어지는 길목에 위치한 기드온의 성은 독일의 고성처럼 웅장하고 격조 높았다. 우리가 도착한 마을 너머로 군림하듯 굳건한 자태를 내비치는 모습에 감탄이 절로 나온다.

감상에 도취된 내게 블레셋이 시큰둥하게 말을 걸었다.

"이런 곳은 처음인가 봐."

"처음이죠."

한국에는 이런 산맥도 없거니와 중세풍의 성도 없다고. 블레셋이 냉담하게 속삭였다.

"뭐, 구경하는 건 좋은데 정신 차리라고. 다 왔으니까."

마탑의 시온답게 얼빠지게 굴지 말라는 듯한 소리에 난 퍼뜩 정신을 차렸다.

어느덧 우리는 마을 입구에 다다라 있었다. 항상 그렇듯이, 앞에 선 경비병들에게 통행절차를 거쳐야 했다.

이 추위에 털가죽으로 몸을 꽁꽁 둘러싼 채 경계를 서는 병사들이 고생스러워 보이긴 했지만, 얇은 로브 한 겹만을 걸친 채 마을 입구에 선 나와 블레셋과는 무척 대조되어 보이는 차림새였다. 개중 한 명은 추위에 헛것을 보았다고 착각했는지 블레셋을 보며 눈을 마구 문질러 댔다. 그야 블레셋은, 얼음 산맥에서 내려온 천사와 같은 모습이었으니까.

그가 품에서 꺼낸 패를 우아하게 쳐들자, 병사 중 한 명이 받아들고 급히 고개를 숙였다.

우리는 곧 마을 안으로 들어설 수 있었다.

당연히 족히 영하 20도는 될 거라고 짐작되는 곳에서 '나 마법사다'라고 광고하듯 로브를 입고 나타난 우리에게 시선이 쏠릴 수밖에 없다. 두꺼운 털가죽 옷을 두르고 부쩍 덩치가 커진 채로 옹기종기 모여 뚫어지게 쳐다보는 사람들 때문에 구경거리가 된 느낌이었다.

블레셋보다는 내가 확연히 눈에 띄는 색상의 로브를 입고 있음에도, 덜 부담스러웠던 건 그에게 가는 시선이 더 많았던 탓이다.

블레셋은 실로 오연했다. 마탑의 시온은 모두가 그런 성격일까. 그 역시 시선을 받는 데 아무 거리낌이 없는 것처럼 당당하기만 해서 오히려 그게 당연하단 인상을 심어 준다.

그의 머리카락은 초여름의 햇살처럼 금빛이었고 눈빛은 녹음 깊은 에메랄드 색깔이어서, 이 얼어붙은 영지의 사람들은 여름의 한 자락이 흘러든 듯이 느꼈을지도 모른다.

경탄 어린 시선에 우쭐댈 줄 알았던 블레셋은 내 생각만큼 어리지는 않은지 무심한 표정을 고수했다. 물론, 그는 어리지 않았다. 백 살이 넘었다고 했지…….

괴리감에 빠져들려는 찰나, 경비병의 연락을 받았는지 급히 지긋한 나이의 중년인이 달려와 우리 앞에 머리를 조아렸다.

"귀빈을 이렇게 모시게 되어 영광입니다. 성주님께서 기다리고 계시니 부디 저를 따라오시지요."

블레셋은 거만한 태도로 그를 내려다보며 고개를 까닥였고, 우리는 중년인을 따라 마차에 올랐다. 귀빈이라고 칭한 게 의례적으로 손님을 높여 말하는 건 아닌 듯싶다.

우리는 성에 도착하자마자 기다린 듯이 안내되어 바로 성주를 만나볼 수 있었다.

"오는 길은 평안하셨습니까. 워낙 추운 곳이다 보니 오시는 길이 고생스럽지 않을지 걱정이 되더군요! 아, 이렇게 말하면 제가 감히 마탑의 마법사님들을 얕보는 게 되는 겁니까? 하하."

직접 우리를 마중 나온 성주는 강렬한 눈빛을 지닌 활력이 넘치는 젊은 남자였다.

키도 건장하니 크고 근육질의 육신이 탄탄해 보였다. 척 보기에 운동으로 다져진 몸임에도 원체 햇빛이 강하지 못한 곳이라 그런지, 피부색은 희었다. 호탕하게 웃음을 터뜨리는 인상이 대체적으로 호감을 줄 만하다.

하지만 뭔가 걸리는 것이 있었다. 느낌이 썩……. 성주가 어떤 사람이든 전혀 관심이 없는 듯한 블레셋이 그의 환대에 전혀 응하지 않고 잘라 물었다.

"부탁할 내용은?"

"하하, 이것 참. 조급하게 생각하실 것 없습니다. 그간 마탑의 높으신 분들을 뵐 기회가 통 없었지요. 이번에 좋은 대접을 해 드리고 싶은 마음이 큽니다. 휴양 왔다고 생각하시고 일단 느긋하게 식사부터 하지요. 그리고 후에 천천히— 이야기를 나누는 게 좋겠습니다!"

어쨌든 냉대에 굴하지 않을 만큼 대범한 사람인 것 같기는 했다. 성주는 호들갑스레 손짓하며 우리를 이끌었고 블레셋은 내게 힐끔 시선을 준 뒤, 대답 없이 그를 따라갔다.

블레셋이 서두르는 걸 바라지 않았기에, 나도 이견 없이 그를 따랐다.

뭐든 즐길 만한, 그래서 신경을 빼앗길 만한 무언가가 필요했다. 사소한 임무라면 금방 끝마칠 수도 있겠지만, 그건 결코 내가 바라는 바가 아니니.

떠나오기 전 상황을 되짚자 마탑에 떼어 두고 온 것들이 구름처럼 밀려들어, 잠시 가슴이 먹먹해졌다. 난 단상을 뿌리치며, 애써 걸음을 옮겼다.

복잡한 상념을 떨치기까지는 그리 오래 걸리지 않았다. 식사 장소로 향하면서 블레셋과 성주는—비록 전체적인 양상이 성주가 친근하게 질문하면 블레셋이 냉담하게 쳐 내는 식으로 이루어졌을지라도—이것저것 대화를 나누었고, 나는 비서처럼 묵묵히 그 뒤를 따랐다.

성주에게 한 번이라도 말을 허용했다간 피곤해질 것 같은 예감이 들었기 때문이다.

"자, 자! 어서 잔을 드시지요."

갓 음식이 날라진 듯이 먹음직스러운 냄새를 풍기는 풍성한 식탁을 두고 앉자마자 대낮부터 대뜸 술을 권하는 성주의 모습에 곤혹스러운 기분이 앞섰다.

거나한 만찬을 예상하긴 했지만, 술은 아직 이르지 않아? 더군다나 술잔을 받자마자 이어진 상황은 낯설다 못해 언짢은 종류였다.

야하다고밖에 표현할 수 없는 옷을 입은 미모의 여자 둘이 블레셋과 성주의 곁에 각자 딱 달라붙어 시중을 들고 있었다.

이 나라에도 기녀가 있는 건지, 속이 다비치는 옷에 푹 팬 가슴골도 민망하거니와 상체를 노골적으로 들이대며 바짝 붙는 퇴폐적인 모습을 보고 있자니, 얼굴이 달아올랐다.

밥이 목구멍으로 넘어가지가 않는다. 식사하면서 이런 꼴을 보고 싶은 이는 없을 텐데, 이걸 융숭한 접대라고 하는 건가.

문화 차를 넘어서 무어라고 면박 주고 싶은 반감이 솟았지만, 블레셋이 가만히 있었기에 나 역시 말을 삼켰다.

말없이 블레셋 뒤로 물러나 있었던 건 애초에 그렇게 여기기를 바란 것이었지만, 역시 이곳에서도 난 딸려 온 덤 취급인가 보다.

블레셋은 주변에서 무슨 일이 일어나던 거의 신경 쓰지 않는 태도로 음식을 깨작였다. 원래부터 그랬는지는 모르겠지만, 확실히 깨작인다는 것보다 나은 표현을 찾기 어려울 정도로 그의 식사량은 적었다.

갓 남자가 된 그가 여자들의 육체적인 접근을 좋아할지는 가늠하긴 어려웠다. 하지만 한기가 풀풀 풍기는 표정을 보아 별로 좋아하는 것 같지는 않다.

그간 내가 파악한 블레셋은 타인의 접촉을 극도로 싫어하여, 바로 거부반응을 보일 만큼 까탈스러운 성격이었는데.

이곳 기드온에서는 흔한 접대 방식이라 내버려 두는 걸까. 어쨌든 그가 보이는 초연함은 란델의 냉정한 태도와 닮아 있어서, 퍽 마탑의 시온다웠다.

"오늘 오신 마법사님들은 기존의 저희 기드온을 도와주셨던 마법사님들보다 더 높으신 분들이라 들었습니다."

"기드온에 관한 임무는 룻에서 시온으로 이관되었다."

그보다 훨씬 나이가 많아 보이는 성주에게 반말을 고수하는 태도가 쌀쌀맞기 그지없어, 내가 다 무안해진다.

물론, 백 살 넘은 그가 존대할 만한 이도 많지 않겠지마는 외관상 성주에 비하자면 블레셋은 새파랗게 어리니까.

거기에 불쾌감을 느낄 법도 한 성주는 도리어 환하게 웃었다.

"그렇군요. 시온이라니, 이것 참 영광입니다. 본 성주의 이름은 바함이라고 합니다만, 성함을 알려 주시지 않겠습니까."

"블레셋."

짤막하게 대꾸한 그의 눈길이 나를 향했다.

"이쪽은 아힌. 나와 같은 시온이다."

이목이 내게로 돌려지자, 성주의 낯빛에 당황한 기색이 스쳤다. 그는 한차례 목을 가다듬은 후 말했다.

"아아, 이쪽 분도 시온이셨군요. 이것 참, 제 결례를 용서하시기를."

그가 내게 관심을 두지 않은 건 사실이지만, 별달리 결례를 범한 건 없었는데.

……설마 블레셋에게만 여자를 붙여 준 걸 말함은 아니겠지. 난 강조하듯이 말했다.

"난 괜찮아요."

란넬도 샤자한의 왕에게 존대를 썼으니까, 이건 내 재량일 터였다. 예상대로 블레셋은 내게 눈치를 주거나 비난하지 않았다.

몇 마디 더 의미 없는 말이 오간 뒤 블레셋은 성주의 성의를 최소한으로만 받아들일 요량이었던 듯, 바로 자리에서 몸을 일으켰다. 그는 끊어 내듯 딱 잘라 말했다.

"용건이 없다면 오늘은 쉬고 싶군."

그 와중에 옆의 두 여자가 애교를 떨면서, '아이— 좀 더 있다가 가시지요.'라며 매달렸음에도 블레셋의 표정은 여전히 시큰둥했다.

"이런, 여행하느라 피곤하셨을 텐데 제가 미처 고려하지 못했습니다. 아쉽지만, 이만 방으로 안내해 드리지요."

성주가 손짓하자, 하녀 한 명이 바로 나타나 고개를 숙였다.

"그녀가 머무실 방으로 안내해 드릴 겁니다. 내일 아침, 이야기를 나누는 걸로 하지요."

블레셋은 성주를 힐끔 보고 인사 없이 바로 몸을 돌렸다. 무슨 꿍꿍이를 품고 있기에 이리 뜸을 들이는지. 분명한 건 그게 별로 유효할 것 같지는 않다는 사실이다. 등 뒤로 그의 인사가 들려왔다.

"필요하신 것이 있으면 불러 주십시오."

블레셋과 내가 쉴 처소는 성 안 높은 층에 위치해 있었다. 바깥쪽과 이어지는 통로를 따라 다다른 문 없는 원형의 홀은 탁자와 소파가 구비된 응접실이었다. 거기에서 뒤로 뻗어 나가는 복도에 방 여러 개가 있었는데 그중 아무 방이나 쓰면 되었다.

홀 한쪽 전면이 투명한 유리창이라 기드온의 전경이 고스란히 내려다보여, 눈을 빼앗긴 난 방에 들어가지 않고 일단 소파에 걸터앉았다.

차를 가져오겠다며, 하녀가 사라지기 무섭게 블레셋이 불쾌하다는 듯이 옷을 털어 냈다.

"냄새가 지독하군."

향수 냄새가 마음에 들지 않았는지 눈살을 찌푸리며 중얼거리는 그에게 난 시선을 주었다.

역시 싫은데 참고 있었나. 하지만 인내심도 별로 없는 블레셋이 왜?

"그 여자들을 내치면 되었잖아요."

"그랬다면 대신 피비린내를 맡게 되었겠지."

"······네?"

섬뜩한 소리에 내가 눈을 크게 뜨자, 블레셋이 차분하게 말을 이었다.

"술자리에서 여자로 접대하는 것이 기드온의 관습이야. 받아들이지 않는다면, 손님의 무례를 벌하거나 손님을 만족시키지 못한 여자들을 벌하여 성주의 위신을 세워야겠지. 그리고 상대가 나인 이상 그가 선택할 건 후자여야겠고."

"무슨······ 법도가 그래요."

기가 질렸다. 여행 나온 것처럼 느슨해졌던 마음이 싹 가시며, 긴장감이 일었다.

"강자를 존중하기에 친절하게 나온 것일 뿐, 혹독한 북방의 영지를 다스리는 기드온의 성주들은 대대로 잔인한 성정이었지. 지금의 성주도 비슷하다고 들었어. 거기에 더해 의뭉스럽고 교활하기까지 하지."

블레셋의 서늘한 에메랄드빛 눈동자가 나를 향했다.

"그의 앞에서 약한 모습 보이지 말라고. 얕보이면 물어뜯을 작자니까."

내뱉은 그가 바로 돌아서 근처의 방으로 들어갔다. 탁, 하는 소리가 들리고 잠시 뒤 난 입술을 깨물었다.

뭐 이런 살벌한 동네가 다 있어. 당장에라도 탑을 떠나고 싶어 도 피처로 생각했던 곳이 내게 도피를 허락할 만큼 안이한 장소가 아니 었단 걸 깨닫자 가슴 한구석이 서늘해진다.

하기야 그렇게 쉬운 임무였다면, 시온에게 맡길 리 없겠지.

그런 와중에 난 블레셋이 들어간 방 쪽에 새삼스러운 눈길을 주었 다. 그래도, 사소한 불편도 참지 못해 피를 볼 만큼 냉혹한 성격은 아니었나 보다.

생각하기는 싫지만, 은근히 맺고 끊음이 확실한 란넬이었다면 어 떤 일이 벌어졌을지.

……내일 성주가 어떤 부탁을 해 올지가 관건이었지만, 내일 일을 미리 고민해 봤자 무의미하다.

하녀가 내온 차를 마시며 난 창밖을 내다보았다. 잠들기에는 이른 시간이었다.

조경이 아름다운 장소였기에, 어느덧 석양이 드리운 이곳 기드온 의 전경을 난 가만히 감상했다.

성 한쪽의 고풍스러운 외벽과 그 옆에 해 질 녘의 얼음 산맥은 부 드러운 주홍빛을 머금고 있었다. 흐릿한 하늘 아래에서 시리기만 했 던 은빛의 눈도 누르스름하게 젖어들었다. 지금이 이 한빛의 영지가 가장 따스해 보일 시간일까.

여리게 남은 빛이 잦아들어 이윽고 별 비치는 밤이 찾아들면 혹독 한 추위가 온기를 모조리 앗아 가겠지만, 거기에서 자유로울 수 있었 던 난 어둠이 내릴 때까지 줄곧 창밖을 바라보았다.

내게 닥친 일들이 매우 불운하다고 여겼건만, 아이러니하게도 이 곳에서 난 기후에 얽매이지 않는, 타인이 부러워할 만한 강력한 마법 사였다.

그렇기에 온통 하얗기만 한, 어쩌면 이곳 사람들이 저주스럽다고 느낄 경관을 마냥 아름답게 바라볼 수 있었으리라.

그러나 그런 나도 언제나처럼 대지를 적시는 밤을 보며 어둠을 닮은 누군가를 떠올리게 되는 건, 막을 수 없었다. 몸은 자유롭되 정신은 그러지 못한 탓이다.

미루어 두었던 독배를 들이키듯, 그 모든 상념이 한순간에 밀려들었다.

"마스터."

난 이름조차 알지 못하는 그를 불렀다. 가슴에 아릿한 통증이 스며들었다. 이만큼이나 멀어져, 도망쳐 왔음에도 나는 여전히 그를 좇고 그를 그려 내고 있었다. 그건 피할 수 없었다.

내 진심에 대해 깨닫는 건 '맙소사, 말도 안 돼. 내가 하필 마스터를 좋아하다니!' 탄식하며 소리를 내지를 만큼 벼락같은 일은 아니었다.

나는 알고 있었고, 예감하고 있었음에도 그저 너무 가벼이 생각했던 것이다. 단 한 번도 사랑에 빠져 본 적 없는 사람이 사랑이란 단어를 우습게 여기듯, 나 역시도 오만했다.

그래서, 정작 그 모든 게 막연한 예상을 넘어 닥쳤을 때 돌이킬 방도가 떠오르지 않았다. 알게 된 이상, 내가 어찌해야 할지는 명확함에도. 그 질긴 뿌리의 파고듦이 너무도 선연했다. 난 그걸 통째로 뽑아 없애려고 마음을 다잡아 보았다.

아주 갈아서 없던 것처럼 소각해 버리고 싶었다. 악귀를 몰아내는 것처럼, 바닥에 소금을 뿌려 대는 미친 짓은 어떨까. 그러나 어떤 비약적인 상상도 무용했다.

난 마스터가 좋았다.

그 말이 굳어진 명제처럼 내 안에 박혀 있었다. 뽑아낼 수 없을 만치 깊숙이. 나도 모르는 새 그가 내게 이 글귀를 새겼다.

어째서 그런 사람을 좋아하는 건데? 내 세계였다면 살인마에 불과한 사람인걸. 그를 좋아한다고 하면 누구나 손가락질하겠지. 부모님이 아시면 어떻게 생각하겠어?

사방에서 메아리치는 부정의 말들. 그러나 그 모든 부정의 말들이 곧 효력 없이, 무의미하게 스러지고 만다.

통제할 수 없는 들불이 가슴속에서 타오르도록 내버려 두는 건, 고통스러운 일이었다. 또한 무력하고 비참했다. 드러내어 거절당한다면 차라리 포기할 수 있을지도 모른다. 하지만 그조차 허용하지 않는 이였다. 난 마스터를 좋아할 만큼 어리석었지만, 고백에 죽음을 무릅쓸 만큼 어리석지는 않았다.

이제는 식어 버린 차를 난 성급하게 들이마셨다. 속에서 밀려 올라오는 감정은 뜨거웠지만 중간에서 꽉 막힌 듯이 답답하다. 눈물도 나질 않는다.

내가 안고 있는 감정의 불덩이가 너무도 뜨거워, 저 산맥에 서린 얼음을 퍼마셔도 해소되지 않을 듯하다.

막막한 심정으로 완전히 깜깜해져 온통 희무스름하게 빛나는 산맥을 바라보고 있는 내 시야에 문득, 그것이 보였다. 하나의 생각에 온통 사로잡혀 있던 탓에, 흐릿한 시선이었다. 잘못 보았나 생각했다.

그러나 난 다른 것을 느꼈다. 저 멀리, 산자락에서 환영처럼 일렁이는 밝은 형체. 마치 나를 부르듯이 — 거기에서 느껴지는 희미한 마력.

반사된 빛이라 하기에는 밝다. 횃불이라고 해도 이 먼 곳에서 밝게 보이지는 않을 터.

뭔가 이상하단 걸 깨달은 난 바로 자리에서 일어섰다. 마법사가 된 이후 신체 능력이 향상되어 시력이 좋아졌다고는 하지만, 이건 시력이 좋다고 해서 볼 수 있는 게 아니다. 마력을 가진 자나 특정 상대만이 감응하여 볼 수 있는, 일종의 마법적 신호였다.

신호라니, 누구를 향한? 나를 부르는 걸까. 아니, 굳이 내가 아닐수도 있겠지. 그런데 저게 대체 뭐지? 또 다른 혼란이 머릿속을 엉망으로 빚어냈다. 저걸 확인하기 위해 산맥으로 가는 건, 어렵지 않은 일이었다.

이제는 온갖 마법을 다 펼칠 줄 아니 내 몸 하나 충분히 지킬 수 있다. 하지만 망설여졌다. 난 공간 이동 마법을 뇌리로만 떠올리며 머뭇거리고 있었다.

함정일지도 모른다는 생각이 내게 자제심을 심었다. 경솔하게 낯선 여자가 준 물을 받아마셨다가, 노예상에 납치된 기억이 발목을 붙들었다.

그때의 나와 지금의 내가 가진 힘이 다르다지만, 조심해서 나쁠 건 없다. 경계심을 품고 바라보니 수상쩍게만 보인다.

그러나 곧 충동이 얄팍한 경계심을 이겼다. 난 뭘 두려워하고 있지? 어떤 일이 벌어지고 있든, 이곳에 앉아 부질없는 상념에 허덕이고 있는 것보다 낫지 않겠어?

홀리듯이 천천히 앞으로 뻗어 간 손이 본능처럼 마력을 떨쳤다. 순식간에 구현된 마법이 나를 감싸 안았다. 발밑의 감촉과 대기와 그 모든 것이 변화를 얻는다. 한 걸음 내딛자 얼음 눈이 퍼석거리며 부서지는 소리가 들린다.

난 단숨에 공간을 도약하여 이곳, 얼음 바람이 휘몰아치는 설산에 서 있었다.

달빛을 반사하는 은색의 대지에 서 있는 것은 오로지 나뿐. 은은한 어둠만이 그림자처럼 내려앉은 고독한 장소였다. 싸라기눈처럼 부서지는 눈안개 속에서 설녀가 등장할 듯하다.

내가 찾아온 붉은빛의 정체가 무언지, 난 눈앞에서 목도하고 있었다. 어떤 불길도 단숨에 잦아들 듯한 이 장소에서, 불새라니.

활활 타오르는 불길 이는 날개가 시야를 어지럽힌다. 온전히 불길로 이루어져 있음에도 뜨거움이 느껴지지 않는 게, 놀랄 만치 생생하다.

전설에 나오는 불사조가 이러할까. 날개를 퍼덕여 보인 불새는 내가 다가서자마자 놀리듯 한달음에 멀어졌다. 도망치나? 그러나 불새는 나와 적당히 거리가 벌어지자 자리에 멈춰 선 채, 공중에서 이지러지며 불길을 자아냈다. 따라오라는…… 뜻인가.

"엘리야?"

기시감에 난 그의 이름을 중얼거렸다. 하지만 그가 이런 방식으로 나를 초대할 이유는 없다. 하물며 탑을 떠난 이 시점에서— 이 독특한 초대를 어떻게 할까 가늠해 볼 것도 없이, 난 선뜻 걸음을 내디뎠다.

신중하게 굴기에는 눈앞의 광경이 나를 너무도 매혹시켰다.

얼어붙은 산에서, 불새를 따라가는 마법사라. 마법사 대신 소녀라는 단어를 넣는 편이 더 신비로웠겠지만, 날 소녀라고 표현하는 건 좀 멋쩍은 일이었다.

그리고 동화가 무너지는 것보다야 애초에 현실감 있는 쪽이 낫지 않겠어? 불새는 천천히 날갯짓하며 앞으로 나아갔고, 나는 나비를 쫓는 어린아이가 되어 그 뒤를 따랐다.

그렇게 십여 분쯤 걷자 지치지는 않았으나 내 모자란 인내심이 언제까지 걸어야 하느냐고 불평을 토해 냈다. 혹시 저 새가 내 말을 알아듣는다면, 얼마든지 빨리 날아도 따라갈 수 있으니 어서 목적지로 인도해 달라고 독촉해야겠다.

내가 조급한 짓으로 이 기묘한 산책의 무드를 박살 내기 전에, 다행히 앞에 무언가가 나타났다.

얼음 동굴이라니. 함정이라고 보기에는 너무 세련된 방식이다. 성주가 녹록지 않은 자라는 건 경고받았지만, 그리 섬세한 사람처럼 보이지는 않았다. 이 정도면 걸려들어도 될 만큼 성의가 있다.

다분히 비논리적인 이유로 난 흔쾌히 이 초대에 응하기로 마음먹었다.

만약을 대비해 몸에 결계를 둘러치고, 어느새 동굴로 쏙 들어가 버린 불새를 따라 안으로 발을 들였다. 살을 에는 바람이 멎었음에도 여전히 온도가 낮은 동굴 내부는 냉동고를 연상케 했다.

안쪽으로 사람 네다섯 명이 걸을 만한 폭의 길이 깊숙이 뻗어 있었다. 바닥이 온통 빙판이라, 걷는 데 주의를 기울여야만 했다.

난 이내 고개를 갸웃거렸다. 녹고 얼어붙고를 반복하였다면 바닥과 벽면이 울퉁불퉁해야 할 텐데, 대리석처럼 온통 매끄럽게 다듬어져 있었다.

흡사 얼음벽을 뜨거운 온도로 녹여 구멍을 뚫은 듯이. 인위적인 냄새가 풍긴다.

그래, 나는 지금 누군가의 영역으로 들어가고 있는 것이다. 친절한 불새가 미끼를 흔드는 듯이 계속 저 앞에서 어른거린다.

망설이는 마음이 살짝 스쳤지만, 난 자신감을 갖기로 했다. 아마 날 초대한 그 누군가도, 마탑의 시온이 어떤 존재인지는 생각지 못했으리라.

이윽고 끝에 다다랐을 때, 난 우뚝 멈춰 섰다. 눈을 의심케 하는 광경이었다.

투명한 벽면에 물들인 듯이 투명한 붉은 빛이 가득했다. 그러나 그 빛은 모든 것을 불사르는 파괴적인 화기라기보다는, 볕을 쬐는 사람이 느낄 법한 햇살의 따스함에 가까웠다.

여명에 물든 양 따스하고 보드라운 빛이었다. 그리고 동굴 안을 환하게 밝히는 그 빛의 근원은—

거대한 알이었다. 실로 코끼리만 한 크기의.

그만한 크기의 알이 존재할 수 있느냐를 떠나서, 얼음벽 가운데에 박혀 따스한 기운을 내는 그것은 어느 모로 보나 알의 형태를 하고 있었다.

마탑에서 이동 수단으로 이용하는, 괴조도 이만한 크기의 알에서 나지는 않을 것 같은데. 심장이 뛰는 듯이 맥동하는 알에서 생명의 기운이 흘러나오고 있었다.

이 얼음 동굴 깊숙한 곳에 왜 이런 것이 존재하는지는 추측하기 어려웠다. 그러나 태어나기도 이전에 나를 부른 거라면, 알을 깨고 나면 뭔가 대단한 생물체가 되지 않을까.

친근함을 표하듯 우웅거리며 소리를 내는 알에 난 가까이 다가섰다.

알에서 번져 나온 빛은 한데 모여, 금세 내가 쫓던 불새의 모습을 갖추었다. 알 위에 살포시 내려앉은 불새가 새침하게 날개깃을 골랐다.

불러 놓았으면 용건이 있겠지? 악한 목적으로 날 불러낸 건 아닌 듯해서, 느긋해진 난 호기심에 손가락을 내밀어서 불새를 콕콕 찔러 보았다. 환영이란 건 알고 있어도 뜨거울 줄 알았는데, 손끝에 약간의 온기만 감돈다.

놀랍도록 감정 표현에 능숙한 불새는 뾰로통한 기색을 내비치며 옆으로 몇 걸음 움직였다. 심지어 부리로 쪼려는 듯 불길로 구현된 주둥이를 달싹거리기도 했다.

신기하긴 했지만, 난 싹 얼굴을 굳히고 냉정하게 말했다.

"불러냈으면 용건을 말해."

불새는 목소리가 나지 않는 양 부리를 뻐끔뻐끔했다. 말도 할 줄 모르면서 나는 도대체 왜 부른 거야? 멍청한 새대가리가.

속으로 투덜대기 무섭게 뒤쪽에서 타닥, 하는 가벼운 발걸음 소리가 들려왔다.

"어어, 손님이 들어 계셨네요."

콧잔등에 주근깨가 송송 난 젊은 여인이 날 발견하고 멈춰 섰다. 눈빛에 경계의 기색이 감돌았으나, 적의는 느껴지지 않았다.

슥 훑어보니 별다른 힘이 느껴지지 않는 게 평범한 여인이다. 난 어깨를 으쓱하며 편안한 투로 답했다.

"안녕하세요. 저 새가 저를 불러서 왔어요."

"네? 엘로힘 님! 정말, 내가 못 살아! 왜 그렇게 제멋대로 행동하세요!"

여인이 다가서서 소리를 내지르니 화들짝 놀란 불새가 알 속으로 모습을 감추었다. 어른에게 혼나는 아이를 보는 듯하다.

이름도 있었네, 엘로힘이라고? 지성을 가진 건 확실해 보인다. 어휴, 한차례 한숨을 내쉰 여인이 내게 가까이 접근했다. 내가 건장한 남자였다면 이렇듯 다가오지도 않았겠지만, 어쨌든 난 만만해 보이는 데는 일가견이 있었다. 나를 보고 위협을 느낀다면 그건 분명 지독한 겁쟁이이거나 과민증 환자일 테니까.

여인의 눈길이 바로 내 얼굴에 꽂혔다. 그녀가 조심스럽게 입을 열었다.

"저어 실례지만, 어디서 온 분이신지?"

"여행자예요, 기드온에는 처음 왔죠."

"로브……. 마법사이신가요?"

온 사방이 붉으니, 내 눈에 띌 만한 붉은 로브도 바로 눈에 들어오지 않았나 보다. 꼭 보호색을 덧입은 느낌이네.

"네, 무슨 문제라도?"

마법사라는 게 무슨 위험분자라도 된다는 양 여인이 경계심을 드러내며 내게서 뒷걸음질 쳤다.

"당신, 여긴 어떻게 왔죠?"

난 심드렁한 표정으로 여인을 응시했다.

"말했잖아요. 저 새가 날 불렀다고요."

"엘로힘 님이, 당신을 불렀다고요?"

"아니면 이 넓은 산에서 초행인 제가 어떻게 여길 찾아왔겠어요? 저 새한테 물어보세요. 아, 말을 할 줄 모르나."

망설임 없이 답하는데, 새가 알 위로 고개를 빼꼼 내밀었다. 내 대답이 여인을 안심시킨 듯 그녀가 조용히 한숨을 내쉬었다.

"어쩌다 이런 시기에 이곳에 오셨는지 모르겠지만……. 악한 분이 아닐 거라고 믿겠어요. 엘로힘 님은 사람 보는 눈이 있는 분이니, 악의를 품고 계셨다면 초대하지 않았겠지요."

불새가 포르르 날아가 그녀의 어깨 위에 내려앉았다. 여인은 경의와 애정을 담은 다정스러운 눈길로 불새를 바라보았다. 숭배하는 듯한 눈빛.

추운 나라이니 불새를 숭배하는 종교라도 있는 걸까. 척 보기에도 마법적 생명체인 것 같긴 한데, 내 짧은 지식으로는 알길 없는 존재였다.

"사람을 좋아하는 분이시지요."

"아직 태어나지도 않은 것 같은데."

"곧 부화하실 거예요."

내 사소한 지적에 여인이 확신을 담아 말했다. 난 내친김에 의문을 풀기로 했다.

"저 새는 도대체 정체가 뭐지요? 왜 이런 곳에 알이 있는 거고, 어미는 어디로 갔나요?"

"불새가 이 땅에 출현할 때, 기드온에 녹음이 내리리니."

여인의 입가에 은은한 미소가 배어났다.

"눈 녹은 대지에 생명이 깃들리라."

"……그게 무슨 뜻이지요?"

가만히 묻자, 여인이 지그시 눈을 내리감았다.

"여행자시니, 잘 모르시겠지요. 이곳 기드온에는 전설이 있답니다."

찬미하는 듯한 음성이 이야기를 시작했다.

"먼 옛날의 기드온은 지금과 같은 모습이 아니었답니다. 그래요, 이토록 춥고 삭막하여 숨조차 쉬기 어려운 대지가 아니었지요. 그 옛날에는 때로 혹독한 겨울이 찾아들기는 해도 봄이 있었고, 여름이 있었고, 푸르름이 가득했다고 해요."

극지방에 가까워서 추운 거 아니었어? 빙하기라도 찾아든 건가. 혼란에 잠겨 곰곰이 생각해 본 난 빙하기가 찾아들었다면 샤자한도 추웠을 거라는 결론에 쉽사리 도달했다.

그래, 마법적인 이야기를 상식으로 이해하려고 하면 안 되겠지.

"마법사라니 아시겠지만, 마력이 풍부한 대지에는 간혹 마력의 결정이 형성된다고 들었어요."

사실 나도 잘 몰랐지만, 난 잠자코 고개를 끄덕였다. 샤자한의 늪에서 나는 마력석도 마력이 고여 생기는 것이 아니었나.

"이 기드온 역시도 마력이 풍부한 땅이라고 해요. 언제인가…….

저 땅 깊은 곳에 차가운 기운을 띤 마력의 결정, 빙정이라고 불리는 그것이 생겨났어요. 그리고 서서히 자라나기 시작했지요. 빙정이 자라나는 동안 날은 추워지고, 어느 순간부터는 여름이 오지 않게 되어, 마침내 봄조차 사라졌지요. 온도가 끊임없이 떨어져 쌀쌀한 가을조차 그립게 되었어요."

"안타까운 일이네요. 빙정을 제거할 수는 없었나요?"

"많은 시도가 있었지만, 무의미했죠. 빙정은 너무도 강력한 얼음의 마법을 품고 저 대지 깊은 곳에 묻혀 있어. 사람이 다가갈 수가 없답니다. 지금은 성장을 멈춰 정지된 상태라고는 하나, 다시금 빙정이 성장을 시작하면 그때야말로 기드온은 죽음의 땅이 될 거예요."

마탑이었다면, 빙정을 없애 줄 수 있을 만도 한데. 계약의 조건으로 적절하지 않다고 본 걸까.

"결국 빙정에 대해서 연구하던 사람들은 이 일을 해결할 방법을 알아냈어요."

그야말로 비현실적인 이야기에, 난 흥미롭게 귀를 기울였다.

"세상에서 유일무이하게 얼음의 마력을 흡수할 수 있는 생명체. 불새는 빙정의 힘을 먹이로 삼을 수 있지요. 연구자들은 여러 나라의 고대 기록을 토대로 한 전설을 발견했답니다. 그 전설은 빙정의 힘으로 얼어붙은 대지에 나타나 마력을 거두어 간 불새에 관한 것이었어요. 그 후로 불새가 내리면 겨울이 걷힌다는 전설이, 기드온에 퍼져 나갔지요."

엘로힘이라고 불린 불새가 으스대듯이 고개를 모로 기울였다.

"불새는 어디에서 오는 건가요."

"세상의 균형은 맞추어지기 마련이니, 높은 곳에서 오겠지요. 그건 중요하지 않아요. 중요한 건—"

여인의 눈이 생기를 머금었다.

"기드온의 모든 사람이 전설이 이루어지기를 손꼽아 기다리고 있었다는 거예요!"

환희를 띤 얼굴로 여인이 내 손을 덥석 붙들었다.

"그리고 수많은 사람의 염원에 부응하듯, 드디어 엘로힘 님이 나타나신 거랍니다."

이 새가 그렇게 대단한 존재라는 건가? 난 의혹이 담긴 눈으로 이야기가 이어질 동안 꾸벅꾸벅 졸고 있는 쪼끄마한 새를 쳐다보았다.

"수개월 전 엘로힘 님이 서녘 하늘을 붉음으로 가득 채우며 나타나셨어요. 얼음 산맥이 온통 불타는 듯이 아름답고, 장엄한 광경이었지요. 그리고 바로 이곳 설산으로 와 깊숙한 곳에 스스로 알이 되어 저곳에 몸을 심으셨지요. 저 알이 부화를 마치는 순간, 빙정은 사라지고 기드온은 다시 녹음을 찾게 될 거예요."

희망찬 어조로 여인이 토로했다. 캄캄한 새벽이 걷히고 새로 날아든 여명의 빛을 떠올리는 양 환한 얼굴이었다. 나로서는 그 기분을 잡힐 듯이 이해하긴 어려웠지만, 겨울뿐인 세상에서 살고 있다면 어떻게 봄을 바라지 않을까. 회색 하늘만 보고 산 사람이 푸른 하늘을 그리듯 자연스러운 일이리라.

허공에 시선을 두던 여인이 갑자기 화가 치미는지 낯을 확 찌푸렸다.

"이 기드온의 봄이 코앞에 있는데 그 탐욕스러운 성주라는 작자는!"

성주? 의아스러운 내 시선을 느낀 그녀가 황급히 입을 가렸다.

"어머, 외부 분께 이런 말씀 함부로 해서는 안 되는 건데. 못 들은 걸로 해 주세요."

성주와 갈등 관계에 있나. 불새와 빙정과 성주, 이 세 가지를 엮자니 알 듯 모를 듯한 기분이다. 난 생각을 보류하고 대신 다른 질문을 꺼냈다.

"말을 못 하는데 이름이 엘로힘이라는 건 어떻게 알았죠?"

"마법사님이라면 엘로힘 님의 말을 들을 수 있을 텐데요?"

도리어 반문이 돌아오자, 난 대단히 의아해졌다. 그리고 잠시 뒤, 미심쩍은 눈길로 전음을 건넸다.

—야.

　—응.

　……화답해 오는 이건 전음이라기보단 마법어였다. 서로 언어 구조가 다른 종족끼리도 의사를 전달할 수 있는 의지의 언어. 그리고 그를 해석하는 데는 마력이 필요하니 이 엘로힘이라는 불새의 말을 마법사만 알아들을 수 있단 건 사실이리라.

　이게 왜 여태까지 시치미를 뚝 떼고 있었던 거지? 난 불쾌한 눈초리로 불새를 노려보았다.

　—날 왜 불러낸 거야?

　화염이 일렁이는 붉은 눈이 나를 말끄러미 응시한다.

　—네가 날 도와줄지도 모른다고 생각했으니까.

　슬쩍 보니 여인은 내가 불새와 대화를 나누고 있단 걸 눈치챈 듯했다.

　—그래, 엘로힘. 내가 왜 너를 도와줘야 하지?

　—내가 기드온을 녹이고 이 땅에 봄을 찾아 줄 테니까.

　—그게 나와 무슨 상관이라고.

　—곧 알게 될 거야. 그 전에, 보여 주고 싶었어.

　의뭉스러운 말로 의혹을 증폭시킨 엘로힘이 재빠른 날갯짓으로 자리에서 날아올랐다. 따르라는 신호였다.

　엘로힘이 아무것도 없는 얼음벽에 다가붙자 붉은빛이 순식간에 번져 나갔다. 얼음이 녹지는 않았으나, 마치 녹는 듯한 일그러짐이 발생했다. 그 너머로 언뜻 흐릿한 풍경이 비쳤다. 사람이 오가고, 어렴풋이 건물 비슷한 게 보인다. 마을?

　"에, 엘로힘 님. 마을로 가시려는 거예요?"

　여인이 당황한 표정으로 날 힐끔대었다. 외부인을 함부로 자신들의 본거지로 들이는 것에 대해서 경계심이 이는 건 당연한 일.

　그러나 엘로힘이 먼저 입구 안으로 들어서자, 여인은 어쩔 수 없다는 듯이 그 뒤를 따랐다.

난 조용히 잠들어 있는 알을 잠깐 바라본 뒤 따라서 그 안으로 발을 들였다.

지금 에스키모 마을에 와 있는 건가? 난 눈을 끔뻑였다. 북극으로 탐방 온 손님이 된 것 같다. 산으로 둘러싸인 평평한 분지였다. 곳곳에 에스키모가 살법한 이글루가 있었고— 아니 실지로 그건 이글루라기보다는 좀 더 제대로 된 형태를 갖춘 얼음집이었다.

얼음과 눈의 벽돌을 쌓아 올려 만들어진 얼음집은 겨울철 아이들이 쌓인 눈으로 만들어 보는 것과는 비할 수 없이 월등히 컸고, 제법 건물다운 모양을 하고 있었다.

동화 속 풍경 같지만, 곳곳에 놓인 모닥불 하며 쌓아 올려진 장작이 사람이 살고 있는 곳임을 실감케 했다. 늦은 밤이라 그림자만 바람 따라 흔들리는 고요함이 밴 이 작은 마을에는, 족히 수십 가구가 살고 있는 듯이 보였다.

우리를 보고 모닥불 근처에 옹기종기 모여 앉아 있던 남녀 몇몇이 다가왔다.

"쟌느, 웬 손님? 이게 어떻게 된 일이야."

"이분은 누구시지?"

탐색의 눈초리가 날 훑는 가운데 쟌느라고 불린 여인이 내 쪽을 바라보며, 아까와는 다른 호의 섞인 표정을 지었다.

"손님이셔."

내가 이미 온 이상 어쩔 수 없는 일이라고 생각했는지, 여인이 상냥하게 말했다.

"이왕 이렇게 된 거, 잘 오셨어요. 환영해요."

여기서는 불새가 절대적인 신앙의 대상인가 보다. 마을 사람들의 환대를 받으며 난 마을을 잠시 둘러보았다.

뭘 보여 주고자 하든, '그래, 어디 한 번 봐 주지.'하는 가벼운 마음으로. 임시로 지어진 돌이나 나무로 지어진 제대로 된 건물이 없는 게 묘했다.

주변 산에서 얼음을 가져오면 된다지만, 우물도 없고 변변한 시설이랄 만한 게 보이지 않는, 임시로 형성된 천막촌보다 약간 나은 수준이었다.

열악한 환경에도 불구하고 나는 이 마을이 마음에 들었다. 이곳은 평화롭고, 세상의 온갖 삿된 것과 동떨어져 있는 양 고요하기만 했다.

모닥불가에 앉자 김이 모락모락 나는 달콤한 차를 내어 온다. 지난날, 낯선 사람이 준 음료를 마시고 정신을 잃었던 난 남몰래 정화 마법을 걸고 차를 마셨다. 달콤하게 몸을 녹여 주는 액체가 퍽 따스하다.

비록 로브 덕에 추위를 느끼지 못하고 있었더라도 이곳의 하얗기만 한 정경이 내게 한기로 느껴졌나 보다.

더군다나 이 마을 사람들의 옷차림은 기드온이 이제껏 보아 온 중에 가장 얇았다. 은은한 화기가 마을 전체를 둘러싸고 있는 것이, 엘로힘의 가호가 마을 사람들을 추위에서 보호해 주고 있는 듯했다.

"아이러니하게도 설산 안쪽의 이 마을이 현재 기드온에서 가장 따뜻한 지역이죠."

쟌느가 살포시 웃으며 말했다. 숄을 두른 채 자리에 앉은 그녀는 내게 고구마를 구워 주겠다며 불을 뒤적이고 있었다.

불새는 또다시 그녀의 어깨 위에 앉아 있었는데, 나른한 기색이 또 졸고 싶어 하는 것처럼 보였다. 일단은 정보가 필요했기에 난 질문을 꺼냈다.

"이곳은 만들어진 지 얼마 안 된 마을인가 봐요."

"그래요, 임시 거처랍니다. 엘로힘 님이 나타나시기 전, 우리는 기드온을 벗어나지 못했지요."

벗어나지 못했단 그 소리가, 마치 감옥에 갇혀 있었단 듯이 들렸다. 내가 눈을 가늘게 뜨자, 쟌느가 고개를 내저었다. 흘러드는 음성이 무거웠다.

"현재의 성주는 폭군이에요. 기드온의 성주는 대대로 그랬지만, 이번 성주는 유독…… 백성들에게 가혹하죠. 그에게 백성은 그의 우리 안에 길러지는 가축이에요. 혹독한 추위 탓에 영지 밖에서는 살아갈 수가 없으니까요. 성주와 그의 부하들은 난폭하고 짐승 같은 자들이죠. 재물이 있으면 빼앗고, 예쁜 여자는 머리채 끌고 잡아다 가서 첩으로 들이고, 길가는 사람을 붙잡아다 싸움을 붙이고…… 뜻대로 따르지 않으면 팔다리를 자르거나 죽였죠."

건조하게 가라앉는 음성에 배인 것은 슬픔보단 분노였고, 분노라기보단 시리게 맺힌 한이었다.

불새가 위로하듯 그녀의 목에 머리를 비비자, 쟌느가 어떤 표정을 떠올렸다. 참담함이 드러난.

"내 언니도 그들에게…… 끌려가다가, 도망쳤어요. 그들은 흥분해 있었죠. 사냥감을 몰듯 쫓아가서 언니에게…… 몹쓸 짓을 하고 그녀를 죽였어요. 그 좁은 골목길에서, 소리가 울려 퍼졌어요. 하지만 인근의 집은 모두 문을 걸어 잠그고 있었어요. 우리 집도 예외는 아니었죠. 언니의 비명을 들으면서 도와줄 수 없었어요. 어쩔 수가 없었어요. 어쩔 수가……. 누구도 저항할 생각하지 못했어. 도망갈 생각도."

그녀의 뺨에서 눈물이 뚝 떨어져 내렸다. 빨려드는 듯한 그녀의 사연에 소름이 끼치고, 분노가 확 치닫는다. 가슴 속에 묵직하고 뜨거운 덩어리가 얹힌다. 성주에 대한 반감이 아프도록 사납게 치솟았다.

가뜩이나 마음에 들지 않는 작자였다. 그 호탕한 웃음과 뻔뻔한 낯짝을 떠올리자 혐오감이 날 가득 메웠다.

뭔가 걸리는 게 있다 싶었는데, 역시 그런 거였나.

"기드온 영지엔 사람이 산채로 얼어붙는 추위에서도 온기를 유지하는 마법이 걸려 있어요. 그 때문에 기드온에선 최소한 삶을 이어갈 수는 있죠. 기드온에서 가장 가까운 영지까지는 자그마치 열흘 거리예요. 가다가 얼어 죽는 일이 빈번하죠. 게다가 그쪽 영지에선, 도망쳐 오는 사람을 붙잡아다가 다시 기드온으로 돌려보낸다고 해요.

영지 밖으로 도주하다가 잡히면 일가족 모두 사형."

"……."

"기드온은 지옥이었어요. 모두가 살기 위해 숨을 죽이고 땅을 기었죠. 그들의 눈에 띄지 않기만을 바라면서."

말소리가 이어질수록 내 마음은 점점 더 무겁고, 불편해졌다. 그 성주가 도움을 구하려고 초대한 이가 시온이며, 마탑이라는 걸 기억하고 있기에.

"우리는 기도했죠. 불새가 나타나 이 땅을 녹여 주기를. 언젠가 그렇게 되면…… 이 모든 게 달라질 거라고 믿었죠."

자기 아이라도 그리 어여삐 여기지는 못할 듯싶은, 사랑스러운 눈길로 쟌느가 불새를 바라보았다. 저편에서 사내 한 명이 다가와 쟌느의 어깨를 감싸 안았다.

"무슨 우중충한 이야기를 하는 거야. 이제 모든 게 잘 풀리고 있잖아."

"우리 얘기를 들려 드리고 있었어. 이분은—"

쟌느의 눈길이 내게 닿았을 때, 난 송곳에 찔리는 듯한 따끔함을 느꼈다. 죄짓다 들킨 양 움찔하는 나를 향해 그녀가 신뢰를 담아 말했다.

"엘로힘이 초대한 손님이잖아. 이런 적은 처음이지?"

"그래. 마법사님이라고 하셨죠? 우리에게도 마법사님이 계셔요. 그분이 엘로힘 님과 소통해서 우리를 이끌어 주셨죠, 감사하게도."

"성을 떠나 이곳에 자리 잡는 건 그분의 도움이 없었다면 불가능했을 거야."

"모두가 부화를 기다리고 있으니까. 머지않아 엘로힘 님이 새로운 몸으로 거듭나게 되면……."

만면에 희망이 배인 얼굴들. 희망이 없는 인간이 불우하다고 가정할 때 여기 사람들은 그래, 적어도 희망을 안고 있어 변변한 시설도 없는 이런 산속에서 불편한 삶을 사는 게 분명함에도, 행복해 보였다.

물속에 가라앉는 듯 침잠된 기분에 잠긴 내게 엘로힘이 말을 걸었다.

─그들이 간절히 봄을 기원하여 내가, 이 자리에 왔지.

내 추측이 맞다면……. 난 자못 날카롭게 찔렀다.

─넌 빙정을 먹고사는 새 아니야? 실은 그래서 온 거잖아.

그간 마법에 대해서 배워 왔기에 난 마법 생물체의 생리나 자연계의 논리에 대해서 꽤 터득하고 있었다.

불새의 습성이 저와 반대되는 힘을 먹어치우는 거라는 건, 쉽게 추측 가능하다.

─맞아, 하지만 그들이 날 부른 것도 맞지. 빙정의 마력이 강렬한 이 땅에서 애타는 염원은 마법이 되니까.

─날 부른 이유는 내가 마법사이기 때문이야?

─응, 그것도 강력한 마법사. 너라면 내 알을 깨트릴 수 있을 거야.

솔직하다 못해 섬뜩한 소리에, 난 표정을 굳혔다.

─난 그럴 생각이 없어.

─그럴 생각이 없어진 거지. 내가 너에게 내가 죽으면 안 되는 이유에 대해서 알려 주었으니까.

─내가 성주의 편에 선 마법사였으면 네 알을 본 즉시 구워먹었을지도 모르는데 뭘 믿고 날 불렀어?

─나는 이유 없이 생명을 해치지 않는 사람을 알아볼 수 있어. 너는 진실을 안다면 그럴 수 없는 사람이야.

……교활한 새대가리는, 영물이라 그런지 몰라도 날 잘 알았다. 그럴 수 없는, 그 말에 목구멍에 뭐가 걸린 듯했다.

낯간지럽지만 내 보잘것없는 도덕심을 자극하는 말이었다. 그리고 실지로 난 거기서 자유로울 수 없었다.

─내가 이 사실을 모른다면 너를 해칠 거라고 생각한 거야?

─그래, 넌 그래야 할 거야. 그게 성주의 바람이니까.

붉은 눈이 나를 직시하자, 속이 얼어붙는 듯했다. 난 침착하게 물었다.

　－네 말이 이해가 가지 않아. 왜 성주가 기드온이 녹는 걸 반대해야 하는 건데? 이 사람들은 그를 적대하는 것 같긴 하지만, 자기 영토가 살기 좋아진다는데 어느 성주가 반대하겠어.

　－어려운 질문인데. 성주는 인간이고 인간에겐 좀 복잡한 구석이 있거든.

　그러나 룻으로는 해결되지 않아. 마탑의 시온을 호출하여 뜸을 들일 일이라면…….

　성주의 부탁이 불새가 말한 것과 상통하리라는 건 부정하기 어려웠다.

　－왜 블레셋이 아닌 나를 부른 거야? 그러니까 내 말은, 성에는 나보다 강한 마법사가 있잖아.

　－만만치 않은 자야. 이미 완성된 마법사였지. 냉정하게 다져져, 한갓 정의심에 이성을 어기진 않겠지. 그래, 그는 내 말을 들어줄 것 같지 않았어.

　그렇다면 난 만만하다는 뜻인가? 제법 불쾌한 소리였기에 난 눈썹을 들었다.

　－나도 명령을 받고 온 몸이야. 내 마음대로 할 수 있는 문제가 아니라고.

　－탑에 속한 자들에게 내려진 명은 죽음의 손길처럼 절대적이지. 자아가 있다고 한들, 명에 오래도록 복종하다 보면 거기에 물들어 옳고 그름, 선악, 그 모든 것을 무의미해지지. 그자는 너보다 강하지만, 이미 굳어 버린 바위였어. 하지만 넌 달랐어.

　－…….

　－너는 그들과 같지 않아. 그게 느껴져.

　끊어질 듯 말 듯 가느다란 줄을 튕기는 양, 아슬아슬했다. 무엇이 날 긴장하게 하는지 알지 못하면서 마냥 목이 탔다.

　나는 처음으로 마탑에 대해서 뭔가를 알고 있는 것처럼 말하는 마탑 밖의 존재를 앞두고 있었다.

초조한 기분을 티 내지 않으려고 애쓰며 난 물었다.

—마탑에 대해서 알아?

—어떻게 모를까.

알쏭달쏭하게 말한 불새는 날개를 털어 내듯이 펼쳤다. 날아가려는 듯이 보여 나도 모르게 손을 내뻗자, 손이 실체 없는 허공을 스쳐 쟌느의 어깨에 내려앉았다.

"손님?"

쟌느가 의아한 기색으로 날 바라보자, 난 급히 손을 거두었다.

본체가 알에 잠들어 있으므로, 여기 있는 엘로힘은 환영에 불과할 뿐이었다.

변명과 동시에 전음이 튀어나왔다. 조급스러운 마음 탓인지 아주 자연스럽게, 그게 되었다.

"아무것도 아니에요."

—마탑에 대해서 뭘 알고 있는데? 네가 아는 게 뭔지 말해 봐.

불새는 빙그르르 허공을 날아 내 어깨 위에 내려앉았다. 그리고 고개를 갸우뚱하며 답했다.

—말할 수 없어.

잔뜩 부풀었던 마음에 일순 바람이 빠져나간 듯했다. 난 추궁하듯이 물었다.

—어째서.

—나는 그가 두려우니까.

그러니…… 그러나 두렵다고 말할 이는 명백했기에, 난 바로 엘로힘이 지칭하는 이가 누군지 추론해냈다.

—마스터를 말하는 거야?

—마탑의 탑주, 탑의 주인. 지상에서 가장 강력한 마법사. 나는 그를 알아. 아니 나뿐만 아니라 세상 모든 정령이며 환수들이 그를 알지.

─내 도움을 바란다면 마탑에 대해서 이야기해야 할 거야.

어깃장 놓듯이 단언하자, 엘로힘이 신중하게 답변을 모색하는 듯했다. 그는 곧 고개를 절레절레 저었다.

─……말할 수 있는 건 많지 않아. 그에 관해서 말하는 건 우리에게 금기거든.

인간보다 더욱 본능적으로, 말을 삼가기보다는 상위의 존재에 대해 언급해서는 안 된다는 투였다.

─그는 한낱 인간 마법사가 아니야. 왜 그런 식으로 탑을 세우고……. 스스로를 가두고 있는지는 모르겠지만.

─가두고 있다고?

─뭐 어차피 인세에 개입할 수 없으니, 상관없는 건가.

엘로힘은 빠르게 말을 돌렸다. 점점 더 궁금증이 가중되기만 했다.

─마스터의 정체가 뭔데? 왜 인세에 개입할 수 없지?

─안 돼, 난 말할 수 없어.

엘로힘이 빠르게 도리질 쳤다.

─내가 너에게 모든 걸 다 말한다면 틀림없이 그가 날 죽일 거야. 그게 느껴져. 그래서 안 돼. 그에 대해서 언급하는 것만으로도, 마력이 움직이고 있어. 그가 눈치챌지도 몰라.

목숨이 걸려 있다니, 더 추궁하긴 어려웠다. 그리고 원리는 잘 모르지만, 마스터라면 능히 그러고도 남을 것 같다.

─마스터의 이름은 뭐지? 네 이름이 엘로힘이듯 그에게도 이름이 있을 거 아냐.

이름만이라도 알 수 있다면, 저 먼 옛 시대의 고서적을 뒤져서라도 그에 관한 정보를 얻을 수 있지 않을까. 소박한 바람이었다. 그리고 알고 싶었다. 실은 그 알고 싶다는 마음이 내 충동의 대부분을 강렬하게 차지하고 있었다.

─그는 우리에게 왕과 같아. 인간들은 왕을 폐하라고 부르지, 그 이름을 부르지 않잖아? 나는 허락받지 못했기에 그 이름을 발설할

수 없어. 이해해 줘.

그가 말한 모든 이야기가 진실의 언저리만 훑고 지나가, 듣는 나는 답답할 지경이었다.

―우리와 같은 마력 생명체들은 보이지 않은 힘의 제약을 받고 있지. 그 절대적인 영향 아래에서 자유롭긴 어려워. 심지어 말 한마디조차도.

―마스터가 그렇게 대단한 사람이라면 나에게 네 사정을 이해해 달라기보단 마스터에게 잘 말해 보는 게 어때? 말했지만, 난 마스터의 명에 따를 뿐이라고.

―그가 내게 자비를 베풀 이유는 없어.

엘로힘이 담담하게 토로했다.

―내 하찮은 목숨이 꺼지든 이 기드온이 영구히 얼어붙어 사람들이 고통받든 그에게는 상관없는 일일 거야. 다만 너는…….

그는 뜬금없는 소리로 말을 맺었다.

―이를테면 유성이지. 그래서 희망이 있는 거고.

그 후로 여러 차례 그 말이 무슨 뜻인지 대답을 요구했지만, 엘로힘은 더 말할 수 없다며 시치미를 뚝 뗐다. 그리고 이젠 돌아가야 하지 않겠느냐며, 오히려 나를 내몰기까지 했다. 부탁하는 것치고는 뻔뻔스러울 만치 당당한 태도라 속이 뒤틀렸다.

하지만 그의 말이 맞았다. 돌아가야 할 때였다. 쟌느와 마을 사람 몇이 나를 마을 밖까지 배웅해 주었고 난 아무 일도 없었던 것처럼 떠난 자리, 성의 그 장소로 돌아왔다.

짧은 외출을 블레셋이 알아채었을까 걱정했지만, 그가 나오는 기척은 느껴지지 않았다.

방 하나를 골라 들어간 난 낯선 잠자리에 누워 가만히 불새가 말한 내용을 곰곰이 되짚어 보았다.

……내가 유성이라고 했지. 유성이라면 비유적인 의미로 외부 세

계에서 온 낯선 것. 혹은 새로운 것. 내가 이계에서 왔다는 걸 말함일까. 무슨 의미가 있단 걸까.

그게 엘로힘의 부탁을 들어주는 것과 무슨 연관이 있지? 단지 내가 변화를 초래할 수 있는 존재라는 뜻일까.

하지만 엘로힘이 금기에 제한받듯이 내게는 금제가 걸려 있고…… 실상 마스터에게 종속되어 있을 뿐인 내게, 엘로힘은 왜 그리 묘한 뉘앙스로 말을 했던 걸까.

그저 나를 흔들려는 수작일 수도 있겠지만…… 난 그 너머에 알 수 없는 비밀이 있음을 느꼈다. 존재를 알되, 만질 수 없는. 그건 과거에 내가 품은 의문과 가닥이 닿아 있었다.

애당초 마스터는 왜 나를 구해서, 제자로 삼았을까. 엘리아나 블레셋이 마탑에 들기 전부터 특별한 존재였음은 불 보듯 뻔한데, 나는 왜? 내가 이세계에서 왔다는 게 무슨 의미가 있어서…….

소용돌이치는 의문에 휩싸인 난, 붉은빛을 따라 설산으로 이동했던 의도대로 마스터에 대한 상념에 휘둘리지 않을 수 있었다.

한동안 막막한 어둠 속을 배회하듯 단 하나의 실마리라도 움켜쥐려고 머릿속을 헤집던 어느 순간 잠이 몰려왔고……. 난 언제나처럼 본능에 굴종했다.

얼마 지나지 않아, 그 잠을 깨운 것 또한 본능이었다. 샤자한에서 내 잠자리를 덮친 이리스 라하느의 일은 질기도록 오래 나를 괴롭히고 있었다.

어떻게 지낼진 알 수 없으나, 그녀에게 내가 겪는 것과 같은 악몽을 선사해 주고 싶은 악의가 때때로 속에서 뭉클뭉클 샘솟곤 했다.

그 일 이후로 사소한 기척에 민감하게 된 난, 바스락거리는 소리에 눈을 떴다. 이번에도 예민한 신경이 과민하게 반응하여 잠을 일깨운 거라고 믿고 있었다.

그러나 무심코 시선을 들었을 때, 난 침대 가까이에 서 있는 하얀 형체를 발견했다.

하얗고 긴 천 같은 걸 뒤집어쓴 무언가가 앞에서 웅크리는 걸 목도하니 온몸에 소름이 쫙 끼쳤다. 처음 마스터를 만났을 때 이상으로 심장이 떨어질 만치 놀랐다.

난 화급히 벽에 등을 가져다 붙였다. 그 안에 무시무시한 괴물이 숨어 있는 양 방 안의 안온한 어둠이 순식간에 공포로 닥친다. 오래된 성이니 유령이라도 사는 건가?

온몸이 싸늘하게 식어 내리며 순식간에 잠이 달아났다. 겁먹었단 걸 들키지 않기 위해 난 최대한 침착한 음성으로 물었다.

"누구야."

날 불러낸 불새도 있었으니 성주에게 원한을 갚아 달라는 영혼도 있을 법하지.

"곤히 주무시기에 물러나려고 했는데, 잠을 깨워 송구합니다."

머뭇거리며 말하는 음성은 낮고 공손했고, 사람의 것처럼 들렸다. 마음을 놓는 것도 찰나 잔뜩 놀란 데다가, 다 큰 처자의 방에 남자가 함부로 들어왔다는 데 생각이 미친 난 신경질이 솟구쳤다.

"일어나서 그 천 쪼가리나 벗고 얼굴을 보여."

짜증스럽게 명령하자, 그가 조심스레 웅크린 몸을 폈다. 그 얇은 하얀 천이 무언가 했더니, 베일이었던 듯싶다.

양손으로 베일을 걷어 내리자, 희고 반듯한 얼굴이 드러난다. 투명한 초록색 눈동자에 연한 금발을 가진 내 또래의 남자였다. 체격이 크지 않고 피부는 상아처럼 고왔지만 소년이라기보단 청년에 가까운 모습이다.

화사하다고 표현할 만한 미형의 얼굴에, 그간 마탑의 시온들을 보아오면서 눈이 높아지지 않았다면 나도 모르게 스르르 마음이 풀려버렸을 것 같았다.

입고 있는 차림이 묘해 난 인상을 찌푸렸다. 발치까지 내려오는 베일을 벗고 나니 상체는 목이 깊이 파며 가슴의 절반이 드러나 있고, 그나마도 잠옷처럼 얇은 옷깃이었다. 여기 시종들은 원래 저런 옷을 입나? 잠자다가 잠깐 살피러 온 건가.

내일을 위해서라도 빨리 다시 잠들고 싶었기에, 난 의구심을 뿌리치며 답을 재촉했다.

"여긴 왜 들어왔지?"

그가 다소곳하게 시선을 내리면서 화답했다.

"혹시 밤 시중이 필요하시다면……. 제가."

"밤 시중? 그런 게 왜 필요……."

순간 이해하지 못하고 말을 내뱉던 둔해진 뇌리에 뒤늦게 찬물을 끼얹듯 깨달음이 찾아 들었다.

뺨에 불이 붙는 듯했다. 그의 옷차림과 지금 상황, 그리고 그 '밤 시중'이라는 단어가 매치되자 분노와 부끄러움이 동시에 일어났다. 열기가 머리끝까지 타고 올랐다. 뭐, 밤 시중?

혼란한 와중에도 고양된 감정을 추스르며 난 이성적으로 이 상황을 이해하려고 노력해 보았다.

아까 낮에도 블레셋에게 여성을 붙였듯이 이 성주는 성 접대를 대수롭지 않게 여기는 작자였다.

그러니 침실에 누군가를 들여보내는 것도, 가능한 이야기라는 소리다. 설마 내게도 그럴 줄은 몰랐지만, 성주는 아까 내게 결례를 범했다고 말했고……. 그걸 이런 식으로 보상하려던 걸까.

"그으— 옆방에 머물고 있는 내 일행에게도 여자가 들었어?"

"네."

속이 확확 달아오른다. 이게 도대체 무슨 상황이람. 블레셋이 설마 받아들였겠나 싶으면서도, 확인하는 건 곤란한 노릇이었다.

그가 굳이 거절할 이유도 없지 않겠어? 상상력이 그리 뛰어난 편도 아니건만, 바로 옆방에서 여자와 뒹굴 그가 떠오르니 민망하다 못해 속이 탔다.

일단, 이 사람을 보내야겠어. 굳게 다짐하면서도 블레셋의 말을 잊지 않았으므로 난 먼저 확인하기로 했다.

"내가 너를 그냥 내보내면 성주가 네 목을 치나? 대답해."

"그렇지는 아니합니다. 원치 않으시면 바로 나오라는 명을 받았습니다."

그래, 나는 여자이니, 그가 내 취향이 아니거나 내가 그를 바라지 않을 가능성도 고려했겠지. 그걸 떠나서 손님방에 그런 목적으로 사람을 밀어 넣는, 그 자체가 이해가 안 된다.

당장에라도 나가 성주의 멱살을 잡고 싶은 마음이 끓어올랐다. 그야말로, 야밤에 봉변당한 기분이다. 내 심정이 고스란히 얼굴에 드러났는지, 그가 몸을 숙이며 빌었다.

"제, 제가 잘못했어요. 부디 화를 풀어 주세요!"

겁에 질린 채 떠는 모습을 보니, 섣불리 성주에게 따지고 들었다가는, 그에게 화가 미칠지도 모르겠다는 생각이 들었다. 아니, 필경 그러리라.

"됐으니 나가."

주섬주섬 베일을 추슬러 나가는 그의 뒷모습을 보며 난 이 불편한 기분을 어떻게 진정시켜야 할지 고민에 잠겨야만 했다.

뜬눈으로 밤을 지새우다가 방 밖으로 흘러나왔을 때는 이미 해가 밝아 올 무렵이었다. 비척거리며 소파에 앉기 무섭게, 블레셋의 방문이 열렸다. 왔던 그대로 한 치의 흐트러짐도 없는 하얀 로브 차림은 퍽 상징적으로 그가 이곳에 그저 임무를 수행하러 왔음을 알려 주는 듯했다.

지난밤 나 역시 잠들지 않았지만, 그 역시도 휴식을 취하지 않은 모습이었다. 어쩐지 얼굴에 열기가 뻗어 오르는데 그의 입가에 비뚜름한 미소가 매달렸다.

"어젯밤에는 즐거웠어?"

뜨끔한 난 그가 무슨 의도로 그런 말을 꺼냈는지 가늠해 보았다.

역시 내가 어젯밤에 나갔던 걸 알아챈 걸까. 그에게 이전의 앙금이 남아 있다고 하기는 어려웠지만, 친하지도 않은 그에게 모든 걸 말해야 할지 확신하기 어려웠다. 터놓고 토로하기는 꺼려지는 감이 있다.

"취향이 아니었나?"

가만히 중얼거리며 블레셋이 내 앞의 소파에 몸을 걸쳤다. 그제야 난 그가 무슨 말을 하려는지 알았다. 민망한 기분을 누르며 나 역시 질문을 돌려주었다.

"당연히 아니었죠. 블레셋은요?"

"말했잖아? 향수 냄새, 불쾌해."

쯧, 하고 혀를 차며 그는 소파에 몸을 깊숙이 묻었다.

"멍청한 성주가 제 취향의 여자만 침실에 밀어 넣으니, 기분이 좋을 턱이 있나."

"……취향에 맞았으면 괜찮았을 거라는 이야기인가요?"

내가 의구심 어린 트집을 잡자, 블레셋이 고개를 까닥였다.

"글쎄, 내 취향의 여자라."

생각해 보지도 못했다는 투였다. 그리고 블레셋은 확실히 남자로 변한 지 얼마 안 되었으니 벌써, 라고 하기엔 묘하지만 딱히 여자 취향이 형성되었을 것 같지는 않았다. 그는 이내 심드렁하게 중얼거렸다.

"그걸 말해 줘야겠군."

뭘 말해 줘? 네 취향을? 그가 한 말이 어쨌거나 무슨 뜻인지 조금도 알고 싶지 않았으므로, 난 질문을 삼켰다.

그는 손가락으로 소파를 툭툭 치며 무언가 생각에 잠겼고, 난 제대로 자지 못해 뻑뻑한 눈을 깜빡이며 멍하니 지난밤 있었던 일들을 되새겼다.

그리고 얼마 지나지 않아 시중인이 우리를 데리러 왔다.

"성주님께서 찾으십니다. 저를 따르시지요."

난 질린 눈으로 통으로 구워 나온 멧돼지 구이를 비롯하며 상을

125

가득 메우고 있는 음식물들을 응시했다. 곧 테이블이 무너져 내리지 않을까 우려되는 풍성한 식탁이었다.

이 척박한 땅에서 아침부터 호사스러운 만찬을 즐기는 건, 단순히 그가 성주이기 때문인 걸까. 아니면, 쟌느가 말했듯이 그가 수탈을 일삼는 군주라 그러한 걸까.

어쨌든 내가 그에게 가진 선입견에 힘입어, 그 가정은 후자에 가까워 보였다. 어제 느낀 혐오감이 고스란히 남아 있어, 그를 마주한 난 감정을 드러낼 뻔했지만 용케 눌러 참았다.

딱딱한 얼굴을 한 나와 블레셋에게 친근한 태도를 고수하며 성주가 예의상의 인사말을 몇 마디 던졌다. 그리고 이어 호쾌하게 웃으며 블레셋에게 결국 그 일을 언급하고 말았다.

"지난밤 제가 들인 아이를 취하지 않으셨다고 들었습니다. 무언가 마음에 안 드는 점이라도 있으셨는지. 제 애첩 중 가장 예쁜 아이였는데 말입니다."

심지어 자기 애첩을 들여보냈단 말이야? 사람을 얼마나 물건 취급하는 거면. 하하 웃는 얼굴을 보니 식욕과 기분이 동시에 수직 하락했다. 객관적인 시선으로 살피고자 마음을 굳혔는데, 성주가 알아서 한 방에 제 이미지를 깎아 먹었다.

"성주의 취향은 내 취향과 좀 다른 것 같아. 박색인 여자를 골라 넣으니, 마음에 찰 리가 있나."

접시를 들여다보며 블레셋이 거만하게 입을 열었다. 어디까지나 진심이라는 양 무표정한 얼굴이라, 블레셋이 말하고자 하는 바가 뭔지 헷갈렸다.

그래서 이왕이면 취향의 여자를 들여 달라는 거야, 뭐야?

결벽스러운 흰 로브의 그답지 않은 발언에, 뻔뻔스러운 성주도 일순 당황을 느낀 듯했다. 그는 헛기침하며 억지로 웃음을 내보였다.

"하하, 그렇습니까? 이거 참, 마탑에서는 저희와 보는 눈이 다른가 봅니다. 그러면 어떤 여인을 선호하시는지 말씀만이라도 해 주시면, 맞춰보겠습니다."

블레셋은 고개를 비스듬히 기울이며 턱을 괴었다.

"내 취향은 좀 까다로워서."

"마법사님의 까다로운 취향에 맞추는 게 제 일이 아니겠습니까, 염려 말고 말씀해 주시지요."

블레셋의 고압적인 태도를 마주하고 있자면 짜증이 날 법도 한데, 줄곧 사근사근함을 유지하는 성주도 참 심계가 깊은 사람이다.

연신 웃음을 터뜨리며 재촉하자, 블레셋이 '그래? 그러면.' 하며 비뚜름한 미소를 지었다.

"기본적으로 어린 여자는 질색이야. 내재한 생명력이 완숙되지 못해 설익은 냄새가 나거든."

"그, 그렇습니까."

같은 남자로서 도저히 이해할 수 없다는 표정이었다. 그리고 이어지는 블레셋의 말에 성주의 표정은 점점 가관이 되어갔다.

"최소한 80세는 넘어야 하지 않을까. 물론 젊음은 유지하고 있어야겠지."

"저, 젊음을 유지하는 80세 말씀이십니까."

"그래, 정해진 수명은 어쩔 수 없으니 곧 꺼질 불길처럼 아름다운 생명력을 품고 있지."

그리고 블레셋은 놀리듯이 줄줄 조건을 읊어갔다. '거절이란 이런 식으로 하는 거야.'라고 보여 주는 것 같다고 난 생각했다. 실제로도 그럴 의도이리라.

"체구는 가녀리되 자세가 곧고, 여전사처럼 당당하고 활기가 넘치는 여자였으면 좋겠군. 머리카락은…… 그래, 새까만 흑발."

80세가 되도록 제 머리색을 하고 있기도 어렵거니와, 이곳 사람들은 척 보기에도 머리색이 밝았다.

나는 흑발이라는 말에 찰나처럼 한 사람을 떠올렸지만, 이내 의식적으로 지워 냈다. 그 와중에도 무슨 소리를 하는지 유심히 듣고 있던 성주가 난감한 미소를 만면에 머금은 채 말했다. 놀라운 표정 관리다.

"하……하. 송구하오나 그런 여자는 저희 영지에 존재하지 않을 듯하군요."

"그럴 줄 알았어."

블레셋이 새침하게 잘랐다. 역시 이딴 시골구석이란, 따위의 말을 꺼낼 듯이 도도한 자태였다. 그리고 세상 어느 나라 가서도 해당하는 여자를 찾기 어려울 성싶은 취향을 들이밀고 무시하는 것에 앙심을 품은 듯, 성주가 일격을 날렸다.

"그런데…… 블레셋 님 실례가 될지 모르겠지만, 제가 보기에는 그 취향이 곁에 계신 아힌 님과 대단히 맞아떨어지는 듯하군요."

굳이 딴 데서 찾을 것 없지 않으냐는 투로. 나는 움찔하여 거의 동요를 보일 뻔했지만, 블레셋은 짤막한 말로 태연하게 맞받았다.

"80세라고 했잖나?"

힐끔 내 쪽으로 시선을 주는 게 '너는 너무 어려.'라고 말하는 듯했다.

"내 취향의 여자를 찾아낼 수 없다면, 성주의 애첩을 들이밀지는 말아 줬으면 좋겠군. 솔직히 수준 떨어져."

너 따위와 동급이 되고 싶지 않다는 소리를 블레셋은 살짝 돌려 말했다. 정말로 살짝이었다. 그냥 듣기에도 충분히 기분 나쁘게 들리는 말이었으니까.

지난밤의 일이 없고 내가 성주의 실체에 대해서 들은 바 없다면 블레셋이 조금 심했다고 생각할지도 모르겠지만, 솔직히 통쾌했다.

"이거 참."

성주가 너털웃음을 터뜨렸다.

"뜻을 받잡겠습니다. 그러면 아힌 님은 어떻게, 혹시 찾으시는 취향이 따로 있으신지."

그야말로 예의상으로 물어보는 투였지만, 차마 블레셋처럼 세세하게 조건을 불러댈 수 없었던 난 민망함을 감추며 꿋꿋하게 말했다.

"나는 잠이 많아서 밤에는 잠을 자야 하니 누구도 들이지 말았으면 해요."

그리고 우리는 다소 조용해진 가운데 식사를 이어 갈 수 있었다.

나름대로 우리의 마음을 사로잡을 셈이었던 성주는 일련의 시도가 실패하자 잠시 상심한 듯했다. 사실 그의 방식은 도무지 우리에게 맞지 않아, 의도한 바와 반대 효과를 내고 있었다. 그의 호의를 거절하여 어색해지고도 남을 분위기였건만, 성주가 굴하지 않고 대화를 이어 갔다.

계속 뜸을 들이던 그는 조찬이 끝나갈 무렵, 드디어 그 짐작할 만한 대단한 부탁—시온이 파견되어야만 했던—을 꺼내 놓았다.

"기드온은 지금 아주 중대한 위기에 봉착했습니다."

난 저도 모르게 슬쩍 블레셋을 바라보았다. 그는 아마도 일련의 속사정에 대해서 전혀 알지 못하고 있을 터였다. 성주가 진지한 표정으로 이야기를 시작했다.

"지금으로부터 약 백 일 전, 이 기드온에 괴생물이 하나 나타났습니다. 눈을 현혹하기에 좋은 모습이었지요. 그건 이 얼어붙은 기드온을 다 태워 버릴 듯이 활활 이글거리는 몸을 한 거대한 불새였거든요!"

과장되게 팔을 벌려 보인 그가 침중한 표정을 지었다.

"놈은 교활했습니다. 이 기드온에 봄을 가져다준다고 우리 영지민들을 현혹시켜 분란을 조장하지 않나, 심지어 저 설산에 둥지를 틀었지 뭡니까? 마탑의 그, 룻 분들과 함께 몇 번이나 병사들을 보내서 어떻게든 해 보려고 했지만, 글쎄."

성주가 고개를 설레설레 저었다. 그것참, 내가 들은 것과 다른 이야기인데.

"워낙 오랜 세월을 살아온 영물이라 마법도 좀 쓰나 봅니다. 원체 마법을 펼친 마력이 강해서 결계를 깨기 어렵다더군요. 강력한 환상 마법이 걸려 있어서 설산만 들어가면 미아가 되었다가 나오니 놈의 코빼기도 보기 힘들었습니다. 놈이 알을 까고 나오면 어떤 재앙이 닥칠지……. 저로서는 방도가 없으니 마탑의 마법사님께서 놈을 처리해 주십사, 부탁을 드리고자 합니다."

영지의 앞날을 근심하는 참된 군주처럼 성주가 정중하게 고개를 수그렸다. 이 시점에서 나는 성주의 진의를 확인해야만 했기에, 블레셋보다 앞서 입을 열었다.

"그 불새 덕에 기드온에 정말로 봄이 올 거라는 생각은, 해 본 적 없나요. 내가 알기론 그런 종류의 마법 생물들은 자기와 반대되는 속성의 마력을 먹고 살지요. 예를 들어, 이 기드온을 얼어붙게 만든 마력의 결집체라던가."

침착하게 꼬집자 성주가 여유로운 미소를 보였다.

"그런 생각도 해 보았습니다만, 놈이 이로운 짓을 할 거란 보장이 없지 않습니까. 영지를 다스리는 입장에서 놈이 선의를 가지고 있다고 마냥 믿기는 어렵습니다. 빙정을 먹고 강력해진 놈이 이 기드온을 불태우려고 들 수도 있지 않겠습니까."

예상대로의 반박이었다. 그러나 나도 잠 못 이루는 와중에도, 그에 대해서 생각한 바 있었다.

"불새가 빙정을 다 먹어치우고 나서, 그가 만약 기드온에 해를 끼치려고 든다면 그때 해결하면 되는 일 아닐까요."

성주의 얼굴에 최초로 곤란한 기색이 스쳤다. 그는 무어라 논리적인 반박을 끌어내리려고 고심하는 듯했다. 그때 블레셋이 불쑥 중얼거렸다.

"빙정을 먹는다라……."

성주의 낯에 화색이 돌았다. 이번 부탁이 자기에게만 이로운 게 아니라며 성주가 말을 와르르 쏟아 냈다.

"예, 예. 맞습니다. 놈은 기드온의 빙정을 흡수하고 있지요. 때문에 아시다시피 저희가 생산하는 정제수는 빙정의 한랭한 마력으로 만들어지는 것 아니겠습니까? 그게 사라진다면 이 기드온은 더 이상 정제수를 만들지 못하게 될 겁니다. 그렇게 되면 자연히 저희로서는 더 이상 마탑에 정제수를 공급하지 못하겠지요."

"그 정제수가 얼어붙은 영지가 녹는 것보다 당신에게는 더 가치가 있나 보군요."

성주의 본심을 확신한 난 즉시 빈정거렸다. 마력석도 그러하지만 정제수 역시 마법 물품이니, 가격이 높다고 들었다. 더군다나 기드온에서 생산하는 최상질의 정제수란 말할 것도 없지.

정제수를 팔아치워 얻은 부, 그리고 지독한 추위를 이용해 영지민들을 가두고 수탈하고 있으니, 영지가 녹음으로써 찾아올 변화가 내키겠어?

영지민들에게 평판도 몹시 좋지 않은 그로서는, 아예 군주로서의 기반이 흔들려 버릴 수 있는 일이었다. 그에게는 꽤 간절한 문제였으리라.

뒤이은 대답은 성주에게서 들려오지 않았다.

"그건 우리에게도 마찬가지야."

내게 시선을 주지 않으며, 블레셋이 단칼에 잘라 말했다. 그리고 내가 말을 꺼내기도 전에, 두말할 것도 없다는 듯이 답을 냈다.

"그 부탁, 수락하지."

"블레셋!"

화색이 만면한 채 굽실거리는 성주를 뒤로하고 빠져나온 즉시, 난 그의 이름을 불렀다.

블레셋은 말할 테면 말해 보라는 듯 날 돌아보며 눈꼬리를 슥 올렸다. 주위에 지나다니는 시중인을 의식해서 난 소리를 낮추었다.

"이야기를 좀 하죠."

"성주의 부탁을 들어주는 건 이미 결정된 사안이야. 그의 부탁은 무리한 것이 아니었고, 마탑의 권익에도 해가 가지 않지. 그러면 마탑으로서는 그의 부탁을 거절할 이유가 없다."

블레셋은 방으로 향하며 단숨에 말을 흘려 냈다. 오로지 이해타산 만을 빠르게 재어 보고 결정을 내렸다는 말.

그의 결정에 이의가 있었던 난 애써 솟구치는 반발심을 눌러 참 았다.

난 그를 따라왔을 뿐이므로, 내게 그의 임무 처리에 대해서 의견 을 낼 권리가 없단 걸 알고 있었다. 엄밀히 말하자면, 내 임무는 블 레셋의 상태를 살피는 것이니. 블레셋이 가뜩이나 사이도 별로인 나 를 배려할 이유도 없었고.

하지만 그의 승낙은 조급스럽도록 빨랐고, 그 때문에 난 당황스럽 다 못해 성이 났다.

적어도 내겐 그리 간단히 결정할 만한 문제가 아니었다. 성주는 척 보기에도 자기 잇속만을 차리고 있었고, 나는 그가 악인이라는 걸 거의 확신한 터였다. 그 순간 블레셋의 말은 악인에게 협조하겠단 것 처럼 여겨졌다.

사람들 눈을 의식한 난 언성을 높일까 봐 침묵을 지킨 채 속앓이 를 하다가, 숙소에 도착하고 나서야 다시 입을 열었다. 그때에는 마 음도 다소 가라앉아서, 차분한 목소리를 끄집어낼 수 있었다.

"불새의 알을 깨는 것보다 더 좋은 방법을 찾아낼 수 있어요."

"그럴 수도 있겠지."

성의 없이 대꾸하며 그대로 걸어간 그는 소파에 몸을 묻었다. 문 득 틀어진 블레셋의 시선이 저 멀리 불새가 둥지를 틀고 있는 설산을 담았다. 아이러니하게도 그의 눈에는 기드온의 사람들이 간절히 바 라던 푸르른 신록이 깃들어 있었다.

난 찰나에 시선을 빼앗겼다. 금빛 정수리에서 이마로, 콧날로, 이 어 턱에서 목까지 떨어지는 옆선이 유려하여, 섬세하게 조각된 카메 오를 떠올리게 한다. 실지로 햇살을 머금은 그의 피부는 하얀 패각처 럼 은은한 윤이 났다.

블레셋은 인간답지 않은 아름다움만큼이나 비인간적인 마탑의 시온이었다. 이전의 그는 그렇지 않았지만, 변화를 마친 그는 무질서한 감정의 혼돈을 잃었고 그리하여 다른 시온들과 유사하게 냉담해졌다.

어쩌면 그들이 살아온 오랜 세월이 그들을 돌처럼 단단하게 만들어 따스하거나 보드라운 감정에서 무뎌지게 했을지도 모른다. 고목인 그들을 묘목일 뿐인 내가 온전히 이해하는 건 불가능한 일이니.

그는 감정이 깃들지 않는 목소리로 말했다.

"그런데 왜 그래야 하지?"

"그야."

이대로 가면, 성주에게만 좋은 일이 될 게 뻔했으니까. 이 일이 미칠 파급을 생각하자면, 좀 더 사정을 알아보고 다른 방법을 찾는 게 옳았다. 그리고 그 옳음은 성주에 대한 악감정과 쟌느의 이야기를 들은 데 기인한 터였다.

한 가지가 더 있다면. 어젯밤에 잠깐 보았을 뿐인 그 불새 엘로힘은……. 그래, 사람 같았다.

무수한 종족이 상존하는 이곳 세계에서 사람처럼 대우해야 할 생물의 범위는 실제로 상당히 넓었다. 지성체이고 이지를 갖고 있다는 점에서 엘로힘도 한 명의 사람이나 다름없다.

내가 생각하기에, 사람의 목숨은 누군가의 욕심에 희생당해서는 안 되었다. 이 세계의 도덕의식이 어떻든 간에 그는 무고하고 또한 이로운 존재였기에.

하지만 이런 이야기를 블레셋에게 잘 전달할 수 있을지, 혹은 그가 이해하기는 할지 의문이었다.

"성주가 싫기 때문인가?"

"성주가 싫은 건 맞아요."

"나는 다를 거라고 생각해?"

블레셋이 고운 미간을 언뜻 찡그렸다.

"너보다 내가 더 많은 걸 느낄 수 있어. 성주에게서는 지독한 악취가 나지. 속이 그을린 듯이 검고 음흉하며 끈적끈적한 탐욕으로 가득한 자야."

혐오감이 깃든 평가에 나는 도리어 반문했다.

"그런데 왜 블레셋은 성주의 부탁을 들어주려고 하죠?"

"그게 임무니까."

블레셋은 먼 곳에 두던 시선을 내게 돌려 언짢은 듯이 말했다.

"마스터는 비정한 분이시지. 원하는 것만 취할 수 있다면 다른 건 아무래도 상관없어. 그러니까 이런 쓰레기들의 부탁을 들어주는 것도, 우리의 일인 거지. 앞으로 너도 익히 겪게 될 터."

암담하게 들리는 소리에 난 눈썹을 들었다. 내 반감을 이해한 듯이 블레셋이 누그러진 투로 보탰다.

"마탑이 하는 일은 대개 정당하지 않아. 이해득실만을 고려하여 결정하지. 그럼에도 우리는 따라야 하는 거야."

블레셋의 말에 동조할 수 없었던 난 빤히 그를 응시했다. 그의 말은 일견 타당하게 들리지만, 허점을 품고 있었다. 마탑의 임무를 수행하는 건 결국 시온. 그저 마탑의 뜻에 따를 뿐이라는 건 그 결과에 책임을 벗기 위한 허울 좋은 핑계에 불과할 뿐이다.

시온은 의무와 권한 사이에서 무언가를 더 할 수 있었다. 그 더하지 않은 무언가에 대해서는 책임을 면할 수 없는 것이므로, 난 항의했다.

"전 최소한 더 나은 방법을 찾는 노력이 필요하다고 봐요."

피식, 블레셋이 소리 내어 웃었다.

"네가 앞으로 수행해야 할 수백 수천의 임무를 생각해 봐. 그 모든 임무에, 너는 그럴 수 있겠어? 부질없는 짓이야."

블레셋이 무슨 말을 하는지는 알 것 같다. 그는 혹독하도록 긴 세월을 마탑의 시온으로 살아왔으니……. 매번 주어지는 임무마다 도덕적인 심판대에 오른다면, 가책에서 벗어날 수 없겠지.

그러나 항상 이상적인 방법을 찾아내어 모두에게 좋은 방향으로 임무를 해결하는 건 지난하고 고되다. 처음에는 양심에 매여 애쓰던 사람도 어느 순간 지치고, 의식하지 않게 될 것이다. 죄의식은 통증과 같아서, 익숙해지다 결국 떠올리지 않게 될 테지. 종내엔 나태를 부추기는 부도덕에 함몰되어 버릴 터.

그렇게 하지 않는다면 어떻게 그 긴 세월을 마탑의 시온으로 살아갈 수 있을까. 그 거듭될 고뇌를 떠올리니 마음이 무거워진다.

그러나 그런 심정을 머리로는 이해하면서도 공감하지는 못하기에 난 분명히 말할 수 있었다.

"앞으로 치를 수백 수천의 임무는 미래의 일이고, 지금 이 임무는 현재예요. 현재의 나는 그 노력이 부질없다고 생각하지 않아요."

사람은 현재를 사는 생물이니, 훗날을 가정할 필요는 없다. 더군다나 속병을 앓을 듯한 임무를 계속 받아 수행하기보다는, 난 반드시 이 마탑을 벗어날 테니까.

"그래, 젊음은 정의롭지."

비아냥거리는 투와는 달리, 그의 표정은 무심했다.

"시간은 아직 많으니까, 재주껏 하고 싶은 대로 해 보라고. 난 휴양 온 것처럼 생각하겠어."

여기서 죽치고 있으면서 시간을 끌면 성주도 속이 좀 타겠지. 블레셋이 흥미롭다는 듯이 중얼거렸다.

이내 그는 낮잠이나 자야겠다고 말하며 몸을 일으켜 방으로 들어가 버렸고, 난 멀뚱히 그 뒷모습을 응시하다가 곧 그가 앉아 있었던 맞은편 자리에 앉았다.

이번에도 난 시간을 번 걸까. 하기야 샤자한에서는 시간을 벌었다고 할 수 없다.

란델은 내게 일방적으로 통보한 뒤 움직였고, 나는 남은 그대로 문제를 해결하려고 노력했으니.

하지만 블레셋은 내가 할 수 있는 일이 있다면, 마음껏 해 보라는 듯이 말했다. 그건 당분간 자신은 이 일에서 손을 떼겠다는 소리로 들렸다.

새삼 깨달은 건, 블레셋은 란델과는 다른 사람이었다. 그제야 난 블레셋보다 나를 더 만만하게 여겨서 불러냈다는 듯한 불새의 말을 —내가 별이니 어쩌니 이상한 소리를 했던 걸 떠나서— 일부 이해할 수 있었다.

란델과 블레셋이 다르듯, 블레셋과 나는 다를 테니까. 란델이라면 블레셋보다 엄하고 틈 없이 굴어서, 내게 기회조차 안겨 주지 않았을 것이다. 샤자한에서도 그랬기에, 난 마스터를 찾았지. 엘리야였다면 특유의 페이스대로 날 꼼짝 못 하게 휘둘러 버렸을 것 같다.

그들에 비하자면 확실히 블레셋은, 이렇게 표현하기에는 그 냉한 인상에 어울리지 않는 듯하지만, 물렁한 구석이 있었다.

란델이나 엘리야가 완연한 어른이라면, 블레셋은 나이 차 얼마 나지 않는 선배 같은 느낌이었고 그만큼 관계가 더 대등했다. 그렇기에 그가 덜 완고하고, 더 물러서 내 말을 들어 주고 있겠지.

……어쩌면 그가 내게 지은 죄가 있기에 조금 양보하는 게 아닐까. 블레셋의 속마음은 알기는 어려웠다. 여하간 기회가 주어졌으면 유용하게 써야지.

난 턱을 괸 채 설산을 들여다보며 생각에 잠겼다. 블레셋이 부탁을 들어주겠다고는 했지만, 그가 행동을 보류하기로 했으므로 내겐 시간이 주어졌다.

그동안 성주는 자신의 부탁을 다른 것으로 바꿀 수 있다. 이번 일을 해결하려면 내가 필히 해야 할 건, 성주의 마음을 돌려놓는 것.

난 그가 얼어붙은 기드온이 녹는 것이 정제수를 계속 산출하는 것보다 이익이 된다고 생각하게 만들어야 했다. 그리고 마탑이 기드온에서 정제수를 대신해 대가로 취할 만한 것도 모색해야 한다. 그건 정제수 이상의 가치를 가지고 있어야겠지.

하지만 마력석이 그토록 중요하다면, 정제수를 대신할 만한 게 대체 이 척박한 영토에서 뭐가 있지? 차라리 빙정을 통째로 어떻게든 분리해 내서 탑으로 가져가면…….

마탑에 마법사외에는 존재하지 않는다는 란델의 말이 뇌리를 스쳤다.

정제수를 정제할 만한 인력이 마탑엔 없다. 나는 그 형성 원리를 잘 모르지만, 정제수가 오로지 빙정의 존재로 인해 생성되는 것 같지는 않았다. 이 기드온은 필경 정제수가 만들어질 만한 그 외의 모든 여건을 갖추고 있으리라.

교활한 새대가리. 결국 저도 방법은 모르면서 도와 달라고 한 거야? 나만 골치가 아프잖아.

난 불평스럽게 투덜대면서 골치가 아파져 와 머리를 감싸 쥐었다. 과부하가 걸린 머리에 얼음을 대고 싶다.

그 정제수, 실은 그게 가장 큰 문제였다. 성주를 잘 구슬려 부탁을 다른 것으로 돌려놓는다고 쳐도, 마탑에서 과연 빙정을 흡수하려는 엘로힘을 그대로 내버려 둘까?

농부가 논밭의 잡초를 제거하듯 뿌리째 뽑아 버리려고 들 텐데. 만약, 기드온에 정제수와 녹음이 공존할 수 있다면……. 그 가정에 생각이 미치자, 눈꺼풀에 힘이 들어갔다.

길이 열리는 기분이었다. 그래, 어쩌면 마탑의 마법이 그걸 가능하게 할지도 모른다. 내 미력한 마법 실력이 그걸 이루어 낼 수 있을지는 장담할 수 없지만, 내가 가진 지식으로는 아주 불가능할 것 같지는 않았다.

애초에 기드온이 얼어붙은 건, 빙정의 마력이 너무도 강력하여 온 영토에 영향력을 떨치기 때문이다. 점점 더 그 힘이 자라나고 있으니 정제수라는 부산물을 얻고 있다고는 하나 그것도 한계가 있다. 언젠가 그나마 사람 살 곳인 이 기드온의 영지마저 완전히 얼어 버리겠지. 그 위험성을 부각한다면, 성주도 마음을 바꾸지 않을까.

엘로힘이 지금 빙정을 흡수하고 있다지만, 여전히 이 기드온엔 한기가 가득하다. 그런 걸 볼 때 그도 빙정을 아주 일부밖에 흡수하지 못했으리라.

내가 할 일은, 엘로힘이 빙정의 힘을 다소 흡수하게 하여 분리해 낸 뒤, 빙정이 더 커지거나 영지에 추위를 유발할 수 없게 제한하는 결계를 쳐 두는 것.

빙정이 정제수를 생산해 내게는 하되, 기드온에 영향을 줄 순 없도록.

방법을 찾아낸 것까지는 좋았지만, 어떻게 해야 할 지 막막하기만 하다. 너무도 고난도의 마법이며, 거창한 일이었다. 체감하기에 내가 이제껏 행한 모든 마법을 한 번에 펼쳐 내는 것보다도 어려운 일 같았다. 설계도만 던져 주고 집 한 채를 지어내라는 것처럼.

그 이전에, 내가 아쉬운 모습을 보이면 바로 치고 들어올 그 교활한 성주를 설득해야 한다니. 그는 샤자한의 왕보다 더 어려운 상대일 텐데.

하지만 틀림없이 그럴 만한 가치가 있는 일이었다. 엘로힘은 내게 도움을 구했고, 그리하여 난 기드온의 사정에 대해서 알게 되었고, 알게 된 이상 모른 척할 수 없었다.

"이 오지랖이 언젠가 나를 죽일 거야."

난 한숨과 함께 투덜거렸다. 호기심이 고양이를 죽인다고 하듯이, 내겐 오지랖이 딱 그럴 거다.

하지만 성주를 나쁜 놈이라고 생각하면서 블레셋을 말리지 않고 내버려 둔다면, 나는 그에게 일조한 셈이 된다. 적어도 내게는 그랬다. 내가 이렇게 나설 수 있는 건, 역시 샤자한의 일이 성공적으로 끝난 덕이겠지.

그 일로 난 내가 무언가를 바꿀 수 있다는 걸 깨달았던 것이다. 그것이 내게 싹튼 자신감과 용기의 정체였다. 마탑의 의지에 따르지 않고, 시온이 아닌 나로서 움직이는 건, 한편으로 나를 지켜 주고 있었다. 내가 나라는 정체성.

나는 마탑의 시온이기 이전에 이아힌이었다. 그 일은 어떤 면에서 내게 막대한 영향을 끼치는 마스터에게 저항하는 것처럼 느껴졌다. 비록 실패해서 도망쳐 온 나이지만, 반항심에서건 어쨌건 난 다른 방향으로 애쓰고 있었다.

우선은 성주의 약점을 찾아봐야겠다. 난 샤자한에서의 일을 교훈 삼아 움직였다.

침대에 누워 이전처럼 정신을 집중하니, 육신에서 뻗어 나온 유체가 자오록하게 허공을 감돌았다. 연기처럼 흐릿하고 공기처럼 투명하게 변화하여 둥둥 떠다니는 감각은 도무지 익숙해지지 않는 것이었다.

난 미끄러지듯이 벽을 통과해 빠르게 성주의 방으로 내달았다. 이동하는 도중에 저편 어딘가에서 높은 외침과 날카로운 소음이 섞여 들려왔다. 무언가 깨지는 소리처럼 들렸다.

난 방향을 틀었다. 그쪽으로 나아가 벽을 넘어서자마자 날 통과해서 벽에 부딪히는 접시에 깜짝 놀라 자리에 멈춰 섰다.

더 던질 물건이 없자 성난 얼굴의 성주가 소리를 지르며 양 주먹으로 탁자를 내리쳤다. 지진 난 듯이 탁자가 흔들리며 삐걱거리는 소음을 토해 냈다.

어찌 그리 감추고 있었는지 모를 포악함이었다. 하녀들이 겁먹은 표정으로 다가와 주섬주섬 잔해를 치워냈다.

성주는 아직도 분이 풀리지 않았는지 가구를 걷어찼다.

"그 천한 계집의 아가리를 찢어 버렸어야 하는데!"

'그 천한 계집'이 누구인지 알 것 같네. 내가 평범한 사람이었다면 단박에 날 후려쳤을 만한 분노였다.

이토록 분이 쌓여 있었다니. 그걸 우리가 자리를 떠날 때까지 티내지 않았단 것이 놀랍다.

때맞춰 방에 들어온 한 사내가 급히 만류했다.

"성주님, 이러다 손님들 귀에 들어가겠습니다."

"기껏 성의를 보였더니 반응이 좆같지를 않나, 부탁을 했으면 바로 달려갈 것이지 바로 방 안에 처박히질 않나. 쌍것들."

걸쭉한 욕설에 기분 나쁜 걸 떠나서 난 아연해지고 말았다. 무슨 성주가 입이 저리 험하담.

"마탑의 마법사들이야 원래 죄 빤질빤질한 낯짝에다가 도도하지 않았습니까. 진정하시지요."

……시온 말고 룻들도 다들 외모가 괜찮은가 보다. 다른 이들을 보지 못해서 내가 시온 중에서는 못난 편이지만, 마탑에서 제일 못난 건 아닐 거라고 생각했는데, 순식간에 자신감이 줄어든다.

"진정은 무슨."

씩씩대면서도 성주는 그제야 화가 식었는지 격조라곤 없이 의자에 다리를 쩍 벌린 채 앉았다.

그를 향한 내 호감도는 더 떨어질 수 없을 만치 바닥을 치고 있었다. 꽤 친근한 사이로 보이는 사내가 능글맞게 웃었다.

"그래도 그 계집, 꽤 이쁘장하게 생기지 않았습니까?"

"이쁘긴 무슨. 블레셋이라는 자 옆에 놓으니 볼품없기만 하더라. 차라리 내 취향은 고 새초롬한 눈빛의 하얀 로브 쪽이—"

다시 떠올려 보니 심취할 만한지 성주가 눈을 감은 채 음음, 고개를 끄덕였다. 부하로 보이는 사내가 미심쩍게 물었다.

"제가 성주님의 취향을 잘못 알고 있는 겁니까. 사내에게는 손대지 않으시는 줄 알았는데요?"

"여태 본 어떤 여자보다도 곱잖나. 살도 눈결처럼 하얀 게 도도하니 어쩐지 동하게 만들더구만. 그 정도라면 없던 취향도 생길 수 있지."

입맛을 다시는 성주를 보자 무시당해 기분 나빴던 마음은 가셨지만, 다른 한편으로 난 무척 찜찜해졌다.

못 볼 꼴을 계속 보고 있다. 블레셋에게 이 이야기를 그대로 전달해 주면, 그가 과연 성주의 부탁을 들어주려고 할까. 좀 더 감정적으로 무던해진 듯한 그라도 참아 넘길 성싶진 않았다. 적어도 성주의 숨통을 끊어는 놓겠지.

이걸 담아 둘 내 머릿속 저장소와 전달할 입이 더러워지는 기분이었지만, 난 그 방법을 최후의 방책으로 고려해 넣었다. 동시에, 대단히 타락해 버린 듯한 새로운 발상 또한 뇌리를 스쳤다.

이제 난 정신계 마법을 쓸 줄 아니까, 성주에게 조금만, 아주 조금 손을 대서 그 마음속의 욕망을 부풀린다면…….

나는 살의로 번들거리는 블레셋의 눈빛을 떠올렸다. 그 일의 결과로 성주는 시체조차 온전하지 못하게 되겠지만, 그런 생각을 하면서도 죄책감은 놀랍도록 미미했다. 없는 것이나 마찬가지다. 하지만 블레셋이 내 수작을 혹시라도 알아챈다면?

……그건 좀, 생각해 볼 여지가 있네.

내가 새로운 구상에 잠기는 동안, 대화가 이어지고 있었다.

"암, 성주님 안목이야 워낙 높으시니, 그럴 만도 하지요."

"이딴 소리를 해서 무얼 하겠나, 마탑의 시온이라니 어디 손도 못 댈 건데."

"근데 그들은 도대체 어디서 오는 겁니까."

"난들 아나, 마탑인지 뭔지 어디 콧구멍에 붙었는지 원. 매번 정제수를 싹 쓸어가니 솔직히 아깝긴 해. 하지만 어쩔 수 없잖나. 꼼수라도 부렸다간 내 대갈통을 잘라 버리고도 남을 작자들이니 말이지."

"정제수를 꼬박꼬박 챙겨 가는 대신, 일은 확실히 해 주지 않습니까. 그놈의 새만 어떻게 처리하면……."

"그놈의 불새만 사라지면 설산으로 도망간 것들은 죄다 얼어 죽겠지. 은혜도 모르는 것들! 누구 덕에 기드온이 이만큼 살고 있는 건데. 한낱 미물에 미혹되어선 죽을 자리를 찾아 들어가니, 쯧쯧."

"아량을 베푸시어 그것들을 잡아다가 기드온의 공용 노예로 쓰시지요. 그들도 인력인데 그게 낫지 않겠습니까?"

"흠, 그것도 생각해 볼 만하군. 그렇게 되면 그들의 관리를 자네에게 맡기지, 카론."

"영광입니다. 성주님."

기분이 풀린 성주와 카론이라고 불린 사내가 하하 웃으며 앞으로의 찬란한 미래에 대해서 떠들어 댔다.

말을 가릴 필요가 없기에 그랬겠지만, 대화를 나누는 그들은 악당의 표본에서 한 치도 어긋나지 않았다. 불새의 본심을 의심할 필요도 없이, 눈에 보이는 것만으로도 명백하다.

자, 그러면 어떻게 한다. 고민에 잠긴 난 근처에 서 있는 하녀의 머릿속에서 성주에 관한 정보를 빨아들였다. 그러나 바라던 성과는 주어지지 않았다.

성주는 약점이 거의 없어 보였다. 첩들은 여럿 두었으나 돌아가면서 총애할 뿐 유독 아끼는 누군가는 없으며, 본처도 아직 들이지 않았고 자식도 없다고 한다. 성주 자리에 오르기 위한 싸움이 치열했는지 그나마 있는 형제는 모조리 죽었다. 성주는 혈혈단신인 몸이었고, 교활하며 주제를 알아서 강자 앞에서는 몸을 수그렸다. 아마 누군가를 믿지도 않으리라.

거기까지 이르자, 난 문득 한 가지 기발한 생각을 떠올렸다.

성주의 부탁을 바꿀 만한 계획이라. 그건 꽤 그럴듯했지만, 구체화하기에는 좀 일렀다. 그리고 성주의 부탁을 다른 것으로 바꾸게 하더라도, 빙정의 문제를 해결하지 못하면 그 모든 게 무의미했다. 어쨌든 마탑에서 가장 중요하게 여기는 건 정제수니까 말이다.

성안을 헤매어 목적지까지 도달하는 데는 시간이 걸렸지만, 정작 내 몸으로 돌아오는 건 그저 돌아가고 싶다고 강하게 생각하는 것만으로도 단숨에 이루어졌다. 그리고 이제 내겐 갈 곳이 있었다.

난 자리에서 일어나 어젯밤 이동했던, 설산의 그 장소를 떠올렸다. 고유의 위치를 인식하고 있다면, 한 번 가 본 곳으로 다시 이동하는 건 손쉬운 일이다.

내 안에서 뻗어 나온 마력이 자연스럽게 몸을 감싸고 돈 직후, 난 발밑에서 부서지는 눈의 감촉을 느꼈다. 머리 위로 하얀 눈발이 날리고 있었다. 입에서 나오는 숨이 하얗게 얼어붙었다.

구태여 헤맬 필요가 없었기에, 내가 이동한 곳은 붉은 환영이 서렸던 곳이 아닌 엘로힘의 알이 있는 그 동굴 앞이었다.

동굴 안으로 발을 막 들이려는데, 등 뒤에서 인기척이 느껴졌다. 돌아보니 로브를 입은 한 사내가 날 향해 손가락질하며 경악하여 외쳤다.

"당신은!"

그 옆에 익숙한 얼굴의 여인이 서 있었다.

"테드, 그녀를 아세요? 마법사라고 하시던 걸요."

"어떻게 여기에······. 성주가 자길 도와 달라고 불러서 어제 도착한 마법사야!"

"네에?"

성에서는 본 적 없는 얼굴이니 아마 마을에 들어설 때 날 보았나 보다.

테드라 불린 사내가 경계심 어린 기색으로 거리를 두었다. 뭐가 어떻게 돌아가는지 몰라서 쟌느는 당황한 기색을 떠올렸다.

"당신, 무슨 목적으로 여기에 왔지!"

삿대질하면서 그는 마력을 일으켰다. 마음에 들지 않는 대답이 나오면 당장에라도 공격할 듯한 기세였다.

그 마력. 어느 정도 수준의 마법사인지 가늠할 수 있는 것 보니, 대단한 마법사는 아니다. 걱정할 필요 없이 내 상대가 되진 못했다.

아마도 쟌느가 말한, 자리를 비웠다던 마법사가 그인 것 같다. 엘로힘의 말을 전달하는 역할일 테지.

"저, 저어? 테드. 이러지 말아요. 저분은 우리에게 해를 끼치지 않을 거예요. 그렇죠?"

쟌느가 불안한 듯이 그와 나를 번갈아 보며 묻자 난 냉큼 고개를 끄덕였다. 테드라는 사내가 의혹 어린 눈길로 쟌느를 응시했다.

"네가 그걸 어떻게 알아?"

"어떻게 아느냐니요. 어젯밤 찾아오셨을 때도 아무 일 없었는……."

"지금 외부인을 여기로 들였다는 말이야!"

버럭 소리를 내지르자 쟌느가 어쩔 줄 모르는 얼굴로 변명했다.

"아니, 제가 그랬다는 게 아니라 엘로힘 님께서—"

-자는데 밖에서 시끄럽게 굴지 마.

동굴 밖으로 불그스름한 빛과 함께 마법어가 흘러나왔다. 살랑거리며 붉은 깃의 새 한 마리가 날아오자 사내가 급히 고개를 숙였다.

-엘로힘 님.

-흥분할 것 없어, 테드. 내가 초대한 손님이니까. 오늘은 아니지만?

가늘어진 눈매의 틈 사이로 불새의 눈동자가 나를 슥 훑었다. 한 번 심술을 부려보는 듯하다.

어쭈, 아쉬운 게 누구인데 나한테 이런 태도야?

놈이 전날 모호한 말을 해 놓고 대꾸해 주지 않은 것에 맺힌 게 있었던 난 턱을 들고 쏘아붙였다.

-날 박대할 처지가 아닐 텐데.

-그건 그렇지. 일단 들어오겠어?

-그래.

나와 엘로힘 사이에 오가는 대화를 들은 사내는 복잡한 표정을 지었다.

난 동굴 안쪽으로 사라지는 불새를 따라 발을 들였다. 사내가 내 뒤를 따르는 기척이 느껴졌고, 쟌느 역시도 마찬가지였다.

알이 자리한 동굴의 내지로 들어서자마자, 난 주변을 빠르게 마력으로 탐색했다.

산 깊숙한 곳에 패여 있는 동굴이라고는 하나, 이 산맥의 크기를 생각하면 그리 깊다고 하긴 어려운 위치였다.

그러나 빙정과는 확실히 이어져 있는지 동굴을 둘러싼 지맥에서 살갗을 도려낼 듯한 지독한 한기가 느껴지고 있었다.

엘로힘이 그를 흡수하여 이 동굴 안을 자신의 기운으로 적시고 있지 않았다면 마법사인 나와 테드는 그렇다 치고 쟌느는 산채로 얼어 버렸겠지.

—빙정의 흡수는 얼마만큼 진행되었지?

—더뎌. 성장 속도가 예상보다 빨라서, 빙정을 흡수해서 내 몸으로 치환하는 데 시간이 걸려. 하지만 알의 부피가 커지고 있으니 가속도가 붙어서 반년 안에는 부화할 수 있을 거야.

—반년이라…….

그 정도면 성주가 내년치 소원을 빌기 전에 완전히 일이 끝날 것 같다.

—어떤 유능한 마법사의 도움이 있다면, 좀 더 빨라질 수 있겠지.

엘로힘이 새침하게 아부를 섞어서 덧붙이자, 난 코웃음 쳤다.

—네 뜻대로 해 줄 생각은 없어. 이 빙정, 너 홀로 꿀꺽하기에는 너무 거대하지 않나?

—무슨 소리야.

화급히 답하는 데서 슬며시 탐욕이 드러났다. 이토록 강력한 마력의 근원이 되는 빙정이라면, 소화하는 데에 시간은 다소 걸리겠지만 엘로힘에게는 무척 영양가 있는 먹이일 것이다. 지금의 엘로힘은 그래, 코끼리를 삼킨 보아 뱀이라고 봄직하다.

—사람들을 위하는 척 말했지만, 사실 넌 이 빙정을 안전하게 흡수하고 떠나고 싶은 거잖아?

뜨끔했는지 엘로힘이 즉각적으로 딱딱하게 반론을 가했다.

—하지만 그게 순리이기도 해. 이 세상 어느 곳에서건 비정상적으로 특정한 속성의 마력이 강해지면 어떻게든 자연스레 균형이 맞춰지게 되어 있어. 그래서 반대 속성을 가진 내가 이곳에 이끌려 오게 된 거지.

난 시큰둥하게 대꾸했다.

—별로 뭐라는 건 아니야. 그래도 이 빙정, 네가 모조리 흡수하게 놔둘 순 없어. 빙정이 사라지면, 기드온에서는 더 이상 정제수가 나

지 않을 거고 그래선 안 돼. 마탑에서 필요한 건 정제수니까.

　—마력석이라. 그도 순리를 알 텐데 무슨 생각인지. 애초에 정제수가 필요한 이유도—

　무언가 아는 듯이 투덜거리던 엘로힘은 내가 그를 유심히 바라보자 바로 침묵을 고수했다.

　애 은근히 떡밥을 던지는 듯한데, 실은 말해 주고 싶어서 안달이 난 걸지도 모른다.

　엘로힘이 죽건 말건 슬슬 파서 캐내고 싶은 마음이 솟구쳤지만, 난 어렵사리 참아 냈다. 포르르 내 어깨에 내려앉은 엘로힘이 물었다.

　—그래서 어쩔 계획인데?

　—빙정의 힘을 상당수 네가 흡수하게 하되 정제수를 만들어 낼 만큼만 남겨 두고, 더 커지지 못하게 결계를 걸어두는 거지.

　—거창한 소리인데.

　—내가 생각해도 어려울 것 같긴 해.

　—이론상으로는 가능한 일이지만, 실제로도 가능할지? 나도 마법에 대해서 알지, 빙정의 성장을 제한하려면 막대한 마력이 소모되는 아주 정교한 결계가 필요할 거야. 주기적으로 관리를 해 줘야 할 테고.

　그의 말을 들을수록 마음이 무거워진다. 어려울 거라 이미 예상했지만, 내 알량한 마음과 노력으로만 가능한 일일까.

　마법사다운 학구심이 불탔는지 저편에 서서 대화를 듣고만 있던 테드라는 자가 턱을 슥 문지르며 말했다.

　"이 몸이 비록 미천한 실력을 지녔다고는 하나, 한마디 보태자면 그게 그리 쉬운 일처럼 들리지는 않소."

　난 신경질적으로 머리를 헤집었다.

　"누가 몰라서 그래? 다른 방법이 없는걸. 나도 시키는 대로 한다고. 마탑은 정제수를 원해! 이게 최선이라니까."

　문득 나보다 나이가 훨씬 많아 보이는 남자한테 말을 놓았다는데 생각이 미쳤지만, 이미 돌이킬 수 없었다.

새랍시고 분명 영물이니 나이가 많을 게 뻔한 엘로힘한테는 반말을 찍찍 써 두고 그에게만 말을 높이는 건 우습기도 하고.

"……나름대로 고충이 있으시겠군요."

테드가 내 비위를 맞추듯 친근하게 말을 건네었다. 곰곰이 무언가를 생각해 보는 듯하던 엘로힘이 냉큼 말했다.

─큰 문제가 하나 더 있는데, 정제수란 빙정의 기운이 녹아든 지하수로 제조하는 거잖아? 수맥에 영향을 미칠 정도라면 빙정이 그렇게 작아선 안 될 거야.

엘로힘이 대수롭지 않게 짚어 준 허점에 난 입술을 깨물었다. 불안감이 치민다.

─그렇게 되면 기드온은 이전과 같지는 않겠지만, 여전히 추울 거라고.

─……빙정이 더 커지지 못하게 제한하면서, 동시에 외부 기온에 영향을 미치지 못하도록 하는 결계를 같이 걸어 둔다면 어때.

지하수에만 영향을 미치도록 마력의 흐름도 조절해야겠자. 일이 점점 더 커지니 눈앞이 아득하다. 뭐가 이리 고려해야 할 게 많아. 마법을 배운 지 6개월 좀 지난 초보 마법사에게 주어지기엔 지나친 난제였다.

─말은 쉽지만 그렇게 정교하게 이중 중첩된 결계는 들어 보지도 못했어. 결계를 칠 때 소요되는 마력도 엄청날 걸? 그만큼 큰 빙정을 제어하는 건 또 쉽겠어? 거기까지 성공한다고 해도, 주기적으로 관리하기 어려울 테지.

내가 수심에 잠김에 따라, 테드의 표정도 덩달아 심각해져 갔다.

한참 방도를 생각해 내다가 머리가 터질 무렵이 되어서야 갑작스레 분기가 솟았다. 다시 생각해 보니 태평하게 문제 제기나 하고 있는 엘로힘이 심히 거슬린다. 방법을 떠올려야 하는 건 그쪽 아니야? 뭘 믿고 계속 부정적인 소리만 덧붙이는 거지? 내가 안 되겠다고 포기해 버리면 어쩌려고.

-일이 어렵다는 소리를 그렇게 강조하는 이유가 뭔데. 다른 방법이라도 있는 거야? 넌 내 도움을 바라잖아.

엄포를 놓듯이 말하자, 엘로힘이 평온하게 대꾸했다.

-그렇지, 그런데 쉬운 길을 두고 어려운 길로 돌아갈 생각을 하는 것 같아서.

-더 좋은 방법이 있다는 소리야?

-간단한데.

날개를 한번 푸드덕 홰친 엘로힘이 부리로 깃을 고르며 여유를 부렸다. 그리고 느긋하게 대꾸했다.

-네가 내 부화를 도와주면 되는 거야. 나로서도 그쪽이 더 좋고.

-부화를 도와 달라고? 어떻게.

나는 그를 미심쩍은 눈으로 바라보았다.

-네가 내게 마력을 공급해서 더 빨리 빙정을 흡수하게 해 준다면, 나는 바로 이 기드온을 녹이고 떠나갈 수 있겠지.

-잠깐, 그러면 정제수는 구할 수 없게 되잖아.

-어쩔 수 없는 결과지. 하지만 가장 간편한 방법이기도 해.

-너 지금 그건…….

원점으로 돌아온 대화에 분이 치밀어서 난 얼굴을 구겼다. 오로지 그의 입장에서만 간편한 방법이지 않은가.

테드를 의식한 난 마법어의 전달 범주를 제한했다. 짜증이 담긴 외침이 엘로힘을 향해 꽂혔다.

-마스터에게 날 죽여 달라고 말하라는 소리야?

네게는 그 빙정을 무사히 먹어치우고 떠나는 게 가장 중요하겠지만, 내게 가장 중요한 건 어디까지나 내 목숨이라고. 내가 다소 도전적으로, 임무를 수행하는 데에 알량한 정의심을 들이대고 있다고는 하더라도 그 또한 내가 살아 있음을 전제로 한다는 걸 잊지는 않았다.

이기심에 찌든 불새를 난 이를 바득 갈며 노려보았다.

-이럴 바에는 널 돕지 않는 편이 낫겠어. 어차피 일은 블레셋이

할 테니까. 난 가만히 있으면 다 끝나겠네.

ㅡ화낼 것 없어.

엘로힘 역시 테드를 배제하고 내게만 마법어를 전해 왔다. 무언가 마법어가 오가고 있다는 건 알 만한데 들리지 않으니 테드가 어리둥절하게 우리 둘을 번갈아 보았다.

ㅡ네 말을 들으니, 도와줄 마음이 있다가도 사라지는데? 네 목숨은 소중하고 내 목숨은 소중하지 않아? 아, 물론 너한텐 그렇겠지!

이렇게 침착하게 발음하고 있다는 게 믿기지 않을 만큼, 화가 치민다. 배 속이 부글부글 끓었다.

기껏 좋은 마음으로 도와주려고 했더니 누굴 호구로 알아!

ㅡ나는 네가 이 임무를 망친다고 해서 죽을 거라고 생각지 않아.

ㅡ생각은 누구나 할 수 있지. 혹시 알아? 내가 저 알을 깨 버린다고 해도 네가 죽지 않을지.

위협적으로 비아냥거리며 성큼 다가가 알 위에 손바닥을 얹자, 테드가 선불 맞은 양 펄쩍 뛰었다.

"아, 아니 뭐하는 짓이오!"

그러나 내 사나운 눈길이 스치자 그가 잔뜩 경계하면서도 물러났다. 내가 보란 듯이 일으킨 마력을 느꼈을 터였다. 분명히, 이 동굴 하나는 가볍게 부술 수 있을 만한 강력한 마력이었다.

ㅡ물러나 있어.

내 어깨 위에서 엘로힘이 명령했다. 활활 타오르는 날개를 한 차례 퍼덕인 그는 이내 어쩔 수 없다는 듯 속삭였다.

ㅡ……그건 달라. 난 확신하고 있으니까.

그리고 조금 더 분명한 투로 말했다.

ㅡ네가 그렇게 한다고 해도 넌 죽지 않을 거야.

가슴에 서늘한 감각이 스몄다. 역시 이 새는 내가 모르는, 마스터에 대한 무언가를 알고 있다. 엘로힘의 장담이 선으로 이어진 듯이 얄팍하고, 아슬아슬한 느낌으로 신경을 긁는다.

뿌옇게 연기가 인 물속은 들여다볼 수 없고, 그 안에 무엇이 잠겨 있는지 추측하는 것도 불가하다. 그러나 거기에 무언가가 있다는 건 알고 있었다. 그 막막함을 네가 알까. 그게 무언지 모른다면, 거기에 뭔가가 있다는 걸 아는 것조차 무의미한 일이니.

난 목소리를 낮게 깔았다.

ㅡ……안 죽고 고문당하는 건 괜찮다는 소리야?

ㅡ거기까지는 장담 못 하겠네. 하지만 네게 큰일은 없을 거야.

엘로힘의 말에는 확신이 서려 있었고, 난 좀 더 소리를 낮추어, 거의 잠길 듯한 음성으로 말했다.

ㅡ네 말은……. 마스터가 내게 관대해져야 할 만한 이유가 있다는 소리로 들려.

그 말에, 심장이 멋대로 뛰고 있었다. 목덜미며 뺨에 번지듯이 열이 올랐다. 설렘일까, 두려움일까. 몹시 긴장한 채 스릴러 영화를 보고 있는 양, 어떤 예감이 깃털처럼 속을 간질였다.

입안에 침이 고여, 난 꿀꺽 소리를 냈다. 붉은 눈이 몇 번 말없이 끔뻑였다.

ㅡ그는 틀림없이 그럴 테지만, 어떤 이유가 있다고 말해야 할지는 모르겠어. 나도 설명하기 어렵거든.

엘로힘은 부리를 벌리며 숨을 토해 냈는데, 그게 꼭 한숨을 내쉬는 것처럼 보였다.

ㅡ문제는, 네 목숨이 아니라 내 목숨이야.

어쩐지 우울한 기색이었다.

ㅡ여기까지 말했으니 만약 네가 나를 도와줘서 부화를 마친다고 해도, 그 이후에 그가 날 살려 둘지.

ㅡ지금 나눈 이 대화에 대해서 마스터가 어떻게 알겠어? 설마.

영문 모를 테드를 흘낏거리며 난 알 위에 얹은 손을 거두었다.

엘로힘은 내 어깨를 벗어나 제 알 위에 내려앉았다. 그리고 부리 끝을 알 껍질에 대며 중얼거렸다.

─그게 내 희망이지.

내가 별로 잘못한 건 없는 것 같지만, 몹시 미안해지는 기분이었다. 이미 죽음을 맞이할 것을 예감하는 양 시무룩해진 엘로힘을 보며 나 역시 숙연하게 고개를 내렸다.

그러나 곧 의심이 찾아들었다. 이 불새는 무척 오래 살았을 테니 거짓말에도 능숙할지 모른다. 그가 진실만을 말하고 있다는 보장은 없다. 어쩌면 제 뜻대로 날 이용해먹기 위해서 교활하게 연기하고 있는 걸지도.

이곳 세계에 떨어진 이후 내내 당해 온 일들로 난 불신이 팽배해 있었고, 그렇지 않더라도 한 번쯤 의심해 보는 게 옳았다.

비록 상대가 사람이 아닐지라도 이지를 가진 이상 정직할 거라고 마냥 믿기만 할 수는 없는 법이다. 내가 배운 지식에 마법 생물체는 거짓말을 절대 하지 않는다는 소리는 없었다.

엘로힘의 말을 믿어서 내가 그를 도와 빙정을 없애 버린다면 마탑은 기드온에서 정제수를 구할 수 없게 될 테지. 난 필연적으로 마탑에 손해를 끼치게 된다. 마탑을 악의 축 비슷한 것으로 정의하고 있는 나라도 그게 내킬 리는 없다. 내가 마스터에게 받은 것들을 생각하자면 배은망덕하다고 비난받아도 쌌다.

……죽지는 않는다고 해도, 내가 벌받는 걸 감수하면서 엘로힘을 도와야 하는 이유가 있나. 그렇게까지 해야 해?

거기에 대해서 난 회의적이었다. 내게는 하등 이득 될 것 없는 일이다.

언젠가 마탑을 벗어나려면, 시키는 일이라도 열심히 해서 잘 적응하고 있다는 인상을 주어야 하지 않을까. 하지만 다시금 성주를 떠올려 보면, 착한 척하는 걸 떠나서 엘로힘을 돕는 게 옳아 보이기는 했다. 그 얄팍한 도덕심이 한편으로는 나를 지켜 주고 있었다. 되도록 모두에게 이로운 쪽으로 일을 해결하고 싶은데……. 물론 성주는 그 모두에 속하지 않지만.

난 결론을 내어 어렵사리 입을 열었다.

―……네 말을 완전히 믿을 수는 없어.

―난 거짓말하지 않아.

―넌 지금 내게 죽음을 무릅쓰라고 말하고 있는 거라고.

실지로 마스터가 나를 죽이지 않을 거라는, 그 말에는 무척이나 마음이 끌렸다. 지독하게 매력적으로 나를 사로잡아, 믿어 버리고만 싶었다.

하지만 난 알고 있었다. 마스터에게 어떤 식으로든 의미가 되고 싶어서, 내가 그 욕망 때문에 어떤 논리적 기반 없이 막연히 그 말을 믿고 싶어 한다는 걸.

―그러니까, 이 일은 내가 어떻게든 해 보지. 그리고 그 후에…….

안 되면 네가 제안한 방법을 고려해 보아야겠지. 그 말을 마지막으로 난 그에게서 등을 돌렸다.

엘로힘과 대화를 마친 직후 난 꽤 초조해진 터였다. 그가 지적한 것들은 하나같이 일리가 있었고, 그를 극복하기에 내 마법 실력이 한참 모자랐다. 그 정도의 정교한 대규모 마법 결계를 형성하는 게 내게 가능하긴 할는지.

기세 좋게 펼쳤던 긍정적인 전망도 흐려져 간다. 머릿속에는 전달받은 지식들이 그득하다고 해도, 난 내 몸 지키는 결계 외에는 쳐 본적이 없으니.

내가 도움을 구할 상대라고 해 봐야, 현재로서는 블레셋뿐이다. 그도 미온적인 태도로 한 걸음 물러난 것뿐이지만, 그게 어디인가.

마탑의 사람 중 내가 하려는 일을 간접적으로나마 도우려고 든 이는 그나마 블레셋밖에 없었다.

……아니, 한 명 더 있었지. 어쩌면 내게 가장 유효한 도움을 줄 수 있는 사람도 그였으니.

난 뇌리에 바로 스치듯이 떠오른 상을 흩어 버리려고 노력했다. 하지만 너무도 오랜 시간, 가까이에 있어 왔던 탓에 그 생생한 영상은 좀처럼 지워지지 않았다.

언제나 세상과 단절하듯 눈을 내리감은 그 모습— 우묵한 데 고인 어둠처럼 짙고, 고요한 대기. 달빛이 배인 얼음 조각처럼 흰 피부.

가장 캄캄한 새벽을 닮은, 밤조차 숨죽일 듯한 그 눈동자가 현실을 뛰어넘어 지독하게 나를 일망한다. 영혼을 빼앗길 듯이 그 면면이 아름다운 낯을 떠올리자면 배 속이 떨렸다.

내 안에 다른 생물이 살고 있는 양 속에서 알 수 없는 움직임이 인다. 마스터는 내가 반할 수밖에 없는 사람이었다. 그건 의심할 길 없이 그러했다.

도망치고 싶어도, 길들어 버린 사고는 어려움에 직면하면 바로 그를 찾아 버린다. 제자리에 돌아온 난 숨이 막혔다. 정말, 바로 그를 떠올려버린 걸 보면 버릇이 심각하게 나빠졌나 보다.

……실은 알고 있었다. 다른 누구의 도움을 비는 것보다도, 마스터에게 간청하는 게 낫다는 것을. 왜냐하면 마스터는 이때까지 어김없이 내 청을 들어주었으니까.

아이러니하게도 그의 명을 수행할 뿐인 엘리야나 란델, 에스겔이라면 내가 말을 꺼낸 즉시 만류하거나 블레셋에게 연락하여 당장에라도 일을 진행시켰으리라.

그러나 내가 도움을 구해선 안 될 사람이 있다면, 그건 마스터이기에. 그를 피하여 도망 온 이 자리에서 다시금 그를 찾는 일은 있어선 안 되기에, 나는 이를 악물고 유혹을 뿌리쳐 냈다.

꾹 누르듯 눈을 감았다 뜨자, 내 앞에 당장 해야 할 일만 남았다. 성주의 마음을 바꾸는 것. 즉 그의 요구 사항을 바꾸어 놓는 일.

재물로 매수하는 건 빈털터리 신세인 나로서는 불가능할 것이며, 또한 그를 구슬리려고 드는 것도 적절하지 않았다. 마탑의 시온은 아쉬움을 보여서는 안 되는 존재이므로. 그러니 나는 성주 스스로 마음을 바꾸도록 유도해야 했다.

그와 거래할 방법이 없고 설득도 어렵다면 답은, 위협이겠지. 물론, 목에 칼을 들이대는 종류의 위협은 아니지만 말이다.

간단하고 명료한 결론이었다. 그리고 난 그 결론을 선보이려고 바로 성주를 찾았다.

샤자한의 왕보다 기드온의 성주 쪽이 더 무게감이 낮고, 그러므로 그를 지키는 방비가 더 허술하리라는 건 예상했던 바였다. 나는 아무런 장애 없이, 집무실에 앉아 정무를 보는 그의 앞에 허공 속에서 그려지듯 모습을 드러냈다.

"헉."

성주의 입이 쩍 소리를 내며 벌어졌다. 그야 나라도 화들짝 놀랐을 법한 걸.

그의 손이 어느덧 허리춤에 가 있는 걸 보니 검을 뽑아 들려고 한 듯싶었다. 제 오롯한 공간을 침범당한 성주가 으흠, 헛기침하며 날 바라보았다. 가까스로 온화한 체하는 눈빛이었다.

"아힌 님? 제게 볼일이 있다면 말씀만 하셨어도 달려갔을 터인데, 어찌 이리 방문하셨는지."

그의 실체를 본 나로선 친근한 척 웃으며 굽실거리는 그 모습이 가증스럽기 짝이 없었다.

나더러 '천한 계집'이랬던가. 그 생각을 하자 속에서 울컥하는 감정이 치솟았지만, 애써 누그러뜨렸다. 그리고 아무렇지도 않은 척 천연덕스럽게 그의 앞 의자에 걸터앉았다. 허락받을 필욘 없지.

"내 이야기를 들으면, 날 반갑게 생각하게 될 거예요."

사소한 복수심에 보란 듯이 다리를 꼬고 앉아, 부러 거만하게 말했음에도 성주의 얼굴에는 변화가 일지 않았다. 성주는 내가 그에게 반감을 품었음을 이미 눈치채었으리라. 그리 티를 냈으니.

"말씀하시지요."

난 다분히 가르치는 투로 말을 시작했다.

"성주가 뭘 잘 모르는가 본데, 당신네 영지는 지금도 얼어붙고 있어요."

저보다 훨씬 어려 보이는 여자애한테 이런 식으로 소리를 들으면 자존심 상하지 않을까? 하긴 블레셋이 여든 살 먹은 할머니가 취향이라고 운운했으니, 그가 어리다고 말했다고 해도 성주로서는 나 역시도 꽤 나이가 있다고 유추할 것이다.

성주가 태연자약하게 반문했다.

"기드온은 예전부터 얼어 있었습니다만?"

"내 말은, 더 얼어붙고 있다는 거죠. 지금은 성의 결계가 있어서 그럭저럭 버티고 있지만, 글쎄 그게 언제까지 가능하려나? 빙정의 마력은 나날이 강해지고 있어요. 마력은 모여들수록 강해지는 법이니."

난 말을 끊으며 슬며시 성주의 낯을 살폈다. 대답은 없었지만, 미묘하게 기색이 달라졌다. 내 말이 그를 흔들기는 하는 것 같다.

"결계로도 그 추위를 막을 수 없을 때가 올 거예요. 그러면 이 영지는 더 이상 사람 살 수 없는 곳이 되겠지요. 저 먼 북쪽의 끝처럼."

"……이해가 가지 않는군요. 그때는 마탑에서 성의 결계를 보강해 주면 되는 거 아닙니까."

"그때에도 마탑이 요구하는 대가가 지금과 같을 거라 생각하나 보죠? 발등에 불이 떨어져서야 허겁지겁 빙정을 없애 달라고 말해도, 마탑은 들어주지 않을 거예요. 우리는 우리에게 이로운 계약만 하니까."

난 의미심장하게 웃었다. 그 정도로 위급함이 닥친다면 그에게 막대한 수익을 가져다줄 정제수의 전부를, 마탑은 요구할 수 있었다. 성주도 얼어 죽기 싫다면 그에 응해야 하리라.

빙정의 마력을 억누를 만큼 강력한 결계는 마탑 정도만이 구축할 수 있다고 보아도 좋았다. 막대한 비용을 들이면 안 될 건 없겠지만, 빙정의 마력이 더 강해지면 그마저도 무용한 시도가 될 테지. 눈앞의 이득을 생각하기보다는, 미래를 내다봐야 했다.

척 보기에 성의 결계는 수십 년 정도 여력이 있어 보였지만, 그 수십 년 동안 또다시 불새가 출현한다는 보장은 없으니 그에게는 차라리 잘된 기회일 수 있다.

턱을 쓸어내린 성주가 잠자코 물었다.

"으흠, 그렇다면 그리되는 게 마탑의 입장에서는 이득일 텐데 왜 제게 이런 이야기를 해 주시는 겁니까?"

내 저의를 의심하는 그의 눈빛은 자못 날카로웠다. 난 태연한 척 성주의 시선을 맞받았다.

나로서는 그의 적일 쟌느를 비롯하여 기드온 사람들을 위한다는, 내 순진한 의도를 들켜서는 안 되었다. 선의는 항상 이용당하기 마련이므로.

이런 자일수록 더 계략적이고, 정치적인 논리에 설득되기 마련이다. 왜냐하면, 아무도 믿지 않는 자일수록 사람이 움직이는 데는 그 자신의 이익을 위한 동기가 필요하다고 생각하니까. 그러니 이것이 그에게도 좋은 일이지만, 내게도 이익이 되는 일이란 걸 알려 줄 필요가 있었다.

난 어깨를 으쓱하며 말했다.

"마탑 안에서도 이해타산은 있기 마련이지요. 당신이 똑똑하다면 무슨 말인지 바로 알아듣겠지만."

"고귀하신 마탑의 마법사님들은 탑주님 아래에서 충실히 명을 수행하지 않습니까."

성주가 은근한 어조로 물었다. 신뢰를 위해서는 더 많은 것을 꺼내라고 요구하듯이. 난 눈썹을 치켜들었다. 그리고 준비했던 답변을 토로했다.

"난 마탑이 정제수를 얻지 못하게 되기를 원하고 있거든요."

"그건 참…… 흥미로운 이야기이군요."

성주의 단단한 입매에 묘한 웃음기가 배어났다. 미지의 것처럼 생각되었던 마탑 내부 사정을 들을 만한, 그럴싸한 기회로 여겨졌음이라.

"간단히 말해, 나는 블레셋과 사이가 좋지 않죠. 그리고 이 임무는 전적으로 그의 책임이고요."

"제게 원하는 게 정확히 무엇이십니까."

"당신이 빌 수 있는 소원을 다른 것으로 바꾸는 거."

그렇게 하면 난 이제 시간을 벌 수 있다. 불새가 빙정을 흡수하는 데는 오랜 시간이 걸리니.

엘로힘이 빙정을 약화할 동안, 나는 결계를 구현해 내야 했다. 빙정의 힘과 성장을 막고 봉인할 결계. 어쨌든 계약이 전제되지 않는다면, 탑에서 엘로힘을 처치하려들 것 같지는 않았다.

인세에 개입하지 못하는 마탑이 과연 어떤 이유도 없이 자연계의 섭리에 거역하려고 들 수 있을까. 더군다나 블레셋은 임무 수행에 별로 의욕적인 편이 아니었다.

"제가 블레셋 님께 이 이야기를 고하면 어쩌려고, 이런 말씀을 다 하십니까."

느물거리며 웃는 게 약점을 잡아 이용하려 드는 악당의 표정에 다름 아니다. 하지만 그것도 생각해 놓았지.

나날이 치밀해져 가는 난 그를 향해 손가락을 흔들다가 마력을 내쏘았다. 그는 순발력 있게 몸을 옆으로 틀었지만, 무용한 시도였다. 이건 화살이 아니다. 제게 스며드는 마력을 느낀 성주의 낯에 분기가 차올랐다. 이제 슬슬 본색을 드러낼 때도 되었지?

"착각하고 있나 본데, 난 마법사예요. 당신 하나쯤은 이 방 안에서 쥐도 새도 모르게 해치울 수 있어."

"저를 위협하신다고—"

"아니, 귀중한 호퍼에게 그럴 수야 있나. 당신이 무언가를 잊고 있는 것 같아서, 좀 상기시켜 주려고."

붉으락푸르락 한 낯으로 성주가 입을 사려 물었다. 이런 짓을 해도 마땅한 이였으므로 난 죄책감 없이 읊조렸다.

"당신은 이 건에 관해서 입도 떼지 못할 거예요. 내가, 그렇게 만들었으니까. 어떻게 될지 궁금하다면 시험해도 좋아요. 아쉬운 건 내 목숨이 아니니."

"제게 좀 지나치다고 생각하시지 않습니까."

"전혀."

억울한 듯 항의하는 성주에게 딱 잘라 말한 난 입꼬리를 씩 들어 올렸다.

"블레셋은 내가 이렇게까지 할지는 모르고 있어요. 내가 그의 앞에서 고분고분한 후배인 척 굴었으니까. 그러니 당신이 뭐라고 지껄여도 어차피 그는 듣지 않겠지."

역시 강자에게 약하고 약자에게 강한 전형적인 타입답게 성주는 내가 패기 돋게 나가니까 찍소리도 못하고 입을 다물었다.

자, 그러면 할 이야기는 다 했고 이제는 시간을 주어야겠지. 난 이제 갈 거라고 알리듯 자리에서 일어나 로브를 툭툭 털었다.

"현명한 선택을 하길 빌어요. 블레셋은 그리 느긋한 성품이 아니니."

"……글쎄, 생각해 보아도 빌 만한 다른 소원이 떠오르지 않는군요. 모쪼록 아힌 님의 고견을 들려주시겠습니까."

내 의견을 구하는 건, 정말로 어찌할지 모르겠어서가 아니다. 성주의 표정은 여전히 능청스러웠고, 내게서 좀 더 무언가를 캐내려 하고 있었다.

이것도 예상된 반응 안이었다. 다리 밑에 돗자리를 깔아도 되겠는 걸. 뒤늦게 깨달은 재능에 아쉬움을 느끼며 난 비웃듯이 속삭였다.

"난 당신이 알고 있을 거라고 생각했는데."

"제가 무얼 말입니까."

"세상에는 언제나 주인의 목덜미를 물어뜯으려는 들개 같은 작자들이 있기 마련이지요."

의심 많은 성주의 얼굴이 일순 굳어졌다. 그는 누구도 믿지 않을 군상이었고, 내가 읽어 낸 그의 부하며 하녀들도 한결같이 그리 생각했다. 실지로 그의 부하 중에 성주 욕을 해 대면서 그 자리를 꿈꾸는 이들도 없는 건 아니니까.

"이 성안에도, 그런 자들이 있고요."

"제 부하들은 모두 충성스러운 자들입니다."

"겉으로는 그럴 테죠. 속으로는 어떤 꿍꿍이를 품고 있는지 당신은 모를 테지만."

내 말이 심중을 흔들었는지, 어두운 낯빛으로 성주가 턱을 쓰다듬는다. 난 그를 외면하며 중얼거렸다.

"잘 생각해 보라고요."

그리고 곧바로 처소로 돌아왔다.

방에 들어서자 가슴이 뻥 뚫리며 숨이 탁 놓였다.

난 문을 닫자마자 등을 기대어, 비스듬히 기울어 선 채 마른세수를 했다. 입 밖으로 안도의 숨소리가 흘렀다.

제대로 잘 말할 수 있을지 긴장했다. 정말로 무척. 그래도 다른 시온들의 뻔뻔함과 고압적인 태도에서 배운 바 있었는지 생각보다 그럴싸하게 말하는 데 성공한 것 같다.

샤자한에서의 난 좀 어설펐고, 이토록 허세 섞인 연기를 해 본 건 또 처음이라. 어쩌면 내게 이런 쪽으로 재능이 있었을지도 모른다는 생각이 들었다.

……돌아가면 배우에 도전해 볼까? 피식 웃은 난 걸음을 옮겨 침대로 향했다. 말에는 마력이 깃들기 마련이니, 내가 좀 어설프게 말했다고는 해도 성주의 귀에는 꽤 설득력 있게 들렸으리라. 실지로 그에게 말한 건 비틀린 진실이기는 했으나, 대부분 사실에 기인하고 있었다. 성주로서도 잠재적인 내부의 적들을 제거할 좋은 기회일 터.

난 침대에 드러누워 또다시 육체로부터 영체를 분리했다. 누군가를 몰래 지켜보는 건 솔직하게 말하자면, 흥미로운 일이었다. 스토킹 목적으로 이용하기에 딱 맞은 마법이지.

내가 이걸 불순한 용도로 쓸 만큼 타락하지 않아서 다행이었다. 물론, 별로 스토킹하고 싶은 상대도 없지만.

나는 철저히 필요에 의해서 며칠 간 성주를 지켜보기로 했다. 과연 그가 내가 원하는 대로 움직여 줄지는 확신할 수 없으니, 주시하다 보면 소득이 있지 않을까.

아마 내가 한 말의 파장이 그를 제대로 흔든 것 같았다. 성주는 그 날 온종일 제 부하들과 하녀들에게 고함을 지르고 물건을 내던지며 행패를 부렸고 초조한 듯 충혈된 눈으로 방 안을 배회했다.

성주가 성주 자리에 오르게 되기까지의 과정이 순탄하지 않았다고 하니, 제자리를 빼앗길지 모르는 일에 민감하게 반응할 만도 했다.

하지만 성주라도 사람의 마음을 읽는 건 불가하다. 아무리 날카로운 눈으로 아랫것들을 살핀다고 해도 그 속에 뭐가 들었는지 알기는 어렵다.

성주는 그로부터 며칠간 다소 바빠서, 우리 쪽에는 신경도 쓰지 못했다. 괜스레 의심 가는 이를 몇몇 호출해서 트집을 잡아 추궁해 보는가 싶더니, 이런 식으로 해 봐야 반역자가 더 꼭꼭 숨어들 거라 생각했는지 그는 냉정을 되찾았다. 사이가 친근해 보였던, 며칠 전의 사내한테도 웃는 얼굴로 은근히 속내를 떠보곤 했다. 하지만 그 모두가 지지부진해서, 난 성주의 인내심이 금세 바닥날 거라는 걸 알아차렸다.

그렇게 되면, 모든 게 내 의도대로 흘러간다. 이제 내게 필요한 건 시간이었다. 그러나 그 시간만큼은, 내가 원하는 대로 주어지지 않았다.

성주를 찾아간 지 이틀 후, 난 바깥 풍경이 내다보이는 홀의 예의 그 자리에 앉아 있었다.

응접실을 연상케 하는 이 홀은 아주 유용해서, 이동하는 걸 선호하지 않는 이 게으른 마법사—나와 블레셋—들에게 식사를 하거나 차를 마시는 등 일상적인 행위를 그저 방 밖에 나오는 것만으로도 손쉽게 해결할 수 있게 해 주었다.

방 안에 있다가도 정해진 시간이 되면 하녀가 알아서 식사를 차려 내고 우리를 불렀던 것이다.

그가 실지로 그런 말을 하긴 했지만, 블레셋은 정말로 휴양 왔다고 생각하고 있는지 꼬박꼬박 식사 시간 때마다 나와, 마주 앉아 밥을 챙겨 먹고 느긋한 얼굴로 바깥 풍경을 감상하곤 했다. 일은 잘되어 가고 있느냐는, 여상한 물음 한마디 없이 모른 체하며 임무를 잊은 듯이 행동했다.

그런 그를 앞두고 나도 어쩐지 편안한 마음이었다. 란델 때에는 쫓기는 기분이 들어 초조하고, 속이 탔는데, 블레셋은 무관심이라는 방식으로 내게 동조하고 있었다. 그게 어쩌면 그 나름대로의 배려가 아닐까 생각하게 된다.

확실히 그가 아무리 변했다곤 해도, 마탑에서 그대로 있었다면 여전히 그와 난 서로 데면데면했을 것이다. 지금도 그리 좋은 사이라고는 할 수는 없지만 이전보다는 그가 편했다.

식사를 마치고 소파에 앉아서, 여유롭게 차를 즐기고 있을 즈음이었다. 결계에 대한 구상을 머릿속으로 정리해 가고 있던 그때에, 몸을 흠칫 떤 블레셋의 입이 열렸다.

"누군가가 이리로 오고 있군."

"……누가, 온다고요?"

난 눈썹을 치켜세우며 의아하게 물었다. 그게 아무나라면 거의 말섞지 않고 있던 블레셋이 굳이 내게 말하지 않을 터였다.

블레셋의 표정이 묘하게 굳어 들었다. 일자를 그리던 그의 눈썹이 미세하게 들렸다.

"탑으로부터 누군가가 오고 있다. 곧 도착할 테지."

그 말이 끝나기 무섭게, 나 역시 먼 곳에서 준동하는 마력을 느꼈다. 익숙하되 익숙지 않은 공간의 뒤틀림이었다. 블레셋이 나보다 더 뛰어난 마법사이니, 그가 먼저 느낀 건 당연하다.

"좋지 않은 예감이 드는데."

쯧, 혀를 찬 블레셋이 찻잔을 내려놓았다. 나 역시 마시고 있던 차를 꿀꺽 들이켰다. 그가 그리 말하니, 나 역시 불안감에 젖어들지 않을 수 없었다.

그러나 어떤 일이 일어날지 모르기에 품는 불안감이라면 어떤 일이 발생한 즉시 해소되기 마련이다. 그 직후엔 분명한 어떤 감정으로 모습을 바꿀지라도.

이윽고 눈보라 치는 날씨를 뚫고 한 남자가 성을 방문했다. 내가 그걸 알 수 있었던 건, 그가 보란 듯이 존재감을 드러내며 이곳으로 다가왔기 때문이며, 어떤 안내도 받지 않고 여기에 바로 나타났기 때문이다.

"안녕하십니까."

꾸벅 몸을 숙이는 회색 로브의 호리호리한 남자는 시온에 비견될 만큼 아름다웠다.

은빛으로 부서지듯이 찬란하게 빛나는 머리카락도 그러했고, 이제껏 보아 온 어떤 푸른 눈보다 투명한 빛을 띤 하늘색 눈동자도 그러했다.

블레셋처럼 성별을 규정하기 어려운 곱상한 외견을 한 그의 입가에는 가느다란 미소가 자리하고 있었는데, 그게 어쩐지 선득하게만 느껴졌다.

"처음 뵙습니다. 아힌 님. 요엘입니다."

낭랑한 음성으로 홀리듯이 속삭이며 그는 눈을 접어 휘었다. 그러나 나를 똑바로 바라보는 눈에 온기라곤 조금도 없었다.

물론 마탑의 사람들이 온기와는 거리가 먼 미적지근하거나 싸늘한 이들이라지만, 요엘의 눈빛은 다른 이들과는 달랐다.

일전에 블레셋이 내게 드러냈던 것처럼 격렬한 분노나 살의는 아니었을지언정 거기에 담긴 감정은……. 혐오하거나 같잖은 대상을 바라보는 듯한 불유쾌함이었다. 어찌 보면 깔보는 듯도 한 시선으로 그는 날 주시하고 있었다.

요엘이라고 하면, 아모스 중의 하나로 강력한 마법사라고 하지 않았던가. 난 직감적으로 그가 왜 날 그런 눈으로, 내키지 않는 듯이 바라보는지 알아채었다.

요엘은 나보다 강한 마법사였다. 그리고 틀림없이 나보다 무수히 더 많은 세월을 살아왔을 마법사이기도 하리라. 하지만 그는 아모스이고, 나는 마스터의 제자인 시온이었다. 마탑에서의 신분은 절대적이다. 그는 즉 자기보다 약한 윗분을 섬겨야 하는 몸이었다. 거기에 불쾌감을 품는다고 해도 무리는 아니지.

"안녕."

어쨌든 인사를 하기는 했으니. 복잡한 기분에 잠긴 채 그의 인사를 맞받는데, 블레셋이 먼저 입을 열었다.

"네가 여기는 웬일이지?"

놀랄 만큼 싸늘한 어조였다. 그제야 난 의식적으로든 무의식적으로든 블레셋이 내게 다소 온화한 투로 말해 왔다는 걸 깨달았다.

냉대라고 표현함이 적합할 듯한 반응이었다. 고개를 치켜든 채 블레셋은 그를 정말로 아랫것 보듯이 내려다보았다.

요엘은 오히려 화사하게 보일만치 입꼬리를 올려 웃었다.

"엘리야 님께 듣지 못하셨습니까."

"그랬지, 하지만 난 필요 없다고 말했고."

"이곳에 온 게 제 의사가 아님은 아실 거라고 믿습니다."

그것도 모르느냐는 양 무시하는 투에, 난 요엘이 나뿐만 아니라 블레셋도 별로 좋아하지 않는다는 걸 깨달았다.

엘리야도 알 듯한데 왜 군이 그를 블레셋에게 붙인 걸까. 물론, 그 사람은 웃으며 '싸우면서 친해지는 거지.' 따위로 주장할 성격 같기는 하다만.

신경질적으로 머리를 쓸어 넘긴 블레셋이 다리를 꼬았다. 칼날 같은 말이 튀어나왔다.

"무슨 용건인지 짖어 봐."

아무리 계급 차가 있다지만, 기분이 팍 상했을 법한데 요엘은 눈썹만 들어 올렸을 뿐 이렇다 할 동요를 보이지 않았다.

"마스터께서 친히 내리신 명령입니다."

일순 바짝 굳어 그를 바라보는 블레셋과 나를 보면서, 요엘은 반반한 낯에 요요한 미소를 띄워 올렸다. 불길하게 느껴지는 그 미소를.

"이 명을 하달받은 즉시, 한시도 지체하지 말고 임무를 수행하고 귀환하라."

흡사 벼락이 떨어지는 듯했다. 난 급박하게 블레셋을 돌아보았다.

내가 다른 방법을 찾고 있고, 블레셋이 임무를 미루어 두며 시간을 끌고 있다는 걸 마스터가 눈치챘나? 어떻게. 혹시 엘로힘과 대화한 걸 알아서……. 머릿속이 혼란하여 도무지 무슨 말을 해야 할지 몰랐다. 느긋함은 사라지고 금세 속이 타들어 간다.

그러나 나와는 달리 블레셋은 평정을 유지했다.

"……이유는?"

"아시지 않습니까? 마스터께서 명하신 일에 이유는 필요 없습니다. 그저 따라야 할 뿐."

얄밉도록 딱 부러지게 말하며 요엘이 가늘게 뜬 눈으로 날 훑었다.

"성주가 요청한 것이 무엇입니까? 시간이 오래 걸릴 만한 연유라도 있는지."

"기한은 구체적으로 언제까지지."

"내일 중에는 출발해야 할 듯합니다."

지나치게 빠듯했다. 당장 내일이라니, 아직 성주의 소원을 돌려놓지도 못했는데. 갑자기 세찬 폭풍이 밀려오듯 모든 게 너무도 갑작스러웠다.

혼란이 한층 더 가중되었던 건, 성주의 호출 이후였다.

성주가 새로운 손님의 방문 소식을 전해 들은 건 필연이었다. 그는 그것을 소원을 돌이킬 수 있는 기한이 다해간단 걸 알리는 신호로 받아들였으리라.

왜냐하면, 내가 그에게 빠른 결정을 촉구했으니까. 다급해진 성주는 결단을 내려 우리 셋을 불러들였고, 불새를 없애달라는 요청 대신, 그의 성에 숨어 있는 반역자들을 없애달라고 말했다.

마음을 읽을 수 없는 그로서는 성내에서 반역자를 추려 내는 것이 불가하고, 추려 낼 수 있다고 하더라도 의심 많은 그는 안심하지 못하리라.

성주는 마탑에 신뢰를 품고 있었고, 그건 인간이 인간에 대해 갖는 믿음이 아닌 일을 확실하게 해결해 주는 데 대한 신뢰였다.

새로이 마탑에서 내려온 이 마법사는, 성주의 말이 끝나자마자 냉소적인 웃음을 내보였다.

"있을 수 없는 일이로군요. 한 번 빈 소원은 그리 함부로 바꿀 수 있는 것이 아닙니다."

"아니, 있을 수 있지. 네 방침을 내게도 강요하지는 마."

"마탑의 계약은 마음 바뀌는 대로 뒤집을 수 있을 만큼 가벼운 게 아닙니다. 엘리야 님께서도 같은 말씀을 하실 겁니다."

"그건 엘리야에게 물어봐야 아는 일이겠지. 네가 엘리야의 대변인도 아니지 않나?"

"굳이 물어보지 않아도 아는 일이 있음을 공교롭게도 블레셋 님께서는 모르시는 듯합니다."

"네 교만한 확신이 감히 시온에게 들이댈 것이던가?"

"이 무의미한 언쟁을 이어 나가시려는 의도를 감히 짐작하지 못하겠군요."

타인 앞에서 공공연히 이럴 정도면 둘이 사이가 어지간히 좋지 않은 듯하다. 내분이 이는 광경을 목도한 성주가 어떻게 된 거냐는 듯이 내게로 시선을 주었다. 내게만 초조함이 이는 건 아닌지 늘 여유로운 척하던 성주도 그리 낯빛이 좋지 못했다.

그를 병풍 취급하며 요엘이 태연자약하게 말을 이었다.

"우리에겐 정제수가 필요합니다. 그리고 성주가 빈 첫 소원이 우리의 이익과 결부되어 있습니다. 다른 대안이라도 있으신 겁니까?"

그저 요엘에게 태클을 걸고 싶었던 듯, 눈썹을 꿈틀거리며 입을 닫는 블레셋을 대신해 내가 나섰다.

성주에게 마탑이 정제수를 얻지 못하게 되길 바란다고 말해 놓은 내가 그의 면전에서 실은 다른 계획이 있다는 걸 토로하는 건 그리 현명하지 못한 일이었다.

사실 마탑에서 결정할 일, 성주에게 들려줄 이유도 없지 않은가? 그는 소원을 바꾸겠다고 말한 것으로 소임을 다했다.

곧바로 결계를 펼쳐서 성주를 대화에서 소외시킨 난 요엘을 똑바로 바라보며 내가 구상한 해법을 펼쳐 내었다. 빙정을 제어할 결계를 구축하는 것. 불새와 나 사이에서 오갔던 이야기를 숨긴 채, 그게 가장 나은 해결 방안이라는 걸 부각하며.

그러나 답은 요엘이 아닌 다른 쪽에서 돌아왔다.

"그만한 결계를 하룻밤 만에 구축하는 건 대단히 난도 높은 일이야."

딱 잘라 말한 건 블레셋이었다. 요엘 역시도 턱을 쓰다듬으며 빈정거렸다.

"가능하긴 하다고 쳐도, 무엇 때문에 그리 수고로운 일을 해야 합니까?"

난 요엘을 흔들림 없이 응시했다.

"모두에게 좋은 방법이니까."

귓불이 훅 달아올랐다. 내 귀에도 천진하고, 낙관적으로 들리는 소리였다.

모두에게 좋은 방법을 택하고 싶다. 내 사소한 노력이, 그로 인해 파생되는 결정이 수없이 많은 사람들의 인생을 바꾸어 놓을 수 있다는 걸 알았으니까. 마탑의 결정이란 게 어떤 무게인지 실감하고 있으니까.

내 앞가림도 하기 어려우면서, 남의 일에 신경 쓰는 게 어리석어 보일지 모른다. 허나 내 모자람이 손발을 잡아매는 족쇄가 되어 갑갑할지라도, 무엇이라도 하는 게 아무것도 하지 않은 채 죄책감만을 느끼거나 모른 척하는 것보단 나았다. 적어도 난 떳떳할 수 있었다. 그러기에 내게 강제적으로 지워진 이 짐을 온전히 감내하기로 하지 않았나.

아마도 블레셋 이상으로 오랜 세월 마탑의 사람으로 살아왔을 이 은발의 마법사는, 마탑의 결정이 기드온에 미칠 영향에 대해서는 전혀 고려하지 않고 있단 걸 아무런 가책 없이 드러내었다.

그는 다분히 가르치는 투로 말했다.

"우리가 모두에게 좋은 방법을 택할 필요는 없습니다."

"필요가 아니라……!"

그 단호함이 마탑의 방침을 설명해 주는 듯하여, 말문이 막혔다.

그래, 마탑은 항상 이랬다. 효율 외의 그 어떤 사유도 용납하지 않고 냉혈하게 저들만의 길을 추구한다. 거기에 반감이 일고, 그 반감의 저변에는 도무지 납득할 수 없는 뜨거운 무언가가 활활 불타고 있었다. 그 옳지 않음은 비정한 논리로 설명될 수 없었다. 그리고 그 논리가 나를 설득할 수도 없었다.

마탑이 타인에게 끼치는 해악을 아무렇지도 않게 생각하는 소시오패스 집단인 걸 알면서 포기하지 못하는 건, 내가 그곳을 벗어나지 못했기 때문이겠지. 또 그게 내 한계이기도 하고.

난 타들어 가는 속내를 감추며 말을 이었다.

"기드온의 성주는 이 추위를 이용해 영지를 벗어날 수 없는 주민들을 수탈해 왔어. 그리고 이대로 변함없이 빙정이 존속한다면, 성주에게 협조하는 게 되겠지. 성주에게 반하는 이들은 모두 죽게 될 거야."

틀림없이 그럴 테지. 엘로힘이 죽는다면 그 깊은 산중에서 그들이 살아남을 수 있을 리 없다. 지금 이 논의에 목숨이 걸려 있다는 걸 난 알고 있었다.

"아힌 님."

잠자코 듣고만 있던 요엘이 혀를 찼다.

"송구하오나, 묻지 않을 수 없군요. 기드온의 사람들이 어떻게 되든 그게 마탑의 일과 무슨 상관인 겁니까."

어김없이, 예상한 대로의 답이 돌아오자 머릿속이 아찔해진다. 내가 대답을 자아내기도 전에, 요엘이 차가운 얼굴로 단정 지었다.

"마탑의 임무를 해결하는 데 있어서 가장 중요한 건, 효율입니다."

"하지만—"

"말씀하신 바는 일을 처리하는 데 있어서, 효율성을 전혀 생각지 않는 공상적인 이야기로군요."

"요엘, 말이 지나치다."

블레셋이 싸늘하게 가로막고 나섰지만, 요엘은 그에게 시선조차 주지 않고 술술 읊었다.

"그 결계를 구축하려면 탑의 마력을 동원해야겠지요. 물론 마탑의 마력은 무한에 가깝습니다만, 그 마력을 전달하는 와중에 소모될 마력석이며 정제수를 생각하면…… 명백히 그럴 가치가 없는 일입니다."

"내 생각은 달라. 그건 충분히 그럴 만한 가치가 있어."

요엘의 매끄러운 음성과 내 목소리가 첨예하게 맞부딪쳤다.

"마탑은 양자를 모두 만족시킬 수 있어. 마탑에는 그럴 만한 힘이 있고, 강자로서 관용을 베푸는 게 당연하다고는 말할 수 없지만, 해악을 끼칠 걸 알면서도 편의만을 추구해야 하나?"

나는 확신을 담아 말했으나, 내 말은 허공에서 의미 없이 흩날리다 부스러지는 듯이 느껴졌다. 요엘이 피식 소리 내어 웃었다.

"생명의 가치를 논하고자 하신다면, 마탑을 부정하셔야 할 겁니다. 마탑이 세워진 이래로, 이제껏 짓뭉개 온 생명이 얼마나 될 거라고 생각하십니까."

그 물음이 섬뜩하게 나를 짓눌렀으되, 나는 나직하게 희망을 말하였다.

"앞으로는 그렇게 하지 않을 수 있잖아. 뭐든 변할 수 있어."

"마스터께서 변하시지 않는 한, 마탑에 변화는 없습니다. 그리고 제가 감히 평할 수는 없으나, 마스터께선 변하시지 않을 거라고 생각합니다. 아니 그렇습니까?"

절망적으로 견고하고 드높은 벽을 앞둔 듯하다.

요엘은 비웃는 듯이 굴었을망정 이성적인 태도를 잃지는 않았고 그렇기에 그의 말은 더욱 설득력 있게 들렸다. 그가 굴곡 없는 어조로 예단하는 모든 것들이 날카로운 바늘이 되어 나를 파고들었다.

마스터는 변하지 않았고…… 수백 년을 그와 함께해 온 이가 그리 말한다면 앞으로도 변하지 않을 거다. 그것이 진실. 허나 나는 부정하고 싶었다.

……엘로힘은 나더러 유성이라고 말했다. 그게 내가 변화를 초래할 수 있는 존재라는 뜻이라면, 그 말에 애타도록 매달리고 싶어지는 건 어쩔 수 없는 일이리라.

요엘은 처음부터 내게 품었던 악감정에 더해서, 질타할 기회를 잡은 양 한쪽 입꼬리를 가파르게 끌어 올렸다.

"아직 어리신 분이니, 그 하등 쓸모없는 이타심을 버리지 못하신 점도 이해가 갑니다만."

이타심을 쓸모없다고 말하는 그라면, 제가 싫어하는 나를 후벼 파는 일에는 더더욱 망설일 이유가 없다. 심리적인 불편감을 전혀 느끼지 않겠지.

"마탑에서 피우기엔 지나친 어리광이십니다. 아힌 님은 이런 임무를 처리하기에 아직 준비가 되시지 않은 듯하군요. 이번 일에는, 개입하시지 않는 게 좋겠습니다."

"……."

"제 의견에 문제가 있다고 생각하십니까? 블레셋 님."

요엘의 차분한 되확인에 블레셋의 시선이 짧게나마 나를 향했다. 그러나 그는 이내 대답을 말했다.

"……아니."

그러나 답한 즉시 사나운 눈길이 지목하는 상대를 바꾸어 요엘을 담았다.

"다만 시온을 향한 네 무례는 탑으로 돌아가 필히 벌해야겠다."

"원하시는 대로."

전혀 개의치 않는 투로 요엘은 얄밉도록 차분하게 답했다. 그리고 더 이상 논의할 이유가 없다는 듯이 날 쳐다보며 덧붙였다.

"그러면 이제 결정된 것 같군요."

내가 더 무어라 할 겨를도 없었다. 오싹한 미소를 띤 요엘이 손을 내밀자 성급히 둘러쳤던 결계가 산산이 부서져 나갔다.

인형극을 보듯이 우리의 들리지 않는 설전을 지켜보고 있던 성주는 불만스러운 듯했으나 급히 감정을 감추며 고개를 수그렸다. 그리고 조심스레 물었다.

"저어…… 어떻게 하기로 하셨는지."

요엘이 당신 소관이라는 것처럼 시선을 주자 블레셋이 마지못한 듯 나섰다.

"네 소원은 전자만이 유효하며 그를 이루는 즉시 우리는 이곳을 떠날 것이다."

"그, 그럼 성안의 반역자들은!"

"그건 성주가 알아서 할 노릇이지. 이미 이번 년치의 소원을 빌었으니."

내쏘는 말투에 짜증이 섞여 있었다. 나와는 다른 이유겠지만, 블레셋 역시 요엘의 뜻대로 일이 이루어지는 걸 내키지 않게 여기는 듯했다.

어쩔 줄 모르는 표정으로 성주가 내 쪽에 시선을 던졌다. 분기가 뒤섞인 그 눈동자가 날 쪼는 듯했다. 기껏 말 꺼내 놓고 이게 무어냐고 추궁하는 양 번들거린다.

하지만 요엘이 등장할 줄 내가 어떻게 예상할 수 있었겠어?

난 이를 악물었다. 예리하게 찔러 든 요엘의 지적이, 갓 입은 상처처럼 뜨거웠다. 지독한 열패감이 온통 나를 사로잡는다.

내가 입을 닫고 있는 순간에도 대화는 이어졌다.

"하, 하지만 제가 혹시라도 죽게 되면 정제수를 보급하는 일에 차질이 생길 텐데…….”

“성주가 죽게 되어도 이 기드온을 차지한 자가 머리가 있다면 탑에 정제수를 보급할 테지.”

일침을 가한 블레셋이 바로 단정하듯 말을 맺었다.

“내일부로 불새를 제거하여 마탑의 임무를 종료한다.”

무슨 의도를 품고 있는지 알 수 없는 그 눈이 물방울 맞은 수면처럼 흔들리고 있을 내 눈과 수평으로 이어졌다. 그가 손을 뻗어 내 어깨를 움켜쥔 순간, 눈앞의 광경이 뒤바뀌었다.

이동한 곳의 풍경은 눈에 익었다. 며칠 전 우리가 이 기드온을 방문했을 때 거조를 타고 날아와 내려섰던 그 부근이었다. 날카로운 바람이 울부짖듯이 소리를 내며 머리카락을 헤치고 흐트러뜨려, 난 부산해지는 그 끝단을 잡아매었다.

뜨겁게 얼룩졌던 마음이 차가운 바람에 철판이 식듯 가라앉아, 난 곧 평정심을 그려 낼 수 있었다.

난 우뚝 제자리에 선 채 꼼짝도 하지 않고 나를 이곳으로 데려온 블레셋을 응시했다.

요엘을 따돌렸다. 그렇게밖에 말할 수 없는 상황이었다. 블레셋이 왜 그랬지는 전혀 추측이 불가했다. 하얀 로브 자락을 흩날리며 선 블레셋이 눈살을 찌푸리며, 먼저 내게 말을 걸었다.

“너…….”

나는 침묵으로 화답했다.

“네게는 아직 시간이 있어. 네가 생각하는 최악을 피할 수 있는 시간이.”

담담하게 고하는 그의 음성이, 무엇을 뜻하는 건지. 나는 혼란에 잠겨서 빤히 그를 주시했다.

“하루 만에 네가 말한 결계를 치는 건 불가능한 일이겠지만, 하루 만에 이 기드온을 녹이는 건 가능한 일이지.”

그 말을 들은 순간 난 눈을 크게 떴다. 머리를 한 대 얻어맞은 것 같다. 블레셋은 무언가를 내게 제안하고 있었고, 그건 분명히……. 그의 임무를 망쳐 버릴 수 있는 일이었다. 다른 시온이었다면 내게 결코 그래서는 안 된다고 말했으리라.

"내일 동틀 때까지야."

열두 시를 앞둔 신데렐라가 된 것처럼, 기한이 주어졌다. 심장이 일순 어긋난 박자로 튀었다. 그의 말뜻이 온전히 이해되자 속이 울렁거린다. 그가 한 말 알아는 들었지만, 블레셋이 왜 내게 그런 기회를 주는지는 이해할 수 없었다. 요엘을 따돌리면서까지 왜, 내게…….

만약 내가 오늘 밤 엘로힘을 부화시킨다면 나는 벌을 받더라도 죽진 않겠지. 엘로힘도 그리 확신하긴 했지만, 그가 말한 알 수 없는 이유를 떠나서 마스터가 그간 투자한 게 아까워서라도 이 한 번의 일로 나를 죽이지는 않을 거라고 생각한다. 그러니 아직도 내가 죽기를 바라서 날 인도하고 있는 것이라는 생각은, 타당하지 못했다.

이전부터 품고 있었던 하나의 추측을 난 입 밖으로 내었다.

"내게 빚이 있다고 느끼는 건가요."

놀랍도록 순순히, 블레셋이 고개를 끄덕였다.

"그래."

"그래서…… 눈감아 주려는 건가요."

"그래."

나는 찬찬히 블레셋의 눈빛이며 표정을 들여다보았다. 그의 입안에서 발해지는 음성의 아주 작은 떨림까지 온 힘을 기울여 관찰했다.

백 년 넘게 살아온 그이기에 블레셋의 의중을 읽어 내는 건 내게 쉽지 않은 일이었지만, 적어도 그에게서 요엘과 같은 악의는 느껴지지 않는다.

그리하여 블레셋의 의사는 명확해졌지만 등 떠미는 대로 떠밀려 가기엔 내게 용기가 모자랐다.

마탑을 거역하는 일이다. 그건 곧 마스터를 거역하는 일이라는 걸 의미했다. 그게 발길을 붙들고, 날 머뭇거리게 했다.

"그럼 내가 요엘을 붙잡아 두지."

적극적인 공모자처럼 내뱉은 블레셋이 등을 돌리고 사라진 뒤 결심에 이르기까지, 난 미적거리며 불분명한 속으로 산중을 떠돌아다니듯 헤매고 있었다.

내딛던 발길이 돌부리에 걸리듯 퍼뜩 무언가가 스친다. 내가 놓치고 있었던 것, 그게 돌연 깨달음이 되어 물감처럼 번졌다.

그건 올곧되 날카로운 지적이었다. 내가 마스터를 두려워하고 있기에, 오로지 그 두려움만이 장애가 되는 것처럼 다른 무엇도 생각지 않고 있다는—

내가 엘로힘을 돕고자 했던 그 모든 건 내 속에 뿌리를 깊이 뻗은 가치관 때문이었고, 나는 그게 틀림없이 옳은 일일 거라고 믿었다. 성주에 대한 반감에 눈에 어두워서가 아니라, 그래야 한다는 당위가 있었다.

그러나 과정에서의 한 가지 절차가 빠져 있다면, 과연 나는 내가 옳다고 말할 수 있을까.

즉 이것이다. 내가 옳다고 주장할 수 있으려면, 이곳 기드온의 일에 대해서만 그럴 게 아니라 응당 마스터에게도 옳아야만 했다. 단순히 그를 피하고 싶은 마음에서 외면할 것이 아니라.

그러니까 난 일을 저지르기 이전에, 마스터에게 도움을 구하고 의논해야만 했다. 그게 마스터가 이제껏 내게 해 준 것에 대한 공정한 응대였다.

마스터께 잘 말해 보면 어떻겠냐고 하면, 블레셋은 소용없을 거라고 단칼에 자르며 내 의견에 동조하지 않겠지. 오히려 그가 기껏 준 기회를 망치려 한다며 힐난할지도 모른다.

하지만 모든 시온이 가혹한 이라 말하는 마스터는 항상 내게만큼은 관대했다. 어떤 이유가 있는지는 알 수 없어도, 그는 내가 필요로 하는 것들을 기꺼이 내주었다.

샤자한에서도 어김없이 필요한 지식을 주어 가며 내가 뜻대로 행동하게 해 주지 않았나. 그때와 지금, 마탑에서 감수해야 하는 손해가 다르다고는 하나, 그 어떤 이유를 붙여도……. 그게 거쳐야만 하는 절차라는 결론을 피할 수는 없었다. 그 또한 옳은 일이었으므로. 난 도망쳐선 안 되었다.

나는 반려의 여지가 없나 고심해 보았다. 그럼에도 불구하고 의지는 점차 확고해져 갔다. 난 마스터를 만나러 가기로 결정을 내렸다. 늘 하던 대로, 꿈속에서.

성으로 돌아가선 안 되겠지. 요엘이 있을 테니까. 누구의 방해도 받지 않고 잠들만한 은밀하고 안전한 장소, 그게 어디일까?

잠시 주변을 둘러본 난 바닥이 퍽 푹신하다는 걸 알아차렸다. 눈이 쌓여 있었던 덕이다. 어차피 내가 입고 있는 로브는 추위를 막아 주니, 눈 쌓인 위에서 잠들어도 등이 시리지는 않으리라.

몇 걸음 옮겨 나무에 가려진 자리로 이동한 난 거기서 누구의 눈에도 띄지 않게끔 결계를 쳤다. 그리고 그 자리에 반듯이 드러누웠다.

……이런 곳에서 잠들어 보는 건 처음이다. 수면 마법을 걸자 이내 졸음이 몰려들었다. 잠자는 숲 속의 공주가 되는 기분이었지만, 바늘에 찔려 잠든 그녀는 그 순간까지 한가로웠을 것이다.

반면 난 조급했고, 잠들면서도 단단히 하나의 목적을 품고 있었다. 마스터를 만나야 한다는 걸, 의무에 젖어 입속으로 중얼거리던 난 곧 까무룩 하게 저편으로 꺼져 갔다. 익숙한 무의식의 감각이었다.

공중에서 한없이 하강하는 양, 아래로 치닫는 느낌이 아찔하다. 허우적거리다가 물에 잠기듯 먹물처럼 새까만 심연에 푹 파묻혔을 때, 나는 불현듯 몸서리치며 눈을 떴다.

꿈에서 눈을 떴다고 표현하기는 이상하지만, 실제로 나는 깨어나는 것처럼 느꼈다. 잠든 새 날아가, 어떤 외딴 장소에 뚝 떨어진 듯이.

나를 감쌌던 심연과 똑 닮은 검은 옷자락이 눈앞에 펼쳐져 있었다. 지독히 도망치고 싶은 심정이 치달아, 전류가 흐르듯 전신의 신경을 일깨운다.

도무지 태연한 얼굴로 그를 올려다볼 수가 없다. 나는 숨을 몰아쉬며 그 자리에 널브러져 있었다.

"나를 찾은 이유가 무어냐."

그 여전한, 차분하기 그지없는 음성이 흐른 순간 등골이 오싹했다. 그 한마디에 심장이 떨렸다. 아니, 몸이 떨렸다. 그가 내게 절대적인 영향력을 끼치고 있음을 알려 주듯이.

난 입술을 달싹이며 말을 꺼내려고 노력했다. 하지만 나오질 않는다. 그간의 도피가 헛된 것이었다고 질타하듯 그의 존재감이 매섭게 파고들었다.

참 웃기는 꼬락서니다. 난 지금 도대체 뭘 하고 있지? 이대로라면 내가 그를 좋아한단 걸 알고 싶지 않아도, 알아차리지 않겠어?

두려움과 사랑. 그 둘의 반응이 유사하여 내가 줄곧 그를 두려워했단 게 방패막이 되어 주는 것도 한계가 있을 터. 나는 결국 쥐어짜다시피 목소리를 내는 데 성공했다.

"청……하고 싶은 게 있어요."

"네 임무에 대한 명령은 이미 내렸다만."

자르듯이 떨어지는 그 목소리가 날 내치는 듯하다. 난 바닥을 짚은 손에 힘을 주었다. 힘껏 몸을 일으켜 바로 세웠다. 내가 원하는 바를 관철하려면, 당당해져야 한다.

"그래서 부탁드리는 거예요. 다시."

마주한 그는 멸망처럼 짙은 암흑이 담긴 두 눈으로 날 주시하고 있었다. 금빛 나뭇가지를 등 뒤에 두르고 선 그의 어둠은 더욱 짙었다. 빛이 있어야 어둠이 더 깊어지듯, 한없이 검다.

나는 그에게 한 걸음 다가섰다. 그리고 요엘에게 말했던 내용을 그대로 입 밖으로 끄집어냈다.

그러나 그때와 달리 내 음성은 쇠잔하여 생기를 잃은 채, 가느다란 물길처럼 흘렀다. 마스터와 요엘은 달랐고, 그의 앞에 서자 내 자신감이며 확신은 그에게 모조리 빨려 들어간 양 자취도 없이 사라졌다.

그 깊은 우물 같은 눈이, 끝을 헤아릴 수 없는 검은 물밑을 들여다보듯 섬뜩하다. 그 안에 끔찍한 무언가가 도사리고 있는 것처럼.

난 압박감에 사로잡힌 채 끝끝내 결론을 발했다.

"……마스터라면 방법을 아실 거라고 믿어요."

단 하루 만에, 빙정을 제어할 수 있는 그 고난도 결계를 만들어 내는 방법. 실제로 그게 가능한지도 알지 못하는 내게 믿음 따윈 없었지만, 난 그를 숭배하는 것처럼 호소했다.

그러나 마스터는 내 그런 얄팍한 수작에 흔들릴 만큼 허영심 있는 이가 아니었다. 그는 눈썹도 까딱하지 않고 잘라 말했다.

"네 말이 얼마나 가당찮은 소리인 줄은 알 것이다."

"……이제까지 늘 도와주셨잖아요. 이번에도—"

"내가 이제껏 너를 도운 건."

내 미약한 항의에 마스터는 서늘한 음성으로 속삭였다.

"—그게 필요했기 때문이다."

"……."

"또한 손쉬운 일이었지. 이번과는 다르게."

영점까지 떨어지는 듯한 그 싸늘한 거절에 피부가 시리고, 심장까지 얼어붙는 듯했다.

"내게는 그런 번거로운 일을 벌여야 할 이유도, 그로 인해 손해를 감수해야 할 이유도 없다."

기대했던 모든 게 허사로 돌아갔음에도, 나는 굴하지 않고 이를 악물었다.

단정으로 맺어진 그 틈 없는 논리를 마주하며, 두려움을 비집고 반감이 솟았다. 그에게 말하지 못하고 언제나 속에서 눌러 삭였던, 그러나 언젠가 부딪혀야 할 거라고 여겼던 그것이 치밀어 오른다. 걷잡을 수 없는 충동으로.

"필요가 아닌 다른 이유로 움직이실 수도 있잖아요."

이번만큼 똑바로 마스터를 쳐다보며 말한 적이 없었으리라.

"마스터는 마탑의 주인이세요. 저는 그 힘을 재어 보지 못하지만, 아마도 무엇이든 하실 수 있겠죠, 그런데 왜."

왜, 그 물음이 속에서 다시금 울리며 목이 메었다. 답답한 마음이 가슴을 조여, 나는 성급히 물었다.

"옳은 일을 하시지는 않나요?"

힘을 가진 사람이 항상 옳은 일을 하는 건 아니다. 그리고 마스터는 가진바 힘을 휘두름에 있어서 악인에 가까웠다. 하지만 나는 마스터가 내 설득에 응해 주기를 바랐다. 그 마음이 간절하도록 강렬하여 속이 타들어 간다.

내가 마스터를 좋아하니까. 그래서, 내가 옳다고 믿는 대로 행해 주기를 바라니까. 내가 좋아하는 이가 그릇된 일을 하지 않기를 바라니까. 다정스럽지 않더라도, 사람을 죽였더라도 변할 수 있기를 바라니까. 그가 악인이 아니게 되기를 바라니까. 그래야 내가 그를 좋아하는 마음을 용납할 수 있으니까!

폭풍이 나를 휩쓸고 있었다. 그 모든 바람이 한데 뒤섞여 험난하게 휘몰아친다. 마스터를 좋아하지 않기로 한다는 이성의 선택은 혼란한 와중에도 고려되지 않았다. 그게 가능한 일인 것 같지 않았다.

그러나 혼란 속에서도 마치 세포 하나하나가 귀를 기울이듯, 마스터의 말만큼은 똑똑히 들려왔다.

"인세에서 옳다고 말해지는 일은 내게 의미가 없다."

"……마스터."

"분명히 말하건대 네가 어떤 생각을 품고 있든, 그 또한 내게 의미가 없다."

침음을 내뱉는 나를 마스터는 그 검은 눈으로, 허공을 스치는 하찮은 먼지를 바라보듯 다만 그렇게 응시했다.

정말로 그의 말처럼, 아무 의미도 담지 않은 눈길이었다.

"기억하라. 네가 내게 종속된 몸임을."

그 말이, 흡사 비수와 같았다. 아니, 차라리 창날로 관통당하는 느낌이다. 그게 내가 그의 종이고, 그 이상은 될 수 없다고 선고하는 듯하여, 그저 통증만이 느껴진다. 눈앞이 아찔하다.

"명한 대로, 임무를 마치고 내일 귀환하라."

나는 단숨에 꿈으로부터 내쳐졌다.

퍼뜩 몸을 일으키니, 축축해진 눈시울에서 뜨끈한 물기가 뺨을 따고 흘렀다. 가슴이 아팠다. 가슴이 찢기는 것 같다는 표현을 난 생생히 느끼고 있었다. 실연을 당한, 그래…… 딱 그런 기분이다. 실제로 고백을 한 적도 없으면서.

난 자리에서 일어서 몸을 곧추세웠다. 지체할 시간이 없으니, 우는 건 나중에.

내 기대는 배반당했고, 눈가는 젖어 있었고, 스스로 추스를 시간을 가지고 싶지만, 그런 건 나중이라도 늦지 않다. 그런 건 미룰 수 있지만, 이 일은, 오늘밤에 시간이 없었다.

블레셋이 요엘을 붙들어가며 만들어 준 기회를 이대로 놓칠 수는 없다. 마스터가 내 청을 들어주지 않았다고 해서, 순순히 모든 걸 놓아버릴 생각은 없었다. 그토록 얕은 마음이 아니었고, 나도 꽤 고집쟁이였으니.

난 곧바로 엘로힘에게로 향하는 마법을 펼쳤다. 깔끔한 공간 도약으로 불새의 알이 깃들어 있는 동굴에 도착했다. 성큼 걸음을 옮겨 안으로 들어서면서, 난 불평하듯 말했다.

"결국 네가 말한 대로 되었네."

가장 간결하되, 피하고 싶은 방법. 하지만 내게는 다른 방도가 존재하지 않았으니, 어쩔 수 없는 선택이기도 하다. 벌을 받으면 아플까? 전에 블레셋이 마스터에게 모종의 벌을 받을 때는 굉장히 아파 보였지만…….

마스터가 처음에 내게 마력을 전달한다는 명목으로 했던 짓을 떠올리면, 그 이상의 고통은 아니리라. 애써 그렇게 위안 삼으면서도 가슴이 불안으로 두근거렸다.

이내 목적지에 도달해, 거대한 알을 앞에 두고 발길을 멈추자 불새의 환영이 허공에서 일렁이며 나타나 내게 말을 걸었다.

ㅡ결심한 거야?

ㅡ그래.

엘로힘이 나를 향해 정중하게 고개를 숙여 보였다.

ㅡ고마워.

……뜻밖의 말이라, 난 빤히 그를 쳐다보았다. 하도 뻔뻔하게 굴길래 감사의 인사를 할 줄은 몰랐는데. 난 쑥스러운 기분을 티 내지 않으며 곧바로 본론에 접어들었다.

ㅡ내 마력을 받아들이면, 부화하는 데 얼마나 걸리지?

ㅡ네가 줄 수 있는 마력을 나로선 가늠하지 못해. 하지만 마탑의 마력을 통한다면 오래 걸리진 않을 거야.

……어차피 내 본신의 마력으로는 불가능한 일이었다. 나는 알에 손을 올린 채 눈을 감았다.

그리고 저 먼 우주를 향해 손을 뻗듯이, 의식을 육체에 깃든 영적인 영역으로 돌려, 근원으로 향했다.

의식의 세계로 본 근원은 기이하게도 아름다웠다. 한여름의 작열하는 태양처럼 지독하게 찬란한 빛의 근원은 꿈에서 본 금빛 숲과 같은 신비로운 빛살을 내뿜고 있었다.

마스터의 어둠을 의식했기에, 그 근원이 필경 무저갱과 같을 거라고 여겼던 난 예상을 뒤엎는 정경에 일순 넋을 잃었다. 그러나 이내 본능이 나를 인도하였다.

난 길을 열었다. 그건 실로 열었다고 표현할 만하였다. 그 가상의 연결, 그 길을 통해 무한한 힘이 나라는 작은 통로를 거쳐, 내 손을 타고 엘로힘에게 빨려들듯이 깃들었다.

내가 할 수 있는 일은, 이 거대한 마력이 내 몸을 부수지 않도록 최대한 집중하여 통제해 내는 것뿐이었다.

모든 게 끝났을 때, 나는 손을 떨구었다. 어쩐지 손끝이 뜨거웠다.

몇 걸음 물러서자 이내 쩌적 하는 소리가 들리고, 껍질이 부서져 나간 알 속에서 더 이상 환영이 아닌 엘로힘이 날개를 펼친다.

불길로 이루어진 듯이 이글거리는 날개며 우아하게 뻗은 부리, 그 당당한 자태에 눈이 부셨다. 성화(聖火)처럼 화려하고 성스러운 모습 이었다.

그에게서 뿜어져 나오는 온화한 열기가 이 동굴 안을 따스하게 적시고, 빙정이 사라진 기드온을 녹이고 있었다. 나는 그걸 느낄 수 있었다.

해냈구나. 입안으로 읊조리며 모든 마력이 소진된 난 바닥에 털썩 주저앉았다. 더 이상 무엇도 할 기력이 없었다.

몸이 기울어 바닥에 닿자 저절로 눈이 감겼다. 옅은 성취감과 우려 속에서도 나는 저항할 수 없이 빠르게 의식을 잃어 갔다.

떠나가기 전 엘로힘의 마지막 말이 내 귓가에 흘러들었다.

─잊지 마.

무엇을…….

─떨어진 별은 대지를 사르게 되어 있어. 너는 모든 걸 바꿔 놓을 수 있는 존재야.

그 말을 어떻게 해석할 겨를도 없이, 시야가 순식간에 깜깜해졌다.

6. 형벌

사지에서 빨려 나간 마력이 우물물이 샘솟는 듯이 조금씩 차오르기 시작했다.

정신을 잃음이 마력이 방전된 탓이었기에, 새카맣게 깔린 의식에 부싯돌이라도 맞부딪히듯 자잘한 불꽃이 일었다.

미약하게나마 의식이 밝아졌으되, 거의 온몸의 기력이 다한 난 노인처럼 쇠약하여 손가락 까닥할 힘도 없었다. 빨대를 꽂고 쪽쪽 수액을 빨아낸 나무처럼 시들시들하기만 하다.

그보다 더 기력이 살아났을 때, 나는 비로소 이전에 있었던 일을 떠올렸다.

엘로힘은…… 무사히 떠나갔을까. 설마, 일이 다 끝났는데 그를 어떻게 하진 않았겠지. 곧 그가 당했을 불미스러운 사태에 대해서 생각하기 이전에, 나 자신 먼저 걱정해야 한단 걸 깨달았다.

맙소사, 정말 내가 일을 쳤지. 그래, 친 거야.

하지만 일을 치기 전에 오래 망설였긴 해도 굳어졌던 마음이, 새삼 후회로 돌변하지 않는 걸 보면 내 생각보다 난 소신 있는 사람이었나 보다.

적어도 아직은, 후회가 찾아오지 않았다.

다만 두려웠다. 죽지는 않을지언정 차라리 죽게 해 달라고 빌었던, 일전에 겪은 고통을 상기하자 으슬으슬한 공포가 밀려 올라왔다. 그것이 이내 나를 깨웠다. 가까스로 눈만이 떠졌다.

시야에 가장 먼저 들어온 건 백색 옷자락이었다. 그리고 내 위 가슴께를 짚고 있는 하얀 손. 흐릿한 정신이 몸서리치듯 맑아지며 모든 감각이 순식간에 깨쳐졌다.

"정신이 드나?"

성추행범치곤 당당하고 고아한 낯이었다. 곧바로 거두긴 했지만 조금 전까지 그의 손 위치가 부적절했다는 걸 지적하려는 찰나, 달갑지 않은 목소리가 고막을 찔러 들었다.

"무슨 짓을 한 겁니까."

"⋯⋯요엘."

"보아하니 멀쩡하신 듯하군요. 이렇게 큰일을 벌이시다니, 진정 제정신이십니까."

혀에 칼이 배인 양 날카로운 투였다. 처음부터 쌀쌀맞게 굴었긴 했지만, 각오한 이상으로 가장된 정중함을 벗어 버린 그의 태도가 매몰찼다.

직시하는 시선 끝이 내게 유리 조각처럼 파고든다.

"이 일에 대한 책임을 피하실 수는 없을 겁니다."

"책임을 물을 분은 마스터시다. 내가 건방진 태도를 삼가라 했지?"

"블레셋 님도 마찬가지입니다. 저를 붙잡아 두신다 싶더니, 시온 두 분이 공모하셨는가 보군요."

그에게 내 행동에 대한 책임을 지게하고 싶지 않았기에 난 황급히 변호했다.

"블레셋과는 상관없는 일이야."

"상관없는?"

비꼬듯이 반문한 요엘이 기가 차다는 듯이 웃었다. 투명한 아쿠아마린 색 눈동자가 차가운 분노에 흡사 빙하처럼 파르스름한 빛을 띠었다.

"목숨을 부지하려면 죄라도 나누어지시는 편이 나을 텐데요? 사태가 이렇게 되어서 홀로 감당하실 수 있을지 모르겠습니다."

"사태가 이렇게 되다니?"

엘로힘은 떠났고, 빙정은 사라졌을 터. 요엘의 말은 마치 그 이상의 무슨 사건이 생겼다는 것처럼 들렸다. 대답을 요구하는 시선에 블레셋이 화답했다.

"네가 빙정을 녹이는 순간, 마탑과의 연결이 끊겼다."

"네?"

"정신을 잃을 만치, 무식하게 마력을 쏟아 부었지 않습니까. 덕분에 마탑의 마력을 흠뻑 받아들인 불새는 손쓰기 어려울 만치 자라나서 훨훨 날아갔지요."

"네가 과도한 마력을 가져다 쓴 탓인지, 나와 요엘 또한 마탑의 마력과 한동안 단절되었다."

놀라운 내용에 눈을 휘둥그레 떴던 난 블레셋이 그리 확신하는 투가 아니란 것을 눈치챘다.

"확실한가요?"

"그래, 다만 원인이 너인지는 분명치 않아."

"그게 아니면 원인이 어디에 있단 말입니까."

요엘이 단칼에 반박했다. 블레셋은 그의 무례를 질타하는 것도 질렸는지 잠자코 중얼거렸다.

"단 한 번도, 이런 적이 없었는데."

의혹을 담은 음색은 어딘지 말미가 무거웠다. 그에 덩달아 나도 가라앉았다.

하지만 이해할 수 없는 구석이 있었다. 내가 마력 사용에 있어서 정도를 잘 조절하지 못한다는 건 자명하다. 그렇다고는 해도…….

"마탑의 마력은 무한에 달한다고 알고 있는데요. 그런데 그 말은—"

죄책감이 들지 않는 건 아니었지만, 그보다 궁금한 게 먼저였다.

"개인의 역량이 문제가 아니라, 가져다 쓸 수 있는 마력에 한계가 있다는 소리처럼 들려요."

마탑의 힘을 의심하는 말이었다. 요엘의 눈이 한층 더 싸늘한 빛을 띠었다.

"이례적인 일입니다. 예상치 못한 지역에서의 과다한 마력 수요 때문에 탑에서 일방적으로 끊어 버린 걸 수도 있겠지만, 임무 중에 다량의 마력을 쓸 만한 예외적인 상황이 발생할 가능성도 없지 않은데요."

"마력 사용을 강제로 제재한 적은 처음이지. 본인의 역량을 벗어나는 마력을 끌어왔다간 자연스레 과부하가 걸려서 제재되기 마련인데, 그조차 개인에 한한 일이야. 당사자가 아닌 다른 마법사도 마탑의 마력을 쓸 수 없다니? 내가 아는 한 이런 일은 없었어."

문득, 나는 입술을 깨물었다. 그런 내 반응을 발견한 블레셋이,

"짐작 가는 게 있나?"

라고 묻자 난 말없이 고개를 저었다. 실은 짐작…… 가는 구석이 있었다. 과도한 마력 수신은 문제가 되지 않을 것이나, 그걸 행하는 게 나라는 게 전해졌다면. 그 즉시 아예 이 인근으로 공급되는 모든 마력을 끊어 버렸을 수……. 있었다.

왜냐하면, 내가 마스터에게 부탁했으니까. 나를 도와 달라고. 그리고 거절당한 내가 그를 거역할 가능성을, 마스터가 고려치 않았을 리 없다.

이곳 기드온에서 대량의 마력을 끌어다 쓰는 존재가 블레셋이나 요엘이 아닌 나라는 걸 깨달았다면, 뒤늦게라도 잘라 냈음 직하다.

육체적으로 압박적일망정 버틸 만은 했는데, 마지막 순간 내 급속한 마력의 소진은 그 탓인가? 그래서 내가 의식을 잃고 쓰러지기까지 했던 걸까.

꿈에서 마스터를 만났던 일까지 고해도 좋은지 알 수 없어서, 나는 침묵한 채 몸을 일으켰다.

삐거덕거리는 몸으로 힘겹게 균형을 잡고 일어선 난 그제야 여기가 엘로힘을 떠나보낸 동굴이라는 걸 깨달았다.

그리고 온통 얼어붙어 있던 빙벽이 모조리 녹아, 그 물기까지 증발해 버렸단 것도.

얼음 아래 가려져 있던 반들반들한 검은 벽면과 몸 주위를 휘도는 온화한 대기가 현실감을 북돋웠다.

내가 정말로 해냈구나. 기드온을 녹인 거야.

가슴이 찌르르하게 울렸다. 죄책감과 상반되는 성취감, 미약한 반항심과 한데 뒤섞여 속에서 번져 나갔다.

비록 마스터를 거스르는 일일지라도, 난 해야만 했다. 대가를 치러야 한다는 스산한 속삭임은 그 단단한 결의에 흠집을 내지 못했다.

그건 당위에 가까운, 옳은 일이었다. 그리고 난 아무것도 하지 않고 가책만 느끼는 무력함보다 무언가를 하는 반역 쪽을 택했다.

나는 그들을 쳐다보며 침착하게 목소리를 끄집어냈다.

"돌아가요. 내가 받아야 할 벌이 있다면, 받겠어요."

내가 긴장을 풀기 위해 떠올릴 수 있는 건 마스터가 못난 제자의 뺨을 휘갈기고 찬물을 끼얹는 드라마틱한 상상 정도였지만, 그 상상과 마스터는 퍽 어울리지 않았다.

우습다기보다는 괴기한 느낌에 난 그 잘 그려지지 않는 연상을 포기해야만 했다.

이어 블레셋과 요엘이 옥신각신했기에, 그 폭력이 동반되지 않은 언쟁에서 완전히 소외된, 그러나 사건의 주범인 난 모든 것에서 동떨어진 양 비현실감을 느꼈다.

그렇기에 불안감이 나를 점령하지는 못했다. 그가 등장하기 전까지는.

동굴 밖으로 나오자마자, 눈앞에 떡하니 버티고 선 인영에 끔찍한 괴물이라도 목도한 듯 난 얼어붙었다.

덜컹, 하강한 심장이 땅과 충돌하는 듯한 소리가 귓전에 울려 퍼진다. 마스터는 아니었다. 그였다면 난 본능적으로 등을 돌려 동굴 안으로 질주해 들어갔으리라.

그자였다. 마탑에 오기 전, 여관으로 찾아왔던 회색 망토의 살인마. 죄지은 것 없이 살인마를 만나게 되어도 두려울 것이지만, 찔리는 게 있는데 만나게 된다면 누구나 사형선고를 받은 것처럼 느끼리라.

복면을 쓴 그자의 시선이 내게 꽂힌 순간, 등골이 오싹하다 못해 온몸에 소름이 번졌다. 그의 등 뒤로 솟은 대검의 손잡이가 눈에 유독 크게 박히며, 모조리 쏟아부은 마력이 지독히도 아쉬워졌다. 느슨해진 신경을 나사처럼 죄게 할 만한 존재감이었다.

설마, 내게 내려진 처분은 즉결처형인가. 머릿속이 새하얗게 되어 정지한 와중에, 가로막듯이 내 앞으로 손을 뻗은 블레셋이 그를 불렀다.

"유권."

나와 비슷한 생각을 했는지, 굳어진 낯빛에서 경계하는 기색이 풍겼다.

"여기까지 어쩐 일이지?"

"탑주께서 즉각, 호송하라 명을 내리셨다."

명료하되 낮은 저음이었다. 그의 눈길이 도주를 꾀하는 죄인을 의심하듯 나를 주시한다. 훅 끼치는 바람처럼 흠칫 거리게 하는, 속내를 들여다보는 섬뜩한 눈길로.

유권이라고. 난 이내 그가 마스터를 마스터라고 부르지 않았다는 걸 깨달았다. 그러나 치미는 궁금증을 해소할 여유는 없었다.

"가시지요."

요엘이 도주로를 차단하듯 내 다른 옆에 서자 위압감을 발산하며 유권이 발을 내디뎠다. 그는 분명, 마법사가 아니었다.

내 쪽으로 급격히 거리를 좁힌 그가 손을 쑥 뻗었다. 날 거의 물러설 뻔하게 만든 그 손에서 검은 구가 뚝 떨어져 내린다. 삽시간에 거기서 뻗어 나온 어둠이 시야를 집어삼켰다.

방이었다. 검은 하늘을 가르는 별의 긴 꼬리처럼 수많은 금빛 선이 온통 새카만 석면으로 이루어진 벽에서 가로 세로로, 혹은 나선과

직선으로 질주하며 기하학적인 문양을 그려 낸다.

그 불가사의한 광경이 신비롭다기보다는 아득한 심해를 들여다보듯 기괴하게 느껴져, 난 몸을 움츠렸다.

밀도 높은 마력으로 가득한 불길한 장소였다. 희미한 빛만이 안개처럼 어린 가운데 세 명의 시온이 서 있었다. 하나같이 엄숙하도록 차분한 낯빛이다.

엘리야, 에스겔, 란델……. 그 셋이 모두 한자리에 모인 건 내 앞에서 단언컨대 처음이었다. 그 처음은 내게 색다른 감상을 넘어 거리낌과 유사한 감정을 일으켰다.

요엘과 블레셋, 그리고 유권이라 불린 남자가 날 비껴 지나가자 난 심판대에 오른 죄수처럼 홀로 서 있게 되었다.

차마 눈길을 더 뻗지 못하고 바닥을 보았다. 내가 가장 두려워하는 건 이 분위기도, 저기 서 있는 시온들도, 내가 치러야 할 대가도 아니다.

그저, 나는……. 그의 앞에 서는 게 두려웠다. 그 공포는 맹목적인 절대였다.

침을 삼키고 고개를 들어 정면을 시야에 담았다. 눈덩이 굴러가듯 점점 부피를 부풀리던 공포는 근원을 둔 상대와 마주한 즉시 정점에 이르러, 이후 잦아들기 마련. 그러나 내게 정점은 그치지 않고 이어졌다. 사납게 뛰는 맥동에 경련할 만치 호흡이 조인다.

심연 속에 도사린 죽음처럼 마스터가 거기에 있었다. 높은 단상 위에 정좌한 마스터는 적어도 화가 난 것처럼 보이지는 않았다.

하지만 그는 그 무심한 얼굴로 기꺼이 날 고깃덩이로 만들어 버릴 수 있는 이였다. 방 안에 드리운 은은한 빛도 그의 주변에 이르면 블랙홀 안으로 빨려가는 듯, 공허한 어둠만이 번졌다. 그 앞에서 아이처럼 울면서 무릎 꿇고 싹싹 빌지 않는 내가 용했다.

마스터가 이 자리에서 죽음을 명한다면, 나는 죽을 것이다. 그건 내가 뒤집을 수 없는 일이었다. 엘로힘이 한 말만이 위로처럼 내 안에서 되풀이되었다.

—네가 그렇게 한다고 해도 넌 죽지 않을 거야.

하지만 죽음보다 끔찍한 삶도, 죽음보다 더한 고통도 있을진대 어찌 그걸로 안심할 수 있을까.

"보고하라."

무감한 목소리가 대기를 울렸다. 절대적인 명령. 자격을 잃은 블레셋을 대신해 요엘이 나섰다.

"요엘, 보고 올립니다."

경외가 숨김없이 드러난 얼굴이었다. 그의 입에서 흘러나온 음성은 그가 내게 보인 적대감과는 별개로, 마탑인답게 냉정하고도 객관적인 진실만을 서술했다. 마스터의 시선이 블레셋에게로 꽂혔다.

"그가 한 말 중 부인할 내용이 있느냐."

"……없습니다."

요엘은 블레셋과 내가 공조했단 의심을 공적인 견해로 드러내지 않았다. 그러나 추측할 만한 것이었다.

블레셋이 고개를 숙이고 마스터가 손을 들어 올린다. 검은 동공이 품은 어둠이 확연히 짙었다. 그 느릿한 동작에 저 깊은 물밑에서 서서히 솟아오르는 괴물을 보는 양 불길한 그늘이 나를 덮쳐들었다.

이세벨의 이야기가 떠오르며, 재가 되어 부스러져 내리는 블레셋의 모습이 아찔하게 머릿속을 점령한다. 나 때문에 그가 죽기라도 한다면—

"제 독단이었어요!"

생각할 겨를도 없이 날카롭게 튀어나온 내 목소리가 고요한 대기를 갈랐다. 그러나 무의미했다. 무형의 힘이 가로막고 선 나를 뛰어넘었다.

블레셋이 하얗게 질린 얼굴로 바닥에 털썩, 쓰러졌다. 신음조차 내지 못하고 그는 무릎 꿇은 채 경련하며 바닥을 긁었다.

하얀 로브가 엉망으로 구겨지며 눈에 핏줄이 섰다. 지독한 고문을 당하는 듯한 반응이었다. 괴로워하는 블레셋을 본 나는 얼어붙었다.

두려웠다. 급속도로 피가 빠져나가는 듯하다. 온몸에 한기가 고이고, 손끝이 바르르 떨린다. 그저 한없는 공포.

"그의 임무였으니, 그의 책임이기도 하다."

고요하기 짝이 없는 그 음성이 심장 소리를 키운다. 가쁘게 펄떡이는 박동 때문에 귓가에 열이 오른다. 고막이 파열할 것 같다.

"엘리야."

"예, 마스터."

"네가 말해 보아라. 탑을 거역한 죄인에게 어떤 형벌이 어울릴지."

물건을 고르는 양 여상하기 짝이 없는 투. 그래서…… 그 무정함이 더 사무쳤다. 공포에 절어 감각 없는 심장에 찌릿한 통증이 인다.

나는 저 사람에게 무얼 기대했지. 가능성 없는 핑크빛 꿈에 젖어 있기라도 했나? 내 안에서 무언가가 부서지는 소리가 들리는 듯했다. 그 흩날리는 파편이 날을 세워 박혔다. 위가 쓰라렸다.

배신감, 혹은 실망. 그 우습고 헛된 감정이 날 상처 입히고 있다는 게 용납이 되질 않았다. 멋대로 그를 좋아한 내 어리석음을 비웃듯, 속이 고통스럽게 뒤틀렸다.

배신당한 것도 아닐진대, 이 이율배반적인 감정은 뭐며 저미듯이 심장이 아픈 건 왜지?

그 반문은 즉시, 비아냥거림으로 돌아왔다.

현실을 바라봐, 네가 뭐라도 될 수 있을 줄 알았어? 그에게 넌 고작 도구일 뿐이야……. 그리고 이제는, 그보다도 못한 죄인에 불과한데.

지목당한 엘리야가 나직이 의견을 꺼내었다.

"……아직 임무를 수행하기에 아힌은 어리고 미숙하다는 생각이 듭니다."

"그래서?"

"가진바 힘을 앗고, 근신하게 하심이 어떠한지."

엘리야가 신중하게 말한 방책은 내 귀에도, 관대하기 짝이 없는 처분으로 들렸다. 마스터의 냉랭한 말소리가 뒤이었다.

"네게 자비심을 베풀라 말하지 않았다."

"그녀는 탑에 소속된 지 채 일 년도 지나지 않았습니다. 참작하시어—"

"그러하기에 살려 두는 것이다."

적어도 죽이지는 않겠단 소리로 들려, 난 퍼뜩 마스터 쪽으로 고개를 향했다.

일은 일대로 친 주제에 삶을 갈망하는 이 진저리 나는 본능이라니.

"규율을 어겼으면 벌을 받아야지."

그의 곁에서 머물렀던 시간 따윈 단숨에 무의미한 것으로 만드는 그 시선. 거기에 담긴 감정 없는 무기질적인 암흑이 날 얼어붙게 했다. 배를 침몰시키는 태풍이 가책을 느끼지 않듯, 그는 그저 재해와 같았다.

이윽고 나에 대한 처결이 마스터의 입 밖으로 떨어졌다.

"에스겔, 죄인을 형벌의 방으로 데려가라."

"지나치게 가혹한…… 벌이라고 생각됩니다."

잠자코 있다가 나선 란델의 말에 마스터가 차갑게 내뱉었다.

"네게 의견을 구하지 않았다."

그의 시선이 위압감을 담고 에스겔에게 박혔다. 독촉의 말을 꺼낼 필요도 없었다.

에스겔은 침중한 눈으로 고개를 숙여 보인 뒤, 내 팔을 붙잡았다. 누구도 그 과정을 제지하지 못했다.

난 멍하니 그에게 이끌려 갔다. 앞으로 나아가는 다리는 조종당하는 양 감각이 없었다. 난 각오하지 않았던가.

그러나 그 각오는 까끌한 돌바닥에 쓸리듯 마모되어 지금 여기서, 흔적도 없었다. 단단한 의지라 믿었던 것도 결국 두려움 앞에서 초라해질 뿐.

형벌의 방. 급진한 감정의 소용돌이에 휘말린 내게 그 섬뜩한 단어는 남 일처럼 느껴졌다.

애써 생각을 피하고 있을 뿐인지도 모른다. 잡힌 손목이 아릿했다. 에스겔이 날 잡은 손에 힘을 주며 되뇌었다.

"이리 두려워할 거면서, 어떻게 마스터를 거역할 생각을 했지."

난 그제야, 사시나무처럼 내 몸이 떨리고 있음을 깨달았다. 비취색 눈이 그림자가 드리운 양 짙다.

에스겔은 날 한심하다고 비웃을 수 있었다. 그러나 그는 그렇게 하지 않았다. 오히려 마음의 준비를 할 시간을 주듯 그는 걸음을 늦추었다.

"저는…… 눈앞에 있는 것밖에 못 봐요. 그때는 그럴 수밖에 없었어요."

물음에 답한다기보단, 스스로를 다독이기 위한 말이었다.

"여분의 목숨이라도 가지고 있나? 네 충동적인 판단이 너를 죽일 수 있어."

"이번은 아니겠지요."

난 확신 없는 투로 중얼거렸다. 그리고 잠시 뜸을 들이다, 물었다.

"……저는 어떻게 되나요."

"죽지는 않겠지."

건조하게 돌아오는 회답에 나는 내가 가게 될 곳, 당하게 될 일이 어떤 거냐고 물으려던 말을 삼켰다. 알고 싶었지만, 동시에 알게 되는 게 무서웠다.

컴컴한 동굴 안을 걷듯 가는 길은 어두웠고 머리 위로 희미한 빛만이 드리웠다.

탑의 어느 곳을 걷고 있는지, 짐작 가지 않는다. 그러니 도망치려고 시도하는 건 불가능했다. 나는 저항 없이 따랐다.

에스겔이 멈춰 섰을 때, 우리는 작은 문 앞에 서 있었다. 통짜로 된 벽에 가져다 붙인 양 덩그러니 놓인 문의 형상은 내게 한없이 불길한 느낌을 안겨 주었다. 그 너머에 생지옥이라도 품고 있는 것처럼.

기하학적인 마법진이 돋을새김된 문은 어떤 기척도 비치지 않고 잠잠했다. 마력을 품고 있되, 고요하게 내재되어 있다.

에스겔이 문득 입을 열었다.

"형벌의 방에서 너는 고독과 어둠 속에 홀로 갇힐 것이다."

난 질끈 눈을 감았다.

"육신은 무탈하겠지만, 정신은 벌레한테 파먹히는 듯이 좀먹고 사지의 감각이 사라지겠지."

그가 하는 말이, 내 귓가를 스멀스멀 잠식한다.

"최악의 상상만이 반복되며 세상에 홀로 존재하는 듯하고, 한 호흡이 영원처럼 느껴질 터."

저주라기엔 덤덤히 말을 이어 가며, 에스겔은 문을 향해 손을 내뻗었다.

끼익 소리를 내며 문이 옆으로 밀려 나간다. 뻥 뚫린 어둠이었다.

"마스터가 너를 꺼내라 명하실 때까지, 너는 이곳에 있게 될 것이다."

괴물의 쩍 벌린 입속으로 머리를 들이미는 것 같았다.

줄곧 팔을 붙들고 있던 굳건한 손이 파랗게 굳은 날 빠르게 문 안쪽으로 밀어 넣었다. 버티려 몸에 힘줄 새도 없었다.

"경고하건대 너 스스로를 지켜라."

그 말과 함께 나동그라진 내 눈앞에서 문이 닫혔다. 그리고 오직 암흑만이 깔렸다.

얼마나 시간이 지났는지 모르겠다. 흘러가는 시간을 가늠할 길이 없는 그 차갑고 적막한 공간에서 나는 몸을 뉘이고 있었다.

이곳은 별빛 한 줄기 없는 외떨어진 하나의 우주였고, 블랙홀이었다. 난파선의 선실에 갇힌 양 나는 이 대해에서 모든 게 끝나기를 기다리는 외에는 아무것도 할 수 없었다.

밀도 높은 대기는 물 먹은 듯이 전신을 무겁게 하여 힘을 앗아 가고, 한 치 앞도 보이지 않는 어둠은 정신을 마비시킨다. 식물인간이 된 것처럼 난 한 발짝 움직이거나 기는 것조차도 하지 못했다.

처음에는 촉각이 살아 있는 손끝으로 더듬어 이 공간의 윤곽을 재어 보려 애썼지만, 실패하고 말았다.

평평하여 고르다는 감각은 있되, 바닥은 짚이지 않는 구름이었다. 단단한 감촉은 느껴지지 않았지만, 무언가에 막힌 듯이 손끝이 파고들지 못했다.

허공에 붕 떠 있는 듯도 하고, 그렇다고 하기에는 부유감이 없다. 가로로도 세로로도 무한히 뻗어 있되, 정작 난 제자리에 머물러 있었다. 웅덩이 위를 맴도는 나뭇잎이 된 듯, 그 정체된 표류가 날 숨 막히게 한다.

좁은 공간에 오래 갇혀 있다 보면 느껴지는 폐소공포증처럼, 그 무기력함이 공포로 화하여 나를 침식해 갔다. 아무것도 나타나지 않는 암흑은 아이러니하게도 곧 붉은 눈의 괴물이라도 나타날 것처럼 긴장감을 자극한다.

생명력을 서서히 빨아들이는 양 스산함을 머금고 있는 대기며 고독한 이 아공간은……. 어딘지 모르게 기시감을 불러일으켰다.

난 문득 깨달았다. 마스터와 만나기 이전, 내가 갇혀 있었던 그 차원의 틈새가 이와 유사한 곳이었다는 것을.

그때의 상황과 지금은 별다르지 않았다. 여태껏 익힌 마법이 모조리 무용지물이었기에. 혈관 채로 굳어 버린 양 마력의 흐름이 멈춘 이곳에선 나를 위한 촛불처럼 작은 불빛도 불러낼 수 없었다.

이전이었다면 미쳐 버리고도 남았을 법한 이 완벽하고 단조로운 칠흑빛 세상을 나는 꽤 침착하게 견뎌 내고 있었다.

벌레가 심장을 갉아먹는 듯한 공포심도 몸을 움츠리게 할망정 비명을 지를 만치 끔찍하지는 않았다. 그건 순전히 내가 그보다 두려운 어둠을 겪어 왔기 때문이다.

또한 내가 막연히 느낄 수 있었던 건, 내게 비관적이고도 참담한 심상을 심어 줄 부(不)의 속성을 띤 이 암흑이, 전신을 지배할 듯이 둘러싸고 있으면서도 정작 날 파고들진 못하고 있다는 것이었다.

마치, 뭔가로부터 보호받고 있는 것처럼.

그 문장이 뇌리를 스치는 순간, 나는 란델과 처음 만났을 때를 떠올렸다.

그가 행한 정신계 마법은 내 안에 설치된 무언가에 가로막혀, 내 머릿속을 헤집지 못했지. 마스터가 행한 마법이라고 했어. 그게 아직도 유효하단 말인가.

그 보호의 잔재가 은은한 빛처럼 나를 밝혀 주고 있는 게 느껴졌다. 만약의 만약을 대비해서, 누구도 내 비밀을 캐낼 수 없도록— 마스터는 그가 행한 마법을 남겨 두었을 것이다.

그런데 그게 묘하게도 이 형벌의 방에서 모든 정신적 간섭을 배제하는 효력을 어김없이 발하여, 내 정신을 지켜 내고 있었다.

벌을 내린 건 그인데, 그의 안배가 날 지키고 있다니 참 아이러니한 일이다.

잠들어 이 형벌이 끝날 때까지 시간을 빠르게 스쳐 보내고 싶었지만, 사지를 누르는 이 거북스러운 감각이 내게 수면을 허용하지 않았다. 그리 편하다면 벌이 되지 못할 것이니.

……만약 내가 차원의 틈새에 갇혀 본 적이 없었더라면, 고통스럽고 외로운 상태로 움켜쥔 모래알이 손가락 사이로 빠져나가듯, 서서히 생을 잃고 죽어 가는 걸 실감한 경험이 없었더라면 아마 난 이걸 무척 괴롭게 느꼈을지도 모르겠다.

그때의 무력감, 아무도 모를 곳에서 고립된 채 싸늘한 시체로 남게 될 거라는 두려움. 그에 비하면 이 정도는 약과였다. 맨정신을 유지하며 버텨 낼 수 있었다.

아무것도 보이지 않기에, 눈을 뜨고 있는 건 무의미했다. 눈꺼풀을 굳게 닫자, 그간 여유가 없어서 떠올리지 못한, 혹은 피하고 있었던 상념이 떼 지어 몰려들었다. 그건 추억이라 이름하는 것이었다.

부모님과 언니, 남동생, 우리 가족……. 친구들, 학교. 이곳에서의 삭막하고 모호한 인연과는 다른, 따스하고 온정 넘치는 그것들.

도돌이표처럼 되풀이되는 일상일지라도 평화롭고 안온했다. 그게 얼마나 가치 있는 건지 몰랐었다. 잃기 전에는 소중함을 모르는 평범한 어리석음.

어느덧 내가 울고 있음을 깨달았다. 눈꺼풀을 비집고 샘솟은 뜨거운 눈물이 뺨을 적신다.

내가 남겨 두고 온 이들이 사라진 나를 그리워하고 찾고 있기를 바랐다. 내가 잊히지 않기를 바라는 마음이 지독히도 간절하였다. 나를 잊지 않는 그들이 나를 다시 그리로 끌어당겨 줄 것처럼—

그제야 난 내가 이제껏 이 낯선 세상을 온 힘을 다해 견뎌 내고 있었단 걸 자각했다. 그게 가장 힘들고 고된 과정이라, 고작 이런 곳에 갇히는 형벌 따윈 그에 비하자면 미미하단 것도.

어쩌면 난 이제껏 견뎌 온 시간보다 더 많은 시간을 견뎌 내야만 했다. 그 사실이 가슴을 저미는 듯 고통스러웠다.

한동안 그 자리에서 눈물을 흘려보내자 점차 마음이 가라앉았다. 날 세우고 무뎌지기를 반복하며 나를 괴롭히던 모든 상념도 이내 회색으로 죽어 간다.

색채가 결여된 이 흑의 세상에선 붉은 빛깔로 타올랐던 감정도 이내 표백되어 버리고 말았다.

그를 안식이라고 하기엔 어려워도, 망각이라고 이름할 수는 있으리라. 난 그대로 돌처럼 굳어 버린 채 바닥에 누워 있었다.

잠들지 못한 의식은 깨어 있으나, 감각이 사라져 버린 양 무엇도 뇌리로 와 닿지 않았다. 그저 얼어 버린 채 눈을 깜빡이며 모든 걸 흘려보낼 뿐.

시간이 얼마나 지났는지 가늠하는 것조차 잊었을 때, 문득 나는 어떤 기적을 느꼈다. 기시감처럼 스며드는, 이 낯선 감각. 검은 커튼이 내리듯 서걱거리며 내 손등을 스치는 선득한 촉감. 유령처럼 스산한 한기가 밀려 올라온다.

꿈을…… 꾸는 걸까. 시야에 들어오는 모든 게 오로지 검기만 해, 난 무엇도 확신하지 못했다.

몸이 차다 못해 싸늘하여 감각이 없었다. 그러나 어둠에 휩싸인 시야에 언뜻 희게 어른거리는 무언가가 비쳤을 때, 나는 저도 모르게 입술을 달싹였다.

"……마스터?"

잔뜩 잠긴 음성이 자아낸 부름은 열없이 흐릿하다. 그러나 물음도 본능인 양 정지된 의식이 미동도 없어, 나는 멍하니 내게로 몸을 굽히는 형상을 쳐다보고만 있었다.

그도 내가 거의 생기 없는 상태라는 걸 알아차린 듯싶었다.

무기력하게 바닥에 누운 채 난 사자(死者)의 것처럼 뻗어 온 손길이 내 등허리를 감아 들어 올리는 걸 느꼈다. 그리하는 손길이 너무도 가벼워 인형이 된 것 같다.

왜…… 어째서 이곳에. 현실감 없이 나는 사신과 같은 형상의 마스터를 마주하고 있었다. 아니, 실제로 현실이 아닐지 모른다. 설핏 잠든 내가 꿈에 빠져, 내 머릿속을 가장 강력하게 차지했던 이를 그려내고 있는 걸지도 모르니까.

이 모든 생각은 의식의 표피만을 타고 흘러, 생동감 있게 와 닿지 못했다.

그러나 날 끌어 올린 채 상태를 가늠해 보던 그가 이내 내게로 고개를 기울여 입을 맞추었을 때—

가슴 속에서 뭔가가 탁 튀었다. 기름에 불살이 번지듯 순식간에 온몸에 열이 오른다. 그것이 전율로 전신을 일깨웠다.

그 입맞춤에 타는 듯이 가슴이 뛰고, 그토록 가슴이 뛰는 나 자신을 용서할 수 없었다. 분기 때문에 뜨거운 눈물이 뺨을 타고 흐른다.

난 떨리는 손을 들어 힘껏 그를 밀어냈다.

"내게 멋대로 입 맞추지 마세요……!"

난 똑바로 그를 노려보았다. 그 찰나 같은 맞닿음만으로도, 육신에 힘이 깃들고 있었다. 시들어 가는 화초에 양분이라도 주듯 그렇게 의미 없이— 오로지 필요에 의해.

마스터는 손쉽게 나를 흔들었다. 정작 그는 내게 결코 흔들리지 않으면서도.

"마력을 전해 받지 않으면 이곳에서 견디기 어렵다."

분노를 발하긴커녕 마스터는 무미건조한 기색으로 냉담하게 직설했다.

잔뜩 털을 세운 고양이처럼 구는 내 반응을 그저 멀거니 좌시하는 태도에 분이 치밀었다. 난 소리를 내질렀다.

"제가 견디기 어렵든 말든 마스터완 상관없는 일이잖아요!"

"네가 갇힌 건 네 행동에 대한 응분의 대가일진데, 어째서 내게 분노하지?"

여상한 물음이었다. 눈물에 젖은 내 얼굴은 그의 검은 눈동자 속에서 일그러져 흉하기만 하다. 내가 보이는 비이성적인 행동이, 추하다고 비난하는 듯하기도 했다.

그와 나, 각각을 차지한 온도가 너무도 달라, 이렇듯 가까이 있음에도 마치 공간이 나뉜 채로 단절된 것 같다.

"그럼 절 좀 내버려 두세요! 이대로 벌을 받게……!"

그러나 내 뜻은, 가차 없이 묵살당했다. 그를 밀어내던 손에 스르르 힘이 빠졌다.

족쇄에 묶인 듯이 꼼짝할 수 없는 날 짓누르며 그가 입술을 겹쳤다. 강압적인 행동과 달리 온도가 결여된 몸짓. 그저 목적을 이루기 위해 강제하고 있을 뿐인—

감각마저 통제할 순 없는지 난 심장을 짓이기는 듯한 통증을 느꼈다 그 입술을 통해 마스터의 마력이 내게로 흘러들었다.

난 눈을 꾹 눌러 감았다. 닫힌 눈꺼풀을 비집고 눈물이 줄줄 새어 나온다. 눈물샘이 고장 난 것 같다.

"그럴 수 있었다면."

입술을 떼어 낸 마스터가 나직이 읊조렸다. 공허가 도사린 그 검은 눈이 뜻 모를 이채를 띠었다.

처음으로 무언가, 다 타고 남은 재처럼 희미한 잔재를 비치는 그 속삭임. 염원은 아니되 열망처럼 들리고 거기에 배인 한기는 숙명과 닮았다.

이세벨의 일이 뇌리를 스침과 동시에 알 수 없는 깨달음이 번뜩이며 내게로 벼락같이 내리꽂혔다.

기이한 선율이 나를 울리며, 눈이 절로 크게 떠진다. 내게 깃든 마력이 어둠을 뿌리치는 양 몸 안을 휘돌며 온기를 실어 나른다.

이제 이곳 형벌의 방은 내게 그저 어둡고 음습한 골방에 지나지 않았다. 방의 영향력이 내게서 떨쳐지는 게 생생히 느껴졌다. 안개에 둘러싸인 양 어렴풋하게만 보였던 시야가 선명하게 눈에 들어온다.

마스터는 그대로 몸을 일으켰다. 로브 자락이 몸을 스친다. 그 감정 없는 얼굴을 망연히 쳐다보는 나를 두고, 마스터는 그 이상 어떤 말도 하지 않고 등을 돌렸다.

몇 걸음 걷지 않아 어둠에 녹아드는 양 미약한 발소리도, 그의 긴 로브 자락도 허공에 삼켜졌다. 모든 것이 소멸한 듯 정적만이 긴 꼬리를 남긴다. 아릿하게 심장을 파고드는 통증을 절감하며 난 떠올렸다가 삼켜버린 질문을 다시금 되새겼다.

왜…… 제게 관대하시죠? 내가 대체 당신에게 무엇이건대.

엘로힘의 말이 맞았다. 그는 나를 죽이지 않을 것이다. 이성적인 필요를 떠나서 그 이유를 짐작하긴 어려웠지만, 마스터에게는 틀림없이 그래야 할 불가해한 당위가 있었다.

나는 그가 사라져 간 그 어딘가를 어둠 속에서 짚어 내듯 길게 응시했다.

속이 활활 타들어 가다 못해 목이 메었다. 커다란 불덩이가 배 속에 들어앉은 듯 홧홧하다. 나는 몸을 태우는 그 불길 속에 한참을 머물러 있어야만 했다. 희망의 불씨조차 남김없이 타 버리기를 기도하며—

그 후로 헤아릴 수 없는 긴 시간이 흘렀을 때, 닫힌 방문이 열렸다.

"몸은 좀 어떻지."

낮게 깔린 음색이 어색하게 고막을 울렸다. 소리 없는 공간에서 너무 오래 있었던 탓일까. 모든 게 낯설기만 하다. 마스터가 흘려 넣은 마력도 거의 소실되어, 몸에 힘이라곤 없었다.

"괜……찮아요."

나는 애써 목소리를 끄집어냈다. 냉철한 시선이 처음 걸음마를 뗀 아이처럼 어설프게 발을 내딛는 나를 샅샅이 살피었다. 아랑곳하지 않고 난 어색한 다리를 움직이는 데 집중했다.

등 뒤로 입을 벌린 방이 지옥의 입구처럼 느껴져서, 한시라도 빨리 멀어지고 싶었다. 날 무디고 무디게 만들어, 잠식해 버릴 듯한 공간이었다. 고통스럽진 않았으되 그 경험이 썩 좋은 것만은 아니었다.

방 밖으로 나오자 서서히 몸에 마력이 고여 드는 게 느껴졌다. 빈 우물에 물이 차오르듯 자연스러운 현상이다. 에스겔이 날 흘낏 보고 중얼거렸다.

"실성하지는 않았군. 다행이야."

"……저기 들어가서 미친 사람도 있나요?"

"미치거나 백치가 되거나, 아니면 후유증이라도 남았지. 글쎄, 시온이 저기에 들어가 본 건 이번이 처음이라."

그가 말한 것들, 내가 겪은 경험에 비하자면 수위가 강하다 싶었다. 그 정도에 미쳤다면, 차원의 공간에 갇혔을 때 이미 미쳤을 것이다.

대수롭지 않게 말을 뱉어 내는 에스겔의 태도를 보니 여전하구나, 하는 생각이 들었다. 하긴 그가 변하기엔 그리 오랜 시간이 흐르지 않았다. 아무리 내가 시간 감각을 잃었다고는 해도, 몇 개월이나 지나지는 않았을 터였다.

나는 조심스레 물었다.

"제가 얼마나 저기에 있었던 거죠?"

"보름."

"……생각보다 길었군요."

고작해야 일주일 남짓 갇혀 있었다고 생각했는데. 고개를 갸웃하니, 에스겔이 날카롭게 지적했다.

"견딜 만했나 보구나. 보통은 시간이 가지 않는 걸 고통스러워하며 갇힌 기간을 서너 배쯤 부풀려서 느끼기 마련인데 말이다."

내가 이세계의 사람이기 때문일까. 마스터가 도와주었던 탓일까. 그 둘 모두가 유력하나 무엇 하나 실토할 수 없는 일이었으므로 난 가만히 침묵을 지켰다.

어째서. 뇌리를 메아리치는 그 한마디에 나조차도 답을 찾기 어려웠으므로.

"엘리야가 널 거기서 꺼내기 위해서 노력했다. 결국 부질없는 짓이었지만."

"……따로 감사의 인사를 드려야겠어요."

서늘한 시선이 닿음과 동시에, 에스겔이 차갑게 내뱉었다.

"네가 한 일이 얼마나 어리석은 짓이었는지는 깨달았으리라 믿는다."

"……아니요."

순순히 걸음을 옮기던 난 단숨에 고개를 쳐들었다. 그리고 그를 똑바로 쳐다보았다.

"후회하지 않아요."

그 파편이 스쳐 쓰라렸을지라도, 옳은 일을 했다는 그 하나가 내게는 여전히 남아 있었다. 에스겔은 내게 지그시 시선을 고정한 채 물었다.

"너 홀로 대가를 치른 게 아님에도?"

"……블레셋은 어떻게 되었죠."

"사흘 밤낮을 고통으로 몸부림쳤지."

가슴이 철렁했다. 머뭇거리던 난 이내 조심스레 물었다.

"지금은……."

"블레셋은 벌을 많이 받아 왔다. 그가 받은 형벌 중 가장 고통스러운 건 아니었을 테지. 녀석은 멀쩡해."

에스겔의 비취색 눈동자가 시린 빛을 냈다.

"그러나 그렇다 하여, 그가 받은 고통이 감해지는 건 아니다."

질책하는 듯이 들리는 말이었다. 그가 블레셋과 친분이 두텁다는 걸 알고 있다. 내가 저지른 일에 대한 개인감정을 떠나서, 나 때문에 블레셋이 고통받는 걸 못마땅하게 생각할 만하지.

나는 느릿하게 대꾸했다.

"……그렇겠지요."

블레셋이 내게 빚을 갚으려고 했다 한들, 내가 그에게 갖는 죄책감이 무뎌지는 건 아니었다.

그저 방관하는 것이라 괜찮을 줄 알았건만, 기드온에서의 임무는 나를 동반했다곤 해도 전적으로 블레셋의 소관이었다. 그가 책임을 면하지 못할 거라곤 차마 생각지 못했다.

……아니, 정말로 생각지 못한 것뿐이었다. 난 나직이 자문해 보았다. 블레셋은 내게 빚이 있다. 저울의 균형을 맞추는 무심함으로, 그저 안일하게 넘겨 버렸던 건 아닐까.

그가 무슨 일을 당한다고 해도, 그가 내 목숨을 위협한 일과 비교하자면 소소할 뿐이라고, 대수롭지 않게 여겼던 게 아니던가.

회의 섞인 의심이 신빙성 있게 날 찔러 들었다. 동시에 바닥에 쓰러진 블레셋의 모습이 떠올랐다. 가슴이 철렁, 내려앉았던 그때의 감각. 나를 방조했단 이유로 마스터가 그를 죽였다면…….

가책을 느낀 난 불쑥 말해 버렸다.

"……블레셋은 제가 찾아가 보겠어요. 그는 아직 탑에 있나요?"

혹여 벌써 다른 임무를 받아 떠나갔을까 봐 묻자, 에스겔이 묵직하게 긍정을 표했다.

"그래."

"어디에 있는지도 말해 줄 수 있어요?"

블레셋이 어디에 머물고 있는지 내가 알 리 없잖아. 엘리야처럼 그를 찾는 이를 인도하는 마법이 있지 않은 한, 나로서는 그를 찾을 방도가 없는 것도 당연하다.

잠시 설명해 보려던 에스겔은, 이윽고 직접 나를 블레셋에게로 안내해 주었다.

에스겔의 이동 마법이 펼쳐진 직후 우리는 작은 문 앞에 서 있었다. 드넓게 펼쳐진 외벽 아래 작게 자리한, 블레셋의 상징색처럼 새하얀 문은 흡사 다른 세계로 통하는 입구인 양 느껴진다.

꾸벅 고개를 숙여 보인 뒤 손을 내뻗는 순간, 날 부르는 소리가 들렸다.

"아힌."

난 무심코 돌아섰다.

"네."

"마스터가…… 원망스럽지는 않은가."

무슨 뜻으로 한 질문인지 모르겠다. 그렇다고도, 그렇지 않다고도 답하기 어려워 난 잠시 망설였다.

마땅히 받아야 할 벌을 받았다고, 그러기에 원망 따윈 없다고?

그러나 나는 솔직하게 납득하고 있지 못했다. 무정하게 내게 형벌을 선고하던 마스터와 갇혀 있던 내게 찾아든 마스터의 모습이 동시에 잔상처럼 스쳤다.

그 어느 때건 똑같은 색을 띠고 있던 고요한 검은 눈이 빛을 발하듯 지독하게 선명했다. 온몸의 세포를 일깨우는 듯한 그 암암한 어둠은 내가 결코 뿌리쳐 낼 수 없는 것이었다. 혼란한 상념이 뇌리를 점령한다.

나는 감정을 감춘 채 잠시 후 대답을 끄집어냈다.

"제가 어떻게 마스터를 원망할 수 있겠어요. 저를…… 구해 주셨는데."

저를 살려 주셨는데. 제게 힘을 주셨는데. 비슷한 답이 모양을 바꿔 내 안에서 메아리쳤다. 그건 내 귀에도 진실이라기보단 다짐처럼 들렸다.

어쩐지 목이 메어 와 난 입술을 달싹였다. 에스겔은 묘한 빛이 도는 비취색 눈동자를 내게로 향한 채 또다시 물었다.

"어떤 일이 있더라도?"

시험하는 듯한 질문이라고, 생각했다. 그리고 이런 질문에서 내가 해야 할 대답은 대개 정해져 있었다. 나는 마음을 도려낸 채, 읊조리듯이 답했다.

"어떤 일이 있더라도."

그리 뚜렷하지 않은 투라 진심으로 들었을지는 알 수 없었지만, 에스겔은 더 이상 묻지 않았다.

나는 안도하며 문을 열었다. 안은 녹음이 우거진 정원이었다.

"블레셋?"

맑은 새소리가 울려 퍼지는 울창한 나무숲이 낯설다. 그러나 음향만이 깔려 있는 양 생명체의 움직임은 느껴지지 않았다. 인위로 조성한 마법적 공간일 터였다. 휴양을 즐기기에 딱일, 편안하고 온화로운 환경이다. 몇 걸음 더 내딛지 않아 난 익숙한 음성을 들었다.

"아힌."

바닥에 안착하는 소리가 가벼웠다. 나무 위에서 뛰어내린 듯한 그는 예상만큼 나쁜 상태는 아니었다.

눈부시게 흰 로브에 구김 하나 없거니와 곱고 화사하여 도도한 기미를 띤 얼굴도 여전하다. 그는 흐트러진 차림새의 나보다 멀쩡해 보였다. 길게 뻗은 아름다운 금빛 속눈썹 아래에서 푸른 눈이 나를 천천히 훑었다.

"형벌의 방에서 빠져나온 건가."

"그래요. 블레셋은…… 어떤가요."

난 그 희고 반듯한 낯에서 사흘 밤낮으로 고통에 몸부림쳤을 흔적을 찾아내려고 애썼다. 악의적인 의도가 아니라, 그저 그게 내 가책을 부추겼기 때문이다. 블레셋은 거리를 좁히지 않은 채, 대수롭지 않은 투로 답했다.

"열흘도 더 된 일이야. 마스터께선 후유증을 남기시지 않지."

그의 용도가 분명한 이상, 후유증을 남길 만한 처벌을 하지는 않았으리라. 나 역시 그 사실을 무겁게 새겨 넣으며 고개를 끄덕거렸다.

"다행이에요."

"너는?"

"제가 형벌의 방을 잘 견디는 체질인가 봐요. 괜찮아요."

난 흔쾌히 답했다. 흐느껴 운 기억이 있기는 하지만, 그건 적어도 고통 탓은 아니었다.

……아니, 어쩌면 고통 때문이기도 했다. 가슴이 저미는 듯한, 어쩔 수 없는 심장의 통증. 그렇다 해도 그에게 토로할 만한 성질의 것은 아니리라. 말끔한 미소가 입가에 그려졌다.

"도와주신 거 고마워요."

지난 일의 앙금도 이제는 처음부터 없었던 양 깨끗하기만 하다.

확실히 큰 대가를 치러야 했던 그 단 한 번으로 블레셋과 내 사이는 이전과 비할 수 없이 나아졌다. 그와 마주할 때면 저절로 표정이 굳어지고 쌀쌀맞은 태도를 감출 수 없었는데, 지금은 그를 향해 웃음을 내비칠 수도 있다니. 생각해 보면 놀라운 변화다.

블레셋 역시도 새삼스러운 눈초리로 나를 보았다. 그가 곧 나직이 물음을 던졌다.

"에스겔에게서 들었나?"

"네."

이곳에 온 게 그가 겪었을 고통에 대해서 들었기 때문이었느냐는 뜻이라고 생각하여 냉큼 긍정의 답부터 건넸건만, 뒤이어 블레셋이 꺼내는 이야기는 내가 생각한 것과는 좀 달랐다.

"비록 그곳 사람들은 불운을 피할 수 없었지만……. 그래도 일이 수포로 돌아가지 않아서 다행이야. 적어도 기드온은 봄을 찾았으니까. 성주도 그 자리를 오래 보전하지 못할 거야."

그 말을 들은 순간 난 이상한 기분에 사로잡혔다. 불운을 피할 수 없었다고? 그리 표현할 만한 일이 뭐가 있지. 모든 게 다 끝난 줄 알았는데.

온화하던 공기가 단숨에 변모하고 순간 발치 아래가 뚝 떨어져 내리듯, 섬뜩한 감각이 치닫는다. 난 얼어붙은 얼굴로 추궁했다.

"지금, 무슨 말씀을 하시는 거예요?"

"……너."

블레셋이 곤혹스럽게 눈썹을 치켜들었다.

"들었다고 하지 않았나."

"제가 들은 건 블레셋이 사흘 밤낮으로 고통받았단 거예요. 그 불운이란 게 뭐죠?"

빠르게 캐묻자 블레셋의 얼굴에 난감한 기색이 떠오른다. 그의 입가에 한숨이 고였다. 한층 굳어진 얼굴이 그의 입 밖으로 나올 심상치 않은 말을 예고하는 듯했다. 머리를 쓸어 넘긴 블레셋은 잠시 후 입을 열었다.

"성주의 소원은 불새를 없애 주는 거였지."

"네."

"그리고 우리는 그의 바람을 이루어 주지 못했고."

"그랬죠."

"그래서 마탑에선 그걸 대신할 그의 다른 소원을 들어줘야만 했지. 그게 규칙이니까."

"……그래서요?"

불길함이 담긴 질문에 블레셋은 망설이다가, 말을 이었다.

"성주가 바란 건, 그의 안전을 위해 반역자들을 소탕하는 거였지. 그래서 마탑에서는 그렇게 해야만 했어. 마스터의 명에 따라 요엘이 여러 명의 룻을 거느리고 기드온으로 향했다."

"반역자들이라면……?"

떨림을 머금은 질문이 거의 바닥에 깔리듯이 낮은 어조로 흘러나왔다. 지독하게 무거웠다. 블레셋은 내게 눈을 맞춘 채로 말을 이었다.

"기드온을 이탈해 설산에서 불새를 섬기던 이들을 말함이다."

"그래서 어떻게 되었죠?"

……묻고 싶지 않은, 알고 싶지 않은 마음이 목 끝까지 차올랐음에도, 난 묻지 않을 수 없었다. 불의의 일격을 당한 듯 아찔하다시피 어지럽고, 머릿속이 뱅뱅 돈다.

엘로힘이 나를 불러낸 그날, 쟌느의 얼굴이 뇌리를 스치고 지나간다. 그 작은 마을에서 고단한 삶을 견디며 희망에 부풀어 있었던 그 얼굴들도. 모닥불 아래에서 번져 나가던 그 온기.

……짧은 시간이었다. 정을 쌓거나 마음을 줄 만한 시간이 아니었음에도, 내가 그들을 돕도록 만들었던 그것이—

그 모두가 무참히 짓밟혀 있었다. 내가 조금도 짐작하지 못하고 있었던 순간에.

"모두 죽었다."

단두대의 날이 떨어지는 듯했다. 그 분명한 단정에, 시야가 깜깜해지고 일순 숨이 막힌다. 현기증이 일어, 난 비틀거렸다.

왜, 어째서, 그래야만……. 비정한 논리로 이루어진 잔혹한 결말 앞에 내가 할 수 있는 건 아무것도 없었다.

내가 고작해야 그 방에 갇혀서, 흘러가기만을 망연히 바라고 있었던 시간에 모든 게 끝났다. 남은 건 통보처럼 전해져 온 죽음뿐.

재해의 흔적을 뒤늦게 목도한 양 머릿속이 텅 비어 버렸다. 눈앞이 꺼멓게 먹혀 간다. 어떤 감정이라고 칭할 수 없이 처절하고, 또 무참했다.

블레셋이 누그러진 투로 속삭였다.

"마탑의 누구에게도 사람을 해하며 즐기는 악취미는 없으니, 모두

고통 없이 죽었을 테지."

"그게 말이라고 하는…… 거예요?"

그딴 소리를 그리 덤덤히 말할 수 있는 게, 난 도대체 이해가 가지 않아. 당신들한테는 이게 그저 스쳐 보낼 만한 일인가?

별것 아닌, 하루의 일상을 말하듯이 그렇게— 아니, 어쩌면 당신도 알고 있었던가.

블레셋의 눈은 차분하기만 하여, 난 이미 그가 이 일을 체념하듯 예감하고 있었음을 짐작했다. 나는 이를 악문 채 물었다.

"이렇게 될 줄…… 알고 있었나요?"

"그래."

"그럼에도…… 결과가 정해져 있는데도 나를 돕고 싶던가요? 내게 한마디라도 말해 줄 수는 없었어요!"

이렇게 될 거라고 말해 주었다면, 그랬다면……. 도움을 준 이에게 할 소리는 아니었을지라도, 사나운 외침이 쩌렁쩌렁하게 터져 나왔다.

피를 토한 것처럼 목이 쓰라리다. 입안에서 쇳내가 돌고 목젖이 당긴다.

그가 말해 주었다면 난 마스터를 거역하고 엘로힘에게 마력을 쏟아붓는 짓 따윈 벌이지 않았을까? 그건 장담하기 어렵다. 하지만 블레셋이 정말 날 돕고 싶었다면, 내게 말했어야만 했다. 내가 어떻게 방비할 수라도 있게.

난 퍼뜩 깨달았다.

블레셋은 내 의지에 진지하게 동조했던 게 아니었다. 진정한 의미로 날 도운 것도 아니었다. 그는 그저…….

"네가 깨달아야 했으니까."

블레셋이 찬찬히 설파했다.

"마탑에 반하여 믿음을 고수하는 게 얼마나 부질없는 것인지를."

"……."

"네가 어떤 노력을 기울이건, 어떤 뜻을 품고 있건 그게 실상 아무런 쓸모도 없다는 것을."

차분하되 냉정한 목소리가 그의 푸른 눈과 함께 유리 조각의 말단처럼 날카롭게 내게로 파고들었다.

"시온은 마스터의 도구다. 넌 그걸 알아야 해."

내 안쪽에서 무언가가 무너져 내렸다. 무언가가 팽 돌다가 죄이고, 머릿속에서 울렸다. 종 안쪽에서 울리는 소리를 그대로 맞고 있는 듯하다.

속이 텅텅 빈 것처럼 몸 안이 저릿저릿 울렸다. 그러다가 무언가가 내 안에서 사납게 울부짖었다. 문득 손이 아팠다. 하얗게 질릴 만치 세게 주먹을 쥔 채, 난 되는대로 지껄였다.

"웃기지 마! 그냥 당신은 증명하고 싶었을 뿐이잖아."

"……."

"내가 마스터에게 특별하지 않다는 걸."

아아, 그래 당신은—

"당신과 내가 똑같이 마스터에게 하찮은 존재라는 걸 증명하고 싶었던 거잖아! 질투심 때문에 날 죽이려는 게 당신이 한 짓이니까!"

"틀려."

내 흥분에 동조하지 않는 고요한 눈이었다. 격류와 같았던 그는 없고 변화를 거친 그는 내 앞에서 가라앉은 눈을 하고 있었다. 그 관조하는 듯한 시선. 다른 시온들과 마찬가지로—

"난 그걸 증명할 필요가 없어. 이미—"

가벼운 입술의 움직임과 함께, 담담한 대답이 떨어진다.

"확신하고 있었으니까."

이가 악물렸다. 목구멍까지 수많은 말들이 소용돌이치며 맴돌았다. 부정할 수 없는 충동이 열로 올라 입술을 달싹이게 했다.

난 그 말을 가슴이 터질 만큼, 강렬하게 부인하고 싶었다. 그렇다면 형벌의 방에서 마스터가 내게 했던 말은 뭐냐고. 왜 그가 내 고통을 감해 주며, 구태여 거기까지 찾아들어 신경을 썼던 거냐고. 내가 특별하지 않다면 어째서…….

미친 듯이 부정하다가, 이내 깨닫고 말았다. 그의 말을 부인하고 싶은 그 자체가, 내가 품은 소망을 반영하고 있음을.

어쩔 수 없이 품고 있는 기대이며 단 하나, 놓지 못하고 매달리고 있는 일말의 가능성. 그 여지 때문에 내가 응당 마스터에게 돌려야 할 분노를, 블레셋에 표하고 있다는 것을.

어쩌면 이렇게 못났을까. 어쩌면 이렇게…… 어리석지?

블레셋의 막힘없는 음성이 내게로 흘러들었다.

"왜 마스터에게 네가 필요한 건진 모르겠지만, 너 역시 나와 다르지 않아. 너도 이제 더 이상 마스터 뜻에 반해 봐야 좋을 게 없다는 걸 알았겠지."

"그래서 날 위해서 일부러 그랬다는 건가요? 그걸 깨닫게 해 주려고."

"그게 바로 위 시온의 역할이니."

그 흔들림 없는 대답은 내가 그리 관철했듯, 그가 생각하는 옳음이었다. 블레셋의 그의 옳음을 내게 관철하고 있었다.

난 질끈 눈을 감았다. 다음 순간 눈을 뜨고 빠르게 내뱉은 뒤,

"……이만 가 봐야겠어요."

난 대답을 들을 새 없이 바로 등을 돌렸다.

내딛는 걸음의 끝이 무디디무뎠다. 흐리게 깔린 안개 지평선을 향해 나아가는 듯하다. 그럼에도 난 서슴없이 발을 움직였다.

혼란한 정신과 별개로 무의식이 오로지 하나의 길을 걷듯 곧게 날 인도한다. 이제껏 날 망설이고, 머뭇거리게 하던 그 무엇도 홀린 듯이 목표점을 향해 나아가는 발길을 막지는 못했다.

두려움을 압도하는 비이성. 속을 저미고 드는 통증. 짓이기고 날 붙이로 헤집는 듯한 그 모든 게 광포하게 나를 지배하고 있었다.

어떻게 지났는지도 모르게 홀을 통하여 난 곧장 마스터의 방으로 이동했다. 거기에 그가 있었다. 그가 거기에 있을 거란 걸 난 이미 알고 있었다. 마스터.

단정하게 드리워진 검은 로브, 펼쳐진 흑발과 대조되어 요요하게 빛나는 흰 얼굴이 달빛을 머금은 양 희었다. 방 안에 머무르는 그 모습이 오래된 비석처럼 괴괴하고, 오랫동안 한 데 고인 우물 같기도 했다.

그래, 어떤 생명도 살지 않는 죽어 버린 물. 겨울날의 얼어붙어 가는 웅덩이. 날 보는 그 시선이 그토록 메마르고 차가웠다.

"왜 그러셨어요."

불쑥, 입 밖으로 소리가 터져 나왔다. 이상하게 목이 아팠다. 타닥타닥 소리를 내며 타들어 가는 장작처럼.

"왜 그들을 죽여야만 했는데요."

당신이 단 한 번이라도 나를 생각했다면……. 내가 무엇 때문에 그랬는지를 생각했다면.

공기를 장악하고 피부를 내리누르는 특유의 감각은 여전하나 그를 향해가는 걸음은 멈춰지지 않는다. 아니, 멈출 수 없었다.

이성을 지탱하던 댐은 터져 버렸고 내 안에서 모든 게 넘쳐흐르고 있었다. 거기에 휩쓸린 난 무엇으로도 날 통제할 수 없었다.

마스터가 여전히 평온한 투로 물었다.

"벌이 충분하지 않은 것이냐."

그 새카만 시선이, 섬뜩한 위압감으로 내리꽂혔다. 복종을 맹세하듯 날 무릎 꿇릴 힘을 담아— 식은땀이 목덜미를 타고 흐른다.

난 꺾이지 않았다. 반항하듯 몸속에서 피어오르는 마력이 단단히 육신을 지탱한다. 마탑의 것이 아닌, 내 본연의 마력. 그가 주었으되 이제는 내 것인.

난 마스터 앞에 가까이 섰다. 그에게 가까워지는 걸 몸서리치도록 두려워했던 본능도 불길에 먹혀져 고개를 디밀지 못했다. 난 자조하듯 서늘하게 내뱉었다.

"마스터가 끔찍해요."

"……."

"아무렇지 않게 사람을 죽이고, 그걸 명령하고, 따르고. 이 마탑이 란 건 미친 집단이야. 당신도 제정신이 아니고."

이런 말, 그의 앞에서 할 수 있을 줄 몰랐는데. 아무래도 미친 건 내 쪽인 것 같다.

하지만 난 원래 인내심이 깊은 편이 못되었다. 그 결과로 무엇이 초래될지라도.

돌연 뻣뻣하게 선 몸이 힘을 잃었다. 통제를 벗어났다기보단 그냥 몸에서 힘이 사라졌다. 한순간에 생명력이 빨려 나간 듯 난 풀썩 쓰 러져 바닥에 맞부딪혔다. 이상하리만치 몸이 무거웠다.

당황과 두려움에 휩싸여 가까스로 고개를 든 난 기이한 빛을 띤 검은 눈을 마주했다.

"네 감상 따윈 무가치하다."

턱을 치켜드는 손길이 한기가 어린 듯 찼다. 생명체와 접촉하고 있다기보단, 외계의 무언가를 마주하고 있는 양 비현실적이다. 피부 에 닿는 온도는 이리도 찬데 가슴은 뜨겁다니.

무기질적인 눈빛이 파고드는 듯했음에도, 나는 굴하지 않고 그와 시선을 마주했다. 비틀린 음성이 쇳소리처럼 목구멍을 긁고 빠져 나 온다.

"무가치한 저를 왜 찾아오셨어요?"

그건 꿈이 아니었다. 환상도 아니었다. 그는 분명히 내게로 찾아 왔고, 그리고 내게…….

그러나 마스터는 단칼에 부인했다.

"네가 뭐라도 되는 것처럼 착각하고 있구나."

"착각하지 않게 모른 척하지 그러셨어요!"

난 짓이기는 듯한 음성을 끌어 올렸다.

"내가 거기서 죽든 말든, 버티든 버티지 못하든 그냥 내버려 두지."

그래서 내게—

"……기대 같은 거 하게 하지도 말지."

고백처럼 본심이 튀어나오자마자, 난 이를 악물었다.

그러나 아무리 잇새에 힘을 주어도, 북받치는 감정은 어쩔 도리가 없어 눈물이 줄줄 새어 나왔다. 눈물샘이 터졌는지 뺨을 타고 흐른 눈물이 그의 손등을 적신다.

무력하기에 아무 것도 할 수 없다면 상대를 증오할 수밖에 없지 않겠어? 그가 원망스럽지 않느냐는 에스겔의 물음이 내 안에서 메아리쳤다. 그를 원망한다. 실은 그렇다. 그렇지만…….

증오할 수는 없었다. 그게 되질 않았다. 증오와 사랑은 종이 한 장 차이라는데, 난 그 종이 한 장을 뒤집지 못했다. 그건 내게 산을 무너뜨리는 것만큼이나 어려운 일이었다.

눈물에 젖은 볼품없는 얼굴을 지켜만 보고 있던 마스터의 손이 문득 천천히 아래로 움직였다.

그 유령 같은 손길이, 길게 뻗은 손가락이 내 목을 턱 움켜쥐었을 때 난 신음을 삼켰다. 잡힌 목 언저리가 얼어붙는 듯하다. 힘을 주지 않은 채, 마스터가 특유의 고요한 투로 물음을 던졌다.

"내가 정말로 너를 죽일 수 없다고 생각하느냐."

벼린 칼날 같은 질문에 심장이 내려앉는 듯했다. 그러나 그 가운데 기묘하게 부풀어 오르는, 둥실 거리는 무언가가 있었다. 엘로힘의 말 때문이 아니었다. 그저, 나는…….

막연히 알 수 있었다. 그리하여 물었다.

"죽일 수 있다면, 왜 죽이지 않으세요?"

당신을 사랑한다고 했던 이세벨도 죽였으면서. 당신을 비난하기까지 한 나는 왜?

그 이유가 무엇이든, 그는 그럴 수 없었다. 그건 이제 예감이 아니라 확신이었다. 난 재차 추궁했다.

"처음에 저를 왜 살리셨어요."

그 순간, 마스터의 눈 속에서 새카만 어둠이 넘실거렸다. 수렁처럼 깊고 어두운 그 어떤…… 형언할 수 없는 감정. 그건 달콤하다거나 부드럽다거나, 결코 그렇게는 표현되지 않을 차갑고 혹독한 류였다.

정체 모를 괴물을 마주한 양 등골이 오싹했다. 난 벗어나려고 몸을 뒤로 젖혔다. 그러나 꼼짝할 수 없었다.

마스터가 석고상처럼 표정 없는 얼굴로 입을 달싹였다.

"네게 임무를 내리마."

"저는—"

또다시 그가 내리는 임무를 수행하라고? 어떤 해악을 끼칠지 모르는 그 잘난 임무. 다른 사람을 해치면서—

결코 그럴 수 없다고 말하려는 내게, 그의 말이 묵직하게 떨어졌다.

"형벌의 방에서 일 년을 나고 싶으냐."

혀가 앗아진 듯 아무 말도 할 수 없었다. 기실 탈출을 노리며 하루하루 지나는 날들을 초조하고 세고 있었기에. 그리 오랜 시간을 벌받는 것으로 소요할 수는 없다. 그건 내게 가장 내키지 않는 일.

"유권을 붙여 주마. 가면 그가 임무를 말해 줄 터, 바로 떠나라."

……손에 조금만 힘을 주었다면, 그는 필경 그대로 내 목을 비틀 수도 있었으리라.

그러나 마스터는 너무도 깔끔하게 내게서 손가락을 떼어 냈다. 그리고 팔을 거두어, 이전과 같이 부동자세로 앉아 단절하듯 눈을 내리감았다.

그건 하나의 대답이었다. 그는 나를 죽일 수 없었다. 그리하여 이세벨에게 했듯 나를 치죄할 수 없었다.

그를 향한 감정이 내게 거역할 수 없는 절대이듯, 마스터에게도 절대적인 뭔가가 있었다. 그 안에 도사린 심연이 무엇을 품고 있을지라도, 현재의 그는.

난 부르르 떨리는 손으로 바닥을 짚었다. 그리고 서서히 몸을 일으

컸다. 미동 없이 명상에 잠긴 낯이 칠흑 같은 밤의 달빛처럼 스산하고 아름다웠다. 허공에 달무리가 번져 나듯 이상하게 가슴을 적신다.

난 완전히 몸을 바로 세웠다. 언제나 그렇다. 밀물과 썰물을 일으키는 달처럼 그는 그토록 쉽게, 내 마음을 바꾸고, 기분을 바꾸고, 나를 움직였다. 저항하려는 노력은 부질없었다.

그의 한기가 전염된 듯 손이 차갑다. 아니, 온몸이 다 차가웠다. 뜨겁도록 달아올랐던 심장도 땀이 식은 양 싸늘하기만 하다.

나는 그대로 등을 돌려 방을 빠져나왔다. 그의 명이 어떤 것인지 우선 들어 보아야겠다고 생각했다. 멍하니 상념이 흘렀다.

마스터가 드러낸 건 무엇이었을까? 그는 왜 나를 죽이지 못하는 걸까? 수많은 의문이 내 안의 동굴에서 이리저리 부딪히며 메아리처럼 울린다. 그러나 내가 알 수 있는 건 없다.

혹여 마스터가 나를……. 난 곧바로 도리질 쳤다. 공상적이고 무의미한 추측이다.

그럴 리 없다. 마스터가 일말이라도 날 마음에 담았다면, 어떻게 내게 그런 눈을 보일 수 있겠나. 사랑이라고 하기엔 어둡고 차가웠다. 그러나 사랑과 유사한 강렬함이다. 타는 듯한 강렬함은 아닐지라도, 그 무언가가 그를 지배하고 있었다. 난 보았다.

그것을 불러일으키는 게 나라면, 나는…….

도대체 무엇이건대?

문득 걸음을 멈추었다. 들어오는 길에는 발견하지 못했던 그자가 어느새 홀에 우뚝 서 있었다. 위협적일 만치 큰 키도, 형형한 기운도 처음 만났던 때와 같이 여전하다.

회색 복면 속에서 날카로운 빛을 띤 두 개의 눈이 나를 직시한다. 유권이라는 이름이었지. 날 공포에 떨게 만들었던, 내가 처음 마탑에 오기 전 여관 밖 마법사들을 살해한 검사. 저번에도 나를 마스터 앞으로 데려다 놓았지.

그러고 보니 그는 마스터를 마스터라고 칭하지 않았다. 이 마탑에서 유일하게. 그건 퍽 기묘한 일처럼 느껴졌다. 난 그를 빤히 쳐다보았다.

"당신은 누구죠?"

"유권."

무뚝뚝하고 짧은 답변에 난 눈썹을 치켜세웠다.

"이름을 묻는 게 아니에요. 시온은 아닐 테고 당신은 룻인가요, 아모스인가요."

"나는 마탑의 권속이 아니다."

의외의 소리였다. 마탑의 권속 외에 또 무엇이 있단 거지?

"외부인이라는 뜻인가요?"

"나는 마탑에 소속되지 않은, 탑주의 계약자다."

"그건 어떻게 다르죠?"

"나는 탑주에게 종속되지 않았다. 계약에 따라 그의 명을 수행할 뿐."

고용주와 피고용인의 관계. 그러나 이 마탑에서 그게…… 가능한 관계던가? 마탑은 누구와도 계약을 맺지 않는데. 그저 소원을 이루어 준다는 명목 하에 일방적인 거래를 할뿐. 그러나 마탑이 아닌, 마스터와 이어진 계약자라고?

그렇담 그는 마스터가 품은 비밀과의 연결고리라는 걸까. 이 마탑이 마스터의 것임에도, 그렇게 구분되는 누군가가 존재할 수 있다는 건 낯선 일이었다.

"임무는?"

"도착해서 말하지. 바로 출발한다."

더 이상 내 의문을 해소해 주지 않겠다는 듯, 유권이라는 이름의 남자가 바로 등을 돌렸다. 그 굳건한 등을 따르며 난 판단을 보류했다.

일단은…… 따라가 보아야겠지. 아무리 마스터의 수족인 그라도, 시온보다 높지는 않을 테니 내게 무언가를 강제할 수는 없을 터. 나를 감시할 목적으로 함께하는 거겠지만, 그가 내게 뭘 시키든 순순히 따를 생각은 없다.

더 이상은, 어떤 것도.

어쩌면 이게 탈출의 기회가 될지도 모른다. 시온과 함께하지 않고 탑을 나서는 첫 임무이니까.

난 유권을 유심히 살폈다. 그는 마법사라기보단 검사였다. 내가 공간 이동 마법으로 도망친다면 추적이 여의치 않을 테지. 이제 난 그가 두렵지 않다. 최소한 수 명의 사람을 죽인 자. 내가 도망치는 것 때문에 그가 당할 불이익이 걱정되지 않았다. 가책을 느낄 만한 상대가 아니니.

그러나 도주하기에 망설여지는 점이 있다면—

내 안에서 싹트고 있는 어떤 감정. 무어라고 불러야 할지 이름 모를, 아직은 어렴풋한 그것이, 실자락처럼 미약하게 나를 옭아매었다.

막막함, 두려움과 같은 부(不)의 감정과 유사하면서도 아이러니하게도 희망과 비슷한 색을 품고 있는.

적어도 나는 마스터에게 반항하고도 죽지 않았고, 그건 블레셋이 한 말과는 달리 내가 마스터에게 있어서 어떤 의미로든 특별한 존재라는 걸 의미했다.

······거기에 더 걸어 봐도 되지 않을까. 그 미련이 발목을 붙든다. 그러나 난 한숨을 내쉰 뒤 허리를 곧게 폈다.

어떤 생각을 하건, 일단 탑을 벗어나 봐야 결정할 수 있겠지. 완수해야 할 세 번째 임무가 눈앞에 있었다. 지금은 그것이 가장 시급한 일이리라.

7. 배반

손안의 감촉이 낯설다. 매캐한 연기가 손바닥을 휘도는 양 모호한 기운이 내부에서 움틀거리며 용솟음친다. 내부에 자리한, 물밑 소용돌이처럼 막강한 힘의 결집. 그것이 잡힐 듯이 느껴지는 순간, 압박감이 몸을 짓누른다.

난 가만히 숨을 들이마셨다. 고요한 대기가 호흡을 통해 빨려들며 이내 내 안에서 가라앉는다. 평온하다시피 모든 게 잠재워졌다.

난 손에 힘을 주었다. 차갑고 단단한 감촉. 그리고 그 기저에 깔린 힘.

……평범한 외형의 검은 아니었다. 바위에 거의 육신을 묻고 있는 검 손잡이에 정교하게 돋을새김 된 나뭇잎 문양이 살갗에 고스란히 새겨지는 듯하다.

그러나 고아하게 세공된 겉모습보다도 이 보검을 범상치 않게 하는 건, 그 안에서 박동하는 원시적이고 생생한 마력. 무생물에다 가져다 붙이기는 우스운 표현이나 나는 마치 그 검이 살아 있는 듯이 느꼈다.

금세라도 단단한 쇠붙이를 박차고 나올 듯한 이 강대한 힘. 바다 아래 똬리 튼 수룡이 이러할까. 자격을 검증하듯 꿈틀거리며 내 마력을 음미하는 움직임이 읽혔다.

가진 바 마력이 조금이라도 약했다면, 내가 마탑의 마법사가 아니었다면 이 검은 주저 없이 내게 이를 드러내었으리라. 가차 없이 파고들어 숨을 앗았겠지.

허락받지 못한 이가 손댄다면 단숨에 집어삼킬 마검이었다. 가공할 마력의 정수를 고스란히 담아낸 검 손잡이를 굳게 쥔 채 난 잠시 내가 맡은 임무를 떠올렸다.

'검을 회수하라고요?'

'그래.'

'그게 다인가요?'

유권은 말 대신 시선으로 답을 주었다. 불필요한 확인은 해 주지 않는 냉정한 태도였다.

얼떨떨했다. 도착하자마자 한다는 말이 덜렁 '검을 회수하라.'라니. 벌을 받고도 반성하지 않고 마스터께 대들기까지 했으니, 이어지는 임무는 어려울 게 분명하다고 짐작했건만.

그러나 난 곧 생각을 고쳐먹었다. 아무리 내가 못 미덥다곤 해도 한갓 물건 심부름에 시온을 보내지는 않았을 터였다. 그리고 예의 그 검을 회수하기까지는, 또다시 난관에 봉착할 거라고 예상하기도 했다.

물론, 여기에 다다르기까지 과정이 그리 쉬웠던 건 아니었으므로 예상은 일부 들어맞았다.

거조를 타고 내려선 곳은 온통 흐릿한 안개가 깔린 숲 기슭이었다. 광활한 숲은 하늘을 뒤덮을 듯이 빽빽한 나무들로 인해 저녁때처럼 어스름이 깔려 있었다.

수기가 그득하여 귀신이 튀어나올 것처럼 음산한 대기와 질척이는 발밑, 앞이 제대로 보이지 않았다. 그 기이한 숲을 헤집고 들어가 어디에 있는지 모를 검을 회수하는 것, 그게 내 임무였다.

숲에 깔린 마력의 역장 탓에 검의 위치를 마법으로 탐색하는 간편한 방법은 사용할 수 없었다. 헤쳐 낼 수 없는 무형의 그물이 쳐져 있는 양 막막하기만 한 상태로 난 숲을 향해 걸음을 내디뎠다.

어떻게 찾아야 할지 막막했지만, 방법은 알았다. 유권이 '근처에 가면 검이 너를 부를 것이다.'라고 알려 주었기에.

피부에 닿는 감각, 예감, 내가 의지할 수 있는 건 실로 그런 불명확하며 추상적인 것들이었다. 답답하긴 해도 평온한 시간이었다.

숲을 막연히 헤매고 돌아다니며, 피곤해질 때쯤 나무둥치에 기대어 불편한 상대를 근처에 두고 잠들어야 했던 그 며칠간.

다른 시온들에 비하자면 그는 거의 동료라는 느낌이 없었다. 침묵을 지킨 채 나를 따르는 것이 고작. 나를 보좌하는 것이 임무이기에 유권은 줄곧 나와 함께했다. 그는 극단적으로 말이 없었고, 심지어 나와 말을 섞는 자체를 불필요하게 여기는 듯했다.

그에 대한 첫인상이 어떠하건, 그런 점에서 유권은 내게 달가운 상대였다. 말을 나누건 행동을 함께하건 어떤 의미로든 교류할 필요가 없다. 탑의 모든 것이 지긋지긋해져 있었기에 시온도 아니고 탑 소속도 아닌 자와 함께하는 게 차라리 편했다.

적어도 이전까지 내 속을 뒤집어놓던 상념들을 다소 멀리할 수 있었으므로.

마스터, 엘로힘, 시온, 블레셋, 기드온 그리고 또다시 마스터…….

단서가 주어지지 않는 추적은 지독스레 나를 갉아먹는다. 내가 무얼 좇고 있는지 알 수 없다.

무언가 있단 건 알고 있지만, 적어도 그건 내 빈한한 추리와 상상력이 닿을 만한 곳이 있지 않았다.

어디를 향해 걷고 있는지조차 잊은 채 난 다만 숲을 헤매었다.

그러다 문득, 나를 감싸 준 엘리야에게 아무 감사 인사도 못 하고 왔단 걸 깨달았다. 돌아가면 꼭 만나서 이야기해야지.

돌아가면…….

찌릿, 가슴에 전류가 흐른다. 거부 반응에 가까운 통증. 융기한 지면처럼 분노가 삽시간에 가슴을 메운다.

그래, 나는 마탑의 사람이 아니었다. 결코 그렇게 될 수 없었다. 그러기에…… 돌아가고 싶지 않다. 그 생각은 뇌리를 스친 순간, 본심이 되었다가 이내 강렬한 충동으로 화한다.

이게 기회는 아닐까, 하는 생각. 찰나처럼 나를 사로잡았다. 전에도 곱씹은 적 있지만, 나와 함께하고 있는 유권은 검사였고 분명히 그는 마법사가 아니었다. 잘하면 따돌릴 수 있을지도 모르지.

나로서는 그의 능력을 재어 보지 못한다. 하지만 내 얕은 지식에 따르면 공간을 뛰어넘는 마법사의 도주를 추적하는 건 검사로선 불가하다.

시도해 봐도 무리는 아니겠지. 실패하더라도, 어차피 마스터는 날 죽일 수 없을 테니 큰 손해는 아니다.

그런데 왜? 어째서 그럴 수 없는 건데.

같은 질문에 직면할 때마다, 답을 찾을 수 없는 나는 휩쓸리듯 미로로 빠져들고 만다. 그 막막함.

내게 답을 줄 수 있는 사람은 어차피 마스터뿐. 정작 그는 내게 말해 줄 생각이 없는 듯하다. 그건 아마도 그의 약점일 터.

난 어떻게 하고 싶은 거지? 앞으로 어떻게 해야 할까. 이렇듯 돌아온 질문은 나를 다시 상념 속으로 돌려놓았다. 그리고 반복.

그러했기에 숲 속에서 헤매는 며칠의 시간이 내게 각별한 깨달음을 준 건 아니었다. 그저 어둠이 내린 길을 걷고 있는 듯 무의미한 방황의 시간. 실제로 그 기간은 그리 길지 못했다.

나흘째 되는 날에서야 난 비로소 무언가를 느꼈다. 충분히 가까워졌던 탓이리라. 난 자석이 이끌리듯이 숲 한가운데에 꽂힌 검을 찾아내었다.

거대한 마력을 품고 있는 신비로운 검. 자물쇠와 열쇠가 맞물리듯, 이 검을 회수할 수 있는 건 오직 마탑의 마법사뿐이라는 걸 난 바로 깨달았다.

검을 뽑기 전 난 아래로 시선을 고정한 채 나직이 물었다.

"이 검이 무엇이죠."

"마탑의 힘 일부."

"그런 게 왜 여기에?"

"모른다. 회수를 명받았을 뿐."

명료한 답이다. 더 질문할 것도 없어 난 고개를 끄덕였다.

척 보기에도 검에서 느껴지는 마력의 양은 엄청났다. 왜 이만한 힘을 따로 떼어 두었는지 고개가 갸웃거려진다. 운용하지 않음이 손실로 여겨질 만큼 큰 힘.

아깝지 않은가? 엘로힘을 부화시키기 위해 끌어당겼던 그때의 마력처럼, 이토록 거대한데.

……가만. 그 때문인가? 퍼뜩 스치는 것이 있어 난 눈을 가늘게 떴다.

내가 그때에 마탑의 마력을 다량 가져다 썼기에 이 힘이 새삼 필요해진 걸까. 손실된 마력을 보충하는 목적이라면, 이건 중요하다면 중요하달 수 있는 임무였다.

끝나는 게 달갑지 않은 임무이기도 하지. 그건 순전히 임무의 종결이 탑으로의 귀환을 의미하기 때문이다.

잠시의 망설임 끝에, 난 검을 쥔 손을 들어 올렸다. 바위에 꽂혀 있는 검을 빼내는 건, 놀랍도록 손쉬웠다.

모래알이 흩어지듯 검을 둘러싼 결속이 사르르 빠져나가고, 무겁게 옥죄던 검 집에서 벗어난 것처럼 검 날이 공중에서 기세를 떨친다.

사뿐히 들려 서늘한 빛을 발하는 검 날은 담고 있는 마력의 속성이 그러하듯 그 역시도 검었다.

그러나 묵중해 보이는 외형과는 달리 빈 뼈다귀처럼 가벼웠다. 베기 위한 용도라기보단 들어서 후려치는 용도인 양 뭉뚝한 검 날과 대조되는 무게였다. 검 집은 필요 없을 것 같네.

난 고개를 들었다. 기분 탓인지 숨 막히도록 피부를 짓누르고 있던 안개가 옅어진 듯하다.

이 숲을 둘러싸고 있는 안개가 검의 마력에서 유래한 것이라면, 검을 회수했으니 자연스레 안개도 사그라질 터였다.

아주 미미한 마력의 흐름이나 나는 검이 조금씩 마력을 빨아들이고 있는 것을 느꼈다.

이젠 돌아갈 일만이 남았다. 난 아직 무엇도 정리하지 못했는데……

"검이 모든 마력을 흡수할 때까지 기다린다."

머뭇거리는 내게 유귄이 사무적인 투로 먼저 말했다. 그건 짧은 시간이나마 유보를 말하니, 한시름 놓인다. 그를 힐끔거리며 난 대꾸하듯 질문을 꺼내었다.

"당신은 왜 나와 함께한……"

거기까지 중얼거리던 난 그 이유가 너무 뻔해서 입을 다물었다.

내가 못미덥다곤 하나, 내 능력에 부치는 일은 아니었다. 때문에 다른 이유로, 나를 감시하기 위해서. 마스터가 내 도주를 경계하는 건 지극히 자연스럽다.

내 질문에 대한 답은 아니나, 유귄이 다른 답을 내주었다.

"나는 탑으로 돌아가지 않는다."

"왜죠. 따로 명받은 바가 있나요?"

"그래."

그게 무엇인지는 내게 알려 줄 필요 없다는 듯한 태도였다. 일단 그가 입을 열었기에, 난 이때를 기회로 삼기로 했다.

"당신은 마탑의 소속이 아니라고 했어요. 그럼 마스터와는 어떻게 연을 맺은 거죠?"

그의 실력을 의심한다거나 할 것 없이, 마력의 총량을 어림짐작하는 정도 외에는 내게 다른 이의 실력을 평가할 만한 수단이 없었다.

하지만 그럼에도, 그가 마스터가 따로 계약을 맺을 만한 강력한 검사라는 건 유추할 수 있는 사실이다.

"나는 에퀼족 푸른 잎새 최고의 전사다. 우리 에퀼족은 인간들과

222

는 달리 종족을 지키기 위해 결집할 뿐 누군가에게 종속되어 명을 받들거나 충성을 바치지 않는다."

휜칠한 장신, 어딘지 모르게 이질적인 분위기. 그걸 넘어서 그는 어딘지 모르게 사람처럼 느껴지지 않는다. 이종족이라서 그렇단 걸까. 그 사실엔 별다른 감흥이 일지 않았다.

"그가 내 종족에게 큰 도움을 주었고, 마침 그에겐 탑과 무관한 수하가 필요했다. 그렇기에 난 필요할 때 그의 명을 따르기로 했다."

"지금 마스터에게 당신이 필요하다는 뜻이군요."

유권은 침묵으로 답을 대신했다. 다른 시온들이 이 유권에 대해서 어떻게 생각하는지, 듣지 못했단 게 생각이 났다.

나를 들인 게 의외였던 것처럼 유권의 등장 역시도 그들에게는 작지 않은 변화였으리라.

그리고 그 변화를 초래한 건 마스터. 가늠할 수 없는 그의 위중 속에서, 무언가가 흘러가고 있었다.

탑과 무관한 수하. 어째서 그렇지? 탑의 사람들이 알아서는 안 될 일이라도 있는 걸까. 하지만 어차피 모든 마탑의 마법사는 마스터에게 종속되어 있는데.

난 퍼뜩 하나의 가정을 떠올렸다. 유권이 필요하게 된 일이 마스터의 견고한 종속 체제를 흔들 만한, 그런 위험성을 품고 있는 거라면?

어쩌면 이건 마스터의 역린과 관계되었을지도…….

비약적으로 뻗어 나가는 상상을 난 추스를 수 없었다.

만약 그게 사실이라면 외부에서 수하를 조달할 만하겠지. 그건 분명, 나와도 닿아 있는 사실. 마스터가 나를 죽일 수 없는 이유라…….

난 찬찬히 되짚어 보았다. 마스터는 나를 구했다. 그는 처음에 나를 죽게 내버려 두려고 했고……. 등을 돌리던 그를 내가 붙잡았지.

죽어 가던 나를 발견해서 살린 게, 시발점이 되었다면? 아니 애초에 내가 이 세계에 등장한 것 자체가 변수가 되었다면…….

내 존재를 딱히 대단하게 여기는 건 아니지만, 나비의 날갯짓이 태풍을 일으킬 수 있단 걸 안다. 이세계에서 날아든 나라는 존재가 간과할 만큼 사소한 요인은 아니었다.

마스터는 내게 어떤 가능성을 비쳐 보였다. 내가 어떤 식으로든 그에게 '특별'하다는 걸 언급함으로써. 아니, 내가 그렇게 생각하는 게 마스터의 의도인 건 아닐까.

머릿속을 빙빙 도는 생각과 입이 따로 놀았다. 정보를 캐내야 하긴 했는데, 뭘 물어야 할지 모르겠다.

"당신은 마스터의 이름을…… 알고 있나요."

무심코 뱉어 낸 난 혀를 깨물 뻔했다. 그깟 이름이 무슨 소용이라고. 그게 뭐가 중요하다고, 무슨 미련이 남아서 그런 걸 물었는지.

그러나 돌아온 대답은, 기어이 내가 혀를 깨물게 만들었다.

"나는 그가 누구인지 안다."

덜컥, 가슴이 내려앉는다. 난 흠칫 몸을 떨었다. 입안에서 비릿한 냄새가 퍼져 나간다.

놀랐다. 너무도 놀라서 혀를 깨물었단 사실도 후에야 알아챌 만큼. 찌릿한 통증이 입안에 퍼져 나가는 와중에도 난 얼어붙은 듯이 유권을 응시하고 있었다.

뭐……라고? 간절히 찾아 헤매던 해답이 곱게 포장되어 별안간에 눈앞으로 툭 떨어져 내린 듯했다.

그러나 그 답은 안을 엿볼 수 없는 검은 상자에 담겨 있었다. 성급하게 부수어 비집고, 강제로 파헤치고 싶은 충동.

멱살을 쥐고 흔든다고 한들 답할 상대가 아니기에, 난 간신히 조바심에 찬 숨을 삼켜냈다.

초조하게 보이지 않으려고 애쓰면서 난 나직이 물었다.

"……그가 누구인데요?"

침을 삼켰던가. 목울대가 작게 울렁인다. 사포처럼 까끌까끌한 침묵 속에서 나는 유권을 주시했다. 그의 대답을 기다리는 마음이 너무도 절실하여 달구어진 쇳물이 끓는 듯하다.

그러나 돌아온 대답은 간결하고, 굳건했다.

"발설할 수 없다."

"근데 왜—!"

눈앞에서 사탕을 빼앗긴 어린아이의 심정으로 난 눈을 부릅떴다. 말할 수 없다면 왜 그런 이야기를 꺼내! 내가 얼마나…….

나는 콰득, 소리가 날만치 세게 이를 악물었다. 도무지 동요를 숨길 수가 없다.

그래, 내가 얼마나 거기에 매달리고 있는지, 그가 알 리 없다. 내 안에 어떤 폭풍이 휘몰아치고 있는지도 그가 알 리 없다. 그게 얼마나 내게 중요한 일이든, 그에게는 상관없을 것이다.

그러나 그 괘념치 않음이 내게 분노를 일으키는 것도, 어쩔 수 없는 일이리라. 사흘 굶은 사람에게 음식 냄새만 풍긴 격이다.

숨을 몰아쉬며 난 잠시, 폭급한 생각에 빠져들었다. 그를 위협해 강제로 그 입에서 답을 이끌어내는 게 어떤가 하는, 그런 생각.

무슨 수를 써서라도. 사나움이 가슴으로 짓쳐들며 기세를 세웠다. 그래도 마땅한 자 아닌가? 그런데……. 내게 그럴 힘이 있느냐 하면. 혹은 그럴 만한 상대냐 하면.

이성이 내세운 가정 앞에 잠깐 치민 분은 곧 일순 타오른 불씨처럼 사그라졌다. 난 차게 식은 채 입술만 깨물었다. 한순간이나마 강렬한 마음이었으니, 아무것도 느끼지 못했을 것 같진 않았다.

그러나 내게서 적의를 느꼈을 법한 유권은 굳게 입을 다물고 있었다. 그의 눈은 나를 담고 있되, 그저 풍경을 비춰 낼 뿐인 오래된 거울의 표면 같았다. 거기 담긴 무정물과 같은 감정의 건조함을 견주어 보자면, 화석이라 함이 어울릴 것이다.

유권이 이윽고 입을 열었다.

"영영 모르지는 않을 것이다. 머지않아 자연히 알게 될 터."

기대를 부풀리기 이전, 나는 의혹을 담아 물었다.

"마스터에게 따로 언질을 받은 적 있나요?"

"그는 내게 임무 외의 어떤 이야기도 하지 않는다."

"그런데 어떻게 장담하죠?"

"자연히 알 수 있는 바다."

위안이 되기는커녕 궁금증만 가중시키는 소리에 나는 부릅뜬 눈으로 그를 노려보다시피 했다.

첫 만남도 그러했거니와 도무지 마음에 들지 않는 자다. 난 문득 그를 보며 훨훨 날아가 버린 불새를 떠올렸다.

엘로힘. 유권뿐만 아니라 엘로힘도 마스터에 대해서 알고 있었지. 그건 단순히 유명한 사람이라 들어 알고 있는, 그런 느낌은 아니었다.

영혼에 맞닿을 듯이 깊숙이, 본능과 결부되는……. 물고기가 물 밖에선 살 수 없는 것처럼 그렇게, 그들은 체득하고 있었다. 마스터가 어떤 존재인지.

그래, 마스터는 분명히 범상한 존재가 아니었다. 나는 이미 마스터가 인간일 거란 가설을 상당수 버린 채였다.

그는 실지로 생명다운 특유의 활기도, 노인조차 가지고 있는 감정의 오르내림도 내보인 적이 없었으므로.

그는 한 치의 어긋남도 없이 만들어진 조각이며 그대로도 완전한 원형의 보석 같았다. 삶의 질곡도 겪지 않아 누군가에게 공감할 수도, 누군가를 이해할 수 없는 홀로써 완전한 생물.

아무리 오랜 세월을 살아왔다고 해도, 나는 인간이 그처럼 될 수 있으리라 믿지 않는다. 차라리 추락한 신이라면 모를까.

"'머지않아'라는 건 언제를 의미하는 거죠?"

나는 그의 말 일부를 꼬투리 잡았다. 조금만 더 오르면 산 정상이라고, 등산객들이 흔히 하는 거짓말을 순진하게 믿는 건 어리석은 일이다.

나는 언젠가 올 그 날을 기다리며 허덕이고 싶지 않았다. 희망은 때론 절망보다 더하다.

"그게 얼마나 가까운 건데요?"

재촉하듯 거듭 묻자 유권이 느릿하게 입을 떼었다.

"네 의문은 응당하나 나는 그에 답할 수 없다. 내게 허락되지 않은 일이다."

"당신도 그걸 말하면 마스터에게 죽기라도 하나 보죠?"

졸라 대 보아 봤자 소용없을 것이다. 그런 자이다. 내게는 전혀 쓸모없는. 뒤틀린 심정에 입술을 비틀며 비아냥거리자,

"분명히 말하건대, 그대가 바라는 답을 줄 수 있는 자는 오직 당사자뿐이다."

유권은 단호하리만치 칼같이 답했다. 잠시나마 열어 보인 틈마저 닫혀, 나는 내가 무슨 말을 하던 그에게서 더 정보를 캐낼 수 없단 걸 새삼 깨달았다.

속이 탔다. 사막에 며칠쯤 던져 놓아도 이보다 더 갈증을 느끼지는 않을 것이다.

눈앞에 먹음직한 미끼를 단 낚싯대가 드리워져 있는데, 미친 듯이 버둥거려도 닿지 않다니. 내가 지력이 모자라서 도무지 유추할 수 없는 걸까.

빌어먹을, 단서 하나라도 달란 말이야. 그래서 그 답을 알게 될 날, 그게 도대체 언제라고! 마스터는 내 앞에서 입도 뻥긋하지 않는데!

반년도 넘는 시간 동안 내가 알아낸 건, 마스터가 날 죽일 수 없다는 그 사실 하나뿐이라고. 그야말로 미칠 노릇이다.

난 길게 한숨을 뱉어냈다. 안쪽을 뱅뱅 맴돌며 응어리진 감정을 풀어내기 위하여. 그렇게 하지 않으면, 속에서 치미는 열기를 해소할 길이 없다. 이러다 스트레스로 머리가 하얗게 새어 버릴지도.

다행인지 불행인지 내가 또다시 괴롭도록 막막한 상념 속으로 빠져들지 않게끔 검이 마력을 빨아들이는 일도, 거의 끝에 가까워지고

있었다.

변화를 느낄 수 있을 정도로 확연히 옅어진 안개 속에서 검은 교교한 빛을 내며 조금씩 마력을 먹어치웠다.

그 모습이 미끈거리는 뱀이 기어가는 양 섬뜩했다. 그건 기실 내가 마스터에게 종종 느끼는 감정과 유사했다.

아름다운 외형의 보검이라곤 해도, 마탑의 마력을 품고 있는데 왜 이런 곳에 처박혀서 스멀스멀 안개나 생성하고 있었는지 알 수 없다. 어쨌거나 내 의문은 중요하지 않을 터였다.

밤에 뜸 들이듯 지루한 관조의 시간이 지나고, 이윽고 검이 숲의 수기를 완전히 흡수했다.

탁하게 가려졌던 시야는 여전히 어스름이 깔린 숲 속에서 이제 놀랍도록 선명하게 사물을 분별한다.

나뭇잎 한 장의 솜털도 꿰뚫어 보리만치. 가볍고 청명하게 피부에 휘감기는 대기가 더 이상 이곳에 마력이 남아 있지 않음을 방증했다.

임무가 끝을 맞이하고 있었다. 아무런 소득 없이 이대로, 돌아가야 하나?

머뭇거리는 나를 향해서 유권이 먼저 입을 열었다.

"그 검을 들고 탑으로 돌아가라. 이제는 마법을 행할 수 있을 것이다."

"당신은 어디로?"

유권이 곧바로 등을 돌렸다. 그 또한 그에게 허락되지 않은 발언이라는 것처럼. 그리고 마탑에서 받은 임무를 발설할 수 없음은 자명했다.

땅을 둔중하게 짚는 발소리는 금세 들리지 않게 되었다. 그 등을 뒤따라가고픈 충동이 들지 않았던 건 아니나,

걸음이 빠른 그는 땅을 스치듯 자취조차 남기지 않고 사라져 버렸

다. 내가 뒤를 쫓을 만한 여지도 남기지 않는 움직임.

나는 침묵 속에서, 유권이 사라진 쪽을 응시하던 시선을 내려 손 안에 머물고 있는 검을 쳐다보았다.

은은한 빛을 내던 기운도 이제는 잦아들어 완전히 무기물로 돌아간 그 검. 내 임무가 끝을 맞이했음을 알리는 검의 존재.

안개가 주는 스산함은 사라졌으되 한적하기 그지없는 숲은 여전히 고요했다. 잔가지 틈새로 인 실바람이 뺨을 스치고 지나가는 촉감도 미미하기만 하다.

하늘까지 무성한 나무가 말없이 가지를 드리우는, 침묵으로 얼룩진 그 가운데서 난 맥없이 서 있었다.

……돌아가고 싶지 않았다. 그 말을 읊조리자 철제 셔터가 철컥, 하고 내려앉는다. 의지에 견고한 장벽이 쳐진다.

난 얼굴을 감싸 쥐었다. 끝 모를 구멍으로 빨려 들어가기 이전에, 스스로를 위로하기 위한 동작이었다.

오롯이 홀로 직면한 갈등에 팽배해지는 고독감, 분노와 자괴감. 어쩔 수 없는 그 모든 것들을 비관하게 되고 만다.

정말로 그러고 싶지 않아. 마스터를 어떤 얼굴로 마주해야 할지 모르겠어. 그냥, 다 모르겠다. 내가 무엇을 할 수 있는지도.

언젠가 알지 모를 진실에 연연해서, 나는 언제까지 마탑에 묶여 있어야 하지? 나는 어떻게 해야 이 마음을 버릴 수 있지? 나는 무얼 잘못해서 여기에 서 있나. 애초에 왜 난 이런 세계에 떨어진 걸까.

속이 텅 빈 동굴처럼 내 안에서 수많은 말이 메아리쳤다. 그건 사위에 산적한 정적과는 대비되는 혼란한 외침들. 그러나 눈시울을 적시지 못하고 그저 여울을 휘돌아나가는 양 갈퀴처럼 긁어 대기만 할 뿐인.

한 맺힌 울음처럼 목구멍이 끓어올랐다. 그건 이내 진이 빠진 듯 온몸에서 힘을 앗아 갔다. 그 아찔한 무력감.

사실 갈등하건 그렇지 않건, 내 갈 길은 정해져 있는 것이나 다름

없다.

왜냐하면, 내가 어떤 선택을 할지 난 이미 알고 있었으므로. 난 이 천금 같은 기회를 앞두고 여기서, 아무도 감시하는 자 없는 이곳에서 뒤돌아 도망칠 배짱도 없는 겁쟁이였으니까.

도망칠 자신이 없어서도 어차피 붙들려 오게 될 것을 염려해서도 아니었다.

철저히 이성의 재단하에서 이루어진 결정이라면, 내가 이토록 자괴감에 잠기지는 않았으리라.

……두렵기 때문이었다. 막연히, 그러나 형용할 수 없이.

'무엇이?'라고 묻는다면…… 아이러니하게도 답은 하나. 마스터. 나를 미워하거나 증오할 만한 감성의 소유자가 아님은 알고 있다.

그래도, 나는 그에게서 등 돌리는 게 두려웠다. 단순히 내가 마스터를 좋아하기 때문이 아니라, 무정하고 혹독한 부모라 할지라도 그 품을 벗어나기 어렵듯이.

세상 밖으로 걸어 나가는 게 망설여진다. 실로 그것이 단절을 내포하고 있는 것이라면.

그토록 의존해 온 상대였다. 의지했다고 말하기엔 부족하나 그가 내게 모든 걸 주었는데. 돌아가는 방법은커녕 마탑 밖에서 어떻게 살아가야 하는지도 모르는데.

또한 그에게 품은 마음만큼이나 뿌리 깊은, 알고 싶은 마음. 지금도 모르듯이, 앞으로도 영영 모르고 살아갈 수는 없을 그것.

마치 인력에 끌리듯, 돌아가기 싫다는 그 마음의 이면에서 나는 여전히 마스터의 그림자에 사로잡혀 있었다.

그 지배력을 떨쳐낼 수가 없어서, 의문과 의혹과 미지를 남겨 두고 마탑에서 도망친다는 선택 따윈 주어지지 않는 것이나 마찬가지였다. 난 순전히 타성에 젖어 있는지도 모른다.

그렇다 해도— 어쩔 수 없다. 이건 내가 어쩔 수 없는 것이다. 혹여 다음 임무에서 이 순간 도망치지 않은 걸 후회하게 될지라도. 나는 여기서 돌아가야만 했다.

난 굳게 검을 움켜쥐었다. 그리고 유보의 시간을 비껴 내고 손을 들어 마력을 펼쳤다. 마탑을 향한 귀환 마법이었다.

아득하게 높은 탑의 그림자가 드리워진다. 그 잿빛 그림자에 무게라도 실린 양 숨이 막힌다.

하늘을 정복할 것처럼 위압적인 몸을 무한히 내뻗고 있는 탑의 거체는 흡사 지옥의 성 같았다. 적어도 내게는 그리 느껴졌다.

어깨를 짓누르는 심정을 여실히 느끼며 난 내키지 않는 걸음을 떼었다.

성에 사는 공주라면 마음이라도 편할 텐데, 이곳을 집처럼 여기면서도 집을 향하는 걸음이 편치 않은 건 묘한 기분이다. 주거지와 안식처의 차이일까.

힐끗 손에 들린 검을 들여다본 난 그걸 로브 안쪽 고리에 매달았다. 순전히 들고 다니기 불편하다는 이유로.

나도 최근에 안 사실인데, 내 로브에는 물건을 티 나지 않게 보관할 수 있는 마법이 걸려 있었다. 그래서 안쪽에 물건을 달아도 외견상으로 드러나지 않는다.

난 최대한 느릿하게 평원을 가로지르면서 마스터에게 할 말을 떠올려 보았다.

필경 어색할 분위기를 걱정하는 건 쓸데없는 일이다. 어차피 마스터는 이전에 있었던 다툼 같은 걸 크게 생각지 않을 테지.

다짜고짜 당신 정체는 뭐냐고 묻는 건 좀 아니겠지?

안 그래도 마스터를 향한 태도에 변화를 주어야겠다고 생각한 터였다.

삼가고 조심하고 경계하고, 그런 식으로 마스터에게서 아무것도 얻어 낼 수 없다는 걸 깨닫지 않았나.

더는 충실한 제자인 척할 필요 없다. 난 내가 마스터의 신뢰를 사는 일은 불가능에 가깝다는 걸 인정해야만 했다.

차라리 저번처럼 직설적으로 말하는 편이 나을지도 모른다.

마스터는 어떤 면에서 대단히 수동적인 편이다. 그는 소리를 반사하는 벽면처럼 스스로 어떤 행동을 보인다기보단, 내가 그에게 감정을 발하면 그때야 반응하는 모습을 보였다. 그 찰나의 흔들림이 그나마 내게 단서를 던져 주었다.

그러나 직설적이 된다는 건, 다시 말해 솔직해진다는 것. 정작 가장 내밀한 마음은 털어놓지 못할 거면서.

홧김에 내뱉을 가능성은 있었지만, 아직은 그럴 만치 이성을 잃지는 못했다. 당신이 끔찍하다고 떠들어 댔던 발언조차도 아슬아슬하게 수위를 넘나들고 있었으니.

그때의 그건 목 끝까지 차오른 진심. 끔찍하고 두려운 이를 좋아하고 있는 마음은 어떻게 돼먹은 걸까.

내가 그에게 품은 감정은 확실히 기묘한 구석이 있었다.

난 걸음을 멈추었다. 정확히는, 본의 아니게 멈춰야만 했다. 그리고 멀뚱히 시선을 올려 꼼짝도 않는 거대한 문을 바라보았다.

이거 자동문 아니었어? 입구에 다다랐음에도 굳건히 닫힌 문은 열릴 기미를 비치지 않았다.

"고장 났나?"

중얼거리며 난 주먹을 세워 문을 똑똑 두드렸다. 누군가 열어 주기를 기대하면서.

그러나 오 분쯤 기다렸음에도 아무 소식도 들려오지 않자 난 미간을 구겼다. 마스터에게 좀 반항했다고 문도 내게 반항하는 건가? 슬며시 짜증이 치밀었다.

문을 두드리는 손길이 힘을 실었다. 쾅쾅거리는 소리를 내어도 손만 아플 지경, 여전히 반응은 없다. 시온이라도 나와 볼 성싶은데…….

단체로 임무를 받아 나갔나? 이건 또 어떻게 된 일인지.

소리가 작았던 건지도 모른다. 소란을 떨면 누가 나오지 않을까.

그런 생각이 들자, 문을 한 번 세게 걷어차 볼 심산으로 난 오른발을 뒤로 쭉 뺐다.

그리고 힘껏 발길질하려던 순간,

"으악!"

난 외마디 비명과 함께 휘청거리는 몸을 바로 세웠다. 발에 채이기는 싫었던 모양인지 스르릉거리는 작은 소리와 함께 문이 열리고 있었다.

그 때문에 내 발은 어김없이 허공을 갈랐다.

뭐 때문에 이리 뜸을 들인 거야? 안 그래도 돌아오기 싫어 죽겠는데. 잔뜩 짜증이 난 채 응시하는데 불현듯 누군가의 옷깃이 눈에 잡혔다.

회색. 시온은 아니다. 빠르게 포착해 낸 직후 회색 로브의 주인이 나를 향해 다가오며 자연스레 정체를 알렸다.

"요엘? 당신이 왜."

구김 한줄 없는 단정한 회색 로브를 입은 그는 복사해서 붙여 넣기 한 것처럼 마지막으로 보았던 때와 꼭 같은 모습이었다. 투명한 하늘색 눈동자가 한기를 품고 나를 훑었다.

"문을 부수실까 염려가 되어 말입니다."

"문이 열리지 않았어."

"그랬겠지요."

요엘은 대수롭지 않게 대꾸하며 나긋하게 걸음을 옮겼다.

"따라오십시오."

그러나 난 문 안쪽으로 들어섰을 뿐 그를 따르지 않았다. 그는 아모스였고 나는 시온이었다. 신분을 따지자는 게 아니라 노골적으로 무시하는 듯한 태도를 보자니 배알이 뒤틀렸다.

감정이 있다면, 있어야 할 쪽은 내 쪽이었다. 그게 그의 임무였을지라도, 내가 저지른 잘못을 보고하여 날 형벌의 방에 처넣은 건 바로 이 요엘이니까!

다른 이유도 있다. 그는 마탑의 마법사였고, 성격 자체가 아주 반감을 득득 불러일으켰다.

"뭐가 문제입니까?"

바로 돌아서 내 불만스러운 기색이 그득한 얼굴을 마주한 요엘이 싸늘하게 물었다.

"왜 문이 열리지 않은 건데."

"고장 났습니다."

"그게 말이 돼? 마스터는 뭐하시고."

"……그런 소소한 일에 신경 쓰실 계제가 아닙니다."

평소보다 비틀린, 날카로운 투였다. 저번 일로 날 완전히 경멸하게 된 걸까. 그건 이쪽도 다르지 않다고.

"난 임무를 보고해야 해. 마스터를 뵈어야겠어."

"지금은 안 되십니다."

"어째서?"

"다른 시온 분들과 함께하시는 중이니까요, 아주 중요한 일로."

내가 번거롭게 구는 게 거슬렸는지 요엘은 슬쩍 눈썹을 치켜들었다. 묘하게 초조감마저 비치는 얼굴이다.

뭔가 바쁜 일이라도 있었던 걸까. 그의 표정을 살피던 난 이내 의문을 접어두었다.

"그 자리에 내가 있으면 안 될 이유도 없잖아. 나도 시온인데. 따로 명받은 일 없으니 난 마스터께로 가겠어."

차라리 다른 시온이 있는 자리에서 마스터와 대면하는 게 낫지 않을까. 엘리야나 란델도 한 번 만나 봐야 하고. 무슨 중요한 이야기를 나누는지 몰라도 시온인 이상, 내게도 그 자리에 낄 자격이 있다.

난 요엘을 제치고 성큼 걸음을 내디뎠다. 그러나 금세 요엘이 나를 앞질러 길을 가로막았다.

"엘리야 님이 제게 안내를 부탁하셨습니다. 이러시면 곤란합니다."

"임무 보고가 먼저야."

나는 정면으로 원칙을 내세웠다. 그리고 내가 이렇듯 보고를 고집하는 건 요엘에 대한 악감정 때문에서가 아니었다. 만약 그게 마스터의 명이었다면, 그대로 따랐으리라.

하지만 요엘은 엘리야가 부탁했다고 말했다. 그건 마스터의 뜻이 아니라는 것.

무슨 이야기가 오갈지는 몰라도 날 위한다는 명목으로 날 배제하는 것일 가능성이 있다. 그런 배려라면, 내게 더 이상 필요하지 않았다. 마스터는 날 죽일 수 없고, 그렇기에 난 마스터에게 요령껏 맞서 볼 생각이었다. 가급적 그런 일은 피해야겠지만.

뭐, 오늘따라 묘하게 끈질기게 구는 요엘이 좀 걸리기도 하고.

곧 요엘을 제치고 나아간 나는 홀에서 뜻밖의 광경을 목도했다.

"이들은 누구지?"

낯선 광경이었다. 로브를 둘러쓴 수십 명의 마법사가 늘어서 있다가 일제히 내 쪽을 돌아보았다.

온갖 색의 눈이 흥미로운 빛을 띠고 날 쳐다보며, 이윽고 고개를 숙여 온다. 비록 찰나였지만, 누군가를 파악하기에는 족한 시간이다.

천장에서 카메라가 지켜보는 양, 마법사들 특유의 관찰하는 듯한 시선이 쏠리자 난 일순 섬뜩해졌다.

하나같이 아름다운 용모에 선연히 느껴질 만치 강렬한 마력이 몸에 흘렀다. 마탑에 이리도 사람이 몰려 있었던 적이 있나.

"그들은 아모스입니다."

"아모스들이 왜 여기에?"

이제껏 배워 온 지식과는 대치되는 상황이라 난 인상을 찌푸렸다.

아모스들은 마탑에 거의 머물지 않는다. 그들이 맡은 각자의 임무를 외부에서 수행하기 위해서. 애초에 마탑에 잘 드나들지 않는 이들 아닌가.

그런데 이렇게나 많이, 이곳에. 마스터의 면전에? 이걸 마스터가 용납했다고?

요엘이 선득한 음성을 내 지적에서 흘려 냈다.

"아주 중요한 의식을 치르고 있다고 말씀드렸잖습니까."

어깨에 얹어지는 손이 스산한 한기를 담고 있었다.

"저를 따르시지요."

나는 요엘과 시선을 마주했다. 내게 쉽사리 속이 읽힐 만큼 가면을 쓰는 것에 익숙하지 못한 자는 아니다.

투명한 하늘색 눈동자는 동요 없이 차갑고, 사무적이었다. 그러나 거기서 만들어진 듯한 인위를 엿보았다면, 내 착각일까.

어떤 허점도 내보이지 않는 그를 앞두고 결심은 반대로 더 강해졌다. 도대체 그 의식이란 게 뭔데? 난 다짐하듯 읊조렸다.

"무슨 일인지 모르겠는데, 어쨌든 난 마스터를 뵈어야겠어."

요엘의 눈동자에 광채가 스치고 지나갔다. 그 빛이 예사롭지 않아, 난 한순간 숨을 죽였다. 얕은 한숨과 함께, 이내 요엘이 속삭였다.

"……정히 그렇다면 저를 따라오십시오. 마스터께서는 그 방에 계시지 않습니다."

싸늘한 등을 보이며 요엘이 먼저 걸음을 옮겼고 난 홀을, 그리고 여전히 예를 취하고 있는 아모스들을 마지막으로 시야에 담은 뒤 이번에야말로 그를 따랐다.

홀을 성큼 벗어나는 걸음은 빨랐다. 내가 성가시게 군다고 생각하는 모양인지 요엘은 성이 난 것처럼 보였다.

무슨 일이 있었는지 여유를 잃은 모습이다. 그저 내가 마음에 들지 않아서 그런 걸 수도 있겠지.

……내가 과민한 건지도 모른다. 하지만 마스터가 내게 마탑의 힘을 품은 검을 회수해오라고 한 것도 사소한 일은 아니잖아?

내가 저지른 일이 마탑에 중대한 손실을 가져와서 그 때문에 이 모든 게 필요해진 거라면. 정말로 중요한 의식을 치르고 있고, 내가 거기에 방해가 되는 거라면. ……실수하는 건 아닐까.

한편으로, 혹여 내가 보게 될 것이 인간을 산 제물로 바치는 악마적인 의식의 한 장면이 아닐지 마음이 무거워진다. 걱정이 된다기보단 그건 기실 두려움에 가까웠다.

기드온의 일도 귀로만 전해 들었을 뿐, 마탑의 잔혹함을 직접 눈으로 보고 실감한 적은 드물다. 마탑과 의식이라는 단어를 연결 짓자면 그런 것밖에 떠오르지 않았다. 이곳은 내게 꼭 마왕성 같거든.

이런저런 생각에 잠겨 요엘을 뒤따르면서, 난 그에게 다른 뜻이 있을 거라고는 추호도 의심하지 않았다. 그는 지극히 이성적인 자였고, 또한 아모스였으며 마탑의 규율대로 나는 그가 섬겨야 할 시온이었기에.

홀을 벗어나 아무것도 없는 텅 빈 벽면 앞에 서기까지도, 내게 의심은 없었다. 그러나 난데없이 강력한 마법이 쏟아져 나를 강습했을 때, 그 모든 것이 뒤틀렸다.

―콰직!

날카로운 굉음과 함께, 본능에 가깝게 친 결계가 반쯤 뭉개졌을 때 난 눈을, 그리고 내가 직면한 이 상황을 의심했다. 그저 경악뿐이었다. 강대한 마력이 기류처럼 요엘의 몸을 휘돌고 있었다.

그의 눈동자는 한층 더 투명해져서, 이제는 사람의 것 같지 않았다. 자연스럽고 무시무시한 마력의 발현.

"아쉽군요. 제가 당신을 너무 얕봤나 봅니다."

비스듬히 입꼬리를 올려 세운 요엘이 나를 향해 손을 내뻗었다. 거침없이, 죽이기 위한 목적만을 담은 그 손길. 거기에 실린 마력이 지독히도 강력해서 난 차마 받아칠 생각도 하지 못했다.

가까스로 비껴 내며 난 본능적으로 결계를 수복했다. 다행히 결계 마법 하나는 능숙하다. 그간 겪은 목숨의 위협 덕택에 단련되어 있으니.

다만 상대는 이제까지와는 비교도 할 수 없는 강적이었다. 콰득, 소리가 입에서 흘러나온다.

"이게 무슨 짓이야! 마스터가, 엘리야가 이걸 알고도 널 가만 놔둘 거라고 생각해?"

난 놀란 가슴을 추스르며 날카롭게 항변했다. 충격에 뒤이어 혼란이 머리를 후려친다. 내가 그의 말을 듣지 않고, 마스터를 만나 뵈러 간다고 이렇게 나오는 건가? 이게 할 짓이야? 도대체 무슨 생각인지 이해할 수 없다.

그러나 요엘은 이미 내 말은 안중에도 없는 것 같았다. 아니, 실지로 그는 결정을 내렸다.

동요를 머금지 않은 냉정한 하늘빛 눈이 가늘게 휘어졌다. 은사처럼 반짝이는 머리카락이 그가 일으킨 돌풍에 사방으로 흩날린다.

"이는 피치 못한 일입니다. 엘리야 님께서도 용서해 주실 겁니다."

가느다란 미소가 맺힌 얼굴이 섬뜩하다. 살의가 맺힌 그 두 눈. 나는 그런 눈을 블레셋에게서 본 적이 있었다.

갈무리되지 못한 분노의 생살이 드러난 그때와는 다른, 싸늘하고 저미는 듯한 눈빛. 실로 죽음의 천사 같은 모습. 마음에 들지 않았던 자를 기회를 보아 제거하는, 그 흔쾌한 실행은 요엘에게 별것 아닌 일이리라.

그러나 어째서 그를 따르지 않은 게 이 하극상의 기회가 되는지 이해할 수 없었다. 이해하려고 시도할 만한 여유도 없었다.

—싸워야 한다.

그 말이 뇌리를 스친 순간 등골이 오싹했다. 심장이 저렸다.

두려움 때문은 아니었다. 팽팽히 근육을 조이는 긴장감. 목숨을 위협당하는 상황에서 그 긴장은 곧 기묘한 전율로 치환된다.

웅크리고 있던 요엘에 대한 적의와 경각심이 살의에 대응하듯 날을 세웠다. 흡사 불길이 번져오듯 뚜렷한 감각.

그건 전의(戰意)라 이름하는 것이었다.

시야가 좁혀드는 양 저절로 감각이 집중된다. 요엘의 몸으로부터 발산되는 마력의 흐름이 느릿하게 느껴졌다. 단 한 번의 움직임만 놓쳐도 죽음으로 이어질 수 있기에 난 눈이 빠지도록 요엘의 움직임을 읽어 냈다.

짧은 영창이 끝나고 손날을 따라 희게 맺힌 마력이 초승달처럼 횡으로 공간을 베어 낸다.

—기이이익!

굉음과 함께 대기가 일순 절단된 듯했다. 피부에 찬바람이 스치듯 소름이 인다. 상반신을 날려 버릴 참? 그리 생각하면서도, 난 이미 간발의 차로 그의 공격을 피해 내고 있었다.

"이 자식, 도대체 왜 이러는……!"

마구잡이로 뱉어 낸 항의가 다다르기도 전에, 묵중한 힘이 날 후려쳤다. 피해 낼 걸 예측한 듯 움직인 자리로 날아든 두 번째 공격이었다.

"컥!"

결계를 한 점으로 뚫고 복부를 강타하는 충격에 고통을 느끼기 이전에 숨이 막힌다. 이건 꼭, 쇠망치로 내려친 듯한. 눈앞이 일순 하얗게 명멸한다. 고장 난 전등처럼 깜빡인 시야가 돌아왔을 때 난 바닥에 무릎을 꿇고 있었다.

아팠다. 머릿속이 하얗게 질릴 만큼. 속에서 신물이 올라오는 와중에도 난 바로 정신을 추슬렀다. 그래야만 했다. 그러지 못함은 죽음을 의미하기에.

그러나 약간 늦었다. 바닥에 쓰러진 나를 향해 열화의 마법이 쇄도해 온다. 지글지글한 열기가 훅 끼쳐오자 난 벌떡 일어서 결계를 강화했다. 계산이 아닌 본능으로.

용암의 한 덩이를 뿌려 낸 양 치지직거리는 끔찍한 소음이 결계를 뒤덮는다.

연속으로 쏟아 내선지 뒤이은 마법은 다행히 강도가 약했다. 애초에 그와 난 단순한 마력 보유량 측면에서 그리 차이가 나지 않는다.

그러나 나와는 비교도 할 수 없을 만큼 많은 실전 경험을 쌓은 데

다가 비등한 마력량을 지닌 상대라면.

……결과가 뻔하다고 해도 과언이 아니다. 난 이를 악물었다.

누군가를 공격할 용도로 마법을 사용하는 데는 익숙지 않다. 하지만 방어만 해서는 이 상황을 타파할 도리가 없다.

지금 이대로는 안 돼. 위기감에 공세로 전환하기로 마음먹기 무섭게 요엘이 눈앞에서 사라졌다.

어디로 갔지? 당황해 하는 찰나 슥, 한 치 앞에서 그가 유령처럼 나타났다.

난 손을 쳐들었다. 코앞에서 행사된 마법의 파장이 근거리에서 수류탄처럼 덮쳐 온다.

콰지직! 실체 없는 결계가 우그러지는 소리가 들린다. 콰득거리는 소리가 고막을 잘게 갉아 먹었다. 난 회피 거리를 벌기 위해 뛰다시피 뒷걸음질 쳤다.

한달음 멀어지기 무섭게 쉴 새 없이 공격이 쏟아진다. 간간이 기회를 노려보았으나 반격을 허용할 만큼 만만한 상태가 아니었다.

무참히 두들겨 맞으며 너덜너덜해지는 결계를 수복하고 수복하고……. 온몸의 마력이 쉴 새 없이 빨려 나가 혈액마저 말라 가는 듯하다.

집중되는 공격을 무작정 막고만 있는 건, 곧 부서질 듯한 방패를 두고 충격을 온몸으로 받아 내는 것과 마찬가지였다. 북을 치듯 전달되는 파동에 피부가 얼얼했다.

내가 어떻게 해야……. 그때 마침, 쏟아지는 마법이 아주 잠깐 멎었기에 난 곧장 짧은 이동 마법을 펼쳤다.

그러나 예상한 듯이 이동한 자리에서 발목을 노리고 날아온 마력 구를 맞은 난 균형을 잃고 바닥을 나뒹굴었다.

뭐가 이래! 예지력이라도 있나? 책상물림만 했을 법한 인상과는 다르게 얼마나 전투 경험이 많은 자인지 짐작도 가지 않는다.

넘어진 즉시 몸을 일으키는 날 보며 요엘이 한심하다는 투로 중얼거렸다.

"고작 이런 게 시온이라니."

그 말에 울컥하면서도 반론할 수 없었다. 분명한 건, 난 내가 원해서 시온이 된 게 아니었다. 지금 이 상황도 물론 내가 원치 않는 것.

미친놈 아닌가? 왜 갑자기 공격을 퍼붓는 건지.

"순순히 따라 주셨으면 좋았을 것. 유감스럽게도 당신은 제 상대가 되지 못합니다."

비뚜름한 미소를 머금은 채 멀찍이서 서서히 걸음을 내딛는 그를 향해, 난 화급히 손을 들어 보였다.

"잠깐 타임!"

나도 모르게 내뱉자 알아듣긴 했는지 요엘이 입꼬리를 들어올렸다.

"유언이라면 들어 드리지요."

여유를 부리는 곱상한 낯짝에 시퍼런 멍을 새겨 주고 싶었다. 난 그를 뚫어지게 노려보며 물었다.

"저기, 지금부터라도 순순히 따라가면 안 될까?"

싸움의 일방적인 구도에 피워 올린 전의는 말끔히 상실한 채였다. 난 현실적이었고, 현실적으로 볼 때 내가 요엘을 이길 수 있을 것 같지 않았다.

그러나 그 해사한 얼굴이 딱 잘라 말했다.

"그건 곤란합니다."

그리고 빙긋이 웃는다.

"이젠 돌이킬 수 없거든요."

요엘이 미끄러지는 듯한 움직임으로 손을 들어 올린다. 직선을 그리는, 차분하고 그만치 망설임 없는 동작.

그의 손 주위로 가공할 마력이 소용돌이치기 시작했다. 적나라하게 결집되기 시작한 마력의 움직임을 목도하자 가슴이 뻐근할 만치 심장이 뛴다. 쿵쿵거리며 고막을 울린다.

철도에 묶여 저 멀리서 질주해 오는 기차를 바라보듯 피할 수 없는 죽음의 예감.

사지가 결박된 양 꼼짝도 하기 어려웠다. 극도로 마력을 소진한 끝에 지쳐버린 몸은 무형의 힘에 사로잡힌 듯 무겁다.

나는 이번이 마지막이라는 걸 깨달았다. 진이 빠지도록 두들겨대고 최후의 일격을 가하는 것. 그에게 있어선 설계한 그대로의 전투다.

난 그의 손끝을 주시했다. 이동 마법을 쓰면 찰나라도 결계가 취약해진다.

거기에 요엘이 마법을 박아 넣는다면, 나로서는 그걸 막아 낼 방도가 없다. 기가 막힐 정도로 그의 마법은 적중률이 높았다.

그러니 기회가 있다면, 단 한 번—

난 침을 꿀꺽 삼켰다. 요엘이 마법을 행사하는 그 순간, 비껴 내고 전력을 다해서 공격한다. 유일한 승리공식을 머릿속으로 되새김질하는 찰나, 요엘의 마법이 완성되었다.

"이게 또 무슨 일이지?"

거대한 손톱이 긁고 지나간 듯 움푹 패다 못해 갈라진 바닥을 내려다보며 난 망연히 중얼거렸다.

고막을 뒤흔들던 굉음 탓에 귀가 아직도 멍멍하다. 돌연 밤이 떨어져 내린 양 시야를 집어삼키는 암흑이 사라진 뒤 눈앞에 펼쳐진 건 믿기 어려운 광경이었다.

그 자리에 있었던 남자, 요엘. 그는 흔적도 남기지 않고 사라졌다. 몇 분간 긴장한 채 몸을 굳히고 있었는데, 나타날 기미가 보이지 않는다.

어떻게 된 거지? 설마…… 죽었을까? 그러면 내가 죽인 건가.

선득한 감각이 배 속으로 퍼져 나간다. 내가 한 일이라고 생각되지 않았다.

부인하고 싶었다. 막연히 요엘을 죽여야 할지도 모른다고, 생각하긴 했지만 실제로 어쩔 수 없는 상황이었다지만…… 적어도 그 순간 내가 의도하거나 예상한 일은 아니었다.

나는 그저, 검을 꺼내 들었을 뿐이다. 지금 내 손에 들린 채 무생물인 양 숨죽이고 있는 이 검.

로브 자락 속에 묻어 두었던 검의 존재를 떠올린 건, 이지를 가진 양 놈이 스스로를 알렸기 때문이다.

옷자락 안쪽에서 향을 풍기듯 은근히 풍겨 나오는 마력의 체취. 자신을 꺼내라고 속삭이듯이, 그렇게 검이 나를 불렀다.

마지막 공격을 준비하고 있긴 했지만, 그간의 공방으로 내 상태는 썩 좋지 못한 터였다. 결계를 유지하느라 마력이 상당히 고갈되어 어떻게든 채워낼 것이 필요했다.

검이 제 존재를 내게 알린 순간, 나는 이것이 내게 필요한 마력을 가져다줄 수 있음을 알았다. 그리고 요엘은 이 검의 존재를 모를 게 분명했다.

나는 검을 뽑아, 요엘이 마법을 완성한 순간 앞으로 세웠다. 급히 꺼내는 와중에 허공을 가르긴 했지만, 거세지 않은 움직임이었다. 그런데 그 행동이 이런 효과를 가져올 줄은.

검에서 번져 나온 불길한 어둠이 우웅거리는 소리와 함께 새카맣게 드리우고 나자 난 한순간 장님이 되었다.

검은 그 초 단위의 시간 동안 휘둘러진 그대로 요란하게 흔적을 남겼다. 한 사람을 집어삼킨 이 강대한 마력, 범상치 않다.

일전에 이와 같은……. 물론 이보다 깔끔하고 조용하게 이루어진 일이나 비슷한 걸 본 적 있는데. 그게 언제였지? 난 기시감 속에서 떠올렸다.

─마스터가 시비에 걸린 사내를 죽였을 때.

이 검은, 마스터와 닮았다. 이것도 마스터의 비밀과 연관이 있는 걸까.

난 검이 남긴 흔적을 주시하며 사람을 죽인 데 대한 죄책감을 덜어 내려고 애썼다. 복잡한 기분이긴 했으나 생각보다 그건 어렵지 않은 일이었다. 내가 직접 그를 칼로 찌른 것도 아니니.

그러다 문득 내가 이곳에 멍하니 서 있는 동안, 아니 전투를 벌이는 내내 아무도 나타나지 않았단 걸 떠올렸다.

마스터나 탑에 남아 있을 시온이며 아까 본 아모스 중 아무도. 그 공백이 섬뜩하게 가슴을 파고들었다.

요엘은 아모스 중에서도 유독 강한 자. 다른 아모스들은 내게 대적할 만한 자들이 되지 못하지만, 요엘의 손을 거들 수는 있었을 것이다.

요엘이 동료를 부르지 않음은 홀로 나를 처리할 수 있다는 확신이 있었기 때문이리라. 혹은 나를 죽이는 일에 증인을 남겨서는 안 되든가. 둘 다 일 수 있었다. 거짓말을 한 게 아니라면 그는 나를 죽이는 데 엘리야가 동의하지 않은 것처럼 말했으니.

애초에 요엘은 왜 나를 다른 곳으로 이끌었던 걸까. 왜 그래야만 했지? 처음부터 뭔가 이상했다. 마탑의 입구는 왜 닫혀 있었던 거지. 마력으로 작동하는 것이니 고장 날 리가 없는데…….

"닫아 놓은 건가."

난 불현듯 중얼거렸다. 아모스들이 거기에 모여 있었던 것도 이상하거니와 나를 막아서는 요엘의 태도. 그 이상한, 이해 가지 않는 현상들이 하나의 예감으로 구현된다.

아모스가 시온에게 벌이는 하극상이 용납될 리 없다. 시온이나 마스터 중 누구라도 이 전투를 알았다면 요엘은 나를 죽이는 데 성공했더라도 살아남지 못했으리라.

그는 마탑의 마법사답게 냉정하며 이성적이었고, 단순히 내가 마음에 들지 않는다고 죽이려 할 만큼 충동적인 편이 아니었다.

그렇다면, 결론은 한 가지. 요엘은 후환을 염두에 두지 않은 것이다. 시온이나 마스터 중 누구도 이 일에 신경 쓰지 않거나, 신경 쓸 만한 상황이 못 되기에.

지금도 이런 소란스러운 마법전이 벌어졌는데 아무도 여기 오지 않고 있잖아?

한순간 조각이 꿰어 맞춰진다. 머릿속에서 그림이 그려졌다. 지독히도 불길한—

"……아닐 거야. 아니겠지."

빠르게 읊조리듯 부인하는 내게 부메랑처럼 그 말이 돌아와 꽂혔다.

……그런데 만약, 맞다면?

거기까지 생각한 순간 난 이미 달리고 있었다. 손에 쥔 검을 품에 집어넣을 새도 없이 그저 달렸다. 사슬처럼 죄여 드는 이 불길함, 이 초조함.

급박하면서도 그 어느 때보다도 간절하게 나는 무얼 빌어야 할지 모르면서도, 빌고 있었다.

바닥을 날듯이 박차자 시야가 빠르게 바뀌어 갔다. 난 오직 한 명의 존재를 떠올리며 속으로 부르짖었다.

—마스터, 설마.

그 와중에도 머릿속으로 사고가 이루어지고 있었기에 내 발끝은 마스터의 방으로 향하지 않았다.

아모스가 바글거리는 그 입구를 헤치고 지나가려면 필히 전투를 감수해야겠지. 그들 모두가 한통속일 터. 굳이 거기로 가야 할 이유도 없다.

요엘이 내게 거짓말을 하지 않았다면, 마스터는 그 방에 없을 것이다. 더군다나 난 선연히 느끼고 있었다. 피부 위를 스치는 유리 칼날처럼 예리하게, 오롯이 한데 모이는 정신.

검이 내 의지에 반응하듯 스멀스멀 검은 기운을 피워 내며 길을 가리킨다. 엘리야의 나비가 꿈결인 양 나를 이끌었던 것처럼 이것은 인도다.

흡사 주인의 위기를 예감하듯이—

서늘한 감각이 날 아래로 끌어내리는 듯하다. 카페인을 들이부은 양 또렷해지는 뇌리, 불안하게 뛰는 가슴.

그리고 직감은 이내 현실이 되어 내 앞에 내리꽂혔다.

어둠에 찬 평면을 가로지르는 직곡선의 희미한 빛이 안구를 쪼는 듯한 석면이었다.

암흑을 본뜬 양 새카만 벽으로 온통 둘러싸인 기이한 방. 마스터가 그를 거역한 내게 처결을 결정했던, 내가 형벌의 방으로 끌려가기 이전에 사위에 시온을 거느린 채 날 내려다보았던 바로 그 장소.

전신의 피가 얼어붙는다. 사형이 언도되는 순간을 목격한 듯 호흡이 멎었다.

재판정 같은 엄숙함이 감돌았던 그 자리에서 참람한 사태가 펼쳐지고 있었다.

죽음의 사도처럼 제각각 머리끝까지 로브를 뒤집어쓴 채 서 있는 네 명의 시온. 제각기에서 뻗어 나온 강대한 마력이 포학한 짐승의 숨통을 틀어막듯 지독스러울 만치 한곳을 죄어든다.

그 안에 꿈틀거리며 번져 나오는 쇠진한 어둠. 사람이라고 하기에 어려운 잔약한 형체만이 흰빛 도는 결계 틈바구니로 어른거린다.

"마스터."

소스라치듯 부르며 난 알았다. 그리하여 검을 든 손이 맥없이 아래로 떨어졌다.

단 한 번도 떠올린 적 없는, 목도하리라 상상도 해 본 적 없는 배반의 현장. 은빛 날붙이가 번뜩이듯 오싹하다. 구름처럼 밀려온 소름이 온몸을 점령해서 그저, 말도 꺼낼 수 없었다.

무엇을 해야 한단 생각조차 망각해 버린 채 난 망연히 그들을 응시했다.

네 명의 시온의 시선이 일제히 내게로 쏟아졌다. 한시도 냉정함을 잃지 않던 그들이었으나, 이 순간까지도 자로 재단한 듯이 반듯한 고유의 태도를 지키진 못했다.

차갑되 이유 모를 열망에 사로잡힌 눈빛들.

온통 마력을 쏟아붓고 있어서 딴 데 신경 쓸 여력이 거의 없는 기색이었으나 그 당연한 듯한 차분함이 가슴에 사무친다. 난 불에 덴 양 몸서리쳤다.

엘리야, 란델, 에스겔, 블레셋······.

난 짧은 새에 그들의 면면을 훑었다. 그 밀랍 같은 얼굴들, 나를 보면서도 곤혹을 품지 않았다. 일어날 일이 일어난 것처럼.

개중 가장 여유 있어 보이는, 아니 실지로 몸에 배인 듯한 여유를 이제껏 단 한 번도 잃은 적 없는 엘리야가 먼저 입을 열었다.

"요엘이 너를 맞지 않았더냐."

선득할 만치 미려한 미소였다. 처음 보는 금빛 로브에 둘러싸인 그는, 어둠을 꿰뚫듯 빛살을 이고 반짝여 흡사 후광을 두른 성자 같았다. 그러나 그 성결함으로 자아낸 듯한 외형을 하고도 그는, 이 반역을 주도하고 있었다. 그것이 겉 돌에 불꽃이 일듯 나를 건드렸다.

"그랬죠. 제가 그를 죽였어요."

까끌까끌한 입으로 난 단호히 내뱉었다. 축 처진 검이 슬쩍 공중을 향해 치들린다.

엘리야는 누구나가 그를 숭배하게끔 만드는 아름다운 보랏빛 눈으로 나를 향해 말했다.

"안타깝구나."

"왜 이런 짓을 벌인 거죠? 뭐 때문에!"

우습게도, 내 몫이 아닌 배신감이 치달아 오른다. 목구멍이 얼얼하니 아리다. 정작 마스터는 그들에게 한 톨의 배신감도 느끼지 못할 것임에도.

"나는 나를 사랑하는 이들이 간절히 원하는 걸 항상 들어주고 싶었단다."

뜬금없는 소리에 인상을 찌푸리자 그가 찬찬히 나를 타일렀다.

"나는 항상 여기에 있었지. 이 마탑에."

"······."

"그렇기에 그 강렬한 소망들을······. 무시할 수 없었단다. 모두가 마음 속 깊이, 자유를 갈망했지. 그들은 내가 그걸 이루어 주기를 바랐어."

"자유……."

난 한숨처럼 되뇌었다. 그 짤막한 말이 날카롭게 나를 찔렀다. 무관한 단어가 아니었다. 나 역시도, 원하던 것.

"내겐 많은 준비가 필요했단다. 결코 실패하지 않게끔, 누구도 상하지 않게끔. 그리하여 오늘이 오기까지—"

느긋이 말하면서 헤아리듯 눈꺼풀을 눌러낸 엘리야가 싱긋 웃었다.

"무수한 세월을 기다렸지."

난 이를 악물었다. 그가 이해되면서도, 상충되는 배덕감을 이기지 못해 다만 내뱉었다.

"꼭 이런 방식이었나 했어요? 마스터를 꼭 이렇게,"

해야만 했어요. 물음이 입안으로 삼켜졌다. 나는 엘리야의 눈빛에서 답을 얻었다.

"죽이진 않을 거다. 그를 죽일 방법을 찾지 못했거든. 이건 그저 봉인일 뿐이란다. 그를 무력하게 만들어, 누구도 해치거나 지배하지 못하게 만들 봉인."

산뜻한 미소와는 달리 엘리야의 손에서 뻗어 나오는 마력은 한층 기세를 더한다.

몸부림치듯 꿈틀거리던 어둠도 점차 움직임이 약해져 가고 있었다. 봉인이 강고해지며 그나마 저항할 힘도 잃어 가는 듯했다.

이대로……. 마스터를.

내 동요를 알아채었는지, 홀릴듯이 매혹적인 눈빛으로 엘리야가 나를 마주 보았다. 일신의 힘을 봉인에 기울이고 있으면서도 현혹의 마력이 내게 향취를 훅 끼쳤다. 콧속으로 스미어 정신을 사로잡는 듯이.

"누구도 다치지 않아."

달콤한 설득이 이어졌다.

"너는 이대로 등을 돌려 나가기만 하면 된단다. 아직은 돌이킬 수 있어."

돌이킬 수 있다고?

"아무도 너를 쫓지 않을 거란다. 너는 네가 원하는 어디든 갈 수 있지. 누구에게도 구속당하지 않고."

유려한 미성이 귀 언저리를 감돌며 슬깃하게 나를 갉아먹는다. 몹시도 마음을 잡아끄는―

그가 확신하듯 물었다.

"너도 자유를 원하지 않았니."

"그랬죠."

나는 냉큼 화답했다. 허나 명료해진 정신이 번뜩 날을 세운다. 그래, 그의 매혹적인 설득, 논리, 그 입에서 흘러나오는 감미로운 음성. 그가 내게 준 호의.

그 모든 것에 조금도 혹하지 않았다면 거짓이다. 그러나 이성으로 재단할 여지없이,

안 된다.

나는 마스터를 이대로 내버려 둘 수가 없다. 여기서 아무것도 못 본 척 등 돌릴 수가 없다.

처음부터 그렇게 정해진 채 태어난 것처럼. 그게 너무도 자명하여, 그 마음에 무엇도 견주어볼 수 없다. 감정과 이성이 합치된 양 깨끗이 망설임이 사라진다.

"그게 배신이 아니라면요."

서슬에 찬 목소리로 읊어낸 난 즉시 검을 쳐들었다. 그리고 벼락같이 봉인을 향해 달려들었다.

―콰창!

어둠이 벼려 낸 검 날은 단번에 네 시온의 결계를 꿰뚫었다. 투명한 막이 깨어지며 결계의 파편이 비산하듯 사방으로 쏟아져 내린다.

검의 위력은 더할 나위 없이 강력했다. 그러나 봉인을 파훼하는

데까지는 이르지 못했다. 수은처럼 아주 느릿하게 혈관을 타고 퍼져 나가 전신을 잠식하는 종류의 봉인이었던 것 같다. 봉인을 향해 밀집되던 마력이 갈 곳을 잃고 산화되어 허공을 떠돌았다.

결계가 박살 나는 그 순간 네 시온이 쓰러지며 엘리야의 입가에 선혈이 비쳤다. 고통으로 찡그려진 눈매를 보며 찰나같이 죄책감이 가슴을 스쳤다.

……좋은 사람이었다. 내게 잘해 주었는데, 나는 이렇게.

그래도, 어쩔 수 없었어. 난 다잡듯 되뇌며 구물거리는 어둠 속으로 손을 뻗었다. 그리고 거기에 작고 가벼운 무언가가 걸리는 동시에, 움켜쥐고 그 자리를 박찼다.

어떻게 해야 할지 몰랐지만, 도망쳐야 한다는 건 안다. 내가 이제 다른 시온들의 적이 되었단 것도.

그 자리를 벗어나기 위해서 휘젓듯이 달렸다. 도주로가 빠르게 뇌리를 스쳤다. 마력 준동이 느껴졌을 터, 다른 이들도 일이 잘못되었다는 걸 눈치챘겠지. 곧 정신이 붙어 있는 엘리야가 나를 쫓으라고 지시를 내릴 터.

이 검이 있으면 아모스 몇 명은 상대할 만하지만 모두가 원했다고 했다. 그들 모두를 대적할 자신은 없는데 정문을 통과하긴 무리겠고. 어디로 도망쳐야 할까?

난 쉴 새 없이 생각하며 달렸다. 한 손엔 검이 한 손엔 어중간한 무게의 그것을 쥔 채……. 가만?

"마스터?"

어둠인가. 어둠이라면 손에 잡힐 리 없다. 이게 과연 마스터일까? 이 생명 같지도 않은 기괴한 것이…….

난 발걸음을 멈추며 의혹을 품었다. 응답하듯 새카만 덩어리 같은 것이 손가락에 걸린 채 꿈틀대었다. 그리고 이내 길게 늘어졌다.

순식간에 바닥으로 떨어져 좌로 우로 부피를 부풀린다 싶더니 차츰 사람의 모습을 갖춰갔다. 난 화들짝 놀라 손을 거두었다.

다음 순간 거기에 서 있는 건 열 살 남짓한 자그마한 검은 로브의 소년이었다. 그야말로 마스터를 쏙 빼닮은 검은 눈동자, 검은 머리카락. 그와 대조되는 푸르스름하니 흰 피부에서 요요한 빛이 흐른다. 도자기 인형 같다.

난 눈을 찡그렸다. 마스터의 어린 시절을 보는 듯 기분이 묘했다.

"마스터⋯⋯. 맞으세요?"

눈앞에서 벌어진 괴이한 현상에 내가 얼빠진 채로 묻자 소년의 고요한 눈이 나를 향했다. 거기에 드러난 감정의 공백. 물살 일지 않는 호수와 같은 눈빛. 그 특유의 무심함을 엿본 난 확신했다. 마스터구나.

앳된 목소리가 마스터와 똑같은 투로 울려 퍼진다.

"룻과 아모스 모두가 엘리야를 따른다. 곧 추격자가 올 것이니 시간이 없다."

"이젠 어떻게 해야 하죠?"

지시받는 게 익숙한 난 조급히 물었다. 긴장감이 목덜미를 쭈뼛 곤두서게 한다.

"몽환의 미로로."

들어 본 적 있는, 명칭이었다. 불현듯 란델이 내게 그곳에 대해 이야기를 해 준 적이 있단 게 기억이 났다.

'거울의 방처럼 혼란하기 그지없으면서도 눈길을 빼앗는 유혹으로 그득한 곳이란다. 그 속에서 무엇이 진실인지 꿰뚫어보고, 그에 휘둘리지 않고 제대로 된 길을 찾아 나갈 수 있는 마법사는 마탑에서도 몇 되지 않아. ⋯⋯그 안은 바깥과 별개의 세계이며 실체를 가진 환상이니, ⋯⋯오로지 강력한 마법사만이 자신을 잃지 않고 그곳을 지날 수 있지.'

부드럽게 충고하는 음성이 떠오른 순간, 문득 목이 메었다. 홧홧하니 뜨겁고, 바람을 뺀 양 공허하다. 이제 모든 걸 돌이킬 수 없게 되었음을 직감한 탓이리라.

어려진 마스터는 내가 어떤 감정을 느끼건 개의치 않는 표정이었다. 그는 언제나 늘 그러했다. 마스터가 턱짓으로 내게 곧바로 지시했다.

"이리로 쭉 가서, 문을 열어야 한다."

냉정한 음성이 날 일깨운다. 어떤 혼란함에 빠져 있건 지금 가장 중요한 건, 여길 탈출하여 안전을 확보하는 것.

난 마음을 다잡았다. 방향을 가리키는 마스터를 따라 발을 내디디려는데 불현듯 뒤편에서 웅성거리는 소음과 함께 땅을 스치는 소리가 들린다. 흡사 천 자락이 마모되는 소리 같은— 가슴이 덜컥 내려앉는다.

"지금의 난 마법을 사용할 수 없으니, 날 안고 달려라."

그 침착한 명령이 조종하듯 나를 움직였다. 난 마스터를 옆구리에 끼다시피 훌쩍 들어 올린 즉시 날듯이 뛰었다.

움직임을 감지한 듯 뒤에서 쫓는 마력의 기척이 느껴진다. 한둘이 아니었다.

싸늘하디싸늘한 시선이 느껴진다. 뜨거운 적의는 아니되 서슴없이 나 하나쯤은 찢어발길 수 있는 칼날 같은 목적의식을 품은 채 불특정한 다수의 마법사가 나를 쫓고 있었다. 등이 얼어붙는 듯하다.

누구와도 싸우고 싶지 않았다. 내가 옳은 일을 하고 있는 건지도 모르겠다.

명백히 정의하자면 마스터는 악이었고, 반기를 들었음에도 그들은 적어도 명분을 가지고 있었다.

자유를 추구하는 건 인간의 당연한 권리다. 그러면 나는 지금 악을 돕고 있는 걸까?

성검으로 마왕을 구출하는 용사라니, 기가 막힐 노릇이지. 급박한 상황에도 불구하고 피식 웃음이 튀어나왔다.

저 앞에 설핏 문이 보이고 있었다. 난 은은한 빛이 휘도는 그 예사롭지 않은 문이 마스터가 말한, 예의 몽환의 미로로 향하는 입구라는 걸 깨달았다.

뒤에서 쫓는 이들이 속력을 올렸다. 갖은 힘을 다 짜내는 양 빠르게 따라붙는다. 내가 저리로 들어서는 걸 막아설 요량이리라.

곧 내쏠 듯이 응집하는 마력을 느끼며 난 빠르게 문을 열어젖혔다. 그리고 망설임 없이 안으로 몸을 던져 넣었다.

문턱을 넘어선 순간, 눈앞이 까매졌다. 동시에 발에 닿는 것 없이 무작정 떨어져 내리기 시작했다.

암흑에 삼켜지며 그저 아래로 치닫는 추락감. 허공으로 내던져진 몸은 속절없이 중력에 따랐다. 눈 깜빡할 사이에, 모든 게 바뀌었다. 환한 금빛이 일순 암흑에 먹힌 시야를 가득 메운다.

안구를 쪼는 빛살에 눈이 시렸다. 어느덧 난 바닥에 드러누워 있었고, 그 변화가 너무도 갑작스러워 흡사 영화의 다음 컷으로 곧장 건너뛰어 버린 양 난 화들짝 놀랐다. 중간에 잠깐 의식을 잃었었는지도 모른다.

감각이 돌아오기 무섭게 등 뒤에서 보드랍고 푹신한 감촉이 와 닿았다. 융단이라기엔 바스락거리고 밀도가 낮다. 그리고 배 위에 얹어진 묵지근한 무게…….

"마스터?"

약간 숨이 막혀와 의심스럽게 묻자 어쩐지 내 위에 덩그러니 올라앉아 짓누르고 있던 마스터가 몸을 움직였다.

스르륵 옆으로 미끄러져 내려서는 모습이, 정말로 마스터에게 어울리지 않는 형용사라고 생각했지만……

귀엽다. 어떻게 제 몸에 맞는 로브를 입고 있는지는 모르겠는데, 여전히 작은 아이의 모습이다.

그런데 떨어지는 순간 날 쿠션으로 쓴 거야? 심히 의심이 든다. 물론 마스터는 그러고도 남을 만한 사람이긴 하지. 아니, 사람이긴 한가.

난 마스터가 잠시 괴이한 형태로 변모해 있던 기억을 떠올려 냈다. 꾸물거리는 덩어리, 손에 잡힐 듯 잡히지 않을 듯 무게를 가지고 있었다.

아무리 마법이 걸려 있었다고 한들, 사람이 어떻게 그리 변할 수 있지? 기체도 고체도 아닌, 시커멓게 물든 원혼의 안개 같은 아까의 모습을 상기하니 등골이 오싹하다.

그러나 마스터는 여기 내 눈앞에 있었고, 지금은 그게 중요한 문제가 아니었다.

난 두리번거리며 몸을 일으켰다. 추적자가 언제 따를지 모르는데, 일단 이 자리를 벗어나야 한다.

그러나 여기는……. 난 불현듯 주변을 돌아보았다.

휘황한 금빛. 부서질 듯한 빛을 휘어 감고 몸을 내뻗고 있는 가지들. 촘촘하고 보드라운 잔디밭. 온통 잔잔한 빛무리로 가득한 숲이었다.

나는 이 장소를 알았다. 알기에 익숙한 감마저 있어 바로 깨닫지 못했다. 꿈에서 마스터를 만난 그 장소, 여기의 정경은 꼭 그곳을 따다온 듯했다.

그러나 나는 마스터와 함께 있었고 이건 꿈이 아닐진대 어째서? 난 물었다.

"여긴 어째서 같죠?"

자세히 말하지 않아도 능히 짐작할 만한 것이기에, 마스터는 구태여 되묻지 않았다.

"나와 함께 들어섰기에 이리 구현된 것이다."

나는 그 전제를 곱씹어 보았다. 그와 함께이기에. 그렇다면 이곳이 마스터와 관련이 있는, 어떤 장소라도 된다는 걸까.

세상에 자연으로 존재할 것 같지 않은 풍경인데……. 거기에 대해 더 깊이 파고들려는 찰나, 퍼뜩 이곳에 들어서기까지 우리를 뒤쫓는 이들이 있었단 게 떠올랐다.

"왜 아무도 쫓아오는 사람이 없죠?"

"추적자가 있더라도, 몽환의 미로 안은 사람마다 제각기 다른 세계로 구현되지. 특정한 누군가를 찾아내는 건 불가하다."

앳된 목소리로 마스터가 읊었다. 그 무채색의 감정을 담지 않은 투는 여전하다. 너무 여전해서 현재 모습과 잘 매치가 되지 않아 어색할 지경이다.

"그럼 이 안에서 계속 있으면요?"

어디로 도망갈 구석은 있나? 마탑 바깥의 세상에 대해 떠올려보았지만, 나는 애초에 이 세계에 속한 사람이 아니니 알 턱이 없다. 기껏해야 샤자한이나 기드온이 떠올릴 수 있는 전부인데. 마스터에게 은신처가 따로 있다면 모를까.

"탑의 마력이 내 지배에서 벗어났으니, 머지않아 이곳도."

"이곳도?"

"……어떻게 될지 모르겠군. 가능한 한 빨리 향방을 정해야 한다."

마스터가 그토록 불분명하게 말한 적은 또 처음이라, 난 잠시 귀를 의심했다.

하긴 그가 힘을 잃었음은, 지금 이 모습에서도 알 수 있다. 작고 유약한 어린아이. 마스터에게선 마력이 거의 느껴지지 않았다. 평범한 사람이라고 해도 무방할 정도다. 그 미약한 마력은 마스터가 인간다운 형태를 유지하게끔 하는 데 모조리 사용되고 있었다.

한 방울씩 솟는 샘물이 곧바로 갈취당해 채우듯 아슬아슬한 균형감.

그리하여 나는 그가 인간이 아님을 알았다. 이전부터 짐작하던 것이 확실해졌다는 게 맞다.

인간이라면…… 마력을 잃었다고 해서 육신의 형태가 바뀌지는 않을 테니까.

그 사실이 별다른 충격으로 다가온 건 아니었다. 이미 조금 전에 있던 일이 한차례 머리를 후려친 탓에, 마비되어 무엇도 느껴지지 않는 것 같다.

그저 내가 좋아한다고, 끝없이 생각하고 고민하게 했던 이가 이제는 어떤 존재인지 모르겠는데……

그럼에도 그 마음이 꺼지지 않는다는 게, 이상하고 또. 마스터가 내 앞에 이렇게 있다는 거에 안도하는 내가 있다.

뭐가 어떻게 되든, 막막한 가운데서도 그 하나가 위안이 되었다. 마스터와 내가 함께란 거.

비록 다분히 고난이 예상되는 운명 공동체더라도, 혼자가 아니고 그와 떨어지지 않았다는 게 그나마 다행이었다.

엘리야는 내게 그대로 떠나기만 하면 된다며 기회를 주었지만…… 그걸 뿌리친 데 후회하는 마음은 조금도 들지 않는다. 그 자리에서 홀로 떠났다면, 나는 그 순간을 죽도록 후회했으리라.

뭐, 어차피 일어날 수 없는 일이었겠지. 나는 마스터를 좋아하니까. 좋아하는 사람을 내버려 두고 도망치는 게 고려될 리조차 없다. 그게 가능할 만큼 차가운 심장을 가졌다면, 애초에 누군가를 애타게 좋아할 수도 없을 거다.

하지만 곧 의혹이 찾아들었다. 여전히 내가 마스터를 신뢰하지 못하는 건 자명하므로……. 그의 저 모습은 나를 이용하기 위함은 아닐까. 내 동정심이라도 자극해서, 그를 저버릴 수 없게. 여자는 아이에게 약하다는 속설도 있잖아?

이제껏 그에게서 교활한 면모는 찾아보기 어려웠지만, 지금은 위기 상황이니. 마스터는 반드시라고 해도 좋을 정도로, 내 도움이 필요하지.

난 생각에 잠긴 듯 침묵을 지키는 마스터에게 다짜고짜 물었다.

"마스터는 왜 그런 모습이 되신 거죠?"

새카만 동공이 나를 향한다. 특유의 비현실적인 스산이 배인 그 심연 같은 눈동자를 마주하자 피부에 소름이 올랐다. 마스터가 느릿하게 답을 내어놓았다.

"내게 있어서 마력은 육신을 구성한다. 봉인이 내 마력을 흩어 놓고 마탑과의 연결을 끊었으니 영(靈)에 남은 극소한 마력으로는 육체를 다 구성할 수 없었다."

"원래의 몸으로 돌아올 수 있긴 한가요?"

"영은 마력에 구속력이 있으니, 시간이 지나면 자연스레 회복되겠지. 그러나 아주 천천히 진행될 테니, 봉인을 깰 방도를 찾아야 한다."

"마법을 쓸 수 없다고 하셨죠?"

"쓸 수는 있다. 그러나 그리하면 육신을 유지할 수 없다."

"그렇게 되면…… 죽는 건가요?"

두려웠지만, 알아야 했다. 그래야 내가 만반의 대비를 할 수 있으니까.

조심스럽게 입을 떼자, 마스터가 나를 잠자코 응시했다. 그의 죽음에 대해서는 단 한 번도 가정해 본 적이 없는 듯한 눈빛이었다. 실로 그것이 마스터의 강함이었다.

"……육신의 부재가 반드시 죽음을 말하는 건 아니다. 허깨비 같은 존재가 되겠지. 현실에 구현될 기반조차 없으니, 회복도 정지하다시피 더디게 이루어질 것이다."

그가 내뱉는 음절 한마디마다 내게로 무겁게 얹히는 듯했다.

마스터의 말대로라면 정말로, 나 혼자서 이 상황을 헤쳐 나가야 한단 거 같은데. 아까의 상황에선 그나마 검의 조력이 있었다지만─

"잠깐, 제 검이 어디로 갔죠?"

화급히 주변을 두리번거린 난 누운 자리 옆 바닥에서 나뒹굴고 있는 검을 얼른 집어 들었다. 이동할 때 잠깐 놓친 모양인데 하마터면 잃어버릴 뻔했다.

곧바로 검을 로브 안쪽으로 찔러 넣으려던 난 잠시 머뭇거렸다.

"이 검은……."

봉인을 깬 영향인지 이전보다 담고 있는 마력이 약해진 바 있지만, 마탑의 힘을 간직한 검이다. 마스터가 가지고 오라 명했으니, 당연히 그에게 돌려주어야겠지. 힘을 잃은 마스터가 마력을 회복하는 데 도움이 되지 않을까. 검 손잡이를 가까이 내밀자, 마스터가 말했다.

"지금의 나로서는 쓸 수 없는 물건이다."

"네? 그럼 왜 회수하라고……."

"봉인의 목적은 마탑과 나와의 결속을 끊어 내는 것. 마력의 흐름으로서도 동일하다. 검의 힘을 거두려고 한다면 반발을 초래해, 그릇이 훼손당할 터."

그러니까 지금의 그에게는 이 검의 힘이 오히려 해가 된다는 거지? 정말 시온들이……. 철두철미하게 준비를 하긴 했나 보다. 마스터의 힘을 앗고 완전히 봉인하기 위해서.

마스터는 순순히 당해 줄 만큼, 혹은 전혀 경계하지 않을 만큼 녹록한 이가 아니었다.

그가 어떻게 당했을지는 전혀 짐작이 가지 않으나, 그건 분명히 정교하게 짜인 그물이 단숨에 죄어 드는 것처럼 대비할 수 없는 일이었으리라.

나 역시도, 전혀 조짐을 느끼지 못했으니.

'통수라는 건 이런 식으로 치는 거다!'라고 제대로 보여 줬지. 그렇다고 비난만 하기엔, 그들이 왜 그랬는지는 너무도 이해가 되어…….

가책 때문에 가슴이 따끔따끔하다. 후회는 하고 있지 않으면서도 그랬다. 그러나 돌이킬 수도, 돌이킬 마음도 없으니 그저 나아가야 할 뿐.

"이제는 어디로 가죠?"

미약한 어린아이가 되어 버린 마스터지만, 적어도 나침반 역할을 하는 건 그의 몫.

마스터와는 이제 정말로 운명공동체가 된 느낌이다. 내가 그의 제안을 뿌리치고 마스터를 구해서 달아난 순간, 시온들과 난 적이 되었다. 나와 비할 데 없이 강한 그 마법사들과. 이제 마스터에게 내 운명이 달렸다고 해도 과언이 아니었다.

나름 무거운 결심으로 마음을 다지고 있던 내게, 마스터가 물어왔다.

"나와 함께할 건가."

잠시 그의 질문이 이해가 가지 않았다. 기껏 구해 놓고 내가 그를 나 몰라라 할 거라고 생각한 건가? 마법도 쓸 수 없으면서.

"……당연한 거 아닌가요? 달리 갈 데도 없고. 어차피 제가 필요하시잖아요."

마스터와 함께하는 쪽이 고난일 것 같지만 꼭 그렇지도 않다.

혼자인 마스터는 금세 붙잡힐 확률이 높고, 그렇다면 다음 표적은 내가 될 테니까. 애초에 그들의 추적이 두려웠다면 마스터를 구했을 리 없잖아.

그러나 마스터가 무미건조한 투로, 평온하게 그의 의혹을 끄집어냈을 때—

"너는 왜 그들과 함께하지 않았지."

……뭐라고? 나는 잠시 말을 잇지 못했다. 정확히는, 눈앞이 하얘질 만치 격렬하게 치미는 분에 말하는 법을 잊었다.

소리를 버럭 내지르지 않았던 건 오로지 내가 이성의 한 가닥이나마 부여잡고 있었던 덕이다. 나한테 지금, 왜 자기를 배신하지 않았느냐고 묻는 거야? 화끈 열이 올라 뺨이 뜨겁고, 목구멍이 당겼다.

나는 화가 나다 못해 눈물이 날 것 같다는 말을 있는 그대로, 생생하게 실감하고 있었다.

지독한 말이었다. 마스터는 항상 그래 왔으므로 기대 따윈 품은 적도 없지만, 그와 별개로 진심이 한순간에 진흙 발로 짓밟히는 데 내성이 있을 리 없다.

마스터와 내가 쌓아 왔던, 혹은 교류했던 그 시간을 그토록 쉽게도, 하찮은 양 치부하며 깔아뭉갤 수 있다니.

그에게는 내가 고작, 언제든 배신할 수 있는 존재로밖에 비치지 않았던 것이다. 그러니 내가 다른 시온들과 함께하지 않은 게 의아한 거고. 내가 그를 구한 이유조차도, 의심하고 있겠지. 정말로 타인처럼 칼같이 재단해 버리는 거에, 그 상대가 나라는 거에 치가 떨린다.

감사 인사까지 바라는 건 아니지만, 적어도 '어째서 날 구했냐.'고 말할 필요는 없잖아. 마스터가 한 말은 그와 다르지 않다. 정말로, 내가 그를 좋아한다고 단 한 번도 생각해 본 적 없는 걸까.

흑돌처럼 반질거리는 눈에 비친 난 화가 역력한 표정을 짓고 있었다. 정말로 숨길 수가 없다.

난 분을 이기지 못하고 속사포처럼 쏘아붙였다.

"모르세요? 전 탑에서 왕따거든요. 저만 까맣게 모른 걸 보니 아무도 절 취급 안 해 주나 보네요. 그러니 어쩌겠어요? 마스터한테 붙어야지!"

속이 후끈거렸다. 이딴 소리를 지껄여 버리다니 최악이다. 난 입술을 질끈 깨물었다.

"그렇군."

마스터는 놀랍도록 쉽게 긍정해 버리곤 침묵을 지켰다. 내가 그리 말한 이상 진의를 파헤칠 이유도 없다는 듯한 태도라, 맘껏 내뱉어놓고도 속이 시원해지기는커녕 울화만 치밀었다.

제자들에게 배신당해 버린 처지인 그였으니 심하다 할 것이나, 솔직히 그래도 싸다는 생각만 든다. 이렇게 정떨어지게 구는데 누군들 배기겠어?

억누르고 있던 감정들이 틈을 비집고 솟아난다. 참을 수 없이 배알이 꼬였다.

그래, 강자한테 약하고 약자한테 강한 인간의 전형 한번 제대로 보여 주지.

현재의 마스터는 그냥 아무것도 할 수 없는 어린애다. 그런 계산 때문에 어떤 소리든 함부로 해 버릴 수 있을 것 같았다.

난 찾아들었던 자괴감 따위 잊고 마스터를 향해 한껏 비꼬았다.

"그래, 말 나온 김에 이것도 한번 물어보죠. 전혀 짐작도 하지 못하셨나요? 마스터는 탑의 주인이시잖아요. 어떻게 모를 수 있죠?"

마스터가 새카만 동공으로 날 응시했다. 그리고 떨어진 말.

"나는 엘리야를 믿었다."

그 단언에, 턱하고 말문이 막혔다. 믿는다니, 마스터가? 애초에 그가 누군가에게 믿음을 줄 수 있는 사람이었나. 그의 첫 제자인 엘리야만이 예외였던 걸까.

그의 입으로 누군가를 믿는다는 소리를 들었기 때문인지, 가슴 안쪽이 까끌까끌하게 쓰렸다. 동시에 반발심이 솟구쳤다. 그 순간 날 파헤치고 지나간 건, 왜 나는 아니면서, 엘리야는⋯⋯. 그런 속삭임이었으리라.

하지만 마스터가 생각하는 믿음은 내가 아는 것과 다소 차이가 있었다.

"나는 그를 안다. 엘리야는 시온의 목숨을 담보로 일을 벌이지 않을 자다. 그러기에 어떤 일이 있어도 움직이지 않을 거라고 믿었다. 얼마나 오래 준비했든, 그에게 성공하리란 확신은 없었을 터."

잠시 그 '어떤 일'이 내가 엘로힘을 부화시키는 데 마력을 끌어다 쓴 것과 관계가 있을 거라는 생각이 들었다.

고작 나 하나 일을 쳤다고 마스터에게 중대한 영향이 미친 게 이해 가지 않지만 그래도⋯⋯. 그게 마스터가 나를 해하지 못하는 이유와 관련이 있을지도 모른다.

"내가 간과했던 것은, 내가 그간 그에게 단 한 번의 기회도 주지 않았다는 거였다. 필경 엘리야는 이번을 처음이자 마지막 기회일 거라고 느꼈을 것이다. 그 초조감과 다른 시온의 바람이 뿌리 깊은 신중함을 깨고 그를 움직였다. 나 역시 방비를 했지만 늦었다. 너무 늦지는 않았던 건지도 모르지."

마스터는 그리 말하며 내 속내를 읽어 내듯 가만히 바라보고 있던 시선을 돌려 검을 담았다. 짐작대로 그 검이 마스터의 힘을 보충할 한 수였다.

그러나 내가 검을 가지고 돌아오기 전에 이미 일은 시작되었다. 내가 부재한 걸 오히려 좋은 기회라고 생각했을 것이다. 나는 엘리야보다는 마스터 쪽에 가깝다고 여겨지는 쪽이었으니까.

……물론 저 먹통 같은 마스터는 홀로 그걸 모르고 있지만. 뒤틀린 속내가 조곰도 나아지지 않아, 난 선뜻 일침을 가했다.

"맨날 다 아는 척 뭐든 할 수 있는 척하더니 한심하시네요."

말하고 나서 짐짓 눈치를 봤지만, 기분 상한 것 같지는 않았다. 그 무표정한 얼굴에서 속내를 읽어 내기는 어려운 일이나 마스터가 차분하기 짝이 없는 투로 반박했다.

"엘리야는 룻과 아모스를 관할하는 동시에 다른 시온들의 구심점이며 동시에 제어장치였다. 그는 그 역할에서 이제껏 단 한 번도 벗어나지 않았다."

"왜 그가 그렇게 했는지 이유가 궁금하진 않으시고요?"

화가 나는 건 둘째치고 나야말로 궁금하긴 하다. 왜 자신이 배신당했는지, 무엇이 엘리야가 행동하도록 만들었는지.

왜 그의 제자인 시온이 줄줄이 엘리야를 따랐는지, 그 '기회'란 걸 떠나서 좀 유추할 수는 없는 거야? 이김에 그 머릿속에 무슨 생각이 들었는지나 좀 알자.

인간적인 정서가 결여되어 있다고 단연코 확신할 수 있는 마스터의 대답은, 답답하긴 하되 예측한 그대로의 것이었다.

"이유는 중요하지 않다. 그들의 삶은 소원의 대가로 내게 귀속되었고, 그건 그들이 마땅히 치러야 할 대가였다."

"말 나온 김에 그거 좀 부당하지 않아요? 무슨 소원을 이루어 줬다고 사람을 평생 부려 먹어요. 그거 제 세계에서는 인권침해라고요. 법적 효력 같은 거 없어요."

물론 고깃배로 끌고 가서 가둬 두고 착취하는 그런 불법적인 건 있다. 마스터도 인세의 법에 구애받지 않는다는 점에 있어서 치외법권에 있지만, 그렇다고 해서 그가 누군가의 생을 저당 잡는 게 옳은 건 아니다. 그건 누가 행하든 옳을 수가 없는 일이다.

그러나 마스터의 말은 평온하기 그지없게 이어졌다.

"나는 누구도 이루어 줄 수 없는 소원을 들어주었다. 그건 누군가에게는 영혼을 팔아도 좋을 만큼 원해도 주어지지 않는 기회였다. 그 기회를 잡고 대가를 치르기로 결정한 건 그들이다. 너 역시 다르지 않을 텐데."

어쨌든 마스터도 내가 말하고 싶은 바를 포착하긴 한 모양이다. 즉 내가 강제로 그의 제자가 된 것에 심히 불만을 품고 있다는 거.

"무슨 그런 소리를. 죽을지 살지를 결정하라고 물으면 당연히 누구나, 삶을 택하죠!"

"그 선택은 네가 한 게 아닌가."

"협박에 의한 선택은 실상 실효성이 없는……."

"그를 어긴다면 대가를 치르게 될 터인데, 어찌 실효가 없다 할 수 있나."

그야 그렇지……. 마스터에겐 개개의 선택을 준수하라고 강제할 힘이 있고, 때로 힘은 법보다 더 강한 지배력을 떨치며 그 자체로 실효를 가진다. 하지만 사람을 두들겨 팰 힘이 있다고 해서 그러는 게 정당화되는 건 아니듯, 이 또한 같다.

"그래선 안 된다고 말하는 거예요, 저는."

당신이 그럴 수 있단 건 나도 알고 있어. 하지만 그건 할 수 있느냐의 문제가 아니라 해서는 안 된다는 문제다. 그러고 보니 그와 이렇게 일일이 속내를 터놓고 언쟁하는 건 처음이네. 아니, 처음이 아닌가? 내가 그를 일방적으로 탓한 적은 있었지……. 기드온의 일을 떠올리니 가슴이 먹먹해지며 목이 메었다.

지금도 잊은 건 아니다. 그게 그리 쉽게 잊힐 만한 것이던가. 풀리지 않는 응어리가 앙금처럼 뜨겁고 진득하게 내 안에 맺혀 있고……. 어쩌면 영원히 잊을 수 없을지도 몰랐다.

잔악한 이라 비난하고 내던져 버리고 싶은 마음도 불붙어 마르지 않는 샘물처럼 종종 솟구치고, 그 위를 덮는 건 그럼에도 마스터를 저버릴 수 없는 마음.

그러니까 당신이 이해했으면 좋겠다. 아니, 이해하지는 못해도 변했으면 좋겠다. 그냥 날 조금이라도 생각하고, 내 말을 귀담아듣고. 그리하여 내가 당신을 구한 걸 후회하지 않게—

난 가라앉은 음성을 내었다.

"……누구에게나 불가피한 상황이란 게 있어요. 마스터는 그걸 이용하신 거고요. 요구하시는 대가가 너무 과하세요. 빚은 갚을 수라도 있지만, 마스터는 벗어날 수 있는 여지를 주지 않았어요. 선택의 대가로 앞으로의 인생에 있어서 선택지를 빼앗는 거잖아요. 그게 죽는 거보단 낫더라도, 삶이라고 할 수는 없겠지요."

나는 차분히 결론지었다.

"사람의 인생은 어떤 명분으로도 구속해서는 안 돼요. 그건 옳지 않아요."

결국 내가 말할 수 있는 건 이런 당연한 듯한 정의론. 물론 마스터가 납득할 수 있느냐는 별개의 문제지만……

마스터는 내가 옳다고 말한 걸 옳지 않다고 반박하는 번거로운 논쟁을 벌이고 싶지 않은 모양이었다. 그가 나직이 물었다.

"내게 종속되는 걸 원치 않는다면 왜 날 구했지? 내가 봉인되면 너는 자유를 찾을 텐데."

그걸 노리지 않았느냐는 듯한 뉘앙스였다. 엘리야도 란델도 알고 있었듯 역시 그도 알고 있었던 것이다.

그래, 내가 별로 속내를 숨길 줄도 모르고 뻔한 인간이긴 하지. 근데 그 뻔한 인간이 당신이 구한 이유는 왜 짐작조차 못하는 거야? 조금만 눈치가 있어도……

"그건 답하기 싫은데요. 왜일지는 곰곰이 생각해 보세요."

난 칼같이 잘라 버렸다. 그걸 내 입으로 말하란 말이야? 애초에 고백할 마음 같은 건 없다. 그래선 안 된다는 이성이 더 강했다. 날 당연한 것처럼 이용해 먹을 사람에게 약점을 잡히는 건 결코 내게 유리하지 않은 일이다.

"그보다 다른 이야기를 하죠. 이제 어디로 가야 해요? 여기 나가면 갈 데는 있고요?"

이미 일어난 일의 이유를 찾는 것보다 시급한 건 이 문제였다. 몽환의 미로 안에 계속 있을 수는 없는 노릇 아닌가? 마스터가 모호하게 답했다.

"글쎄."

"도와줄 사람은요?"

"없다."

"그 있잖아요. 유권이라고. 그는 마스터의 계약자잖아요?"

"그에게 맡긴 중요한 임무가 있다. 아직 수행하지 못했을 터, 당장 합류해도 의미가 없다. 엘리야도 그의 종적을 예의 주시할 것이니 당분간 접촉을 피해야 한다."

"유권 말고는 없어요? 룻이나 아모스 중 엘리야를 따르지 않을 만한 사람……."

마스터는 침묵을 지켰고, 나는 그게 너무 수가 많아 추려 내기 어렵기 때문이 아니라 그를 도울 거라고 확신할 수 있는 이가 단 한 명도 존재하지 않기 때문이란 걸 눈치챘다. 어차피 그런 면에서 기대할 건 없는 사람이다.

"마스터도 참…… 인망이 없군요. 갈 데도 없고 이제는 어쩐답니까?"

허탈하게 중얼거리자 마스터가 나를 힐끗 보았다. 진실로 그와 함께할 마음이 있는 건지 확인하려는 듯한 기색이었다.

그러나 그가 입을 열기도 전에, 둔중한 소음이 고막을 강타했다.

—기이이잉!

난 얼굴을 찡그리며 귀를 틀어막았다. 동시에 발밑이 지직거리며 흔들린다. 지진이라기보단 전파가 고장 난 텔레비전처럼 사방의 금빛이 혼란하게 흩어진다. 모래로 만든 세상이 부서져 내리는 듯한 광경.

"이, 이게 무슨?"

"공간이 무너지고 있다. 예상보다 빠르군."

공포에 가까운 당황에 휩싸인 나와는 달리 마스터의 음성은 느긋하기 짝이 없었다. 사실 쫓기고 있다고 한다면 내가 아니라 그가 더 위험할 텐데, 마력을 잃었다고 한들 그 무기질적인 냉정함은 여전하다. 누구도 범접할 수 없는 절대자이기에 가지는 성격이 아니라 그게 그의 본질인 것처럼.

"그, 그러고 있지 말고 대책을 좀 세워 봐요!"

혹시나 떨어질세라 화급히 달라붙어 외쳤다. 마스터가 고심할 것도 없다는 듯 명쾌히 답한다.

"이대로 내게 붙어 있거라. 이동을 목적으로 형성된 곳이니, 공간이 깨어지면 어딘가로 튕겨 나갈 것이다. 그때 네가 나를 보호해야 한다."

보호해야 한다는 말이 어쩐지 낯 뜨겁고, 어색하다. 내가 마스터를 보호해야 한다니⋯⋯. 그리고 그걸 당연한 듯이 요구하는 마스터라니. 경비원이라기보단 왕에게 수호를 명받은 여기사가 된 느낌이다. 이상하게 간질거려와 난 헛기침을 하며 물었다.

"어딘가라면⋯⋯."

"도착지는 예측할 수 없다. 추적이 용이치 않을 테니, 오히려 잘된 일이다. 방비하라. 곧 깨어질 것이다."

뭘 방비해야 하냐고 물을 것도 없이, 유리에 금이 가는 듯한 소음이 차츰 좁은 간격으로 울려 퍼졌다. 주변의 마력이 날카로운 손톱처럼 피부를 긁는다.

나는 빠르게 마스터의 앞에 마주 서며, 결계를 단단히 둘러쳤다.

그 잠깐 사이에 긁혔는지 문득 내려다본 마스터 뺨에서 혈흔을 발견했다. 얇게 패인 실금을 따라 핏줄기가 비치고 있었다. 아주 자잘한 상처에 불과했지만, 그가 다친 걸 이제껏 단 한 번도 본 적이 없었기에 어쩐지 가슴이 섬뜩해졌다.

상처가 낫지 않고 있었다. 그 말은, 그가 마법사 특유의 회복력도 잃어버릴 만큼 쇠잔한 상태라는 것을 의미했다. 그의 눈 속에서 난 몹시도 불안한 표정으로 비쳤다.

세상이 부서져 내리는 와중에도 마스터는 나와 눈을 맞춘 채 고요히 속삭였다.

"도착하게 되면……."

그러나 그가 말을 맺기도 전에, 요란한 소리와 함께 마력의 폭풍이 사위를 후려쳤다. 위태롭게 흔들리는 결계 안에서 긴장감이 치민 나는 마스터를 와락 끌어안았다.

동시에 돌풍이 결계채로 우리를 날려 버리며, 세상이 하얗게 번져 갔다.

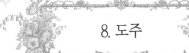

8. 도주

"네 마력을 닫아라."

아찔하니 높은 침엽수가 드리운 숲 속 그늘에서 마스터가 내게 처음으로 꺼낸 말은 그것이었다.

이동의 후유증으로 빙빙 거리는 어지럼증을 이길 일이 없어, 휘청하며 나무를 짚는데 들려온 소리에 난 눈을 휘둥그레 떴다.

"마력을 닫다뇨?"

"마력이 몸 밖으로 발산되지 않게끔 하라. 숨을 죽이듯 마력의 호흡을 차단하는 거다. 추적을 방지하기 위한 수단이다."

차분하기 짝이 없게 이어진 설명에 그의 말이 다급함을 담고 있지는 않을지언정 재촉의 의미를 담고 있단 걸 깨달았다.

"……이렇게 하면 되는 건가요."

몸 주위를 미약하게 휘돌던 마력을 모으듯이 빨아들이자, 금세 몸 안에 들어찼다. 물안개처럼 넘쳐나는 걸 억지로 한 그릇에 꾸역꾸역 그러모은 양 거북한 기분이 든다.

마스터가 머뭇거림 없이 다음 지시를 내렸다.

"이곳에 이동의 잔재가 남아 있을 터, 움직여야 한다."

몽환의 미로가 무너져 내리며 이리로 떨어진 것임에도 땅이 파이거나 나무가 부러지는 일 없이, 우리 둘만 이곳에 떡하니 놓인 것처

269

럼 이동 과정은 매끄러웠다.

다만 주변에 비산하듯 흩뿌려진 금빛은 이제는 파쇄된 미로의 마력이었다. 그 자취가 아주 미미하여 찾아내기 쉬울 것 같진 않지만, 불가능할 것 같지도 않다. 모든 시온과 아모스와 룻이 우리를 쫓으려할 테니까.

난 조심스레 물었다.

"그러니까, 어디로요?"

마스터는 잠시 가늠하듯 하늘을 올려다본 뒤 주변을 훑었다. 인적이라곤 조금도 느껴지지 않는 실로 막막한 숲 속이었다. 어디로 가야할지, 어느 쪽으로 향해야 할지 아무것도 정해지지 않았는데…….

"……일단 숲 밖으로."

숲 속에서 익숙지도 않은 야영 생활을 하는 것보단 그래도 사람사는 곳으로 가는 게 낫겠지.

난 고개를 끄덕였다. 그리고 앞장서기 시작한 마스터를 뒤따랐다. 그래도 마스터니까 무슨 대책이 있겠지, 라는 근거 없는 믿음을 토대로.

그러나 그로부터 몇 시간도 채 지나지 않아 나는 그 토대를 무너뜨려야만 했다.

"점점 숲이 우거지는 기분이 드는데요."

제 착각은 아니겠죠? 난 그런 눈으로 의심쩍게 말을 꺼냈다. 그뿐만 아니라 아까부터 계속 말하지 않고 있었는데, 점점 경사가 가팔라지는 느낌이다.

"저기, 마스터 이거 숲 밖으로 가는 길은 맞나요?"

캐묻듯 또다시 질문을 건네자 우뚝 멈춰 선 마스터가 그제야 뒤를 돌아보았다.

난 그의 낯을 목도하자마자 흠칫 놀랐다. 창백한 달처럼 희게 질린 낯엔 여전히 표정이 없었다. 그러나 왠지 모르게 고단한 기색이었다. 이런 비유가 어울릴지는 모르겠지만, 꼭 부모 성화에 끌려다니느라 잔뜩 지친 조숙한 아이 같다.

그는 선 채로 인형처럼 입술을 달싹였다.

"글쎄."

그 대책 없는 대답에 난 또 놀랐다.

"설마, 지금 어디로 가고 있는지도 모르겠단…… 그런 말씀이신 가요?"

불신이 팽배한 질문에 돌아오는 답은 없었다. 마스터는 정곡을 찔린 양 제자리에 선 채로 침묵을 고수했다.

맙소사! 마스터는 그야말로 생각 없이 걷고 있었나 보다. '생각 없이'라니. 정말로 마스터에게 어울리지 않는 말 아닌가.

그를 모든 걸 기계처럼 정확히 계산해서 한 치의 착오도 없이 행동하는, 지극히 비인간적인 인물이라고 여겼기에 이 상황이 지독히도 낯설었다.

간과하고 있었다. 생각해 보면 마스터는 지금 본신의 형태조차 유지할 수 없는 몸이다. 마력도 쓸 수 없는 완전히 아이와 같은 상태. 이 숲 밖으로 나가는 길을 알 도리가 없잖아. 너무 전적으로 그에게 맡긴 건 아닐까.

난 당황스러운 마음을 누르며 혀를 찼다.

"모르면서 앞장은 왜 서세요?"

아주 핀잔이 입에 붙었다. 마스터가 무표정하게 반론했다.

"너라고 해서 알랴."

너도 모르니까 내가 앞장서는 편이 낫다는, 그 말인가? 내 능력을 심히 무시당하는 듯하여, 난 불만스레 눈썹을 치켜들었다.

"마법을 쓰면?"

"마력을 숨겨야 한다고 말했다."

"……그건 그렇죠. 근데 다른 방법이 없는 건 아니죠."

모르면 모른다고 말을 할 것이지. 하도 당당하게 아는 척 나서기에 괜히 따라왔다가 시간 낭비했잖아. 내가 말 안 했으면 며칠이고 이 산속을 떠돌았을 거라고 생각하니 어처구니가 없다.

"여기 잠깐 서 계세요."

멀뚱히 쳐다보는 마스터를 두고 난 옆에 선 나무에 손을 짚었다. 그리고 단숨에 땅을 박차고 뛰어올랐다.

—탁, 탁, 탁.

몇 번 세게 걷어차며 발을 디디고 하늘로 솟구치니, 난 어느덧 나무 꼭대기에 서 있었다.

그간 거조를 타고 다니며 훈련이 되었는지 위태롭게 흔들리는 가지 위에서 바람을 맞으며 서 있음에도 고소공포증이 조금도 느껴지지 않는다. 나도 좀 정신적으로 견고해진 걸까.

이건 얼마간 육체적 단련을 거쳤다고 부릴 수 있는 묘기가 아니었다. 사람이 표범도 아니고 어떻게 몇 번 훌쩍 뛴 것만으로도 까마득히 높이 솟은 나무 꼭대기에 오른단 말인가. 타조급 다릿심이 있지 않고서야 안 될 말이다.

그러나 나는 마법사였고, 감추고 있을망정 내재한 마력이 여전히 내 육체에 효력을 끼치고 있었다. 원래 신체적 능력이 이 정도까지 되진 않았지만, 그간 치러냈던 사건들 덕에 마력이 급진하게 증가한 영향도 있었다.

역시 마력이란 건 편리한 힘이다. 난 새삼 그것을 실감했다. 마법을 쓸 수 없는 지금 난 마법사라기보단 전사에 가까웠다. 고로 이런 것쯤은 간단하단 말이지.

난 눈을 가늘게 뜨며 온통 푸릇푸릇한 지평선을 뚫어지게 관찰했다. 어디쯤엔가 사람 사는 곳이 있을 거라고 짐작하면서.

숲이 끝나는 지점을 발견할 수 있다면, 가야 할 방향도 정할 수 있다. 영화에서 본 게 있으니 망정이지. 마법을 쓸 수 없다고 해서 아무것도 못 하는 건 아니니.

"동쪽인가."

출중한 시력으로 저 먼 동쪽 언저리에서 확연히 초목이 줄어드는 걸 포착한 난 중얼거렸다. 꼭 사람 사는 곳으로 이어진다고 할 수 없으나 일단 숲이 끝나는 지점인 듯하니 저리로 가면 될 것 같다.

아예 지평선을 보아선 가늠할 수 없게끔 광활한 숲 한가운데 떨어진 건 아니어서 다행이었다. 더군다나 마스터의 감이 맞았는지, 제대로 가고 있었기도 하고.

산행에는 별로 경험이 없지만, 지금 속도로는 사나흘 걸리겠는데. 난 얼추 어림짐작해 보았다. 피로라는 걸 느끼지 못하는 몸이 된 게 이럴 때 유리하다.

난 올라온 방식 그대로 가지와 가지를 오가며 빠르게 아래로 뛰어내렸다.

몸에 내구력도 생겼는지 땅에 발을 디뎠을 때 꽤나 큰 충격이 전달되었을 게 분명함에도 통증은 거의 느껴지지 않았다. 흡사 초인이 된 것 같다.

"이대로 쭉 가면 되겠……."

성급히 본론부터 꺼내던 난 일순 말을 멈추었다. 나무 둥치에 오도카니 기대앉아 있던 마스터가 고개를 들며 날 응시하는 데 그 모습이……. 난 급히 숨을 들이켰다.

……이거, 너무 귀엽잖아. 앉은 자세도 그렇거니와 빤히 날 올려다보는 모습이 지독하게 앙증맞다.

마스터에게 가져다 붙이는 게 어색하다 못해 소름 돋는 어휘지만, 그건 부인할 수 없는 사실이었다.

물론 마스터의 미모가 어려졌다고 해서 어디로 갈 리는 없지. 지금 이대로는 예쁘장한 어린 꼬마애이기도 하고.

난 곧 착잡한 심경에 잠겼다. 아무리 사람이 시각에 의존한다지만, 저 마스터를 보고 귀엽다고 생각하다니 어디까지 이성과 따로 노는 걸까. 스스로를 힘껏 비난하고 싶어진다.

"힘드신가요?"

어쩐지 힘이 들어가는 입가를 주무르며 난 나직이 물었다. 워낙

정적인 사람이기도 하고, 마력을 잃었으니 나와는 달리 육체적으로도 힘겨울 터였다.

저런 자리에 쪼그리고 앉아 있는 걸 보니, 동정심이 움트기도 했다. 제자들한테 배신당하고 몸도 온전치 못한 데다가 부랑아처럼 숲속을 헤매고 있다니…….

게다가 기껏 같이 도망친 제자라는 애는 불퉁한 말투로 갈구기나 하지.

몹시 잘못하고 있는 듯 죄책감이 따랐다. 난 왠지 수그러든 투로 다시금 물었다.

"좀 쉬었다가 가시겠어요?"

"그럴 시간은 없다."

내 배려가 무색하게 마스터가 자르듯이 말하며 곧장 자리에서 일어났다.

하긴 걸어서 이동했으니 아까 그 자리에서 멀리 왔다고 말하기도 힘들겠지. 어디가 안전지대일지는 모르겠지만, 적어도 아직은 아니다.

"제가 앞장설게요."

발달한 신체 기능이 방향감각에도 영향을 미쳤는지, 난 동쪽으로 규정한 방향이 정확히 어느 쪽인지 이 아래 내려서서도 판별할 수 있었다.

내가 가는 그대로면 최단거리로 숲을 주파할 수 있을 터였다.

성큼 걸음을 내딛자 마스터가 뒤따르는 기척이 느껴졌다. 꼭 키우던 멍멍이가 따라오는 것 같다는 불순한 생각이 잠시 들었지만, 난 또다시 마스터를 귀엽게 느끼려는 자의식을 애써 억누르며 부지런히 발을 놀렸다.

이후 한동안 대화는 없었다. 풀벌레 울음이며 새소리, 바스락거리는 소리만 계속 이어졌다.

부러 걸음을 늦추지도 않는데 마스터는 그 작은 보폭으로도 날 열심히 따라왔다. 등 뒤로 계속 귀를 기울이고 있던 탓에 그와 간격이 벌어지지 않고 있단 걸 계속 감지할 수 있었다.

사실 난 꽤 긴장한 채였다. 이 피치 못할 도주 생활에서 마스터와 내 안전은 거의 나 자신에게 달렸단 걸 슬슬 깨달았기 때문이다. 그야말로 애 딸린 채 피난길에 오른 거나 다름없는 신세다.

그렇다고 손잡고 걷긴 좀 그렇지. 별로 친밀한 사이도 아닌데.

마스터를 내내 신경 쓰면서 나아가고 있는데, 날이 어둑해질 무렵 뒤따르던 발길이 느려졌다. 용 써서 따라붙다가, 한계에 다다른 느낌이다.

솔직히 마스터의 약한 소리를 들어 보고 싶은 심술로 여태 내버려 둔 감도 있었기에 난 재빨리 뒤를 돌아보았다.

"마스터?"

힘드시냐고 능청스레 물어보려던 난 마스터의 이마에 맺힌 땀방울을 목격하곤 그 자리에서 굳었다.

아까보다도 표백된 양 하얘진 얼굴은 흡사 열병을 앓는 듯했다. 드러내고 있진 않으나 고통 때문에 배어난 땀이었다. 그걸 알아챈 난 일순 가슴이 서늘해졌다.

"마스터, 어디 아프세요?"

화급히 다가서 어깨를 붙들자 마스터가 몸을 움찔거린다. 입에서 신음이라도 튀어나올 듯한데 그는 참아 내었다. 도리어 마스터는 대단히 차분하게 말을 뱉어 냈다.

"이대로는 더 걸을 수 없다."

그 단정에 난 몸을 굽혔다.

"발을 좀 볼게요."

마스터의 몸을 눌러 바닥에 앉히고 신발을 벗겨 낸 난 눈앞에 드러난 광경에 가슴이 내려앉았다.

빨갛게 부풀어 오른 발이 이리저리 까진 채 피가 맺혀 있었다. 그가 구현한 신발이 불편해서라기보단, 평생 제 발로 걸어 본 적 없는 사람이, 그것도 어린애인 상태로 험한 길을 오래 걸으니 자연스레 나타날 법한 현상이다.

그걸 왜 생각 못 했던 걸까. 자책감에 사로잡힌 난 입술을 잘근잘근 깨물었다.

그간 내게 마스터는 너무도 대단한 사람으로 비쳤던 게 사실이다. 그런 그가 고작 반나절쯤 걸었다고 발이 아파서 제대로 걷지도 못하는 상태가 될 거라곤 생각하긴 어려웠다. 하지만 한편으로 난 마스터가 내심 내게 기대고 약한 소리를 꺼내기를 기다리고 있었다.

그 얄팍한 심술이 이런 결과로 드러나자 가슴이 쓰라렸다. 어떤 일이 있어도, 그가 다치는 꼴을 보고 싶지 않았다. 당연히 그렇다. 비록 이런 모습을 하고 있더라도, 좋아하는 사람이니까.

"아프면 아프다고 진작 말을 하셨어야죠."

어쩐지 눈물이 날 것 같아 투덜거리자 마스터가 평온하게 중얼거렸다.

"어차피 이동해야 하니. 말한다고 통증이 사라지는 건 아니다."

"자꾸 말도 않고 함부로 단정하지 마세요. 저한테 말씀하셨으면 이런 꼴은 안 되셨을 거예요."

상처가 난 걸 보고도 마냥 내버려 둘 수 없어 가져다 댄 손을 마스터가 제지하듯 잡아채었다.

"마법을 써서는 안 된다고 하지 않나."

미온을 품은 그 작은 손이 날 가로막고 있는 걸 보자니 이상하게 안타까웠다. 가슴이 먹먹해지는 안쓰러움뿐.

"그렇다고 이대로 두다가 상처가 덧나면……."

"현재 내 몸은 평범한 인간 아이의 것과 같다. 이 정도 상처가 덧날 성싶은가."

그야 아이는 원래 상처가 금방 낫긴 하지. 제게 일어난 일임에도 남의 일을 말하는 듯이 또박또박 이르는 게 그야말로 마스터답다. 그래서 조금 서운하기까지 하다.

이렇게 된 이상 내게 조금 의존해도 좋을 텐데, 고독스러울 만치 꼿꼿하고 오롯이 혼자다. 나길 홀로 태어난 양 그토록 냉정하고 이성적이다. 그 독존적인 이질성에 매혹된 나지만, 그것이 꼭 나를 밀어내는 듯하여, 괜스레 마음이 아팠다.

"뭐라도 처치를 해야겠어요."

그대로 다시 신발을 신기면 아플 테니까. 난 주변을 두리번거리다가 솜털이 숭숭 난 넓적한 이파리를 가진 나무를 발견했다.

벌레가 좀먹지 않은 푸릇한 잎사귀가 혹시 독을 품었을까 싶어 손끝으로 쓸어본 뒤 이상이 없음을 확인하고 곧장 뜯어냈다. 그리고 마스터의 자그마한 발을 들어 세심하게 감쌌다.

"아프거나 이상이 있으면 바로 말씀하세요. 괜히 골칫거리 늘리지 말고."

저도 모르게 퉁명스럽게 말해 버린 뒤 마지막으로 다시 신발을 신기고 손을 뻗어 그를 일으켜 세웠다.

열 살 정도의 남자아이라 인형이라고 하기엔 크지만, 내가 악력이 강해져서 그런지 쑥 딸려오는 몸에서 거의 무게가 느껴지지 않았다.

길고 찰랑거리는 검은 머리카락이 그 바람에 물결처럼 허공에서 굽이쳤다. 가까이서 보건대 소녀처럼 곱고 아름다운 이목구비다. 새까맣고 선명한 눈으로 빤히 나를 들여다볼 때면 귀엽기도 하지만, 좀 더 깊숙이 그 눈빛이 담고 있는 자욱한 어둠을 읽어 내자 그러한 마음도 가셨다. 이 어둑한 숲 속에서 그와 함께하는 건 어쩐지 저주 인형과 맞대면하고 있는 느낌이다.

난 으스스해지는 기분을 추스르며 애써 등을 돌렸다. 그리고 무릎을 굽혀 그 자리에 앉으며 마스터를 향해 뒤로 팔을 벌렸다.

"자."

움직임이 없는 걸 보니 멀뚱히 쳐다보고만 있을 게 뻔했다. 난 쑥스러운 기분을 억누르며 쏘아내듯 말했다.

"업히시라고요. 이대로는 못 걸을 거 아니에요."

그제야 그가 움직이는 기척이 느껴졌다. 자그마한 손이 내 어깨 위에 올라오더니 이내 꼬물거리며 느릿하게 목을 끌어안았다. 그 사소한 움직임에서 묻어난 사랑스러움이 일순 명치를 찔러 든다. 저항할 수 없는 기습이었다.

이상하게 얼굴이 화끈거렸다. 속에서 훅 열기가 올라오며 두근두근 가슴이 뛰었다. 맙소사, 나 왜…….

정말 이상한 취향이라도 있었던 거 아니야? 등허리에 실리는 무게를 느끼며 입술을 질끈 깨문 난 몸을 일으켰다.

누구에게도 들키고 싶지 않은 마음이었다. 혹여 심장 소리가 새어 나갈까 마스터를 받친 손에 힘을 주며 재빨리 걸음을 옮겼다. 어쩌면 내게서 전해질지 모르는 진동이 험한 길을 걷고 있는 탓으로 여겨지길 기도하면서.

그 와중에 잠깐 서운했던 마음은 어느새 스르르 풀려 있었다.

"많이 왔으니 오늘은 이만 쉬어가지요."

보름달이 휘영청 하늘을 밝혀올 무렵, 완전히 이슥한 밤이 되어서야 난 걸음을 멈추었다.

아무리 튼튼한 몸이라지만 열 살 아이를 업고 계속 걷는 것도 쉬운 일이 아니라 슬슬 어깨가 뻐근해져 오는 듯싶다.

업힌 채 그대로 잠들어 버린 건 아닌가 싶었는데, 마스터는 말이 떨어지자마자 내 등에 묻고 있던 고개를 들었다. 순순히 몸을 내맡기고 있던 건 아닌가 보다. 그건 날 믿지 못해서일까, 아니면 몸에 밴 경계심 탓일까.

……비관적인 생각은 관두기로 했다. 어차피 믿음이란 자라나는 것. 그에게 여태껏 믿음을 줄 만한 행동은 하지 못한 건 나였다. 항상 도망칠 궁리를 하거나 맞섰을 뿐.

그러니 그가 전적으로 내게 의존하지 않는 건 현명한 일이다.

"피곤하시진 않으세요?"

마침 몸을 기댈 만한 적당한 나무둥치가 보였다. 마스터를 내려놓은 난 그가 편하게 앉게끔 자세를 고쳐 주었다. 하고 나서 놀랄 만치 자연스러운 접촉이었다.

이전보다 좀 만만한 모습이다 보니 나도 거리낌을 벗어 버린 것 같다.

"몸이 무겁군."

이윽고 떨어진 대답에 난 흠칫거렸다. 그저 질문에 솔직히 답한 것이겠지만, 내겐 꼭 약한 소리를 털어놓는 것처럼 들렸다. 약점 따윈 없는 듯한 그였는데.

난 마주 앉아 천천히 그의 손을 잡아 보았다. 맥박을 잰다거나 하는 재주가 없더라도 만져만 보아도 이상을 알 수 있을 만큼 싸늘하게 식어 있었다.

"추웠나요?"

그러고 보면 한밤중의 숲 속이다. 나야 체온이 보존되는 로브를 입고 있어서 느끼지 못했지만, 아까보다 기온이 많이 내려간 것 같다.

쉬는 건 쉬는 건데 텐트는커녕 담요도 없는데 맨몸으로 야영해야 하는 판국이다. 난 잠시 고심했다.

"모닥불을 피우는 것도 안 되겠죠?"

요는 마력이 사용되면 대기에 파장이 발생하니 마탑에서 추적이 들어올 수 있다는 건데, 자연적인 불은 괜찮지 않겠어?

작게 피운다면 숲이 워낙 무성해서 빛이 멀리까지 번져 갈 것 같진 않다. 부싯돌이나 성냥은 없지만, 나무와 나무를 마구 비비면 불을 피울 수 있단 지식 정도는 가지고 있었다.

넌지시 묻자 마스터가 입만을 달싹여 물음을 냈다.

"산불이라도 나면 어쩔 참이냐."

……그건 또 그러네. 난 불을 피워 본 적이 없기에 모닥불에 대해서도 무지했다.

여긴 나무도 많고 불이 크게 번져서 우리를 덮치기라도 하면 어쩔 수 없이 마법을 써야 할지도 모른다. 이런 불편함이라니. 일단 모닥불은 접어두는 걸로 하자.

그렇다고 추운데 그를 그냥 내버려 두기도 영 뭐해서, 난 다시금 물었다.

"마스터는 인간도 아닌데 감기에 걸리고 그러시나요?"

"말했지 않아. 난 현재 평범한 인간 아이라고."

은근슬쩍 당신 인간이 아니지 않느냐는 전제를 담긴 했는데, 모호한 답변이었다. 타락한 천사나 마왕 같은 신적인 존재가 아닐까.

그의 정체를 나름 유추해 보긴 했는데 도무지 답은 나지 않았다. 어쨌거나 현재는 인간이나 다름없고 감기에 걸릴 수 있다는 말이지.

"그럼 목도 마르고 배도 고프시겠네요."

정답이었다는 듯이 마스터가 내게 말끄러미 시선을 주었다. 나야 굳이 먹을 필요 없다지만 꼬르륵 소리만 안 났다 뿐이지, 그의 낯빛은 무척 기운 없고 퀭해 보였다.

이대론 안 되겠다. 난 자리에서 일어나 로브를 벗어 들었다.

"일단 이거 덮고 계세요. 뭐 먹을 거라도 없나 주변을 둘러보고 올게요."

빨간색이니 멀리서도 눈에 띌 터였다. 로브를 벗으니 바로 한기가 흘러들어 으슬으슬 몸이 추웠다. 원체 건강한 몸, 견디지 못할 정도는 아니라 움직여서 열을 내면 될 터.

여태 짐승이라곤 눈에 띄지 않았으니 별로 위험할 것 같진 않지만 마스터를 홀로 내버려 둘 수는 없으니 되도록 빨리 돌아와야 했다.

그로부터 약 10여 분에 걸쳐서 숲을 휘젓고 다닌 난 주변에서 자그마한 시내와 잘 익은 둥글고 단단한 껍질의 열매를 찾아냈다. 그야말로 행운이었다. 물을 떠 갈 그릇도 없어서 어쩌나 싶었으니까.

사과만 한 크기의, 코코넛을 연상케 하는 단단한 나무 열매. 침엽수림엔 어울리지 않는다 싶지만, 쪼개어 보니 안쪽에 하얀 과육이 있었는데 우유처럼 농도 짙은 단맛이 났다. 딱 먹기 좋게 익은 듯싶다.

나야 아무래도 독성에도 면역이 된 것 같아서 이상이 없겠지만, 마스터가 먹어도 될지는 모르겠는데.

뭐, 일단 가져가 보면 마스터가 알아서 판단하겠지. 배가 고프다고 아무거나 주워 먹지는 않을 분이니.

난 단단한 열매에 삼 분의 일쯤 되는 부분을 쪼개 놓고 순전히 손가락 힘으로 안을 파낸 뒤 물을 담았다. 맛이 꽤 좋았기에 긁어낸 과육은 모조리 목구멍으로 넘겼다. 그리고 열매를 들 수 있을 만큼 따낸 뒤 품에 끌어안고 다시 걸음을 놀렸다.

주변을 탐색하느라 정신이 팔려 있었는데 문득 돌아본 숲은 스산하도록 어두컴컴했다.

달빛에 젖어든 풍경도 괴이하기만 해서, 본연의 공포심을 자극하고 만다. 괴물이 나타나서 사람을 잡아먹어도 이상하지 않을 숲이다.

그리 오래 싸돌아다닌 것도 아닌데 초조한 기분이 찾아들었다. 로브를 입혀두었고 거기에 검도 있다지만, 마스터가 위험에서 스스로를 방어할 수 있을지는 의문이었다.

"빨리 가야겠는데."

내뱉자마자 서두르기로 맘먹고 쫓기는 것처럼 뛰었다.

그러나 마스터를 남겨 둔 자리로 돌아왔을 때, 난 기껏 구해 온 것들을 바닥에 내팽개쳐야 했다. 저게 뭐야!

—크르르르릉.

샛노란 안광을 빛내며 돌아보는 놈은 성체가 된 곰 세 마리를 합쳐놓은 양 컸다. 덩치도 위협적이거니와 번뜩이는 하얀 이빨이 코끼리의 상아처럼 거대하게 삐죽하여 시각적인 공포를 유발하기 족했다. 간담이 서늘해진 난 손끝이 떨리는 걸 느꼈다.

그냥 저건 짐승도 뭣도 아닌 괴물이다. 놈의 앞발은 나무둥치를 짚고 있었고 그 바로 앞에 마스터가 앉아 있었다. 놈이 발을 내디디면 단숨에 뭉개질 듯이 작고 연약한 모습이었다.

하지만 아직까지는…… 멀쩡해 보인다. 색이 선명한 붉은 로브 속에 묻혀 앉은 마스터의 표정은 태연하기만 하다. 그는 단 한 번도 짐승에게 목숨을 위협당해 본 적 없기에 현실감을 느끼지 못할지도 몰랐다.

어떡하지? 일단 주의를 끌어서 마스터에게서 저걸 떼어 놓아야 하는데. 섣불리 자극했다가 마스터가 공격당하기라도 하면.

내가 도착하기 전엔 그저 탐색을 하고 있었던 것처럼 놈의 기세는 확연히 날카롭게 변화한 상태였다.

한기가 씻은 듯이 사라지고 위기 상황에 머리에 열이 올랐다. 저 몸집도 그렇거니와 두꺼운 털가죽을 보건대 아무리 내가 신체 능력이 발달했다고 한들 맨손으로 때려잡을 수 있을 것 같진 않다. 마법을…… 써야 하나?

놈은 짧게 시선을 주었을 뿐 나보단 그의 발 앞에 미동도 없이 앉아 있는 야들야들한 어린 생명체에 더 관심이 이는 것 같았다.

곧바로 놈의 고개가 앞으로 돌아갔다. 난 생각한 겨를도 없이 떨어뜨린 나무 열매를 주워들어 놈을 향해 내던졌다. 퍽!

―크아아아아앙!

놈이 바로 펄쩍 뛰며 내게로 입을 벌려 울음을 내지르자 난 새파랗게 굳었다. 입 안쪽에 촘촘하게 난 날카로운 이가 유독 선명하게 눈에 박혔다. 나 정도는 단숨에 씹어서 고깃덩이로 만들어 버릴 수 있을 것 같다.

진짜 무섭다. 한밤중에 이딴 괴물을 마주하고 있자니, 심장이 다 벌렁거린다. 그래도 관심을 끄는 데 성공했으니 이젠……!

그때였다.

―부스럭.

작은 소리와 함께 마스터가 몸을 일으켰다. 그의 몸을 덮고 있던 로브가 사락거리며 바닥으로 가라앉았다.

흉흉한 기세를 띤 괴물의 고개가 다시금 앞으로 돌아갔다. 아까보다 짙어진 눈빛은 명백히 야성에 사로잡혀 있었다.

당신 제정신이야! 거의 소리를 지를 뻔한 난 생각할 겨를도 없이 마스터를 향해 몸을 날렸다. 세뇌라도 당했는지, 마법이 뇌리에 떠오르지도 않았다.

그 와중에 놈과 마스터의 눈이 마주쳤다. 심연 속에 흉포함이 넘실거리는 안광이 고스란히 담겼다. 서로에 대한 짧은 직시였다.

그 찰나에— 사납게 숨을 들썩이던 괴물이 순식간에 얼어붙었다. 당장에라도 눈앞의 어린 몸을 물어뜯을 듯하던 기세가 순식간에 죽어 들고 놈이 파르르 몸을 떨었다.

아주…… 형용할 수 없이 끔찍한 것을 이제야 발견한 듯한 기색으로. 이상한 낌새에 난 발을 멈추었다.

—크르르.

갑자기 한달음에 옆으로 물러난 괴물은, 콰삭 하고 바닥을 짓밟으며 자리를 박찼다. 그리고 질겁한 양 뒤도 돌아보지 않고 꼬리에 불을 붙인 듯 도망쳤다. 땅을 울리는 굉음과 함께 놈의 모습이 숲 저편으로 사라져 갔다.

나는 아연한 얼굴로 그 광경을 보고만 서 있었다.

"하등한 생물이라 나를 알아볼 수 있을까 했건만, 본능은 살아 있구나."

고요한 음성이었다. 공기를 미끄러져 내리는 소리에 왠지 등골이 오싹하다. 그는 그저 왕처럼 서 있었다.

어떤 일도 일어나지 않았던 양 무표정한 낯. 그 희고 고운 얼굴에서 심연의 눈동자만이 생생히 호흡을 내쉬었다. 생명력이라기보단 존재감이었다. 산악처럼 위압스럽고 사신처럼 목줄을 죄는 죽음의 느낌.

이런 숲 속에 홀로 던져진 채, 내 반절밖에 되지 않는 아이의 몸을 하고 있더라도—

마스터는 마스터였다.

그가 어떤 불길하고 끔찍한 정체를 숨기고 있을지, 나로서는 예측할 수 없었다.

하지만 저 괴물이 본능적으로 두려움을 느끼고 도망치다니. 삽시간에 회의와 불안감이 몰아쳤다. 내가 그를 돕는 게, 과연 잘한 짓일까.

"괘, 괜찮으세요?"

못내 다가가 가까이 섰다. 내미는 손길이 내가 보기에도 확연히 느릿했다. 희미한 달빛을 머금은 그의 눈 속에서 난 가까스로 질겁한 티를 내지 않는, 무척이나 어색한 얼굴이었다.

"아…… 저, 무사하셔서 다행……이에요."

결과로만 보자면, 괴물이 피해자인 것 같았지만 난 우선 그의 옷차림을 고쳐 주며 자리에 앉힌 후 말을 건넸다.

직접적인 접촉은 없었으니 다칠 리가 만무한데, 그를 섬뜩하게 여기면서도 걱정하는 건 나조차 이해할 수 없는 마음의 한 가지였다.

"잠깐 갔다 온 새에 저런 게 다 출몰하고, 빨리 이 숲을 벗어나야지 안 되겠어요."

긴장감을 벗어내려 조잘거리던 난 불현듯 말을 멈추었다.

지극히 가까이에서, 날 응시하는 마스터의 눈빛이 신경을 얽어매었다. 기이한 것을 보듯, 이채를 띤 시선. 이해하지 못할, 혹은 영문 모를 무언가를 관찰하는 양 나를 담고 있었다. 어째서?

그가 어떤 기색을 띤 눈으로 날 바라보는 건 극히 드문 일이라, 일순 넋을 빼앗겼다.

"앞으로 더한 괴물이 나올 수도 있겠지."

그가 눈을 맞춘 채 여상하게 대꾸했을 때야 난 퍼뜩 정신을 차렸다. 홀린 듯한 기분이다. 이건 자길 두고 혼자 돌아다니지 말란 소리일까?

"어쩔 수 없었잖아요. 계속 굶으실 순 없는 거니까…… 아 맞다, 식량!"

화들짝 놀라서 아까 열매를 쏟아 놓은 자리로 달려갔다. 수풀 위에 떨어뜨려서인지 다행히 한자리에 잘들 모여 있었다. 표면이 단단하다 보니 먹는 데 지장은 없겠는데 구해 온 물을 다 쏟아 버려서⋯⋯ 과즙으로 해갈이 될지 모르겠다.

난 주워 든 열매를 잘 갈무리해서 품에 안은 다음 마스터에게 가져갔다.

"나무 열매를 좀 따왔는데 먹어도 될지 모르겠어요. 한 번 보시겠어요? 부족하면 더 구해 올게요."

마스터의 손이 열매 하나를 짚었다. 찬찬히, 주의 깊게 살핀 뒤 그는 손에 힘을 주었다. 아마 반으로 가르려고 했던 모양인데⋯⋯ 열 살배기의 손힘으로 그게 될 리가 있나.

난 그의 손아귀에서 열매를 빼앗아 들고 친절하게 반으로 갈라서 쥐어 주었다.

쩍 소리를 내며 두 쪽 난 열매를 가늠하듯 살피던 마스터가 이윽고 그걸 입으로 가져갔다. 그리고 너무도 서툴고 어색하게, 과육을 베어 물고 씹었다. 마치, 처음으로 음식을 먹는 사람처럼.

난 숨을 죽이고 그를 지켜보고 있었다. 뭔가를 먹는 모습이 이토록 이상하게 느껴질 까닭은 무에 있을까.

곰곰이 짚어 보던 난 이윽고 마스터가 뭘 먹는 걸 본 적이 없단 사실을 깨달았다. 이게 처음이었다. 마스터가 내 앞에서 음식을 섭취하는 건.

그건 회색 등가죽을 가지고 웅크리고 있어 천생 바위인 줄 알았던 생물이 아침볕에 몸을 뒤트는 듯했다. 조각상이 살아 움직이는 걸 목도한 피그말리온이 실로 이러한 심정이었을까. 오물거리며 내가 구해 온 음식을 먹고 있는 모습이 기적처럼 낯설었다. 서서히 가슴에 뿌듯함이 들어찬다.

"입맛에 맞으세요?"

조금쯤 기대에 부풀어 묻자, 마스터가 가만히 고개를 까닥였다. 배가 많이 고팠는지, 열매 하나가 금세 그의 배 속으로 사라졌다.

난 재빠르게 하나를 더 쪼개어 주었다. 세 개째를 먹고 나자 배가 찼는지 더 먹겠느냐는 물음에 마스터가 고개를 저었다.

"한꺼번에 많이 먹는 건 좋지 않다."

평생 거의, 혹은 전혀 사용해 본 적 없는 위장일 터였다. 난 고개를 끄덕이며 남은 열매를 잘 모아서 옆쪽에다가 두었다. 내일 아침에 먹으면 되겠지, 뭐.

"목마르거나 배가 고프면 말씀해 주세요."

난 충실한 시녀처럼 물을 쏟아 버린 걸 염두에 두고 속삭였다. 마스터는 날 잠시 들여다보더니 그루터기에 더욱 깊숙이 몸을 묻었다. 이제 배도 부르고 몸은 피곤하니 쉬어야겠단 것처럼 보였다.

그런데 가만. 이대로 잔다는 말이야? 그러기엔 내가 너무 추운데. 로브는 하나였고, 마스터가 덮고 있었다. 그야 따뜻하겠지만, 숲을 휘젓고 다닌 데다가 괴물을 목격한 탓에 잔뜩 달아올랐던 열이 식어 버린 난 으슬으슬 추워진 터였다.

그가 준 거긴 하지만, 내 로브잖아? 그가 덮게 양보하고 있자니 정말로 시녀가 된 것 같아서 기분이 좀 그랬다. 그렇다고 빼앗기엔, 어린아이를 추위에 덜덜 떨면서 자게 내버려 두고 난 등 따신 채 잠드는 악덕 계모 같은 모양새가 되어 버린다.

그럼 방법은 하나뿐이지.

"마스터, 잠깐만요."

난 로브를 들춰내고 그루터기 우묵한 부분 한가운데를 차지하고 있는 마스터를 옆으로 살살 밀었다. 얘가 왜 이러나 의문을 품은 듯 눈을 가늘게 떴지만, 마스터는 내가 미는 손길대로 순순히 옆으로 밀려났다.

난 조심스레 마스터 곁에 앉아 등을 뒤로 바짝 붙이고 로브를 덮었다. 등 닿는 감촉이 딱딱하긴 하되 옷자락이 덮이자 몸에 온기가 돌았다. 확연히 따뜻하고 안온하다. 이편이 바로 곁에 꼭 붙어 있으니까 더 안전하기도 하고.

마스터가 원래의 모습이었다면 상상도 할 수 없는 일이었겠지만 알게 뭐야. 지금은 그냥 어린애인걸.

그리고 춥다. 마스터 역시도 별다른 생각이 들지 않는 듯했다. 둘이 좁은 그루터기 아래에 꼭 붙어 있자니 오히려 더 따뜻하고 좋았다.

새삼 내가 편의적인 인간이라는 걸 실감하며 눈을 내리감았다. 늘 거리를 두고 떨어져 있다가 이리 꼭 붙어서 자려니 어색한 기분이 들지 않는 건 아니어서, 빨리 잠들어 버리자 싶었다.

나 역시도 몹시도 피곤했던 탓인지, 깜빡 눈을 감았던 것 같은데 순식간에 의식이 끊겼다. 아득하게, 아래로 떨어져 내렸다. 그리고 암전……

찰나같이 눈을 떴을 땐 이미 아침이었다.

서늘한 바람과 맑은 새소리가 정신을 일깨운다. 어둠은 씻은 듯이 가신 숲의 아침은 유리종 소리가 울려 퍼질 듯 청명하다.

짙은 녹빛이 깔린 숲엔 새벽의 푸릇함이 아직 남아 휘돌고 있었다. 그 녹청의 평온한 숨결을 난 폐부 깊숙이 빨아들였다. 심신이 정화되는 상쾌함이 온몸을 찌르르 울린다.

"하암."

하품이 얕은 신음과 함께 거의 소리 없이 입에서 떨쳐 흘렀다. 휘늘어진 몸에 힘이 들어가며 훅 숨을 불어넣듯 감각이 살아난다. 이 고요한 야생 속에서 홀로 온혈이 도는 생물인 양 이질감이 고개를 쳐들었다.

……어쩐지 어깨가 묵직한걸. 슥 옆을 돌아보니, 내 어깨에 기대고 있는 작고 검은 머리통이 보였다.

마스터? 그 미세한 동작에 오르골의 태엽을 돌린 양 마스터가 부스스 머리를 들며 눈을 떴다. 까만 눈동자가 섬세한 눈꺼풀 틈새로 또렷하게 드러난다. 딱 눈을 비비면 어울릴 듯이, 피로를 떨치지 못해 졸린 기색이다.

"더 주무시겠어요?"

……솔직히 숨 막히게 귀여웠다. 머리를 쓰다듬어 주고 싶은 충동을 억제하느라 졸음이 싹 달아난다.

슬며시 묻자 마스터는 부정하는 대신 몸을 일으켰다. 부산하게 흐트러진 검은 머리카락이 나풀거리며 가라앉는다. 곧고 선명한 직모에 올이 가늘지 않아 엉킬 염려는 없어 보인다.

그가 일어나서 주변을 두리번거리는 걸 보니 문득 의심이 찾아들었다. 물어보기 민망하지만, 그래도 이건 알아야겠는데.

"마스터 혹시 볼일도 보셔야……."

하나요? 반쯤은 설마 하는 불안감에 차올라 던진 질문이었다. 소변을 본 적도 없을 듯한 마스터인데 내가 그 방법을 알려 줘야 하는건……. 맙소사다.

"아니, 섭식은 기력을 보충하기 위해서일 뿐."

내 심중을 간파했는지 단칼에 잘라 말한 마스터가 확고하게 덧붙였다.

"인간의 모습을 입고 있다 하여 내가 실제로 인간이 되는 건 아니니."

난데없이 후려치는 듯한 말. 세게 얻어맞은 것처럼 어딘지 얼얼하다. 그의 입으로 이렇듯 확실해지니 그저 말문이 막혔다.

……짐작하고, 아니 거의 확신하고 있었는데도, 직접 듣는 게 이리 충격으로 다가올 줄은 몰랐다.

인정머리 없고 잔혹한 마법사인 걸 알면서도 좋아했다. 하지만 인간이 아닌 상대를 좋아하는 건, 무어라 설명할 길 없이 막막한 일이다.

내가 좋아한다고 믿는 게, 그 감정의 향방이 어디로 향하고 있는건지 그조차 모를, 암흑 속에서 헤매고 있는 듯한. 내가 아주 멀리, 잘못된 길로 들어섰구나 하는 생각뿐.

"그럼 마스터는 뭔데요."

불현듯 질문이 튀어나왔다.

"인간이 아니면 무엇인데요?"

이미 볼 장 다 보았다. 그러나 기분만은 그러지 못했다. 귀신이나 악마라고 한들 뭐가 달라지겠느냐마는, 난 오싹한 채 마스터를 견주어 보았다. 악몽 같은 뭔가가 그에게 도사리고 있는 것처럼.

"알 필요 없다."

"저는 알고 싶어요."

나는 음절 하나하나 힘주어 발언했다.

"저한테 숨기실 필요 없잖아요? 저는 이제 마스터와 한배를 탔고, 같이 쫓기는 처지죠. 이렇게 된 이상 저도 마스터에 대해서 알 건 알아야 하지 않겠어요?"

이토록 집요하게 캐물어 본 적이 없었다. 어느 정도 모르는 체하며 거리를 두려는 심정이 적잖이 자리했던 탓이다. 더 많은 비밀을 알게 되면, 빠져들어 헤어 나오지 못할 늪.

하지만 이미 늦었다. 더 이상 발을 뺄 수 없게 된 지금 내겐 이 모든 수수께끼를 풀어낼 마음만이 가득하다.

당신을 돕길 원한다면, 내게 진실을 말해 달라고. 추궁하고 어르고 싶은 충동이 목 끝까지 차올랐지만 그럴 수 없게 하는 건— 내가 하나의 사실을 염두에 두고 있기 때문이었다.

마스터는 본인이 위기에 처했든 어쨌든, 내게 결코 굽히지 않을 자였다. 내가 그에게 결별을 고하면, 그조차도 아무렇지 않게 받아들일 것 같았다.

떠나보낼 것이다. 혹은 붙잡을 것이다. 확신할 수 없는 반반의 확률일지언정 난 그걸 시험할 수 없었다. 그를 버릴 수 없는 건 애초부터 나였기에.

침묵 속에서 날 응시하던 마스터의 입이 서서히 열렸다.

"내가 무엇이든 네 앞에 있는 것이 바로 나다."

"뜬구름 잡는 소리 마시고, 도대체 왜 숨기시는데요?"

뻔한 답에 열이 솟구쳐 윽박질렀다. 마스터의 입이 굳게 닫힌다. 결국 말하지 않겠다는 뜻이다.

정말이지 머리를 쥐어박아서라도 입을 열고 싶은데, 난 애써 충동을 내리누르며 이갈림 섞어 중얼거렸다.

"그놈의 신비주의."

그래, 난 몹시 삐쳤다. 그래서 마스터가 두리번거리며 찾던 게 어제 먹다 남은 거라는 걸 눈치채고도 팔짱을 끼며 모른 척했다.

물론 모른 척한 게 무색하도록 안테나를 세운 듯 마스터가 빨리도 열매를 찾아냈지만 말이다.

돌 위에 놓고 열매를 쪼개어 먹는 모습을 지켜보자니 다람쥐가 은신처에 숨겨 둔 도토리를 찾아내서 갉아먹는 양 귀여웠기에 또 마음이 사르르 풀렸다. 맙소사, 정말 난 구제불능이다.

"업히세요."

마스터는 순순히 내 등위에 몸을 올렸다. 하룻밤 새 다친 발이 나을 리 없으니 불가피한 일이었다. 이편이 이동하는데 빠르기도 빨랐으니까. 물론, 필요성을 떠나서 기분이 영 그렇긴 하다.

먹을 것도 구해 오지, 업어 나르지. 이쯤 되면 시녀도 아니고 밭 갈고 달구지 끄는 소 아닌가. 난 한숨을 푹 내쉬었다.

먼저 반한 사람이 지는 거라고, 아무것도 말해 주지 않고 나 따윈 아무래도 상관없는 사람한테 목숨을 내맡겨야 한다니. 이렇게 손해 보는 장사가 또 어디에 있을까. 그걸 알면서도 이 상황이 싫지만은 않은 건 참 아이러니한 일이다. 도리어……

모든 걸 한시름 뒤로 내려놓은 듯한 이 고요한 평온이 이제까지의 혼란과 충격을 잊게 했다. 아니, 진실로 잊은 것은 아닐 터. 허나 지금은……. 어제 나타난 괴물이 환상이었다는 듯 한가로운 숲길을 미온의 체열을 느끼며 지나고 있자니 모든 게 끝난 것만 같았다.

언제고 터질지 모르는 지뢰를 안고 가는 이 시간이 유보일지라도 추적자들은 아직 모습을 드러내지 않았고 아직 다음 장은 굳게 닫혀 있었다.

위협이 될 만한 추적자라면 시온이나 아모스 중 몇 명. 그러나 시온은 지금 누구도 온전한 상태가 아니리라. 내가 봉인 과정 중에 끼어들었으니, 그 여파로 마력이 뒤틀렸겠지. 회복하려는 덴 시간이 걸릴 테고 그때까지 어떻게든 방도를 찾아야 했다.

그가 힘을 회복하고…… 적어도 스스로 안위를 지키도록. 하지만 마스터가 힘을 되찾는다면 그땐.

난 입술을 깨물었다. 수면 아래로 가라앉는 듯한 아득한 불길함. 먹구름이 밀려오는 양 눈앞이 어두워진다. 예지하듯 미래의 풍경을 떠올릴 순 없다. 그 알지 못할 미래가 좋은 결과를 초래하리라고는 도무지 생각되지 않았다.

난 내딛는 발로 애꿎은 수풀을 세게 짓눌렀다.

……어쩌면 이대로 마스터를 어린아이 상태로 내버려 두는 게 최선일 수 있겠지. 그가 힘을 찾지 못하도록 하는 게, 모두를 위해선.

하지만 이런 상태로는 그를 떠날 수 없는 걸. 평생 마탑의 손아귀에서 벗어나 이대로 도망치면서 살 수는 없는데, 그를 버리는 것도 불가능하다니.

아이러니한 일이었다. 전자가 필요라면 후자는 불가피함이다. 그리고 난 항상 불가피한 쪽을 택해 왔다.

왜냐하면 그게 진정 내가 원하는 일이라고 믿었으므로, 그리하여 몸이 순응하듯 거기에 따랐으니까. 그리고 그건 실로 피할 수 없는 일이었다.

난 등에 실린 여린 육신의 존재를 생생히 실감했다. 내 목을 빙 둘러 감은 팔은 가냘팠고, 손끝에선 악력이라곤 느껴지지 않았다.

힘없이 거의 숨소리도 내지 않으며, 마스터는 내게 몸을 내맡기고 있었다. 어린아이의 모습을 한 채 몹시 지친 그는 지금 드높은 탑처럼 고고하게 내려다보던 절대자가 아니었다.

냉정해져야 한다고 수없이 되뇔망정 난 모질게 그를 떼어 놓을 수가 없었다. 그의 나약함에 이토록 가슴이 조여드는 건 무엇 때문일까.

마스터는 정말로 교활하다. 그러나 이런 모습이 아니었다고 해서,

이런 상태가 아니었다고 해서…… 내가 그를 버릴 수 있었을까? 단 한 번도 제대로 도망칠 엄두조차 내지 못했으면서.

거기에 '그렇다'고 말할 수 없는 난, 그릇된 비난을 고이 접으며 걸음을 옮겼다.

세 번의 밤이 더 지나고 나서야 우리는 비로소 숲 밖으로 빠져나올 수 있었다.

처음에는 미열이라 눈치채지 못했다. 아프다고 엉엉 울어서 제가 아프단 걸 알리는 진짜 어린아이가 아니라는 것 알고 있었는데. 어쨌든 마스터가 감기에 걸린다거나 하는 건, 내게 상상 밖의 일이었다.

그러나 주변의 숲이 듬성듬성해질 때쯤, 업고 있는 몸이 확연히 뜨거워지고, 잔기침 소리가 그에게서 새어 나왔을 때, 난 마스터를 내려놓고 얼른 이마를 짚어 보았다.

"마스터, 열이 있는데요."

"육신이 쇠약해진 터, 이상 증상이 나타난 것이다."

마스터는 의사라도 된 양 평온하게 제 상태를 설명했다. 쌀쌀한 숲을 내내 이동하며 야영하고, 먹은 거라곤 개울물과 나무 열매밖에 없으니 병이 날만도 하지.

하지만 안쓰러움은 둘째치고 이해가 가지 않는 점도 있었다.

"……내버려 두면 죽을 수도 있나요? 마스터는 사람도 아니라면서요."

"인간의 몸으로 구현되었으니, 가능하다. 죽음을 맞이하면 형상을 잃는다."

그건 이대로 둬서는 안 된다는 뜻이었다. 화장실은 안 가도 되면서, 발은 부르트고 열도 나다니 무슨 몸이 이래.

"제대로 쉴 곳을 한 번 찾아보죠."

한숨과 함께 내뱉은 난 다시 그를 들쳐 업고 걸음을 서둘렀다. 형상을 잃는다면 전에 본 그 괴상한 검은 덩어리로 변하게 되는 걸까.

의사소통도 불가능한 그런 걸 마스터 취급하는 건 몹시도 내키지 않은 일이었다. 마스터가 사람이 아니란 걸 이 이상 실감하게 되기는 싫었다.

그러나 제대로 된 쉴 곳을 찾는 건, 생각보다 요원했다. 숲은 경계가 뚜렷하지 않다. 가장자리로 빠져나온다고 해서 갑자기 나무가 사라지고 평원이 펼쳐지는 건 아니었다. 몇 번이고 나무 위로 기어올라 살펴봤지만, 좀처럼 인가가 눈에 띄지 않았다.

이 인근엔 마을이 없는 건지도 모른다. 숲 바깥쪽엔 거목이 별로 없어서 높이상 먼 시야까지 잡히지 않은 탓도 있겠지.

열이 오른 마스터가 한기에 고스란히 노출된 채 자야 한단 것도 문제였거니와, 음식도 문제였다. 나야 그렇다 치고 마스터를 이 이상 과일로 연명하게 할 수는 없으니, 사냥이라도 해야 하나?

하지만 사냥이라니. 대개의 여고생이 그렇듯 나도 징그러운 건 질색이다. 짐승을 잡아서 야만인처럼 가죽을 벗기고 고기를 굽는다든가 하는 건, 단 한 번 해 본 적도 떠올려본 적도 없는 종류였다.

수렵 생활에 로망 같은 건 없다. 도시에서 자라나 정육점의 고이 손질된 고기만 먹어온 내게 살아 있는 동물을 맨손으로 잡는 건 몸서리가 쳐졌다.

어쩔 수 없는 일이라며 속으로 불만 품어도 마스터를 위해 사냥이란 걸 감수할 마음은 들지 않았다. 내 애정도 실은 얄팍했던 걸까?

하지만 나는 마스터에 한해서 동정심을 품는다거나 보살핀다는 것에 무척이나 익숙지 않았고, 안쓰러운 마음과는 별개로 무슨 일이든 감수해야 할 것처럼 아주 크게 걱정이 되지도 않았다. 그러니 사냥에 대한 자연스러운 거리낌을 쳐 낼 만한 동기가 빈약했다.

마스터는 내게 초인이나 다름없는 존재였고, 현재 상태와 부합하지 않는다고 해서 그 이미지가 쉽사리 벗겨지지는 않는 것이다. 정 안되면, 잠깐 마법을 쓰는 정도는 괜찮지 않겠어?

고민 속에서 무작정 숲에서 멀어지는 방향으로 걸음을 내딛던 그

날 저녁, 난 드디어 무언가를 발견했다.

처음에는 옆으로 퍼진 나무일 거라 생각했다. 그러나 곧 나무라고 할 만한 모양새가 아니라는 걸 눈치채게 되었다. 지붕에 무성한 나뭇잎이 덮여 있고, 통나무가 쌓인 벽면에 담쟁이덩굴이 기어 올라가 운치 있다기보단 지저분했지만, 어쨌든 그건 오두막이었다. 이런 외딴 장소에— 오두막이라니?

거기에 사람이 있든 없든, 발견한 것만으로 다행이기에 난 재빨리 다가가 문을 두드렸다. 손힘을 조절하지 못해 쾅쾅 소리가 나며 문이 뒤흔들렸다.

"저— 계세요!"

빈집인 거 같으면 그냥 들어갈 기세로 목청껏 묻자 곧바로 대답이 들려왔다.

"누구쇼?"

문이 조금 열리고, 수염 숭숭 난 한 사내가 빼꼼히 머리를 뺐다.

"이런 숲 속에 웬 젊은 처자가 다 있지? 아이까지 데리고. 어디서 온 거요."

경계심 어린 눈이 나와 등에 업힌 마스터를 아래위로 훑었다.

내 마법 로브는 숲을 헤맸다고 보기엔 때 묻지 않아, 좀 흐트러져 있을망정 매무새가 깔끔했고, 어쨌거나 사람이 아닌—옷도 무엇으로 만들었는지 모를— 마스터도 그건 마찬가지였다.

다만 난 얕보이는 데 일가견이 있었다. 즉 위협적인 존재로는 도무지 보이지 않는 타입이었다. 더군다나 아이를 달고 있다.

눈에 힘을 뺀 사내가 한층 더 낮게 깐 음성으로 물었다.

"어디서 왔냐고."

무어라 답해야 할지…… 어린아이와 숲 속에 뚝 떨어질 만한 사유를 고민해 보던 난 마땅치 않음에 미간을 찌푸렸다. 어차피 마을로 가야 하고, 그러려면 이자에게 마을로 가는 길을 물어야 한다. 그래서 난,

"말씀드리기 복잡한 사정이 있어요."

대충 뭉뚱그리는 쪽을 택했다. 어깨를 으쓱한 사내가 그런 내 말을 알아서 해석해 주었다.

"마법사이신가 본데, 장거리 이동 마법에 실수한 건 아니고? 뭐, 가끔 일어나는 일이지."

난 하하 멋쩍은 웃음을 흘리며 그가 열어 주는 방 안으로 들어섰다. 안에는 그래도 청소가 되어 있는지 외관과는 다르게 바닥이 깔끔했고, 귀퉁이에 마련된 벽난로에선 열기가 느껴지고 있었다.

아이에게 열이 있다고 하자, 그가 혀를 차며 벽난로 앞에 담요를 깔아주었다.

마스터는 가늘게 눈을 뜬 채, 내 뜻대로 순순히 바닥에 드러누웠다. 등에 묻고 있어 가려졌던 이목구비가 드러나자, 사내가 힐끔대는 시선이 느껴졌다.

마스터는 남다르게 예쁜 아이였고, 창백하디 흰 피부는 햇빛을 한 번도 본적 없는 것 같았다. 귀한 신분으로 느껴질 법하지.

"혹시 먹을 건 없나요?"

"공짜로?"

난 급히 품을 뒤적였다. 만약을 대비해 챙겨 놓은 비상금—소량의 금화와 보석—을 꺼낼 요량으로. 무일푼이 아니라는 게 약간 위안이 되었다.

그러나 내가 지갑을 꺼내기도 전에 사내가 손사래를 쳤다.

"됐수, 농담한 거라오. 어차피 이런 곳에선 돈이 있어 봐야 쓸데도 없어."

그러더니 어디선가 빵과 잘 익은 감자를 꺼내왔다.

내가 조심스레 마실 건 없느냐고 묻자, '아주 부려 먹으려고 드는구먼'이라며 투덜대면서도 사내는 물을 따라서 내게 건네주었다.

나는 별달리 음식물을 섭취할 필요가 없었기 때문에, 그 모든 건 마스터의 몫으로 돌아갔다.

일단 뭐라도 먹여야 했다. 기력이 없는 듯한 마스터를 일으켜 세우는 내게 사내가 물어왔다.

"보아하니 귀한 집 자녀분 같은데, 마법사 아가씨와 저 아인 무슨 사이요?"

"……동생이에요."

이렇게 말하는 편이, 앞으로도 함께하기 자연스럽겠지. 잔을 입에 대어 주자 마스터는 꼴깍꼴깍 목구멍으로 물을 넘겼다. 난 거칠거칠한 빵을 잠깐 내려다보곤 물에 담가서 씹기 편하게 불린 다음 마스터에게 먹여 주었다.

몇 살 차이 나지 않는 친동생도 돌본 적 없었는데, 며칠 사이 나도 꽤 보모 노릇에 익숙해졌다.

"여동생? 남동생?"

"남동생이오."

"벙어리인가? 왜 이리 말이 없소."

"원래 말이 별로 없는 아인데 지금 아파서 그래요."

누군가가 마스터에게 말을 시켜 아이답지 않은 말투로 말하는 걸 보게 하느니 차라리 자폐증이라고 말하는 게 나을 성싶다. 난 마스터에게 한 번쯤 이 점에 대해서 주의를 줘야겠다고 생각했다.

"둘이 머리색은 비슷한데 별로 닮지는 않았소만. 양친 중 한 분이 다른가?"

미심쩍은 눈으로 구태여 꼬집어 말하는 사내는, 내가 마스터와 남매라는 게 믿기지 않는 눈치였다.

마스터와 여기까지 와서 비교를 당해야 한다니. 난 속으로 이를 으득 갈며, 산뜻하게 웃었다.

"사촌인데 함께 자랐어요."

그제야 납득이 간다는 듯 고개를 끄덕이는 모양새가 몹시 마음에 들지 않는 건, 내가 민감한 탓이겠지? 질문을 피하기 위해선 질문을 던지는 게 정답이라, 난 방어적으로 물었다.

"혼자 사시나요? 뭐하시는 분이기에 이런 곳에 사세요?"

"난 숲지기인데. 숲지기라고 해서 뭐 따로 봉급받거나 하는 일이 있는 건 아니고 숲에서 숙식하는 걸 허가받는 정도랄까. 여기에도 영주는 있으니 말이오. 때로는 이렇게 숲에서 조난당한 사람을 도와주거나 마을로 안내하는 일을 하지."

"이 근처에 마을이 있나요? 이 근처엔 인적이 통 없어서, 사실 이 오두막도 어떻게 발견했는지 모르겠어요. 다행이었죠."

귀가 쫑긋해져서 조잘거리자 사내가 말을 받았다.

"큰 마을은 아닌데 하루 거리 정도에 마을 하나가 있긴 하지. 어차피 나도 들를 일이 있으니, 아이가 낫는 대로 안내해 주겠소."

"고마워요."

얼른 이 요구 많은 불청객을 집에서 치워 버리고 싶어 하는 귀찮음이 역력한 표정이었다. 난 그저 생긋 웃었다.

"그나저나 저 안쪽으로 들어가면, 놈의 서식지인데 용케 걸리지 않고 나오셨수?"

"놈이라고요?"

"이쪽 숲에는 이렇다 할 위험이 없긴 한데 그게 다 무시무시한 괴물 한 놈이 자리를 차지하고 있는 탓이오. 제 서식처 관리 하나는 철저히 해서 다른 놈들이 발붙일 거리가 없지. 그놈만 피해 가면 위협이 될 만한 게 없어서 안전한 편이지만, 워낙 감이 좋은 녀석이라 누가 침범한 걸 눈치채지 못했을 리는 없는데."

난 얼마 전, 마스터와 눈을 마주치자마자 허둥지둥 도망갔던 괴물 한 마리를 떠올렸다. 놈의 거대한 덩치와 하얗게 번뜩이던 이빨도. 다리가 떨릴 만치 위협적인 모습이었으니, 필경 그 녀석을 말함이라.

"뭐, 오래 헤맨 거 같진 않으니 당시에 놈이 배가 불렀는지도 모르고."

"여기까지 오진 않나요?"

"이 숲 바깥쪽엔 놈이 진저리치는 향내의 수목이 심어져 있으니

올 일 없을 거요. 나 이전에도 할아범 한 명이 이곳에 살고 있었지만, 제 명대로 살다가 죽었소."

"다행한 일이로군요."

사내는 부랑자 같은 첫인상에 비해 사람 좋은 이였고, 그간 말을 나눌 사람이 없어 적적했는지 내게 이런저런 이야기를 건넸다. 그는 내가 미숙한 마법사라 마법에 실패해서 이 숲에 떨어졌다고 확신하고 있는 모양이었다.

숲이 있는 곳에는 마력이 모여들기 마련인데, 특히 이 숲은 생명력이 왕성한 탓에 대기가 혼란해져 간혹 있는 경우라 한다.

목적지에 대해서 비밀이라고 대충 얼버무린 난 그에게서 지도를 받아 이곳이 대강 어디쯤인지 파악하려고 애썼다. 운이 좋은 건지 이런 숲 속에 변변한 지도가 있단 것도 놀라울 판인데 익숙한 이름이 눈에 띄었다.

샤자한. 그 이름을 발견한 난 눈을 가늘게 떴다. 동명 이국은 아니겠지? 이리도 가까운 곳에…….

한 나라 건너지만, 중간에 낀 나라가 워낙 소국이라 지도상으로는 그리 멀지 않은 거리였다. 도움을 청할 사람이, 아예 없지는 않았다.

난 샤자한의 왕 아카일이 마지막으로 한 말을 떠올렸다.

'그대가 날 구했단 건 잊지 않고 있어. 언젠가, 도움이 필요하다면.'

언젠가 도움이 필요하다면…… 기꺼이 도움을 주겠다는 그런 뜻이었으리라.

예의상으로 한 말이라기엔, 내가 그의 목숨을 구해 주었는데 염치가 있다면 모른 체하지는 않을 것이다. 그런 사람이라고 느꼈으니까.

하지만 샤자한으로 가는 건 좀 더 생각해 봐야 할 것 같다. 절로 눈길이 벽난로 앞에 누워 있는 마스터에게로 향했다.

문제는 아이의 모습을 한 채로 시름시름 앓고 있는 저분이었다. 평판이 좋을 리 없고, 세상에 아군보다 적군이 훨씬 많을 우리 마스터.

……당연한 거겠지만, 과거에 얽힌 일도 있거니와 내키지 않은 계

약을 이어 가고 있기에 샤자한의 왕은 마탑을, 마탑의 수장인 그를 싫어한다. 어쩌면 증오할지도 모르고. 정체를 알게 된다면 도움을 주긴커녕 마탑에 넘기려고 할지도.

물론, 내가 말하지 않는다면 저 작은 소년이 마스터라는 걸 사샤한의 왕이 알 도리는 없다.

……아니, 꼭 그렇지만도 않은가.

난 문득 그를 떠올렸다. 란델. 첫 임무를 맡아 샤자한을 방문했을 때 나와 함께한 건 그였다. 그러면 내가 샤자한의 왕과 나누었던 대화를 들었을 수 있다. 그렇지 않더라도, 샤자한의 왕과 내가 친분이 있음은 기억할 것이다.

만약 이 근처로 우리가 이동해 왔단 걸 알아챘었다면 그가 샤자한을 떠올리지 못할 리 만무하다. 같은 논리로 유권과도 합류할 수 없다고 하지 않았나.

여하간 행로를 결정해야 하는 건 마스터일 테니, 지금 내가 앞서서 수를 따져 보는 건 의미 없지.

난 잠자코 생각을 정리했다. 당장 의견을 묻기엔 마스터의 상태가 좋지 않다. 지금은 쉬게 놔둬야지.

그날 난 종일 마스터를 보살폈다. 까무룩 잠이 들었다 깨었을 땐, 마스터의 곁에 누워 있었으니 한시도 떨어져 있지 않았다고 보아도 족하다.

친절을 베푼 사람이라도, 샤자한에서도 인상 좋은 아주머니에게 당한 적이 있었기에 숲지기 앞에서 긴장을 놓지도 어려웠거니와 마스터의 상태가 몹시도 걱정이 되었다. 걱정한다고 달라지는 것도 없고, 그가 인간이 아니란 걸 알면서도.

굶고 피로해서 그런 것이라 먹고 쉬면 금방 나아질 줄 알았건만, 마스터의 열은 좀처럼 내리지 않았다. 삔 다리가 순식간에 낫지 않듯 단시간에 낫기 어려운 피로가 열로 화한 듯싶었다. 평생 제 발로 걸어 본 적 없는 사람이 갑자기 마라톤 행군을 한 것이나 마찬가지다.

잠으로 회복을 도모하듯 마스터는 한시도 눈을 뜨지 않고 곤히 누워 있었다. 그 평생 열이 올라 괴로워 본 적이 단 한 번이라도 있었을까 싶었으니, 색다른 고통이긴 할 것이다.

그러나 발에서 피가 나도록 일언반구도 없었던 마스터는 이번에도 신음 한 번 내지 않았다. 그저 견뎌 내고 있는 것이리라.

난 마스터의 이마에 배어난 땀을 조심스레 닦아 주었다. 강인하다 못해, 얼음 절벽 같은 마스터의 이미지는 어느덧 스러지고, 이곳에는 내가 돌봐 주어야 할 이만이 있었다.

내가 좋아한 건 분명히 강하고 냉정한 그일진대, 조금도 실망하거나 마음이 식지 않은 건 기묘한 일이었다. 성가시게 느껴지긴커녕 오히려 애틋하고 가슴이 아팠다.

내가 그를 좋아하는 마음은 필경 뜨겁지만, 새빨갛게 달궈지더라도 금세 식어 버릴 쇠붙이 같은 것일 거라 생각했다. 물을 끼얹으면 그대로 열을 잃을, 그러나 그 순간만큼은 델 듯이 뜨거운.

하지만 그렇지 않았나. 오랜 시간 곁에서 서서히 자라났던 마음이라 뿌리가 깊었던 걸까.

모양을 매만질 수도, 가늠할 수도 없다. 자신의 마음에 대한 건 아무리 사소한 거라도 확신해선 안 되는 일임을, 아프게도 깨닫는다.

당신이 누군지도 모르는데, 어떤 존재인지도 모르는데 좋아하고 있어.

난 누워 있는 마스터의 얼굴을 들여다보며, 입 모양만으로 되뇌었다.

숨결처럼 열기를 띤 속삭임이 내 안에서 일렁이고 있었다. 거머쥘 수 없기에, 끄집어낼 수조차 없이, 그렇게……

그래서 저항할 수 없는 것이리라.

마스터가 아픈 탓에, 마을로 떠나는 일정은 미뤄졌다.

숲지기는 혼자만 있던 집에 우리가 있는 걸 어색하게, 혹은 거북하게 느끼는 눈치였지만 그렇다고 우릴 내쫓을 만큼 모진 사람은 못 되었다.

그는 나름대로 먹을 것을 꼬박꼬박 챙겨 주고, 잠자리도 돌봐 주었으며 해열에 좋다는 약초를 구해 왔다. 난 그가 받지 않더라도 보석을 놓고 가야겠다고 마음먹었다.

며칠 돌본 끝에 드디어 마스터의 열이 내렸다. 열이 내려가고 있단 걸 느낄 수 있었기에 한시름 놓은 채 지켜보고 있었던 차였다.

부러 잠을 청했던 것처럼 굳게 감겨 있었던 검은 눈이 대기에 드러난 순간, 난 목이 메었다.

심연이 고인 그 눈빛은 잔잔하고, 늪처럼 깊었다. 그러나 공허하리만치 감정이 결여되어 있던 그 검은 눈이, 이전과 같지 않다고 느꼈다면 그건 내 심정 변화 때문일까.

여전히 읽을 수 없는 눈이었으되, 무언가 달랐다. 난 그 다름을 꿰뚫어 보고 싶었다. 그러나 내가 통찰하기도 전에, 헤아릴 수 없는 암흑이 껍질처럼 덮였다. 마스터는 밤이 내려앉은 눈으로 속삭였다.

"이제 출발해야겠다."

적막한 음성이었다. 새벽빛이 깃들어 남색으로 푸르러진 공기 속에서, 그 음성이 미온을 담아 호흡으로 내게 스미는 듯했다. 그와 내 시선이 수평선처럼 이어졌다. 난 옆으로 누운 채 속삭였다.

"아직 시간이 일러요."

땅거미처럼 바닥에 흩어져 있던 머리카락이 들썩였다. 마스터가 조금 고개를 움직였다. 그의 시선이 관찰하는 듯이 사방을 찬찬히 훑었다.

"그자는."

"숲지기요? 잠깐 나갔나 봐요. 식사 거리가 떨어져서 사냥하러 간다고 했는데."

잠들어 있다가도 간간이 입안으로 흘려 넣어주는 고깃국물을 받아 마신 터였다. 어차피 고맙게 생각하진 않겠지만, 그가 먹은 것이 숲지기의 식량을 축내었던 거라고 알려 주는 게 도리상 맞다 싶었다.

그러나 내가 더 입을 열기도 전에 마스터가 냉정하게 말했다.

"그자를 죽여야 한다."

"그럴 순 없어요!"

너무 놀라, 난 자리를 박차고 몸을 반쯤 일으켰다. 이건 또 무슨 소리야! 일어나자마자 한다는 말이……

"혹여 추적자들이 이 숲에서 흔적을 발견한다면, 그자에게 우리에 관하여 물을 것이다. 죽이는 편이 안전하다."

"기억을 지우면 되잖아요."

"마법을 써서는 안 된다고 말했을 텐데."

"마법을 써선 안 되면 그 숲지기는 어떻게 죽이려고요? 설마 저한테 칼로 찌르거나 돌로 쳐 죽이라고 말할 셈은 아니겠죠?"

비슷한 발상을 했는지 잠시 침묵이 깔린다. 왜 그래선 안 되느냐고 묻는 듯하다. 그 담담함, 소름 끼칠 만큼 차분한 낯에 기가 질린다. 깨어나자마자 한다는 소리가 자길 돌봐 줬던 사람을 살인멸구하라는 거라니, 참 지독하기도 하지. 내가 이 사람의 뭘 걱정했던 걸까.

어차피 마스터에 대한 내 기대치는 바닥이라서 새삼 떨어질 정도 없다. 난 한숨을 내쉬며 물었다.

"숲지기를 제거했다고 치고, 어차피 곧 마을로 갈 건데, 마주치게 될 마을 사람들은 어떻게 하고요? 그 사람들도 다 죽여요? 마법 없이 그건 불가능하다고요."

참, 나도 사람 죽인다는 소릴 아무렇지 않게 하다니. 씁쓸하면서도 한편으로 섬뜩한 건 있었다. 마스터에게 불가능하다고 말했지만, 정말로 그런 건 아니다. 가능하긴 하지. 마법을 배제하고도 내 신체적 능력은 웬만한 전사를 상회하는 수준이니까.

"어째서 마을로 가야 하지?"

"마스터, 마을로 가지 않으면 어디서 식량을 구하고 어디서 잠을 자요. 야영할 만한 장비도 없는 데다가 전 사냥을 못 하고 나무 열매나 따 오는 수밖에 없는데. 그런 생활은 현재로선 마스터가 견디질 못해요. 그래서 병이 나신 거잖아요. 일단 마을에 가긴 가야 해요. 계속 걸어 다니실 순 없으니 마차라도 구해야 하고."

"이동은 이제까지처럼 하는 걸로 족하다."

내내 내게 업혀 다니겠단 소리야? 당연한 듯이 내 고생을 전제로 하는 말에 눈살이 찌푸려진다. 아니, 그건 뭐 그렇다 쳐.

"담요나 침낭이나, 요리할 만한 냄비, 식량 이런 것들을 구해 와야죠. 어차피 마을에는 가야 해요. 이 로브 차림으로 계속 돌아다닐 순없으니, 옷도 구해야겠고."

이런 화려한 붉은 로브를 입고 나돌아 다니면, 금방 소문이 나겠지? 어서 날 잡아가라고 말하는 것이나 다름없다.

그제야 납득한 듯 마스터가 입을 다물었다. 난 내친김에 한 번 언급하기로 했던 문제를 끄집어내었다.

"그런 의미에서 마스터와 제 관계를 새로 정립해야겠어요. 숲지기한텐 마스터와 제가 남매 사이라고 했거든요. 그러니까 마스터가 제동생인 거죠."

별달리 불만은 없는 듯 변화 없는 표정이다. 난 조금 긴장한 채로 말했다.

"그게 설명하기 편하니까, 앞으로도 쭉 그렇게 말하고 다니려고요. 남매 사이니까 사람들 앞에선 마스터에게 말을 놓아야 할 것 같아요. 그래서 말인데— 제가 계속 마스터라고 부를 순 없잖아요? 호칭을 정해 주셨으면 하는데."

그러니.

"제가 부를 이름……을 말씀해 달라는 뜻이에요."

침이 꿀꺽 넘어갔다. 왜 이리 가슴이 떨리는 걸까. 물어보면 안 될걸 물어본 것도 아닌데. 아니, 애초에 이름도 말해 주지 않는 건 너무하잖아. 내 생을 저당 잡았으면서 정작 제 이름도 알려 주지 않고, 그냥 마스터라고 부르라니.

실은 궁금했다. 그간 차마 묻지 못했을 뿐, 그의 정체를 알고 싶은 만큼이나 이름만이라도 알고 싶은 마음이 항상 가득했다.

몹시도 숨을 죽이며 답을 기다리는 가운데, 마스터의 입이 천천히 열렸다.

"나를 펠이라 불러라."

유리 위를 가로지르듯 매끄럽게 떨어지는 음성. 단조로운 투였다. 그러나 형언할 수 없는 힘이 깃들어 있었다.

난 화들짝 몸을 떨며 마스터의 눈을 응시했다. 그가 음성을 발한 순간, 대기가 파동을 실어 날랐다. 실로 기이한 감각이었다. 운명의 실이 휘어 감는 양 연기와 같은 보이지 않는 무형의 자락이 내게로 미쳐 오는 듯했다.

불새 엘로힘이 암시했듯, 마스터는 이 세계에 지대한 영향력을 끼치는 어떤 대단한 존재였다.

내 얄팍한 마법적 지식에 따르면 이름은 곧 존재의 규명. 그래서 마스터는 누군가에게 이름조차 발설할 수 없는 건지도 모른다. 그것이 곧 그의 정체와 직결되는 일이기에.

적어도 내가 느끼기에 '펠'이란 이름은 마스터와 무관하지 않았다. 막 지어낸 이름은 아니리라.

"……그게 마스터의 이름인가요?"

"그리 부르면 된다."

마스터는 잘라 말했다. 물음을 허용하지 않는 단호함이 느껴졌다. 그에게서 흔치 않은 말투라 난 눈을 미심쩍게 떴다. 맞다는 거야, 아니라는 거야?

그러나 캐묻는다고 대답할 자가 아니란 건 안다.

"펠."

금세 포기한 난 조심스럽게 혀를 굴려 그 이름을 발음해 보았다. 마스터를 마스터가 아닌 다른 무엇으로 호칭해 본 적이 없었기에, 퍽 낯설게 들렸다. 하지만 눈앞의 이 모습처럼 낯선 게 또 있으랴.

"성은 리로 하지요."

성을 뭐로 할까요? 라고 묻는 대신 난 냉큼 정해 버렸다. 내가 그의 소유라면서, 성을 붙이는 걸 금지당했던 걸 뒤끝 있게 기억한 탓이었다. 이 정도는 내 맘대로 해도 되지 않겠어?

역시나 마스터는 거기에 토를 달지 않았다.

타성적으로 마스터에게 슬슬 뭘 먹일 시간이 되었다고 생각할 무렵, 숲지기가 돌아왔다. 그가 들어서자마자 어쩐지 비릿한 냄새가 훅 풍겨와 난 얼굴을 찌푸렸다.

사냥을 해 왔으니, 피비린내가 나는 건 자연스러운데 내겐 영 익숙지 않다. 안 먹어도 되니까 망정이지 방금 죽인 사냥감이라니…… 비위 상해서 어디 목구멍으로 넘어가겠나.

숲지기가 내 표정을 보곤 뭐라 뭐라 투덜대었다. 기껏 사냥해 왔더니 까탈을 떤다는 소리다.

차마 고기 손질을 돕겠단 말이 입 밖으로 나오질 않아, 난 수고하셨다고 말한 뒤 몸을 뺐다.

숲지기는 애초에 내게 기대 따위 하지 않았다는 듯 이것저것 도구를 챙겨 나가더니 알아서 고기를 손질해서 꼬챙이에 꿰어 왔다. 숙련된 솜씨다.

노릇노릇 고기 굽는 냄새가 풍기자 또다시 잠드는 듯했던 마스터가 자리에서 일어나 앉았다. 그간 제대로 먹은 게 없으니 배가 고플 만도 하다. 그답지 않게 어쩐지 본능적인 느낌이라 난 피식 웃었다.

"어이, 꼬마야. 이제 몸은 좀 괜찮나?"

항상 찰랑찰랑하고 길게 내리뻗었던 머리카락이 오늘따라 흐트러져 있었다. 슬쩍 까치집이 인 머리로 오도카니 앉아 있는 모습이 깨물어주고 싶을 만큼 귀여웠다. 그 격한 기분은 나만 느낀 게 아닌지 숲지기가 귀여워 죽겠단 듯이 마스터를 응시했다.

조금 전 그가 자리를 비웠을 때 그 작고 사랑스러운 모습의 소년이 저를 죽이라고 말했을 거라곤 상상도 못하는 눈빛이었다.

기분이 좀 착잡해진다. 겉모습은 천사라지만, 마스터가 어떤 이인지 누구보다 잘 알고 있었으니까. 허나 사람은 원래 외피에 속기 마련이다.

근데, 이 숲지기 위험하잖아? 홀린 듯한 눈이며 이쪽으로 기울어지는 몸짓이 심상치 않았다. 숲지기는 숫제 마스터의 머리라도 쓰다듬을 기세였다.

그랬다간 무슨 사태가 발생할지 예측하기 어려웠기에 난 급히 마스터를 감싸 안으며 둘러댔다.

"우리 펠이 낯가림이 좀 심해서요."

"펠? 고 녀석 곱상하게도 생겼소. 나이 먹으면 여러 여자 울리겠구만."

이미 저를 울리긴 했지요. 몹시 정확도 높은 추측에 숲에서 오래 살면 통찰력이라도 생기는 건지 의심이 든다.

숲지기는 여전히 미련을 못 버리겠는 듯 마스터를 힐끔거렸다. 의도치 않고도 무표정한 얼굴로 왠지 모를 마성의 귀여움을 발산하는 이 작은 소년에게 숲지기는 친절한 웃음을 띠며 꼬치를 내밀었다.

"자 이거 먹어라."

그러곤 대꾸 한마디 없이 받아서 오물오물 씹어 먹는 모습을 흐뭇하게 바라보았다.

우리나라였으면 버르장머리 없다고 한 소리 들었을 법하다. 난 비뚤어지려는 마음을 고치려고 노력해 봤지만, 어쩐지 기분이 상했다.

여자에다가 솔직히, 외모에선 빠지지 않는 날 보고도 그리 감흥이 없는 눈치였는데. 아니, 내겐 형식적인 친절 외엔 보인 적이 없는 그 무덤덤한 사내가 이렇듯 호감을 드러내고 있다니.

나는 지금 이 모습의 마스터에게도 지고 있는 건가. 이 자괴감이란. 심지어 나도 입인데, 숲지기는 내게 꼬치 한 번 권하지 않고 있었다!

"먹고 슬슬 마을로 출발했으면 하는데, 안내해 주실 수 있으세요?"

난 짐짓 쌀쌀맞은 투로 물었다. 숲지기의 태도를 보자니 내가 여기서 내다 버리더라도 마스터는 잘 먹고 잘살 것 같다는 느낌이 드는데.

"뭐, 애가 잘 먹는 걸 보니 괜찮아 보이긴 하다만 뭘 그리 서두르시오. 아직 좀 쉬다 가는 게 나을 텐데."

빨리 우리가 가길 바라는 거 아니었어? 마스터가 눈 뜨고 난 뒤, 태도를 싹 바꾸어 아쉬움이 표하는 게 기가 막힌다.

"계속 폐를 끼치는 것도 그렇고, 저희가 일정이 촉박해서요."

추적자가 언제 숲에 들이닥칠지 모르는데, 마냥 이대로 시간을 보내선 안 되기도 했다. 그리 여유로운 상황이 아니었다.

마스터가 어려진 모습을 그들도 보았으니, 현재의 우리는 붉은 로브의 여자 마법사와 아이라는 특징으로 한정 지어진다. 어서 모습을 바꾸고 세상 속으로 숨어들어야 했다.

마력이 뒤틀리긴 했지만, 그들은 시온이며 내가 상대할 수 없는 마법사다. 회복을 마치는 대로 이번에야말로 확실히 마스터를 제거하기 위해 우리를 쫓으리라.

"거참 알겠소."

아쉬운 듯이 보이긴 했지만, 더 갑론을박할 것 없이 숲지기는 마을로 가는 데 순순히 동의했다.

몇 시간 후, 마스터와 나는 그간 사냥이나 채집을 통해 얻은 부산물을 팔 셈인 듯 커다란 짐을 싸서 짊어진 사내의 뒤를 따라 마을로 출발했다. 마스터는 처음부터 내 등에 업힌 채였다.

숲지기의 걸음은 빨랐지만, 따라가기 어려운 정도는 아니었다. 오히려 좀 느긋하다 싶게 걷는다고 생각했다. 아이를 업고도 곧잘 그를 따라가자 사내가 혀를 내둘렀다.

"거 아가씨가 힘도 좋네그려. 이대로면 반나절이면 도착하겠소."

아마 여유를 두고 하루 거리라고 말한 듯싶다. 마스터를 업고 다닌다고 해도 체력적인 손실은 크지 않았지만, 여전히 말이 된 기분이

가시지 않아 난 꼭 마차나 다른 이동 수단을 마련해야겠다고 생각했다. 어쨌든 이건 기분의 문제다.

"다 왔소."

나무가 드문드문해졌다 뿐이지 여전히 숲이 이어지고 있어 가시거리에 마을이라곤 보이지 않는데, 어느 순간 숲지기가 그리 말하자 난 어리둥절해졌다. 그러나 곧 부산한 인기척이 피부에 와 닿듯 느껴지기 시작했기에 납득할 수 있었다.

통나무로 된 문 주위로 나무로 된 담벼락이 이어지고 자연스레 자라난 나무 덩굴이며 거기서 뻗어난 잎사귀들이 숲의 일부인 양 마을을 감싸 안고 있었다.

실제로 본 적은 없지만, 산적들이 산다는 산채와 비슷한 모양새 아닐까. 나무 위에 올라서서 암만 살핀다 한들 찾아내지 못한 게 이해가 간다. 위장하듯 온통 나무 담벼락에 둘러싸인 한가운데 자리한 마을이라, 눈에 띄지 않을 만도 하다.

혹시 숨어 사는 이들의 마을인가 싶었지만, 암구호 따윈 필요하지 않은 듯 숲지기가 턱턱 두드리자마자 문이 열렸다. 경비를 서는 것으로 보이는 앳된 얼굴의 마을 청년이 그를 보자마자 손을 흔들었다.

"켄트, 당신이군요! 이런, 이쪽은…… 또 숲에 불시착한 사람들이 있었던 겁니까? 문제로군요."

경계라기보단 호기심 섞인 시선으로 이쪽을 보는 게, 별달리 위협을 받지 않고 살아온 듯했다.

그러니까 아주 평범하고, 평화로운 산골 마을의 청년이다.

난 어쩐지 마스터를 힐끔거리게 되었다. 단언컨대 이토록 위협적인 인물을 맞이하게 된 건 이 마을이 생성된 이래로 처음이리라. 비록 당사자들이 전혀, 눈치채고 있지 못하다 할지라도. 무사히, 아무 일 없이 누구도 해치지 않고 이 마을을 떠나야겠단 의무감이 치밀었다.

"그래, 이번엔 다행히 무사한 손님들이지. 부상자도 없고 말이야."

청년이 싹싹하게 말을 받았다.

"욕보셨습니다. 저 숲이 사람을 끌어들이는 건지, 간혹 이동 마법을 펼치던 마법사들이 빨려들어 떨어지곤 하거든요."

"그 괴물이 가끔 별식을 맛보려고 수작을 부리는 건 아닌가 싶기도 해."

"어떤 놈일지 본 적이 없어서 궁금하긴 한데, 여기까진 안 오니 다행입니다. 그나저나 촌장님이 찾으시던데, 한 번 들르셔야겠습니다."

숲지기가 혀를 차며 청년과 이런저런 이야기를 나누었다. 서로 꽤 친근한 사이인 것처럼 보였는데, 그 와중에도 청년은 붉은 로브를 머리끝까지 뒤집어쓴 내 얼굴이 궁금한 듯 이쪽을 자꾸 힐끔거렸다.

난 말 한마디 없이 무례하다시피 침묵을 고수했다. 마을 사람들과 가까이해서 이로울 건 없다. 물론, 내 쪽이 그들에게 해가 될 테지.

"물건을 구해서 떠나겠다고 하지 않았소? 여기 여관이 있으니 거기서 며칠 머무르면서 채비를 하는 게 좋겠소. 이리로 쭉 따라가면 될 거요. 나도 이따가 들를 참이니 그때 봅시다."

숲지기는 좀 더 대화를 이어 갈 참인지 손을 내저으며 우리를 먼저 보냈다.

난 그때까지 줄곧 등에 업고 있었던, 잠들었는지 의심이 되는 마스터를 내려놓을까 잠시 갈등했다. 하지만 내 등에 푹 묻고 있던 얼굴이 드러나면 분명히 귀여운 아이라고 접근하는 이들이 있을 것 같아서 그만두기로 했다.

그 사람들에게 마스터가 아이다운 정상적인 반응을 보이리라곤 기대하기 어려우니까.

자폐증, 그래 그걸로 하자. 난 마스터에게 아이 흉내를 내게 하느니 그냥 그를 입 다물게 하는 게 현명하단 걸 알고 있었다. 마스터가 아이답게 앙증맞은 말투로 말하거나 애교 떠는 모습, 상상도 안 되고 소름이 다 돋는다.

난 굳게 결심한 채 길을 따라 발을 움직였다.

비록 쫓기는 중이지만, 마탑에 들어선 이래로 임무가 아닌 다른 이유로 마을을 방문한 건 처음 있는 일이라 감회가 새로웠다.

골목에서 고개를 빼고 이쪽을 관찰하는 아이들과 창문 밖으로 내다보는 호기심 어린 그 시선들. 아이를 등에 업은 붉은 로브의 마법사라니 얼마나 눈에 띌까.

다행히 이방인이라는 자각은 있는지 거리를 두고 접근하지는 않았기에, 성가신 일은 없었다.

여관에 다다를 무렵 문득 그런 생각이 들었다.

아마 보통의 차원 이동자라면 이런 곳에 홀로 떨어져서, 아무것도 모른 채 잡일을 하면서 막막한 채로 하루하루 적응해 나가지 않았을까. 그보다 운이 나빠서 그때 만난 괴물한테 꿀꺽 삼켜지는 걸로 명을 다했을 수도 있겠지.

그에 비하자면 난 처음부터 언어를 습득하고 고상하게도 마법을 배우면서, 6개월 동안 아무런 부족함 없이 지냈다. 그건 분명히 은혜라고 할 만한 게 아닐까. 그 때문에 몸이 괴롭지는 않았을지언정 평생겪을 혼란을 다 겪고, 가슴이 찢기는 심란한 시간을 보냈을지라도.

어쨌든 마스터는 내 목숨을 구해 주었고, ……확실히 책임져 주었다. 그는 내 주인으로서 내 인생을 소유한 자로서 의무 그 이상을 다한 것이다.

마스터에게 평생 종속당할 거란 생각에, 그의 부도덕한 명령에 복종해야 한다는 거부감에 줄곧 밀어내느라 애썼지만, 실상 난 어미 새가 먹여 주는 먹이를 삼키는 양 늘 받기만 했다.

내가 원한 게 아니어도, 받았다는 그 사실만큼은 부인할 수 없다.

그러니까 마스터를 돕는 건……. 그게 어떤 결과를 초래하든 내가 응당 해야 할 일이리라. 더 고민할 것 없다. 그래, 어떤 결과를 낳더라도—

난 그래야 했다.

어느덧 명쾌하도록 정리가 되었다.

숲 속에 숨겨져 있던 마을다운 황량함이다. 여행자라곤 도통 찾질 않는지 마을의 하나뿐인 여관—여관이라기엔 이층집에 가까운—에 도착했을 때, 난 바로 다른 손님이 없을 거라는 사실을 알아차렸다.

그리고 실제로도 맞았다. 빈방이 있느냐고 물으니 방이 딱 두 개 있는데 모두 비었다고 한다. 둘 중 어느 방을 잡든 그건 내 마음이었다.

혹시 죄를 짓고 숨어 사는 이들의 마을이 아닐까. 여행자가 적은 편인 것 같다고 운을 띄우니 마을이 생긴 지 이십 년도 채 되지 않았다고 한다. 숲에서 채취하거나 사냥한 부산물로 먹고살던 이들이 알음알음 모여서 만든 마을이라고. 워낙 작은 마을이기도 하기에 영주도 거의 내버려 둔 채 신경 쓰지 않는다고도 했다.

난 두 방 중 좀 더 널찍한 쪽을 택하기로 했다. 물론 마스터와 같이 쓴다. 원래부터 한 방에서 생활하기도 했거니와 방을 따로 쓰기엔, 마스터를 혼자 두기가 걸려서……. 아이인 척할 수 없다면 입을 열지 말아 달라고, 당부해 두긴 했지만 못 미더운 구석이 있었다.

열은 내렸지만, 마스터의 상태는 여전히 좋지 않았으므로 아직은 좀 더 쉬어야 할 필요가 있었다.

몹시도 하녀가 된 기분이지만, 수발은 내 몫이었다. 어차피 난 마스터를 종일 업고 걸어도 조금도 지치지 않을 만큼 튼튼하지. 아래층에서 미리 주문해 놓은 음식을 들고 올라오자, 마스터가 등받이에 기대어 앉은 모습이 보였다. 난 그의 앞에 식사가 담긴 쟁반을 놓아 주었다.

마스터는 다른 무언가에 신경을 빼앗긴 것 같았다. 깊게 빠져든 듯 검은 눈이 늪처럼 짙었다. 어둑한 방 안에서 미동도 없이 앉아 수면에 이는 파문을 응시하듯, 그만한 집중도로 생각에 빠진 모습이 인형처럼 섬뜩하다.

아름다움은 마음을 끌기 마련이나, 마스터의 외형은 도리어 끌리는 마음도 배제하듯 물리쳤다. 생리적인 두려움이었다. 세상 모든 것을 집어삼킬 악하고 삿된 힘이 그 고요 속에 잠들어 있는 것처럼.

"놈이."

그가 불현듯 읊조렸다.

"오고 있어."

피가 빠져나가는 듯, 온몸이 싸늘하게 식었다. 가슴이 덜컥 내려앉으며 불안이 먹구름처럼 덮쳐 온다.

"시, 시온인가요? 엘리야가? 누가 온다는 거예요! 놈이 누군데요?"

안절부절못하며 추궁하듯 질문을 쏟아 내자 마스터의 시선이 최소한의 동작으로 내게 꽂혔다.

"숲에서의 그놈."

"아…… 난 또."

마음이 탁 놓였다. 한숨을 내쉰 난 정신을 차리고 야단을 핀 탓에 거의 엎어질 듯이 기울어진 수프 그릇을 바로 했다. 숲에서의 그놈이라면, 그때 도망갔던 그 괴물이잖아. 이미 끝난 일 아니었나?

"그 괴물은 이 마을까진 오지 않는다던데요. 싫어하는 향의 수목이 경계에 심겨 있다고 했어요."

자연스럽게 반론하던 난, 문득 마스터의 말이 질문이 아니라는 걸 알아차렸다.

마스터는 '오고 있다'고 했지 '올 수도 있다'고 말하지 않았다. 짐작이나 가능성을 논하는 것이 아닌 확신, 그건 분명히 달랐다.

난 곰곰이 그때 목격한 괴물의 형상을 떠올려보았다. 흉악한 모습이긴 하되, 대단히 위협적으로는 느껴지진 않았다. 두렵지만 상대할 수 있을 만한 자신감은 있었다.

그전에 요엘에게 죽을 뻔해서 그럴지도 모르지. 그에 비하자면 대수롭지 않은 상대다. 그 때문에 그다지 긴장감이 일지도 않았다. 더군다나 작은 곳이라도 마을은 마을, 숲엔 그 괴물 하나밖에 없다던데, 혼자 침범하기엔 본능적으로 꺼리지 않을까.

"……그런데 어떻게 아세요? 모든 능력을 다 잃은 것 아니었어요?"

"마력을 사용할 수 없다고 해서 본질이 바뀌는 것은 아니니."

"그 본질이 뭔데요?"

뭐 얼마나 대단하고 특별한 본질을 가지셨기에, 맘대로 모습도 바꾸고 괴물의 접근도 눈치를 챌 수 있나 싶다.

핵심을 찌르는 질문에 마스터는 이번에도 침묵했다.

당최 어떤 비밀이길래 그리 싸안고 있나. 부아가 치밀었지만, 지금 중요한 건 그게 아니었다. 난 진지하게 읊조렸다.

"그러니까 놈은 일종의 마법 생명체고, 그 때문에 마스터는 놈이 가까워지는 걸 느낄 수 있단 말이죠? 얼마만큼 가까이 있지요?"

"이전에 떠나온 곳 인근에."

이전에 떠나온 곳 인근이라면……. 등에 소름이 쭈뼛 솟았다. 그 오두막 근처란 말이야? 거기까진 오지 않는다고 했는데.

이전에는 출몰하지 않았던 곳까지 내려왔단 건 이곳 마을까지도 올 수 있다는 소리다. 충분히 가능성 넘쳤다. 그런데 도대체 왜?

죽을 때가 되면 안 하던 짓을 한다고 한다. 특히 영역 밖으로 벗어나는 건, 대단한 변화다. 놈이 움직일 만한 어떤 특별한 이유가 있었으리라.

싫어하는 냄새를 참아 내며 우리를 추적할 동기. 괴물의 습성에 대해선 아는 바 없으니 영 가닥이 닿지 않는다.

그때……. 마스터를 보고 도망간 이후로 우리가 오두막을 찾아내기까지, 텀이 있었다. 놈은 그 이전에 우리 앞에 나타날 수 있었다. 근데 그렇게 하지 않고 이제야?

"마을 사람들에게 경고를 해야 하지 않겠어요?"

"어떻게 알았느냐고 묻는다면 뭐라 대답할 참이냐."

지극히 현실적인 지적이었다. 믿을 것 같지도 않았다. 이 마을까지 내려온다는 보장도 없으니. 하지만 적어도 한 명, 곧 이곳으로 올 숲지기한테만큼은 경고해야 한다. 기껏 도와준 사람을 괴물이 배회하고 있는 오두막으로 돌아가게 할 수는 없으니까.

괴물을 그리 위협이라 느끼지 않은 건 여전히 유효해서, 난 침착하게 생각을 정리할 수 있었다. 놈이 마을에 가까워진다면, 내가 놈을 없애 버리면 되잖아. 마법을 쓰지 못한다고 해도 내겐 검이 있다. 난 비장하게 물었다.

"이쪽으로 오고 있나요?"

"멈춰 섰다."

"더 올 것 같으세요?"

"모른다. 놈의 상념은 간헐적으로 전달된다. 추적의 의지는 느꼈으나 지금은 끊겼다. 그 이상 어찌할지는 모르지."

"왜 우리를 쫓는 거죠. 놈이 우리에게 적의를 품고 있나요?"

힐끗 내 쪽을 바라본 마스터의 눈에 어둠의 단면처럼 칠흑색 윤이 감돌았다.

"……가장 가능성이 높은 걸 말하지. 놈은 내 앞에서 도망쳤다. 그는 본능에 의한 것이지. 허나 놈은 숲의 주인이다. 마물에게 있어 도전심과 지배욕은 공포를 이겨 내기 마련이며 저보다 강한 자를 먹어 치우고 성장하는 것이 바로 마물의 습성이다."

"그래서 마스터에게 도전할 셈이라는 거군요?"

난 한숨을 내쉬었다. 도전은 무슨 도전이야 그때 도망쳤으면 그대로 끝이지. 깔끔하지 못한 뒷마무리. 골치 아프게.

하지만 놈도 어느 정도 이지를 가진 것 같았으니, 마음을 바꿨을 수 있다. 그냥 처음 마주쳤을 때 일어났어야 했던 일이 후에 닥친다고 생각하는 게 편했다.

그보다 가장 중요한 걸 물어야 했다. 마스터는 그 질문에 한해서 틀림없이 세상에서 가장 객관적인 이였다.

"제가 놈을 상대할 수 있을까요?"

"검을 쓴다면, 가능하다. 마법을 쓰는 것과는 달리 흔적이 거의 남지 않는다."

"……알았어요. 또 뭔가 느껴지는 게 있으면 바로 말씀해 주세요. 대비를 해야 하니까요."

"마을 근방으로 접근하면 자연히 알게 될 것이다."

본인이 알 수 있단 뜻이겠지? 마력이 살아 있으니 나 역시도, 경계한다면 눈치챌 수 있다.

마스터가 식사하도록 놔두며 난 자리에서 일어섰다. 졸지에 괴물을 마을로 불러들인 것 같아서 기분이 좀 찜찜하다. 말도 안 하고 오두막으로 돌아갈 것 같지는 않지만, 숲지기를 우선 찾아볼 셈이었다.

내가 계단을 타고 1층에 내려섰을 때, 마침 그가 문을 열고 들어왔다.

"아가씨, 아이는 상태가 어떻소? 잠자리가 내 집보단 편하긴 할 건데."

"많이 나았고, 지금 식사하고 있어요. 신경 써 줘서 고마워요."

받지 않을 걸 생각해 오두막에 사례를 놓고 오긴 했지만, 그건 그거고 말로만 고마운 게 아니라 실지로 난 숲지기에게 꽤 많은 고마움을 느끼고 있었다.

그는 성의껏 우릴 도왔고, 여기까지 안내해 주기도 했다. 난 품에서 금으로 된 편을 두어 개 꺼냈다. 너무 많이 준다면 거절할 수 있었기에, 내가 생각하기에 적당한 보상이라고 여겨지는 액수였다.

"저 실례가 아니라면, 이것으로라도 보답하고 싶어요."

"아가씨가 뭘 아는군."

숲지기는 놀랍도록 냉큼 금화를 받아 갔다. 난 미심쩍게 눈을 치켜떴다.

"숲에서는 쓸 일도 없다면서요."

"예의상으로 해 본 말이오. 숲에서 혼자 살려면 이것저것 필요한 것들이 있다고."

"그렇겠지요, 그런데 드릴 말씀이 있어요."

"말해 보시오."

"그 숲에 산다는 괴물이 이제껏 단 한 번도, 숲을 벗어나 오두막 근처로 온 적이 없나요? 정말 단 한 번도?"

숲지기의 눈이 일순 흔들렸다. 잘못 본 게 아니라면 그는 분명히 동요했다. 그러나 곧 능숙하게 미소로 감춰 냈다. 남들에게 말 못할 비밀을 간직하고 있는 것처럼. 악의적이거나, 음모라 말할 만한 것은 아니어도 그는 분명히 뭔가 숨기고 있었다. 순식간에 그에게 품은 호의가 가시고, 의심스러운 마음이 들어찼다. 뭘까?

그러나 고작 이 정도 찔러본다고 즉각 반응할 리 없다. 숲지기가 곧 능청스럽게 시침을 떼었다.

"그랬다면 내가 어찌 그 오두막에 살 수 있었겠소? 놈이 앞발로 툭 치면 무너져 내리겠구먼, 불안해서 말이지."

"그러면 괴물의 습성은 어떻게 아셨어요? 이를테면 그 괴물이 숲을 독차지하고 있어서 다른 위험한 것들이 없다는 거요."

난 날카롭게 지적했다. 기본적으로 직접 관찰하거나 확인한 게 있어야 그리 잘 아는 듯이 말할 수 있는 게 아닐까.

"……나도 이전 숲지기에게 주워들은 것이라오. 놈은 내가 숲에 오기 전부터 그곳에 살고 있었으니까. 대대로 전해진 이야기지. 어떻게 알았는지는 나도 모르오. 다른 괴물이 나타난 적도 없고, 어쨌든 내가 본 건 놈뿐이니까……. 주워들은 이야기와 다름이 없으니 믿을 수밖에."

"괴물을 직접 보신 적 있나요?"

"우연히 평소보다 더 깊게 숲 속으로 들어갔다가, 놈을 먼발치에서 본 적이 있지. 내 쪽을 보기에 혼비백산해서 도망쳤다고. 다행히 놈은 나를 쫓지 않았지. 그 후로는 그 근처에 얼씬도 해 본 적 없다오."

"그렇군요."

의심을 죽이기엔, 태연한 얼굴로 술술 뱉어 내는 모양새가 마음에 걸렸다. 물론 아무것도 숨기는 게 없기에 당당하게 막힘없이 말하는 걸 수도 있지만, 그것과는 느낌이 좀 달랐다. 내가 예민한 걸까.

하지만 거의 낌새를 비치지 않던 시온들도 한순간에 돌아섰는데, 그걸 생각하면 숲지기가 드러낸 기색을 무시하기는 어려웠다.

설마 마탑과 관련된 건 아니겠지. 멱살을 잡고 추궁할 수 있는 입장도 아니니 의심은 의심으로 남겨 두자. 난 일단 숲지기를 붙잡아야 했다.

"그 괴물이 지금 오두막 근처에 있어요."

"뭐? 그게 무슨 소리요."

숲지기는 정말로 깜짝 놀란 것 같았다. 그가 속사포처럼 내게 말을 쏟아 냈다.

"괴물이 오두막 근처에는 왜 온단 말이오. 무슨 그런 끔찍한 소릴. 아니 그리고 그걸 아가씨는 어떻게 아오? 지금 날 겁주려는 거요?"

"그럴 리가요. 저는 마법사잖아요. 왠지 모르게 불길한 예감이 들어서 오두막 인근에 마법을 펼쳐 놓았어요."

"마법이 잘못 인식했을 가능성은?"

"없어요. 그러니 제가 말씀드리고 싶은 건, 오두막으로 돌아가선 안 된다는 거예요."

숲지기는 확연히 낯빛을 굳히곤 나를 바라보았다.

"믿기 어려우실 건 알아요. 그런데 사실이에요. 어쩌면 괴물은 이 마을로 향할 수도 있어요."

"혹시 놈이……. 아가씨를 노리는 거요? 숲에서 놈과 충돌이 있기라도 했소? 어쩐지 마주치지 못한 게 이상하다고 생각하긴 했소만."

"아뇨, 마주치긴 했는데 특별히 일없이 보내 줬어요. 놈은 괴물이잖아요. 변덕이 들었을 수 있죠."

"내참, 이게 뭔 일인지 모르겠군. 이거 마을에 비상 회의라도 열어야겠소. 그 괴물 놈이 마을을 습격하기라도 한다면……. 끔찍한 일이군."

꺼림칙해한 눈치였다. 나는 그를 안심시켜 주기 위해, 내게 괴물을 상대할 만한 능력이 있다는 걸 밝혔다. 괴물이 마을에 나타나면 원인 제공자로서 놈을 처리할 의향이 있다고도.

숲지기는 내 말에 고개를 끄덕거리며 일단 경고는 전해놓겠다고 밝혔다. 거기까지는 모든 게 순조로웠다.

숲지기는 내 경고를 마을 촌장에게 전달했다. 금방 마을에는 경계령이 내렸고, 나 혹은 마스터와의 연관성을 배제한 채 괴물이 숲 밖을 배회하고 있다는 사실이 퍼져 나갔다. 그건 숲지기의 배려이기도 했다. 뭐, 어차피 괴물을 상대할 건 나였으니.

드물게 맞이한 위험 상황에 사람들은 몹시 불안해하며 날이 어둡기도 전에 집으로 돌아가서 문을 걸어 잠갔다. 창밖 너머로 엿본 고요해진 빈 거리에는 바람만이 휘돌았다.

촌장을 위시한 마을 원로 몇몇이 직접 날 만나러 찾아왔을 땐, 하도 심각한 낯빛들을 하고 있어서 좀 찔렸다. 사실 이 사태의 한 원인인 마스터는 태연하기만 한데, 나만 마음 졸이는 게 억울하기도 했다. 물론 그도 의도한 바는 아니었겠지.

그들은 나를 연신 '마법사님'이라고 부르며 괴물을 처리하는 데 도움을 달라고 적극 부탁했다. 또 괴물과 싸울 때 경비대를 지원하겠다고 밝혔다.

나는 그들을 안심시키기 위해, 괴물이 마을 근처로 다가오면 알 수 있다고 일러주었다.

대화를 한창 나누고 있을 즈음 숲지기가 걸어 들어왔다.

마을 밖으로 나간 이들을 불러들이기 위해, 따로 사람을 보냈다고 했다.

며칠 외출을 삼간다고 크게 지장이 있는 건 아닐 터. 계속 괴물 때문에 마을 밖으로 나갈 수 없는 상황이 되면 곤란하겠지. 우리도 며칠 후면 떠나야 할 테니까.

그때까지 놈이 숲으로 돌아가지 않고 어슬렁거린다면 이쪽에서 놈을 잡으러 가야 할지도 모르겠다.

나름의 방비를 해 두었음에도 불안한 구석은 있었다. 숲지기의 오두막에서 마을까지, 괴물의 걸음으로 따지자면 그리 멀진 않을 거였다. 혹시 사람들이 마을로 돌아오는 길에 변이라도 당한다면.

……설마.

불길한 생각을 물리치면서 난 마을 사람들을 등지고 식사를 챙겨 방으로 돌아왔다.

숲지기를 만난 것에 대해서 언질하지 않았으므로, 마스터는 내가 방 밖에서 뭘 하고 다니는지 몰랐으리라. 이렇게 말하긴 죄송스럽지만, 마스터는 도움도 안 될 거고……. 휴식을 취하게 내버려 두는 쪽이 나을 것 같았다.

"밖이 소란스럽더군."

딱 문을 열고 들어서는 순간, 마스터에게서 나직한 음성이 흘러나왔다. 잠들었다가 깼는지 침대에 몸을 묻은 채였다. 그럼에도 발음에 잠기운이 전혀 묻어나지 않았다.

난 대수롭지 않게 대답하며 챙겨온 쟁반을 침대 머리맡에 내려놓았다.

"……아. 마을 사람들이 왔다 갔어요. 제가 괴물이 마을을 습격할지도 모른다고 경고를 좀 해 뒀거든요. 많이들 불안한가 봐요."

"쓸데없는 짓을."

"네?"

"쓸데없는 짓이라 했다."

차갑게 떨어지는 분절음. 몹시도 질책하는 듯이 들리는. 가슴이 서늘해진 난 내가 또 멍청한 짓을 한 건 아닌지 빠르게 되짚어 보았다.

나 뭐 실수한 거야? 생각해 봐도 모르겠는걸. 잘못을 하고도 뭘 잘못했는지 모르는 구제불능이 된 기분으로 난 반문했다.

"뭐가 쓸데없는 짓이에요? 숲지기가 괴물이 있는 곳으로 돌아가게 내버려 둘 순 없잖아요. 제가 알리면 안 되는 이유가 있나요?"

"그랬다면, 손쓸 필요도 없이 그를 제거할 수 있었겠지."

잠시, 머릿속이 새하얘지는 듯했다. 혀가 얼어 버린 듯 말문이 막힌다. 뭐라고 하는 건지 귀로는 들리는데, 와 닿질 않는다. 맙소사 이건…….

지독히 단조로운 음성이 이어 흘렀다.

"놈이 마을을 습격한다면 필히 충돌이 벌어질 터. 네 입으로 마을 사람들을 다 죽이기는 무리라고 했으니 목격자와 놈을 모두 처리하기에 좋은 기회였다."

기가 막히다 못해 가슴이 답답하다. 그야말로 숨이 턱 막혔다.

"그러니까⋯⋯. 제가 모른 척 입 싹 다물고 있어야, 했단 거죠?"

"그래, 일을 번거롭게 만드는구나."

마스터는 심지어 약간, 짜증이 인 것도 같았다. 늘 깊게 가라앉아 있던 검은 눈동자가 유독 번뜩거림을 품었다. 난 꼬집듯이 천천히 반문했다.

"우리 때문에 잘살고 있던 저 사람들이 죽든 말든 상관없으시고요?"

"말했을 텐데. 놈이 그들을 없애는 쪽이 유리하다고."

잘라 말하는 투에, 가책이 느껴질 리 없다. 당연히 가책을 느끼고 있지 않으니까.

논리적으로 문장을 연결하듯 술술 내뱉은 말이며 무미건조한 낯. 누군가의 삶을 파괴하는 것에 대해 아무렇지도 않게 생각하는 그게, 소름이 끼쳤다. 타인 따윈 아예 배제하고 살아온 상대를 앞두고 막막하기만 하다. 평생을 공감할 수 없이 고립된 존재처럼.

당신, 뭔가를 느낄 수는 있나? 사랑하기는커녕 증오할 수는 있나? 좋아하는 건 있나? 싫어하는 건 있어?

⋯⋯살아 숨 쉬는 건 맞나.

"⋯⋯전 마스터가 정말 끔찍해요."

난 그와 눈을 마주한 채 똑똑히 내뱉었다. 일전에도 한 번, 터트린 적 있었던 그것을. 머리에 열이 올라서, 도무지 참아 낼 수가 없었다. 조금도 변하지 않은 상황에 정말로 난⋯⋯.

"이런 일 있을 때마다 질려요. 사람 같지도 않아."

"나는 인간이 아니다."

"알고 있어요!"

날카롭게 소리를 내지른 난 숨을 몰아쉬었다. 확 솟구치는 열기가 속을 그슬렸다. 암세포가 전이되듯 그을음이 날 까맣게 좀먹는다.

"근데 전 인간이거든요. 마스터한테 종속되었다느니 어쩌느니 아무리 주장해도요! 그러니까 그런…… 소리 다신 하지 마세요."

'개'소리라고 말하지 않은 건, 제자로서의 마지막 예의였다. 솔직히 저런 모습이 아니었으면 뺨을 한 대 후려치고 싶기도 했다. 내게 그럴 배짱이 있느냐는 둘째치고 기분만큼은. 진짜, 인간 말종을 앞에 두고 있는 것 같거든.

"착각하지 마라. 너는 이 세계의 인간이 아니며 그들과 같지 않다."

말의 요점을 무시하고 중요치 않은 거 꼬투리 잡는 상대, 짜증나게 느껴지지 않은가. 마스터가 딱 그런 부류였다.

난 울컥하는 성미를 가까스로 내리눌렀다.

"……네 다르죠. 근데 상대가 한낱 짐승이어도 함부로 삶을 파괴해선 안 되는 거예요."

"이 마을을 떠나면 네 뇌리에서 금세 잊힐 티끌만도 못한 존재들일 뿐. 그들에겐 네가 신경 쓸 만한 가치가 없다. 감정의 논리에 휘둘리지 마라."

하등한 짐승을 보듯이 마스터는 차게 읊조렸다. 그는 진심으로— 그에게 진심이란 게 있다면— 내 가치관을 의아하게 여기는 것 같았다. 그건 무시라기보단 몰이해였다. 그리고 후자가 어떤 의미로는 더 나빴다.

"무가치한? 그게 무가치한 일이라면, 세상에 무가치한 일이 아닌 게 없겠죠. 아참 지금 전 무가치한 마스터를 돕고 있네요? 제 인생에서 가장 나쁜 짓을 하고 있는 것 같다고 생각했는데, 확신시켜 줘서 참 감사합니다!"

씩씩거리며 마음껏 소리를 지르고 나자 찾아드는 건 후회였다.

내가 마스터에게 일방적으로 헌신하고 있다고 주장할 생각은 없었다. 대가를 바랄 생각은 더욱이.

내가 마스터와 함께하는 건, 그를 내버려 둘 수 없어서라는 마음의 부채 탓도 있지만 그와 헤어진다 한들 딱히 갈 데가 없다는 이유도 있었다.

마스터와의 관계에서 내가 힘을 더 가지고 있고, 마스터 쪽이 더 아쉬운 점이 있다고 해서 내 쪽에 우위가 매겨지는 건 아니다.

마스터가 내 심리를 꿰뚫고 있진 않겠지만, 내가 그에게 붙어 있는 이유를 재어 보긴 했을 것이니 어렴풋이 짐작은 하겠지. 만약 내 말이 거슬린 마스터가 나와 함께하지 않겠다고 말한다면—

불안 속에서 나는 그를 주시했다. 마스터는 내가 꼭 필요하지 않을 수도 있었다. 그는 어린아이의 모습으로 쉽사리 숲지기의 호감을 샀으니, 다른 누군가를 이용할 수도 있겠지.

그러나 마스터는,

"네 어리석음은 구제할 길이 없구나."

몹시도 한심하다는 듯이 내뱉고 눈을 내리감았다. 말 안 듣는 아이를 두고 골치가 지끈거리는 부모처럼. 그는 내가 답지 않은 이유로 흥분하여 소리를 지르고 있는, 몹시도 비이성적인 상태라 상대할 가치가 없다고 판단한 것 같았다.

그가 이전처럼 힘을 가지고 있었다면 무시하는 대신 내게 벌을 내렸으리라.

안도가 찾아들면서 나도 화가 좀 가라앉았다. 사람의 천성은 그리 쉽게 바뀌지 않는 법이다. 더군다나 나는 그를 바꾸기 위한 노력도 하지 않았다.

내가 질색하는 걸 알았으니 이제 더 이상 그런 말을 꺼내지 않겠지. 나와 무의미한 말다툼을 벌이는 건 마스터도 내키지 않을 테니까.

분명한 건, 이 문제에 있어서만큼은 양보는 없다. 그가 납득하건 그렇지 않건, 나는 그를 차차 바꿔 나갈 참이었다. 말로는 이길 수 없으니 설득하는 건 무리다.

그러니 그냥 강짜라도 부려야지 어쩌겠어. 무보수 노동자로 부려먹히고 있는 내게 그 정도 요구할 권리는 있겠지.

"식사하세요."

나는 뚱하니 내뱉었다. 기껏 가져온 음식은 먹어야 하지 않겠어?

몹시도 이성적이다 못해 비인간적이라 날 꽥꽥대는 원숭이 취급하는 마스터는, 역시나 순순히 식사에 응했다. 조금 전 있었던 말다툼 때문에 감정이 상해, 내가 가져온 식사를 거부한다는 섬세함 따윈 존재하지 않는 모습이었다. 그 점은 참 편했다.

쾅쾅! 마스터가 식사를 마칠 무렵, 문을 두드리는 소리가 들렸다. 다급하고 거칠다.

무슨 일이 있는 걸까? 난 마스터 쪽을 힐끔 보고 바로 밖으로 나섰다. 그리고 곧바로 문을 닫고 등지고 섰다.

"무슨 일이시죠?"

숲지기였다. 근심이 내려앉은, 초조한 얼굴. 왤까?

"지금 나와, 숲을 수색할 수 있겠소? 실종자가 생겼소. 약초꾼인데, 오후 무렵에 돌아올 예정이라 따로 기별을 보내지 않았소. 그런데 아직 돌아오고 있지 않다고 하오."

"조금 늦는 걸 수도 있잖아요. 길을 헤맬 수도 있고."

"숲에 익숙한 자라 그럴 가능성은 낮소. 아내가 걱정이 많아서 단 한 번도 제시간에 돌아오지 않은 적이 없었다고 하오. 괴물과 연결 짓긴 부족하나 혹시 모르니 찾아봐야겠소. 사고를 당해 고립되어 있다면 위험할 테지. 좀 도와주셨으면 하오."

친한 사람일까. 하긴 이 작은 마을에서 서로 얼굴은 그럭저럭 다 알 거다. 난 잠시 머뭇거렸다.

"전 도움이 못될 거예요."

"마법사들은 수색마법을 쓸 수 있다고 들었소. 어려운 일인 거요?"

"……전 지금 마법을 사용할 수 없어요. 그 숲에 떨어지면서 마력이 뒤틀려서, 당분간 회복해야 하거든요. 오두막 근처에 감지 마법을 펼쳐놓는 게 마지막이었어요."

어쨌거나 사실이었다. 나도 돕고 싶지만, 마법을 써서는 안 된다.

이는 마스터가 당부하고 또 당부한 것이고, 우리의 안전과 직결되는 문제였다. 우린 마탑의 추적을 피해야 하니까. 불가피하다면 모를까, 다른 이를 돕다가 어긴다면 변명의 여지가 없다.

"그러면 괴물은 어찌 상대할 참이오."

"제게 마법검이 있어요. 검의 힘을 빌면 괴물을 상대할 수 있죠."

"놈이 마을에 접근하면 알 수 있다지 않았소? 마법을 쓸 수 없다면 어찌 아는 거요."

예리한 질문이었다. 난 재빨리 머리를 굴려서 답을 짜내었다.

"그건 제 동생에게…… 위험이 다가오면 감지하는 능력이 있어요. 일종의 예지력 같은 거죠."

아주 틀린 말은 아니지 않은가. 난 괜찮게 둘러댔다고 생각했지만, 숲지기는 날 동반할 만한 근거를 찾은 듯했다.

"마을에 남겨 두면 동생은 안전할 거요. 수색하다가 괴물을 만날지 모르는 일 아니겠소? 탐색 겸 같이 갔으면 하오. 동생이 괴물이 접근했다고 알려 준다면, 마을에서 곧장 신호를 쏘아 올릴 테지."

"왜 그토록 제가 함께 가기를 원하시는 거죠?"

"실종된 자는 내 오랜 친구요. 안전하게 마을로 데려오고 싶소. 괴물에게 잡혀갔을지도 모르지만, 그렇지 않다하더라도 그를 구해서 돌아오는 길에 괴물과 마주친다면……."

숲지기는 입술을 일그러뜨렸다. 끔찍한 상상을 떠올리는 듯이 참담한 표정이었다. 대범한 자로 보였는데, 내색을 하지 않았을 뿐 불안해하고 있었나 보다. 그는 이내 한숨처럼 토해 냈다.

"부탁이오."

그 절실한 말에 나는 고개를 끄덕일 수밖에 없었다.

요새 내가 맡은 역할이 퍽 다양해졌다. 마법사도 모자라, 하녀, 짐꾼, 보모, 경비병……. 그렇다고 해서 딱히 내 가치가 높아졌다거나, 대우가 좋아진 건 아니므로 스스로 좀 더 쓸 만해진 것에 대해서 만족감 따위 느끼기 어려웠다.

어쨌건 난 숲지기를 따라 걷고 있었다. 실종자를 찾고, 괴물을 상대하기 위해서.

마스터를 마을 사람들이 있는 자리에 홀로 두고 가긴 마음에 걸렸지만, 어쩔 수 없는 일이잖아?

괴물을 마을로 끌어들이고 싶은 마스터는 놈을 찾아 나선다는 날 질책하는 듯이 바라보았지만, 구태여 대립각을 세우지 않았다.

아마도 나와는 대화가 불가능하다고 생각한 듯했다. 그러니까 합리적인 판단으로, 내키지는 않아도 나를 내버려 두겠단 것이다.

아무 힘도 없는 마스터가 해를 끼치지는 못한다곤 하나 그렇다고 마을 사람들에게 온건한 태도를 보일 것 같진 않았다.

난 그에게 '괴물이 오고 있다.'고만 알려 주고 그 외에는 입을 열지 말라고 당부해 두었다.

마을 사람들에게도 마스터가 자폐증이 있으니 그냥 홀로 내버려 두라고, 말을 걸면 발작을 일으킬지 모른다고 경고를 해 둔 터였다. 내가 마법사이고 도움을 주고 있는 이상, 그들이 마스터를 괴롭힌다거나 건드리는 일은 생기지 않겠지. 그 점을 고려하면 참 쓸데없는 걱정을 한 거 같지만, 마스터가 전혀 자기를 방어할 수 없는 상태다 보니…….

난 마스터를 여관 1층에 둔 채 홀로 숲지기와 떠나왔다. 내가 자리를 비운 새에 괴물이 들이닥치는 일은 없어야 할 텐데.

그리 생각하면서도 잠시 떨어져 있기로 한 마스터에 대해선 별로 걱정이 들지 않았다. 걱정이 되는 건 내 쪽이지.

새카만 밤이었다. 겁이 많은 편은 아니지만, 밤중에 야생의 숲길을 걷는 건 도시에서 자란 내게 낯선 경험이다.

불어오는 바람따라, 서로 맞부딪히며 쓸리는 듯한 소리를 낸 나뭇잎들이 이따금 떨어져 뺨을 스쳤다.

숲 기슭이라 나무가 그리 빽빽한 편은 아님에도 찌를 듯이 서 있는 고목들이 별빛 가득한 하늘을 가렸다. 때문에 더 어둡고, 스산함마저 감돌았다. 손에 들린 등불의 밝기가 미약하게 느껴질 만큼.

정말로, 괴물이 튀어나오기에 딱 좋았다. 실제로 괴물이 돌아다니고 있으니, 숲지기라도 홀로 여기에 발을 들이는 건 꺼려졌으리라.

내가 동반하지 않겠다고 했다면, 그는 홀로 숲을 뒤져야 할 판이었다. 다른 사람들은 내일 아침까지 기다려보자는 의견이었고, 그만이 당장 찾아 나서야 한다며 강경했던 것이다.

자리를 비운 새 괴물이 습격해올 가능성이 있었기에, 몇 안 되는 마을 장정들이 한밤중에 탐색을 나서는 건 위험했다.

괴물에게 유리한 숲 속에서 습격을 받아서 잘못되면, 다 죽을 수도 있으니까. 괴물이 가까이 온다면, 눈치채지 못하진 않겠지. 난 미약한 공포에 사로잡힌 채 감각을 세웠다.

숲지기는 거의 도움이 안 될 테니, 나 홀로 상대해야 할 텐데. 이성적으로는 그게 가능하단 걸 알면서도, 닥쳐올 싸움에 긴장감이 일었다.

대련이 아니라 죽고 죽이는 종류의 싸움이다. 게다가 지금 난 절대적인 건 아니라도 마법을 쓸 수 없다. 되도록 써서는 안 된다.

이대로 놈이 추적을 포기하고 숲으로 돌아가 주었으면 좋겠지만, 그럴 가능성이 낮다는 건 깨닫고 있었다.

탐색은 내 몫이 아니었다. 내가 잔뜩 곤두선 채 경계하는 동안 숲지기가 바닥에 난 자국을 훑으며 자취를 추적하고 있었다.

숲지기와 난 목격자의 말에 따라 약초꾼이 갔을 만한 방향을 따라가는 중이었다. 분명히 오두막 쪽으로 향하는 길이다.

난 남의 발자취를 추적하는 데는 재주가 없지만, 숲지기는 등불로 바닥을 비춰 보면서 실종자의 행로가 대강 추측이 가는 듯했다. 미묘하게 땅이 팬 흔적이라든가 까진 나무뿌리를 살피고 있는 것 같았다.

탐색은 내내 침묵 속에서 이어졌다. 긴장을 놓진 않았지만, 난 이런 상황이 아니었다면 한밤중에 숲 속을 거니는 것도 괜찮은 일일 거라고 생각했다. 그 나름대로 운치가 있었다.

새카만 어둠이 잠식한 숲에 대한 막연한 두려움이 가시자 그 아름다움이 눈에 들어왔다.

고대의 숲처럼 까마득히 높은 침엽수림 위로 검은 융단에 깔린 은가루처럼 별이 반짝이고 눈처럼 새하얀 달빛이 발 앞을 적신다. 그 아련한 빛이 숲을 코팅하듯 은은히 휘돌고 있었다.

신비와 공포는 종이 한 장 차이라지. 괴물이 나와도 이상하지 않지만, 반대로 요정이 노닌다고 해도 이상하지 않을 광경.

묵묵히 앞서가던 숲지기가 어느 순간부터 휘파람을 불기 시작했다. 거칠고 지저분한 외형과는 달리 그의 입에서 나온 휘파람은 맑게 울리며 공기 중으로 뻗어 나갔다. 실종자를 찾는 신호인가 싶어 난 잠자코 그의 뒤를 따랐다.

"그 괴물 말이오. 왜 갑자기 당신들을 쫓아왔는지……. 정말 짐작 가는 게 없소?"

휘파람 소리가 듣기 좋아 귀를 기울이고 있는데, 갑자기 그가 물어왔을 때 화들짝 놀랐다. 난 뜨끔한 기색을 감추며 말했다.

"글쎄요. 제가 동생과 함께이다 보니 위협을 좀 줘서……. 아마 그 때문에 화가 난 게 아닐까요?"

잠시 침묵이 흘렀다. 숲지기는 멈춰 선 채 소리 높여 휘파람을 불었다. 실종자도 들을 수 있겠지만, 괴물도 들을 수 있을 만한 소리라 이완된 몸에 긴장감이 솟아올랐다.

반쯤 의도한 바이니, 괴물과 마주쳐도 상관은 없겠지. 그런데 이름을 불러도 상관없지 않나? 왜 하필 휘파람이지?

의문이 들자 불현듯, 아까 전 숲지기의 이상한 눈빛이 떠올랐다. 뭔가를 감추고 있는 눈빛이라고 생각했었지…….

휘파람을 불어 대는 소리가 갑자기 이상하리만치 귀에 거슬렸다. 휘파람을 왜 부는 거냐고 막 입을 떼려는 찰나, 숲지기가 먼저 내 쪽을 돌아보았다. 요엘의 일이 기시감으로 스치며 신경이 곤두섰다.

그러나 그와 같은 창백하도록 차가운 얼굴은 아니었다. 날 선 살

의나 적의, 파랗게 얼어붙는 감각도 느껴지지 않았다. 도리어 인간
적인 고뇌가 담겨 있었다. 몹시도 곤란한 표정.

"……난 아가씨가 대화가 통하는 사람이라고 믿소. 여태 만났던
다른 마법사와는 달리 고압적이지 않더군."

뜬금없는 말이지만, 서두에 불과함이라. 내 경계를 늦추기 위해서
가 아닌, 진실을 고백하는 듯한. 그 때문에 나를 불러냈든가.

"갑자기 그런 말씀을 왜 하시는 거죠? 그보다 우리, 약초꾼을 찾
고 있던 거 아니었어요?"

"그는 안전하니 찾을 필요가 없소. 약초꾼은 자정쯤 마을로 돌아
올 거요. 나는 그를 찾기 위해서 이곳에 온 게 아니오. 아가씨와 할
말이―"

그때였다. 피잉― 이상한 굉음이 들리며 붉은 빛이 역행하는 별똥
별처럼 하늘을 가로질렀다. 이내 폭죽처럼 팡 터지며 온통 빛을 흩뿌
렸다. 나는 그게 무엇을 의미하는지 바로 알아차렸다. 신호였다. 마
을에 괴물이 침입했다는.

그 작은 마을에서 괴물이 마스터에게 다다르기까지는 순식간일 것이
다. 난 이를 갈며 나를 유인한 것이라고 실토한 숲지기를 노려보았다.

"당신 무슨 짓을 한 거야! 무슨 일이 생기면 가만두지 않겠어!"

눈을 부릅뜬 그를 내버려 두고 난 바로 땅을 박차고 뛰었다. 마스
터를 두고 오는 게 아니었어! 이상하다는 걸 눈치챘을 때, 그가 나를
유인하려고 한다는 걸 한 번쯤은 의심해 보았어야 하는 건데.

항상 후회는 늦었다. 일단 숲지기에 대한 건 나중에 처리해도 늦
지 않다. 그가 괴물과 어떤 관계이건……. 눈앞의 풍경이 휙휙 바뀌
며 난 단숨에 마을로 내달았다.

저 멀리, 무너진 담벼락이 보인다. 사내 한 명이 그 앞에 쓰러져서
기절해 있었다. 스쳐 지나가며 난 그의 헐떡이는 숨소리를 들었다.
다행히 죽지는 않은 것 같다. 안타깝게도 그를 돌볼 겨를이 없었다.

땅에 움푹 팬 발자국이 보였다. 건너뛴 듯이 간격을 두고 발자국

이 이어지고 있었다. 마치 목표물이 어디 있는지 아는 것처럼, 정확히 여관으로 향하는 방향.

내가 딱 마을을 나선 타이밍에 들이닥친 걸 보니 놈은 내가 마스터의 곁에서 떨어지길 기다렸는지도 모른다.

숲지기와 놈이 어떤 관계인지 아직 확신할 수 없지만, 그건 중요하지 않다. 놈은 나타났고, 이제 내가 놈을 잡으면 되니까.

빠르게 내달리면서 난 로브 속으로 손을 밀어 넣었다. 검 손잡이가 품 안에서 잡혔다. 거기에서 흐르는 강렬한 마력도.

난 검을 바로 빼 들었다. 눈앞에 여관이 보였다. 그리고 굳건히 닫힌 여관문을 몸으로 부수고 있는 괴물. 주변 건물들이 모조리 문을 걸어 잠그고 공포에 떠는 가운데 여관에선 비명이 쏟아지고 있었다.

난 숨을 고를 새도 없이 바로 놈의 등을 향해 검을 휘둘렀다. 반은 다급함이, 반은 분노가 섞여 섣부른 칼질이었다.

콰삭! 검은 어이 없이 맨 벽을 찍었다. 그 충격에 근육까지 아렸다. 기척을 감지한 놈이 몸을 굴려 옆으로 피했던 것이다.

검 날 자체는 뭉뚝해 보였건만, 거기에 담긴 마력이 어찌나 날카로운지 두부 썰듯이 벽을 파고들었다. 난 검 날을 빼내며 자세를 바로 했다.

놈이 형형한 안광을 비추며 내 쪽을 노려보고 있었다. 그 찢어진 동공을 마주하고 있자니 오금이 저렸다.

차라리 정신없이 싸우면 모를까 떡하니 마주하고 있자니 검을 쥔 손이 덜덜 떨린다. 세상에, 내 평생 이런 괴물하고 싸우게 될 줄 누가 알았겠어.

—크르르르릉.

놈이 경계하듯 길게 울음을 내었다. 폐부를 파고드는 듯한 압박감이었다.

난 단단히 움켜쥔 검을 곧추세웠다. 두렵더라도 싸워야 한다. 그렇다면……. 먼저 공격할까? 선수필승(先手必勝)이라는, 어디선가 들어 본 말을 떠올리며 난 다리에 힘을 주었다.

그 순간, 반쯤 무너진 문이 달그락 소리를 냈다.

안쪽에서 '얘야!', '그만둬!', '나가지 마!' 따위의 외침이 연달아 흘러나왔다.

이내 문이 무너져 내리다시피 열렸다. 거기에 평소와 다름없이 고요한 눈으로, 마스터가 서 있었다.

"마스터!"

난 그를 펠이라고 부르기로 한 것도 잊고, 질책하듯 외쳤다. 다행히 따라 나올 엄두가 나지 않는지, 뒤따르는 사람이 없어 들은 이도 없었다.

싸우고 있는 와중에 도대체 왜 나온 거야? 난 슬쩍 괴물의 눈치를 살폈다.

조금 전까지 사나운 기색을 드러내던 괴물은 갑자기 내가 안중에도 없어진 듯하다. 샛노란 눈동자가 흔들림 없이 마스터에게 박혀 있었다. 마치 사로잡힌 듯이……. 외형을 넘어 그 안에 도사리고 있는 심연을 직시하는 것처럼.

적의라기보단 매혹이고, 관찰이라기보단 통찰이었다. 그래 역시 놈은, 마스터 때문에 제 본거지를 떠나 이곳에 왔다.

놈이 마스터를 찾아온 게 어떤 의미인지는 몰랐다. 하지만 놈의 시선에 마스터가 노출되게 놔둘 순 없었다. 움직임도 재빠르고, 마음 바꿔먹고 금방 달려들 수 있으니까.

내가 마스터 앞을 가로막듯 서자 놈의 눈이 가늘어졌다. 방해당하는 게 불만스러운 듯 놈은 괴성을 내지르며 발을 굴렀다.

—크아아아아앙!

고막이 터질 듯한 쩌렁쩌렁한 소리에 머리가 다 울린다. 난 눈살을 찌푸렸다. 그럼에도 달려들 마음을, 확 실행하지는 못했다.

기묘한 일이었다. 놈은 내겐 경계심을 드러내되 마스터에게는 그러지 않았고, 여기까지 쫓아와서 시끄럽게 소리를 냈다뿐이지 정작 덤벼들지는 않았다.

오히려 홀린 듯이 마스터를 빤히 바라봤다. 왜인지는 모르겠다. 무슨 목적을 품고 있는지도…….

마스터는 이 괴물이 그에게 도전하려는 듯하다고 언급했지만, 그렇다고 보기엔 석연치 않은 구석이 있었다. 그냥 충동적으로 쫓아온 게 아닐까?

"나를 찾은 이유가 무엇이지."

마스터가 그리 물었을 때, 나는 짐승에게 사람 대하듯 말을 거는 것을 보는 양 이상하게 생각했다. 물어도 어차피 대답 못 하잖아? 그래서 놈에게서 뚱하니 마법어가 흘러나왔을 때,

─당신을 뵈었는데 어떻게 그냥 스쳐 보낼 수 있겠습니까.

무생물이 갑자기 살아 움직이는 걸 보듯이, 경악에 사로잡혔다.

아, 아니 이게 뭔 일이야. 도리질 쳐 봤지만 헛것을 들은 것 같지 않다. 환청을 듣기엔 내 정신 상태가 지나치게 멀쩡했다.

물론 나는 놈에게 이지가 있다고 추측한 적이 있었다. 하지만 엘로힘처럼 겉모습이 그럴듯해서 마법 생물로 보이는 것도 아니고, 이 녀석은 그냥 괴물 같았는걸.

하긴 겉모습이 짐승 같다고 해서 지성이 존재하지 않는다는 법은 없다. 마법어를 전할 줄 안다는 건 단순한 육체적인 위력을 갖춘 것뿐만이 아니라 고등의 힘인 마력을 다룰 수 있다는 소리니, 인간과 비등하거나 그보다 우월한 지성체라고 보아도 무리는 아니다. 인간 중에서도 마력을 다룰 수 있는 이들은 한정되어 있으니까.

숲 속에 서식하는 오래 묵은 영물이기라도 한가. 덩치가 크긴 해. 미심쩍은 시선을 주는데 괴물이 눈을 끔뻑이며 또다시 물었다.

─당신이 왜 이런 모습으로 이곳에 있는 거죠? 깜짝 놀랐다고요.

불손하게 따져 묻는 말에 꾸밈이 없고 격식을 차리지 않아, 퍽 순수하게 들렸다. 그건 엘로힘도 그랬었다.

하지만 놈에게선 경외하는 양 저변에 깔린 조심스러움이 있었다.

자기보다 위에 있는 이를 슬며시 올려다보는 듯이 눈치를 살피는 게 느껴진다.

"네가 알 바 아니다."

칼날같이 끊어 낸 마스터의 음성에선 차가운 바람이 뚝뚝 묻어났다. 딱히 하대를 한다기보단, 마스터는 누구에게나 그랬다. 그는 주저하지 않고 직설적으로 물었다.

"나를 따라 이곳에 온 건 내게 도전하려는 바인가."

그 검은 시선에서 섬뜩함을 느끼는 건 나만이 아닌 듯 괴물은 확연히 위축된 기색이었다.

──……저는 감히 당신께 도전하지 않습니다. 누구라도 그럴 겁니다. 당신이 그런 모습을 취한 이유는 짐작하기 어렵지만.

문득 괴물의 눈길이 내게로 돌려졌다. 샛노란 동공이 나를 핥듯이 샅샅이 관찰한다. 그 시선이 불쾌하고, 거북했다.

산만한 괴물의 시선을 받고있는 것에 대한 본능적인 거부감도 있거니와 괴물은 마치 내가 마스터의 곁을 지키는 게 이해가 가지 않는다는 눈빛을 하고 있었다. 그래서 내게 그 이유를 찾아내려는 것이다. 어떻게 알았는지는 모르겠지만, 난 직감적으로 알 수 있었다.

또한 깨달았다. 이 괴물은 엘로힘과 마찬가지로, 마스터의 진실에 대해서 알고 있다. 내가 모르는, 짐작할 수 없는 저 너머에 대해서.

신중히 날 관찰한 괴물은 이내 굉장히 생각 없는 어조로 중얼거렸고,

─왜 이 인간 앞에서 말하는 데 금제가 걸려 있는 건지─

그 순간, 마스터의 기세가 변화했다. 암흑이 표백되는 듯한 돌변이었다. 그때까지 그에게서 느껴지는 기운이 잔잔하게 흐르는 안개 같았다면, 그것이 돌연 내리누르는 듯한 압박감으로 몸을 짓눌렀다.

두려울 만치 짙고 검어진, 모든 걸 빨아들이는 블랙홀 같은 눈. 텅비어 버린 것처럼 여전히 그에게서 마력은 느껴지지 않았다. 그러나 굴복하라고 본능에 명령하는 듯한, 그 아득한 절대감에 중력이 쏟아

지는 양 숨이 막혔다. 나는 필사적으로 머리를 굴리려고 애썼다.

놈은 금제라 말했다. 그 금제는 분명히, 내게 말하면 안 될 사실을 말하는 것을 금지하는 금제이리라.

왜 그렇게까지 내게 감추느냐고, 소리쳐 따지려던 말이 목구멍으로 먹혀 들어갔다. 지금 마스터에겐 난 안중에도 없었다.

마스터는 놈에게 고요히 눈길을 찔러 넣고 있었다. 명백히 침묵을 종용하는 시선이었다. 지독한 공포를 맛본 듯 노란색 동공이 좌우로 흔들렸다. 놈은 얼어 있다가 겁먹은 짐승처럼 앓는 소리를 냈다. 그리고 쩔쩔매며 마법어로 변명을 쏟아 내었다.

―죄, 죄송해요! 제가 너무 입이 쌌어요. 이젠 말 안 할게요. 제가 아직 어려서 금제를 어디까지 지켜야 하는지 모르거든요. 말해서 안 되는 건지 느낌이 잘 안와요! 독립한 지 30년밖에 안 됐단 말이에요.

잠깐, 30년밖에? 그럼 지금은 도대체 몇 살인 거야? 놈은 인간이 아니고, 인간이라도 마법사는 오래 사니까 기대수명이 다르긴 하다만.

이쪽 세계는 너무도 상식을 초월하는 일이 많아서 머리로는 이해가 가는데 어쩐지 괴리감이 느껴진다.

―자의로 그러고 계신 줄, 아 당연히 그럴 거라고 생각했지만, 왜 굳이 그러시는지 저는 잘……. 물론 높으신 뜻이 있겠죠. 제가 감히 참견할 일도 아니고…….

내가 행여나 싶어 쫑긋 귀를 기울이는 가운데 알 수 없는 소리를 웅얼거리던 놈은, 마스터가 얼어붙은 눈빛으로 한 발 다가서자 자리에서 물러나며 펄쩍 뛰었다.

어찌나 놀랐는지 위협하는 듯한 거친 울음이 입에서 새어 나와 대기가 떨릴 지경이다. 그 우렁찬 소리에 여관 안쪽에서 자지러지는 비명이 들려왔다.

아 참, 안에 사람들이 있었지. 난 혀를 찼다. 뭉뚱그려 말하긴 했으나 놈은 꽤 의미심장한 소리를 하고 있었다.

이대로 놈이 떠들어 대는 말을 들으며 마스터에 대해 뭔가 가닥을 잡아 보고 싶었지만, 마냥 한담을 나누고 있을 만한 상황이 못 되었다.

마스터의 위압감에 질린 놈은 떠들 마음이 완전히 사라졌는지, 슬쩍 눈치를 살폈다. 그 거대한 몸뚱이를 하고서 눈을 굴리는 모양새가 상당히 우스꽝스럽다.

마스터가 놈을 향해 차게 물었다.

"내게 용무가 무엇이냐."

─그게 뭐, 그냥……. 잘못 본 건 아닌가 하고, 궁금하기도 하고.

우물쭈물하면서 말하는 내용이 기가 찼다. 결국 호기심을 해소하려고 따라왔단 말이지? 그리고 마을에 침범해서 갖은 민폐를 다 끼치고 있다. 다들 이 녀석 때문에 수명이 줄 만큼 줄었을 것이다.

난 꼬인 심정을 드러내며 질타했다.

─마을에는 왜 들어온 거야? 우리가 나타날 때까지 바깥에서 기다리면 되었잖아.

─아니, 인간의 마을에 들어선 게 이상하잖아. 그렇다면 내가 착각했다는 거니까……. 여기 냄새가 낯설어서 흥분하기도 했고.

─인간의 마을에 들어설 수도 있지. 그게 뭐가 어때서.

─그게 뭐가 어떠냐니, 이상하단 말이야!

끼어든 내 질문에 놀라우리만치 술술 대꾸하던 놈은 울컥해서 내뱉더니 곧 혼잣말하듯 중얼거렸다.

─애초에 왕께서 인간들하고 엮일 이유가 뭐람?

그 순간, 마스터의 눈동자가 일순 새카맣게 물들었다. 원래도 검었지만, 지옥의 심연이 피어오르듯 검게 번뜩이는 광경은 등골이 오싹했다.

난 마스터가 드물게도, 분노와 유사한 강도로 경고를 표하고 있다는 걸 눈치챘다. 경고이자 살의에 가까웠다. 마스터에게 힘이 있었다면, 그는 자신의 의지를 기꺼이 실행에 옮겼으리라.

이와 유사한 모습, 본 적이 있었다. 마탑에 온 첫날 블레셋이 마스터에게 대들었을 때─

그때 마스터가 딱 그러했다. 다만 블레셋에게 강경하게 굴었던 이유가 하극상 때문이었다면, 지금의 건 밝히지 않길 원한 것을 제멋대로 밝혔기 때문이다. 난 그 사실을 깨달았다.

그때나 지금이나 의도는 다르나 마스터가 원하지 않은 일이 벌어졌단 건 꼭 같다. 기세의 변화만으로도 마스터 주변 기온이 극점에 이를 만치 떨어져서, 몸이 시려올 지경이었다. 나는 놈이 발설해 버린 말을 곱씹었다.

그 단어, 왕.

물론 마스터는 마탑의 주인이며 군주였다. 그러나 저 괴물과 마탑 사이에 어떤 연관성이 있는 것 같진 않다. 탑주로서의 마스터를 말함이 아니었다. 엘로힘이 알고 있듯 놈도 마스터의 본질에 대해서 알고 있는 것이다. 그런데 마스터가…….

─왕이라니?

그냥 들어 넘길 수 없는 말이었다. 의혹에 휩싸인 채로 내가 마스터와 놈을 번갈아 보자 놈은 눈에 띄게 당황했다.

─몰랐어? 어, 서, 설마 이거도 말해선 안 되는 거였나요…….

그 반응에, 갑자기 난 화가 치밀었다.

오늘 처음 본 저 괴물 놈도 아는데 반년도 넘게 동거한 나는 모르다니. 물론 놈은 본능에 새겨진 대로 아는 거고, 나는 놈처럼 마법 생물이 아니니 모르는 거지만.

어쨌거나 확실한 건 마스터는, 내가 그의 정체를 알게되는 걸 결코 바라지 않고 있다는 사실이다. 놈이 눈치 없이 떠들어 대서 내게 단서를 던져주니까 저렇게 정색하며 경고하는 거고.

도대체 얼마나 대단한 비밀이기에 그리 꼭꼭 숨겨 둬? 배알이 뒤틀렸다.

그런데, 가만. 나는 불현듯 이상한 점을 깨달았다. 왜 마스터는 내게 자신의 정체를 숨기려고 하는 걸까.

사실 내가 아닌 마탑의 다른 이들─ 시온, 이를테면 오랜 세월 마스터와 함께해 온 엘리야조차도 마스터에 대해서 아는 것 같지 않았다.

오히려 엘리야는 함께해 온 수백 년이란 까마득한 세월이 무색하게끔, 마스터에 관해서 거의 아무것도 알지 못하는 듯했다.

쓸쓸하지만 그 당연한 듯한 무지가, 그들 간의 거리를 의미하기에 엘리야는 그간 쌓여 왔을 감정적인 결속을 배제하고 마스터를 배신할 수 있었으리라.

마탑의 주인이 마스터란 사실은 명백하지만 마스터가 땅에서 솟았는지 하늘에서 떨어졌는지, 그 출신에 대해서 아는 자는 아무도 없다. 그래, 마탑의 기록에도 마스터가 어떤 존재인지는 적혀 있지 않았고 말이다.

나는 마스터가 왜 정체를 숨기고, 마법 생물들과 유사한 제 본질을 따르지 않고 마탑을 세워 지배자 행세를 했는지는 모른다.

단체를 형성해 세계 곳곳에 영향력을 떨치는 건 차라리 인간다운 일이었다. 물론 그런 일을 한 이유가 있겠지. 인세의 허명을 좇는다거나 지배욕이 투철하여 수고를 감수할 만한 이가 아니니까.

그런데 그게 어떤 이유건 모든 것을 잃은 현재, 마스터가 내게 말해 주지 않을 이유도 딱히 없잖아. 더 잃을 것도 없는데.

난 새삼 마스터의 의도에 대해서 의문을 가졌다. 그토록 건조하고, 메마르고, 사람 같지 않게 감정이 결여된 듯한 그이지만, 마스터는 어떤 면에서는 무섭도록 확고했다.

흔들리지 않는 심지를 가진 이가, 정말로 아무것도 느끼지 못하는 존재일까. 어떤 일면에서는 유리 조각처럼 첨예한 그 무언가— 이성일 수도, 감정일 수도, 신념일 수도 있는 그것이, 그를 움직이는 건 아닐까.

이 모든 의혹을 접어 두고서라도, 마스터가 내게 정체를 감추려는 건 내가 인간이라서도, 그에게 종속된 존재라서도 아니다. 나는 그게 일전에 엘로힘이 암시한 이야기와 관련되는 것임을 본능적으로 직감했다.

내가 유성이라고, 그래서 바꿔 놓을 수 있다고. 뭘 어떻게?

혹시 내가……. 당신을 흔들 수 있는 걸까? 어쩌면, 대단히 치명적으로. 그래서 나를 죽이지도 못하고, 내게 정체를 밝힐 수도 없고, 그저 시험관 안의 미생물을 바라보듯 지켜보기만 하는 걸까. 어떤 식으로든 움직여, 어떤 식으로든 결론을 내길 다만 기다리면서.

내가 이 모든 가정을 추리하여 연결 짓고 뇌리에 펼쳐내기까지는, 별반 시간이 걸리지 않았다. 실상 초 단위의 짧은 침묵이었다. 마스터는 죽음을 선고하듯 낮게 가라앉은 음성을 흘려 냈다.

"가라."

―……네? 저어― 용서해 주시는 겁니까?

"네가 더 이상 나에 대해 떠들지 않는다면."

마스터는 싸늘하게 놈을 내쳤다. 그가 흔히 보이는, 대화가 무의미하단 기색이었다.

혹시 뜻밖에 순순히 나오는 괴물에게 마을 사람들을 죽이라고 명령할까 봐 긴장했건만 그럴 생각까진 없는 모양이다. 내가 그런 짓은 꿈도 꾸지 말라고 질색을 하며 강조한 걸 조금이나마 귀담아들었거나.

마스터가 내보인 단절에 놈은 눈에 띄게 풀이 죽었다.

―그래도 처음으로 왕을 뵈었는데……. 제가 뭐, 뭐라도.

"나는 네게 바라는 것이 없다."

마스터의 음성은 그리 크지 않았고, 나머지가 마법어로 의사를 전달하다 보니 주변은 꽤 조용했다. 그 때문에 여관 문 안쪽에서 수런거리는 소리가 들려왔다. 밖에서 어떻게 되었나 궁금해 하는 것 같다.

그와 동시에 나는 수백 미터쯤 떨어진 저편에서 이쪽을 향해 서둘러 뛰어오는 소리를 들었다. 가쁜 숨소리. 숲지기였다. 그에게도 추궁할 것이 있었지. 나보다 훨씬 느릴 게 분명한 그이지만, 전력으로 뛰었다면 도착할 만한 시각이다.

숲지기가 어떤 꿍꿍이를 품고 있건, 난 그에게 눈앞의 괴물과 대화로 문제를 해결했단 인상을 주어서는 안 되었다. 그건 무척이나 수

상해 보이는 일이니까.

난 숲지기가 시야에 들어올 무렵 어정쩡하게 쥐고 있던 검을 괴물 쪽으로 힘껏 휘둘렀다.

-무슨 짓이야!

크아아아앙! 요란한 괴성이 쩌렁쩌렁 울려 퍼진다. 그 기세에 질릴 만도 한데 이미 놈의 어눌한 말투를 들어서 그런지, 더 이상 놈이 위협적으로 느껴지지 않았다.

도리어 입 냄새가 훅 끼쳐오는 듯하여 난 노골적으로 눈살을 찌푸렸다.

어차피 벨 생각으로 휘두른 건 아니었기에, 검은 놈의 가죽을 스치지도 않았다. 놈은 펄쩍 뛰며 한 걸음 물러선 것만으로도 내 공격을 피해 버렸던 것이다. 하지만 기습에 분개하면서도 반격을 가하진 않았다. 그건 다분히 마스터의 존재를 의식하고 있기 때문이리라.

그런데 이 녀석, 제가 마을에 쳐들어와 놓곤 내가 검을 휘둘렀다고 지금 큰소리치는 거야? 그럴 입장이 아니잖아. 적반하장격인 부분을 세세히 꼬집으며 난 다시금 놈에게 검을 겨누었다.

-여기서 나와 싸울래? 아니면 마을 밖으로 꺼질래.

-난 왕을 만나러 온 거야! 방해하지 마.

-마스터는 널 만나길 원치 않으셔. 들었잖아? 네게 바라는 것이 없다고.

-그, 그건…….

살벌한 광채를 내던 놈의 눈빛이 금세 시무룩하니 죽어 들었다. 숲지기가 접근한 탓에 마스터는 내가 이전에 한 말을 인지했는지 입을 굳게 다물고 있었다.

마력이 있어야 마법어도 쓸 수 있는 거니까 지금으로서는 직접 입을 열어 말하지 않는 한 의사를 전달할 방법이 없다.

난 마스터에게 힐끗 시선을 주었다가 이내 놈을 똑바로 보며 훈계를 퍼부었다.

─여긴 인간의 마을이야. 너 같은 괴물이 멋대로 쳐들어올 곳이 못 된단 말이지. 네가 한 짓을 좀 봐. 경비병을 쓰러트리고 여관문도 부 쉈잖아? 이렇게 소란을 떨어 놓고 설마 환영받을 거라고 생각한 건 아니겠지.

─나는 왕을 뵈어야만 했다고!

─그래서 결국 뵀잖아? 더는 여기서 난리법석 떨지 말고 사라 져. 만약 네 왕에게 볼일이 있으면, 조용히 남들 모르게 오라고. 우 리가 평생 이 마을에 있을 건 아니니까. 생각이란 게 있으면, 그 정 도는 해 주지 않겠어?

숲지기가 부쩍 가까워졌기에 난 거의 랩을 하듯이 속사포처럼 쏟 아 내고 말을 마쳤다.

놈과 친근해 보이지 않기 위해 표정을 굳힌 채 난 이쪽으로 달려 오는 숲지기 표정을 살폈다. 혹시 그가 괴물과 결탁했을 가능성을 고 려해서.

그러나 눈을 부릅뜬 채 이쪽으로 달려오는 숲지기의 얼굴은 가식 이라고 보기 어렵도록 다급한 기색이었다.

왜 그가 약초꾼을 빌미로 나를 꾀어냈는지 이유를 유추하기는 어 렵지만, 나쁜 속셈이 있는 것 같지는 않았다. 사실 그가 무엇을 생각 하든 내게 위협이 될 일은 아니리라. 그건 이 녀석을 치워 버리고 생 각할 문제다.

난 또다시 괴물에게 검을 들이댔다.

─싫으면 그냥 싸우자고.

이번에는 날 끝을 제대로 겨누었다. 이렇게 말했음에도 놈이 물러 가지 않는다면, 베어 버릴 참이다. 나와 싸우거나, 물러가거나 둘 중 하나를 반드시 택하게끔. 진심이었다.

그리고 그런 생각을 하면서도 별반 거리낌이 들지 않는 건, 내가 담대해졌기 때문이 아니라 별로 놈에게 동정심이 일지 않았기 때문 이다.

지성을 가지고 있다고는 해도 가죽도 두껍고 몸도 거대한 게 겉보기로는 튼튼해 보여서 좀 피를 흘린다고 죽을 것 같진 않았다.

사실 그의 앞에 서 있는 내 쪽이 훨씬 더 연약해 보인다. 봐주고 말고 할 것도 없이, 만만한 상대가 아니었다. 마스터가 도움이 될 것 같진 않으니, 어떻게……

효과적으로 놈을 상처 입혀 내빼게 할 방도를 고심하는 찰나, 괴물의 시선이 움직였다.

놈이 이쪽으로 달려오는 인영을 빠르게 읽어 들였다. 인지와 동시에 지각이 이루어진 그 순간 난 놈의 노란색 동공이 활짝 열리는 걸 볼 수 있었다. 놀랐을 때의 반응이다. 놈은 얕은 신음을 내며 발을 굴렀다. 가늘어진 눈매 틈 사이로 호박처럼 광채를 내는 샛노란 눈동자가 나를 못마땅하게 노려보았다.

그러나 그 입에서 튀어나온 건, 내가 기다리던 말이었다.

─좋아, 마을을 나설 때까지 기다리겠어. 이 무식한 여자야. 그럼 되겠지?

그리고 대답을 듣지 않고 몸을 휙 돌린 놈은, 그대로 땅을 박찼다. 약진이라도 일어난 양 둔중하게 땅이 흔들리고, 바람이 훅 불었다.

움직임 자체는 중력에 구애받지 않는 듯이 날렵했지만, 질량은 그대로라 파동처럼 여파가 번져 나간다. 놈은 이쪽을 돌아보지도 않고 그대로 훌쩍 뛰어 마을 밖으로 사라져 갔다.

난 놈이 완전히 사라질 때가 되어서야 한숨을 내쉬었다. 나도 모르게 잔뜩 긴장하고 있었는지 호흡이 가빴다.

마스터는 귀찮게 하던 놈이 순순히 떠나간 것에 아무런 감흥을 느끼지 못하는 눈치였다. 여전히 고요한 신색이라 조금 전까지 괴물의 습격을 받은 아이라고 보기엔 무리가 있었다.

별로 걱정은 안 되었지만, 마스터에게 다가선 난 걱정하는 척 다정스레 그의 어깨를 붙들었다.

숲지기의 시선을 십분 고려한 탓이었다. 마스터를 상대로 누나 행세라니, 속이 오그라들 지경이다. 그냥 섬기는 도련님이라고 할 걸 그랬어.

괴물이 떠나간 시점에서 속도를 늦추었던 숲지기가 숨을 헉헉 몰아쉬며 내 앞에 다다랐다. 아무리 숲에서 생활하여 체력이 좋은 이라도 여기까지 이 시간에 도착하려면 전력 질주를 해야만 했을 터였다. 그러나 숲지기가 보이는 다급함이, 그가 나를 유인해낸 것에 대해서 설명해 주지는 못했다.

나는 그를 향해서 싸늘하게 내뱉었다.

"설명이 필요하겠군요."

무슨 꿍꿍이가 있을지는 모르겠지만, 저 괴물과 아예 무관한 일 같지는 않다. 놈도 숲지기를 의식하는 눈치 아니었던가.

그가 나를 더 멀리 유인해 냈다고 해도 마스터에게 무슨 일이 생기지는 않았을 것 같지만, 난 표면적으로 동생을 위험에 빠지게 할 뻔한 사내에게 응당 분노를 표해야만 했다.

숲지기가 침중한 얼굴로 입을 떼려는 찰나였다.

그때 여관 옆집의 창문이 슬며시 열리고 한 소년이 빼꼼히 고개를 내밀었다.

"괴물은 도망간 거예요?"

"그래."

팔짱을 낀 채 짤막하게 대답하자 소년의 낯이 환해졌다. 놀람과 경외가 섞인 눈빛이 부담스럽게 나를 찔렀다. 우러러보는 시선으로 소년이 목청껏 소리쳤다.

"모두 나와 봐요! 마법사님이 괴물을 물리치셨어!"

그리고 주변은 곧 왁자지껄 소란스러워졌다. 밖에서 무슨 일이 일어나고 있는지 불안해하면서도 차마 내다보진 못하고 쫑긋거리며 귀를 기울였던 모양이다. 곧 여관이며 각 집에서 숨죽이고 있던 사람들이 우르르 쏟아져 나왔다.

'마법사님 정말 대단하셔!', '그렇게 흉악한 괴물이라니! 정말 온몸이 다 떨렸다고!' 따위의 말을 삼삼오오 모여서 떠들어 대는 게 고막을 찔렀다.

시끄럽긴 해도 마을 사람들 간의 사이는 무척 좋아 보였다. 과하게 흥분한 감이 있었지만, 그간 이 마을이 별다른 위기를 맞지 않았다는 사실을 미루어 볼 때 있을 법한 반응이었다.

그 숲에 괴물이 살고 있단 건 알고 있지만, 실제로 본 사람은 없었던 것이다. 숲지기를 제외하고는 모두가 그랬다. 들어가면 죽을지도 모르는 숲 속에 호기심을 해결하겠다고 구태여 찾아들어갈 이도 없었거니와 아무리 모험심 넘치는 아이들이라도 괴물을 보러 숲에 들어간다거나 하는 배짱 두둑한 짓을 벌이긴 어려웠으리라.

그들이 괴물의 존재를 확신한 건, 아주 가끔 나처럼 마법적인 이동 중 숲에 불시착한 사람들이 놈에게 된통 당해서 목숨만 가까스로 건진 채로 도망 나왔기 때문이었다.

불시착하고 숲을 헤매다가 죽은 이들이 있는 것 같긴 한데, 막상 괴물한테 잡혀 죽었다는 이들은 없는 걸 보니 그 녀석 생각보다 평화주의자일지도.

난 놈의 어눌한 말투와, 그 급격한 태세 변환을 떠올리며 편견 어린 가정을 품었다. 놈은 그냥 인간들이 제 영역을 돌아다니는 게 거슬려서 죄 내쫓아 버리는 걸지도 모른다.

자폐증 걸린 동생 배역을 맡은 마스터는 사람들에게 둘러싸인 게 불안한 듯이 내 손을 잡아 왔다.

실상은 불편하다는 내색을 해서 빨리 이 소란의 중심지를 벗어나고 싶은 거겠지만, 그 작은 접촉에 내 심장 박동이 크게 치솟았다.

손이 떨리는 걸 눈치채지 않을까, 뺨이 확 달아오른다. 이대로 마스터에게서 '누나' 소릴 듣는다면 심장이 폭발해 버릴지도 몰랐다. 물론 그렇게까진 하지 않겠지……. 좀 아쉬운데.

그런 생각이 들어버린 난 몹시 부끄러워졌다. 망할 대뇌망상이란! 아쉽다고 느껴버린 스스로를 속으로 손가락질하며 난 피곤한 표정을 지어 보였다. 쉬고 싶었다.

지나치게 튼튼한 몸은 피로를 느낄 줄 몰랐지만, 일단 소란을 피하기 위한 연기였다. 일단 이 자리를 파하고 숲지기와 대화를 나누어 보는 게 좋으리라.

여관에 숨어 있다가 뛰쳐나온 마을 원로들이 내 의사를 빨리도 포착해낸 덕에, 곧 소강상태를 맞이할 수 있었다.

"드시고 싶은 게 있으면 마음껏 드십시오."

문짝이 떨어져 나가고 기물이 파손된 여관 주인이 열띤 눈길로 연신 음식과 음료수를 내다나르며 아주 공손한 태도를 보이자 난 얼떨떨함을 숨기며 미소를 고수했다.

졸지에 봉변을 당한 것이니 기분이 가라앉을 만도 하건만, 말하는 걸 들어 보니 그는 괴물이 습격한 흔적을 잘 보존하여 마을의 트레이드마크로 삼을 야욕에 불타고 있는 듯했다.

근데 이 여관 어차피 손님도 별로 안 오지 않나? 내 알 바 아니지만.

음식에 욕심이 별로 없는 마스터는 이전과 달라진 풍성한 식단에 별 감흥이 일지 않는 듯했다. 하지만 그도 식사는 해야 했기에 옆에서 자리는 지키고 있었다.

나 역시도 마을 사람들의 성의를 거절하기도 뭐해서 일단 대접을 받고 있긴 했지만, 졸지에 마을을 구한 구세주가 되어 버린 듯 기분이 묘하다.

괴물이 마스터를 노렸다는 데 가닥이 닿을 만도 한데 여기 사람들은 '괴물을 쫓아 버렸다.'는 사실에만 시선을 빼앗긴 듯했다. 입을 모아 칭송하는 데 한 거 없는 나로서는 찔리고 낯간지럽다. 순박하다고 해야 하나 순수하다고 해야 하나…….

이전에 마을을 방문한 마법사들이 하도 거만하게 굴어서 자연스레 내가 상향 평가받나 보네.

들어 보니, 마을 입구에 쓰러져 있던 경비병도 기절만 했을 뿐 크게 다치지는 않았다고 한다. 괴물이 생긴 것처럼 포악하진 않을 거라는 가설에 부합하는 소리였다.

사악한 괴물은 아니니, 굳이 처치할 이유는 없을 것 같다. 마을을 나서면서 녀석이 접근하면 이야기를 좀 나누어보는 게 좋겠다. 난 스테이크를 칼로 썰어 내면서 거기까지 생각을 정리했다.

마을 원로 중 한 명이 내게 넌지시 물었다.

"놈이 다시 오지는 않겠지요?"

"그렇지는 않을 거예요."

어차피 목적은 우리였으니, 그럴 가능성은 낮다. 보아하니 마을을 습격할 마음이 있었으면 진작 그랬을 것이다.

말하는 게 좀 능글거린다고 생각했던 한 원로가 큼큼 헛기침을 하면서 끼어들었다.

"이렇게 가녀리고 아름다운 분이, 그런 괴물하고 다 맞서 싸우시다니 정말 굉장한 일이로군요."

낯 뜨거운 찬사에 목이 다 막혀서 난 콜록거리며 물을 들이켰다. 괜스레 마스터의 눈치가 보였다.

마탑에 속한 동안 외모에 관해선 거의 비교당하는 처지였기에 이런 칭찬이 기분이 나쁘지는 않았지만, 맞지 않은 옷을 걸친 듯 죄의식마저 느껴진다.

어느덧 자격지심이란 단어가 배어 버린 내 처지에 한탄하며 난 식사를 이어 갔다.

괴물이 죽은 건 아니었으므로 취한 상태가 되면 곤란했기에 술자리가 펼쳐지진 않았다. 그냥 좀 거창한 식사였다. 나야 어차피 미성년자라서 술을 마셔 본 적도 거의 없지만…….

넓은 식탁 한쪽 자리에선 숲지기가 침묵을 고수하고 있었다. 나와 이야기하려고 기다리고 있는 눈치였는데, 공교롭게도 그와 단둘이 대화를 나눌 기회가 좀처럼 나지 않았다.

조금 전 귀환한, 정확히는 마을 구석에서 튀어나온 약초꾼이 자신의 안전을 알린 터였다. 일을 좀 일찍 마치고 돌아와 창고 구석에서 잠깐 잠이 들었다곤 하는데, 아마 숲지기가 숨어 있으라고 시킨 걸로 추측이 되었다.

엉엉 우는 아내를 두고 곤란한 얼굴로 설명하는 약초꾼은 숲지기의 행동에 대해 듣고 의문에 휩싸인 눈치였다. 하지만 오랜 친구라는 말은 맞는 듯 그는 숲지기를 위해 침묵을 지켜 주었다.

'거봐, 아침까지 기다려 보자고 했잖나!'라며 타박을 들었을지언정 숲지기의 이상한 행동에 대해서는 지적하는 이는 아무도 없었다.

평소에 신뢰가 두터운가 보다. 나 역시, 굳이 사람들 앞에서 그에게 의심의 화살을 돌리진 않기로 했다.

사연이 있다고 여겼기에, 해명을 들어 볼 참이었다.

숲지기와 따로 대화를 나눌 만한 시간은 그로부터 상당히 후에야 찾아왔다.

느지막이 식사가 파하고, 마을의 영웅과 이야기를 나누는 게 아쉬운 듯 의자에 착 달라붙은 엉덩이를 떼지 않으려고 하던 사람들을 내보낸 뒤, 난 별거 아닌 듯이 태연하게 숲지기를 불러냈다.

마스터도 먼저 방으로 올라가고 여관 주인도 휴식을 취하러 갔기에 텅 빈 식당에서 대화가 시작되었다.

"여러 말하고 싶지 않아요. 왜 나를 유인했는지, 설명해 주세요."

칼같이 내쏘자 숲지기의 눈썹이 치들렸다. 화가 난다기보단, 어떻게 말을 해야 할 지 고민하고 있는 듯한 기색이었다. 그는 이내 천천히 입을 열었다.

"이해하기 힘든 이야기일 수 있소, 그렇다고 말하지 않겠다는 건 아니니 듣기 이상하더라도 너그러운 마음으로 들어주길 바라오."

당최 무슨 이야기길래 이렇게 묵직하게 서론을 깔고 시작한단 말인가. 여하간 난 고개를 끄덕였다.

"그러니까 내가 이 숲의 숲지기가 되고 얼마 지나지 않아서의 일이오."

그때의 숲지기는 젊었다―그 말을 하며 숲지기는 지금도 자긴 늙지 않았다고 강조하듯 덧붙였다. 내 참, 그게 나와 무슨 상관이라고―.

아무튼 그는 이전 숲지기에게서 괴물에 대한 이야기는 익히 들었다고 한다.

괴물이 싫어하는 이튼나무가 잔뜩 심어져 있는 곳을 경계선으로 너머는 얼씬도 하지 말라고, 영감은 숨이 넘어갈 때까지 당부에 당부를 남겼다.

그러나 원래 사람은 자기 눈으로 본 것 외에는 잘 믿지 못하지 않나? 숲지기도 그때는 혈기 끓는 청년이었다. 호기심도 있었다. 그렇게 흉악스러운 괴물이라니 어떻게 생겼는지 한 번 보자, 뭐 그런 심리였다. 컴컴한 숲에서 홀로 살아가는 숲지기는 필연적으로 담대한 성격이기도 했다.

어느 날 그는 궁금증을 풀기 위해, 탐사에 나섰다. 체취를 가릴 수 있게 몸에 풀을 잔뜩 문지르고 만약을 대비해 이튼나무 수액을 주머니에 따로 챙겨서 꼭꼭 밀봉했다. 괴물과 마주치면 뿌리고 도망쳐 버릴 셈이었다.

잔뜩 긴장한 채로 숲에 들어선 그는 얼마 지나지 않아서 괴물과 마주치게 되었다.

마침 숲을 헤매고 다니느라 지치고 허기가 진 터였다. 막 나무에 등을 기대고 앉아 육포를 뜯고 있던 참에, 괴물이 숲지기 앞으로 기척도 없이 위쪽에서 떨어져 내렸다.

둔중한 소리가 울리고, 흙먼지가 풀풀 날렸다. 갑자기 등장한 괴물과 코앞에서 눈을 마주친 숲지기는 먹고 있던 육포를 떨어뜨렸다.

'어, 으, 어.' 이상한 괴성만이 간신히 입 밖으로 새어 나왔다. 그야말로 기절할 만큼 놀랐던 것이다.

초승달처럼 날카롭고 흰 이가 눈앞에서 번뜩이는 걸 보고 있자니 머릿속이 새하얘져 이튼나무 수액 같은 건 생각나지도 않았다.

놈이 공포에 질린 그를 툭툭 앞발로 건드리자 저절로 몸이 옆으로 말렸다. 놈은 장난감을 가지고 노는 맹수처럼 숲지기를 이리저리 굴려 보았다. 그 와중에 품에서 어린아이 주먹만 한 알사탕이 또르르 굴러 떨어졌다. 즉각적으로 영양을 보충하기엔 설탕 덩어리만 한 게 없었기에 비상식량조로 가지고 다니는 거였다.

놈은 호기심이 동한 듯 눈을 빛내더니, 냉큼 사탕을 주워 먹었다. 그리고 짭짭 소리를 내어 맛을 음미했다. 사탕은 금세 놈의 입안에서 녹아 사라졌다.

나도 곧 저 사탕 같은 신세가 되겠구나 싶어 망연해하고 있는 숲지기에게, 괴물이 코를 들이밀었다. 그리고 난데없이 말이 들려왔다.

─이거 대체 뭐지? 엄청 달고 맛있는데, 인간의 음식인가? 또 없어?

그때 숲지기는 너무도 놀라, 반쯤 정신을 잃었다. 괴물이 말을 할 수 있을 거라곤 상상도 못 했던 것이다.

정신을 차렸을 때, 그곳엔 샛노란 눈을 가진 어린 소년이 오도카니 앉아서 지루한 얼굴로 턱을 괴고 있었다.

"겁쟁이."

비웃듯이 말하는 입안으로 슬쩍 송곳니가 엿보였다. 상식을 넘어서 숲지기는 어렵지 않게 소년의 정체를 눈치챘다. 인간으로 둔갑한 괴물이었다. 옷차림도 마을 사람의 것처럼 그럴싸했다.

괴물이 인간의 모습을 취하니 두려움이 덜해지고 담대함이 살아났다. 이튼나무 수액의 존재를 상기한 숲지기는 놈에게 살살 말을 걸어 보았다. 혹시 날뛰면 재빨리 수액을 끼얹고 달아날 셈으로.

그간 오랫동안 숲에서 홀로 살아와 외로웠던 탓인지 놈은 순순히 대화에 응했다.

숲지기는 곧 괴물이 생각보다 성격이 괜찮단 걸 알게 되었다. 놈과의 대화를 통해 알게 된 사실은 여러 가지였다.

놈은 이제까지 인간을 한 번도 죽인 적 없다는 것, 사람들이 괴물을 보고 지레 벌벌 떨며 나자빠졌다는 것, 이튼나무 냄새를 싫어하기도 하지만 이 숲 밖으로 나갈 생각이 없다는 걸 알려 주기 위해 부러 질색하는 척했다는 것, 영역만 침범하지 않으면 누구도 해할 생각이 없다는 것. 아, 그리고…… 알사탕을 무척 좋아한다는 것이었다.

괴물은 숲지기가 마음에 들었는지, 자신과 대화한 사실에 대해서 누구에게도 말하지 마라, 사탕을 가지고 올 거면 숲에 들어와도 된다고 말한 뒤 총총 사라져 갔다.

그리고 무사히 오두막으로 돌아간 숲지기는 갈등에 빠졌다.

오늘은 괴물이 변덕을 부려서 그를 살려 보내 주었는지 모른다. 그러나 다음은? 다음에는 이번처럼 행운이 따르지 않을지도 몰랐다.

그러나 숲지기는 곧 깨달았다. 놈뿐만 아니라 자신도 외로움을 느끼고 있었단 것을. 그래서 결국 그 숲 속으로 다시 향하게 될 거란 것을.

며칠 후 숲지기는 이튿날무 수액 대신 사탕이 가득 담긴 주머니를 들고 숲으로 들어갔고, 그렇게 괴물과의 만남이 시작되었다.

우정이라고 표현할 만한지는 알 수 없으나 숲지기는 괴물과 제법 돈독한 사이를 유지했다.

괴물은 제 이름을 이라칼이라고 말했다. 이라칼은 고집이 있긴 했지만, 괴물치고는 성격이 순한 편이었다. 주기적으로 숲지기가 사탕이나 군것질거리를 가져다주자 이라칼은 보답으로 사냥감을 하나씩 내어다 주었다. 그렇게 교류한 지 몇 년이 흐르는 동안 여러 가지 일이 있었다.

개중 하나는, 이동 마법에 오류가 생겨 숲에 떨어지는 인간들의 문제였다. 이라칼은 그걸 굉장히 귀찮게 여겼다.

—이봐 인간, 내 숲에 이물질들이 또 떨어졌다고. 적당히 밖으로 내몰 테니까 좀 주워 가.

이라칼이 그 인간들에 대해서 표하는 감상은 딱 그 정도였다. 지성을 가진 다른 종족이 제 영역 안에서 돌아다니는 것에 대해서 몹시 불쾌하게 여기는 터라, 이라칼은 발 빠르게 반응을 보이곤 했다.

그래서 숲지기는 나와 마스터가 그의 오두막을 방문했을 때, 무척 놀랐다고 했다.

왜냐하면 이전까지는 침입자가 있으면 이라칼이 먼저 숲지기에게 알려 주고 그들을 토끼몰이 하듯 숲 밖으로 내몰았기 때문이다. 내가 유난히 강한 마법사라 혹시 이라칼이 죽거나 다친 건 아닐까 생각하기도 했다고 한다.

우리와 함께 있었기에 자초지종이 궁금하면서도 숲지기는 이라칼과 접촉할 수 없었다. 그는 일단 우리를 마을로 인도해놓고 나중에 물어볼 참이었다.

그런데 이라칼이 숲을 이탈해서 제 오두막까지 왔단 걸 알게 되자, 숲지기는 또 한 번 놀랐다. 이라칼이 이제껏 단 한 번도 그의 오두막을 찾은 적은 없었던 것이다. 그것도 모자라 마을에서 이 기회에 괴물을 때려잡자는 분위기가 형성되자 슬슬 걱정이 되었다.

이라칼은 공격적인 성품이 아니었다. 그가 평소와 다른 행동을 보이는 데는 이유가 있을 것이다. 그 이유에 대해서 들어야 했다.

싸움을 피할 수 있을지도 모른다. 자신이 중간에 낀다면 좀 더 원만하게 대화가 이루어질 수 있지 않을까. 숲지기의 생각은 거기까지 미쳤다. 일단 그가 보기엔 나 역시도 그리 날카로운 성격은 아닌 듯했으니까. 하지만 문제는 어떻게 놈과 접촉하여 대화할 만한 자리를 만드느냐였다.

숲지기가 오두막 쪽으로 향한 사이에 길이 엇갈려 이라칼이 마을에 들이닥치면 곤란했으므로, 따로 놈을 찾아 나서기는 어려웠다. 그렇다고 놈이 마을에 쳐들어오기를 기다려 대화를 나누자고 할 수는 없었다. 마을 사람들은 놈을 두려워하고, 놈도 영역 밖에서는 잔뜩 곤두서 있을 테니까.

그래서 숲지기는 일단 나를 끌고 나가서 이라칼을 불러내고자 계획을 짰다.

약초꾼 친구는 친분도 친분이거니와 그에게 목숨 빚을 진 게 있어서 창고 속에 숨어 있으라던 부탁을 기꺼이 들어주었다.

숲지기는 약초꾼의 안위를 몹시 걱정하는 척하면서 나를 불러내어 탐색에 나섰다.

마을 밖으로 나가서 내내 휘파람을 불어댄 이유는, 애초에 숲 속에 들어서면 항상 휘파람을 불었었기에 그걸 듣고 이라칼이 찾아와주길 바라서 그랬다고 한다.

거기까지 듣고 나자 나도 정리가 되었다. 숲지기는 괴물이 마스터에게 해를 끼칠 리 없다고 굳게 믿고 있었다. 그러니까 나쁜 의도로 그런 것도 아니었고, 그 딴에는 일을 원만하게 해결해 보려고 벌인 짓이다.

마을로 돌아오니 나와 이라칼이 서로 적대하는 기색이 역력해 보여서, 말려보려는 찰나 이라칼이 도주했다며 숲지기는 말을 맺었다.

난 그의 말을 들으며 묘하게 찜찜함을 느꼈다. 대화로 문제를 해결할 수 있는 상대로 보인다는 것에 기뻐해야 하는 걸까, 기분 나빠해야 하는 걸까.

내가 그를 마을의 배신자 취급하며 마을 사람들에게 모든 진실을 악의적으로 토설해 내면 어찌하려고 이렇게 다 말해. 말하라고 한 주제에 잠시 불만스러운 기분이 되었지만, 좋은 쪽으로 생각하기로 하고 난 입을 열었다.

"당신 말은 잘 알겠어요. 속인 건 기분 나쁘지만 그냥 넘어가기로 하죠."

"이라칼과는 어떻게 된 겁니까. 무슨 문제가 있는 거지요?"

이제 보니 그는 놈에게 꽤 정을 준 듯, 무척 염려하는 눈치였다. 내가 놈을 쫓아 보낸 것도 모자라 해치려고 들까 봐. 내가 놈에게 검을 휘두른 모습을 보았으니, 그렇게 생각할 만도 했다.

괴물 주제에 참 인망도 두텁다. 놈은 숲지기가 저를 이렇게 생각해 주는 거, 알긴 알까? 하긴 숲지기를 보고 화들짝 놀라 도망가긴 했었지……

난 슬며시 미간을 찌푸렸다.

"자세한 사정은 말할 수 없어요. 이라칼이라고 했던가. 녀석은 우리가 마을을 떠나면 그때 찾아오기로 했어요. 아 물론, 대화로 해결할 거예요. 싸우진 않을 거라고요."

그러니 안심하세요, 라며 난 단호하게 말했다. 그래도 끝끝내 확인을 해야 성이 차겠는지 숲지기가 마을을 떠날 때 동반해도 되느냐고 묻길래 난 냉큼 좋을 대로 하라고 답해 버렸다.

어차피 대화는 마법어로 나누니까, 그는 알아듣지도 못할 것이다.

"이만 가 보세요. 저도 좀 쉬어야겠어요."

결론이 났으니, 이제 더 이상 자리를 지키고 있을 필요가 없다.

밤늦은 시각이었다. 온종일 괴물이 쳐들어온다 어쩐다 해서 골치를 썩이고, 바깥을 돌아다니다가 놈이 나타났단 소식에 헐레벌떡 뛰어왔으니 강철 체력의 나라도 피곤하긴 했다. 육체적 피로라기보단 정신적인 피로다.

숲지기를 뒤로하고 난 방으로 돌아왔다. 아무 일도 없었던 것처럼 다소곳이 침대에 드러누운 마스터를 목격한 순간, 왠지 모르게 속이 울컥거렸다.

물론 고생한 것도 나고, 마스터야 뭘 할 수도 없고, 졸릴 시간이니 자는 건 당연했다. 그런데 왠지 나만 뭔가 다 치르고 있는 것 같아서 기분이 좀 그랬다.

물론, 내가 그런 사소한 것에 기분이 틀어진 이유는 근본적으로 마스터가 내게 비밀을 꽁꽁 싸안고 조금도 내보이지 않으려고 하기 때문이긴 하지.

그리고 난 마스터가 스스로 원치 않는 한 목을 조른다고 해도 말해 주지 않을 위인이라는 걸 안다. 종종 정말 목을 조르고 싶은 충동이 들긴 하지만……

난 눈을 가늘게 뜨고 마스터를 노려보았다. 흘겨보는 게 아니라 노려보는 거다. 분노를 담아서.

내 눈빛이 하도 강렬했는지 곤히 잠든 줄로만 알았던 마스터가 스르르 눈을 떴다. 스위치가 켜지듯 눈꺼풀이 고요히 밀려 올라가며 검은 동자가 선명하게 드러났다. 기척을 느끼는 데는 귀신이 따로 없다. 그 인형 같은 모습이 왠지 좀 무서웠지만, 난 아무렇지도 않은 척 그의 앞에 다가가 앉았다.

둘밖에 없긴 해도 사실 우리 일행의 리더는 마스터잖아? 괴물 문제는 그렇다 치고, 이건 확실히 해 둬야지.

"우리 앞으로 어디로 가야 하죠?"

난 눈꼬리를 치켜 올렸다. 나는 확실히 도로 문답을 던지는 쪽보다 바로 간결하게 답이 나오는, 생각할 필요 없는 쪽을 선호하는 편이었다.

"그동안 생각 안 해 보셨어요? 저한테 그런 걸 결정하게 할 만큼 제 판단을 믿으시진 않을 테고."

"네 판단대로 따르겠다고 하지 않았다."

그럼 왜 물어보는 거야? 짜증이 일었다. 하지만 난 부글거리는 심정을 미소로 감추면서 논리를 펴냈다.

"마스터는 유권과는 합류해선 안 된다고 하셨지요. 어쨌든 당장은요. 그를 제외하면 마스터 선에서의 조력자는 없다고요. 그건 저도 마찬가지예요. 다른 세계에서 온 제가 갈 만한 곳을 알 리 없잖아요? 제가 가 본 곳은 얼마 안 되고, 꼭 거기 가야 할 이유도 없죠."

난 말하면서 생각에 잠겼다. 가진 돈은 넉넉하다. 추적당하기 어려운 특징 없는 재물이다. 마스터와 동행하려면 마법을 쓸 만큼, 혹은 눈에 띨 만한 어떤 일이 있을 만큼 위험한 곳이 아니어야겠지. 확실히 소란을 떤 지금 이 마을에서 더 이상 머물 수 없다.

지금 가장 중요한 문제는 안전이 아니다. 안전을 확보하는 건 중요하지만, 그 때문에 아무것도 못 해선 곤란하다. 마스터가 일정 수준 힘을 회복해야 내가 그에게서 떨어져 나갈 수 있는 거고, 나 역시도 돌아갈 만한 방법을 찾아봐야 한다.

그리고 내가 가져온 검. 마스터가 따로 숨겨 둔 힘이 그 하나뿐이
진 않을 거 같은데.

"가선 안 되는 곳은 말할 수 있어요. 샤자한이요. 저는 그곳의 왕
과 친⋯⋯하진 않지만 친분이 있어요. 필요하면 저를 도와주겠다고
말했다고요. 그리고 그 사실을 란델이,"

란델. 그 이름을 발음하는 건 놀랍도록 껄끄러운 일이었다. 나는
다른 시온 중 누구보다도 그와 가까웠다. 란델에게는 내가 가장 가깝
지 않은 시온이었을 테지만, 내게는 그랬다. 그래서 나는 내가 그와
적대하고 있다는 사실이 실감이 나지 않았다.

서늘한 바람이 폐부 깊숙이 휘돌았다. 난 찬내를 삼키며 말을 이
었다.

"알고 있을지도 몰라요. 그래서 샤자한은 안 돼요. 거기 굳이 갈
이유도 없잖아요."

"네 말대로, 샤자한은 아니겠지. 그러나 샤자한과 인접한 바란으
로 가야 한다."

"바란이요?"

곰곰이 떠올려 보았지만, 내가 마스터에게서 받은 기초 지식에 포
함되지 않는 나라였다. 이름은 알되, 어떤 나라인지는 모른다.

"샤자한과 가까우면 위험하지 않을까요? 거긴 왜 가셔야 하는데요."

"네가 가진 검처럼, 내가 따로 심어 둔 힘이 그곳에 있다. 필경 도
움이 될 터."

차분한 답변이었다. 난 겹겹이 어둠이 쌓인 마스터의 눈을 마주
보았다.

그 어둠만큼이나 정체 모를 수수께끼가 짐승처럼 날숨을 내쉬고
있었다. 그 존재감을 느낄 수 있었기에, 의문이 연기처럼 피어올랐
다. 순식간에 과정을 건너뛰고 사고가 치달았다. 난 물어야만 했다.

"배신당할 걸 아셨나요?"

그는 아니라는 식으로 이야기한 바 있다. 하지만 그렇지 않다면,

왜 멀쩡한 마력을 따로 감춰 두어야 한 건지. 그럴 필요가 뭐가 있단 말인가.

"네가 알아두어야 할 것이 있다."

이제야 뭐든 말해 주려나 싶어, 귀를 기울였다.

"내가 마법을 사용하지 말라고 한 바 있으니, 그를 지켰다면 모르고 있겠지."

떠보는 듯한 말에 난 불퉁하게 대꾸했다.

"네, 몰라요. 뭔데요?"

"너는 마탑의 마력을 사용할 수 없다. 너뿐만 아니라 그 누구도."

"······그건 왜죠?"

"마탑의 주인이 나이기 때문이다."

마탑의 주인이 하필 그이기 때문인지 그가 주인이라는 자체가 문제인 건지, 중의적인 말이었다.

"봉인의 목적을 내가 무어라 말했더냐."

무거운 진실이 덮쳐 온 듯, 잠시 얼어붙었던 난 얼마 전 그가 불친절하게 언급한 바를 더듬어 보았다.

"마탑과 마스터의 단절이라고 말했죠. 마탑의 마력 자체가 마스터의 봉인과 맞부딪혀 반발한다고 하지 않으셨던가요?"

"봉인은 불완전하게나마 이루어졌다. 효력이 영원하진 못하나, 지금 이 순간은 강력하게 유지되고 있지."

난 일순 마스터의 상태를 살폈다. 앳된 음성도, 마력의 흐름이 거의 느껴지지 않는 어린 몸도 확실히 그가 약화되었단 사실을 증명하고 있었다. 그의 상태는 탈출 직후와 거의 차이 나지 않았다.

"시온들의 목적은 마탑의 마력을 내게서 강탈하는 데 있지 않았다. 그들은 그 힘을 가지고 싶어 했지. 마탑의 마법사가 타 마법사들보다 월등히 강할 수 있었던 건, 그들의 마력이 탑에서 비롯하기 때문이었으니, 그게 깨어지면, 마탑의 지배력도 무너진다."

마탑의 독특한 마력 원리에 대해서는 들어본 적 있기에 난 선뜻 고개를 끄덕였다. 하지만 기분이 퍽 복잡해진 터였다. 마스터의 손아귀에서 벗어나길 원했으면서, 그 힘만은 탐한다니…….

물론 필요한 일이었을 테지만, 씁쓸하게 느껴지는 건 어쩔 수 없다.

"하지만 그 마력은 나 이외의 누구도 직접 사용할 수 없다. 그런 힘이다."

"어째서요?"

"탑의 마력은 애초에 내게서 유래한 것이니."

나는 침을 꿀꺽 삼켰다. 마스터는 대수롭지 않은 투로 털어놓고 있었지만, 그가 이것을 입담은 것부터가 이 사실이 중요하다는 걸 방증했다.

난 엘로힘을 부화시켰던 그 순간, 내가 보았던 광경을 떠올렸다. 태양인가, 폭풍인가, 우주인가. 그 아득하니 심원하고, 또한 제어할 수 없이 광포하며 찬란한 힘. 가슴 떨리는 그 아찔한 광경. 그때의 감각이 내 몸에 낱낱이 남아 생생히 살아 숨 쉬고 있었다.

흡사 이적을 본 듯하여— 난 눈을 지그시 눌러 감았다 떴다.

헌데 그 근원이 마스터라고? 그건 어떤 한 존재가 소유하기엔 너무도 강력한 힘이었다. 한 세상을 송두리째 휩쓸고도 남을 힘이었다. 멸망도 파괴도, 그 무엇도 가능하게 할 마력. 그런 힘을 가진 자가 일찍이 세상에 있었다면, 필경…… 신이라 불리지 않았을까.

마스터는 뭐죠? 난 충동적으로 그렇게 물을 뻔했다.

그러나 이제까지 그래 왔듯이 마스터는 답해 주지 않을 것이다. 그래서 난 다른 질문을 꺼냈다.

"그건…… 이상한데요. 마스터에게서 비롯한 마력인데, 어떻게 마스터와의 연결을 끊어놓을 수 있죠? 그게 가능한 건가요?"

"내게서 비롯되었으나 분리하여 따로 보존해 온 힘이니 단절하는 것도 가능할밖에. 그러나 다루는 건, 나만이 가능하다."

분리하여 따로 보존해 왔다, 라. 나는 그의 말을 곰곰이 되짚었다. 마스터의 정체를 캘 만한 단서를 찾으려는 의도도 있었고, 내 마법적인 상식으로는 잘 이해가 가지 않는 일이었기에 이해하기 위해선 바삐 머리를 굴려야만 했다.

난 정리하듯 머릿속에 꼬인 지식을 말로 풀어내었다.

"그러니까 말하자면 마스터가 매개였기에, 마스터가 부재한 지금 마탑의 마력을 사용할 수 없단 거군요."

그 이야기는 곧,

"마탑의 마법사들이 이전과 같지 않다, 그런 의미겠군요."

"오랜 세월을 살아온 시온은 제 몸에 쌓인 마력만으로도 여전히 강력한 마법사라 할 만하다. 그러나 아모스, 룻은 그렇지 않지."

그리고 시온은 마스터를 봉인하던 도중, 내 개입으로 부상을 당했다. 탑의 마력을 빌리지 않고, 체내의 마력으로 회복하는 건 더딜 수밖에 없는 과정이리라. 그렇다면 우린 이제껏 예상했던 위험보다 더 낮은 수준의 위험을 안고 있는 것이다.

왜 이런 거 진작 말해 주지 않았느냐고 따지고 싶었지만, 생각해 보면 미리 말해 주었다고 해서 달라질 건 없잖아. 오히려 내가 더 방심해 버렸을지도……. 그래서 마스터도 말하는 걸 미루었던 걸까.

불만스럽지만 이해가 가지 않는 것도 아니라, 난 일단 남은 의문을 해소하기로 했다.

"마스터를 통해서만 마력을 쓸 수 있다면, 마력석은 무슨 용도인 건가요?"

마력의 전이를 위해 마력석이 필요하다고 했던 것 같은데? 그러면 마스터와 역할이 겹치지 않나?

"설명하기 모호하나 내 존재는 일종의 '허용'이다. 허용된 마력을 그대로 쓰는 것은 불가하다. 마력석을 통해서 여과 과정을 거치지 않으면, 탑의 마력은 제어되지 않는다. 그 이유는 이전에 말했을 텐데."

어투가 조금 달라졌다. 두 번 말하는 걸 몹시도 비효율적으로 여기는, 냉담한 질타였다.

그동안 얼마나 많은 일이 있었는데, 어떻게 그가 한 말을 일일이다 기억할 수 있겠어? 난 내심 투덜대면서도 마스터의 말을 듣고, 불현듯 한 조각 과거의 기억을 떠올렸다.

'마탑의 심층부, 그곳에 무한한 힘을 지닌 마력의 원천이 존재한다. 그를 바탕으로 마탑이 세워졌지.'

마탑의 심층부에 존재하는 마력의 원천…… 마스터는 마탑을 세우기 위해, 제 힘을 분리해 내었다. 왜? 그러나 지금 그 '왜'는 중요하지 않았으므로, 난 회상을 이어 갔다.

'거기에서 파생된 마력은 강력하고 파괴적이라 통제하기 어렵다. 그를 마법사가 운용하려면 필히 마력석을 통해 여과 과정을 거쳐야 한다.'

그 여과 과정을 거치기 이전, 마스터의 존재가 마탑의 마력을 끌어다 쓸 수 있게 한다. 즉 '허용'.

잡힐 듯, 잡히지 않을 듯 머릿속에서 논리가 맞춰져 간다. 아주 선명하게 그려지는 상은 아니나 어렴풋이 알 것, 같았다. 난 이제 가장 중요한 질문을 꺼내야만 했다.

"마스터의 '봉인'은 어떻게 하면 부술 수 있나요?"

난 해답을 구하듯 마스터를 똑바로 응시했다. 완전한 봉인이 아니라는 건 알고 있다. 그리고 마스터는 이전, 몽환의 미로에서 내가 같은 질문을 던졌을 때와는 달리 어디로 가야 할지 향방을 제시했다. 바란으로 가야 한다고. 그렇다는 건, 봉인을 깨는 방법에 대해서 그간 짐작한 바 있다는 뜻이었다. 최소한 뭘 해야 할지는 안다는 뜻.

"가장 자연스럽고 확실한 방법은 시간이다. 그러나 내 힘이 복구되는 시간이, 그들이 날 찾아내는 시간보다 짧을 거라고는 확신할 수 없지."

"인위로 봉인을 깰, 부자연스럽지만 유효한 방법은요?"

"이 방법이 유효할지는 모른다. 그러나 이론일 뿐이라도, 가능성은 있다."

마스터는 찬찬히 설명을 펴냈다.

"현재의 나는 영에 새겨진 봉인으로 인해, 탑의 마력을 거부하는 상태다. 탑의 마력이 흘러들면, 봉인이 내 그릇을 압박하여 부술 것이다. 허나 봉인은 정교하나 완성되지 않았다. 거기엔 미세한 균열이 있다. 그러므로 방법은 간단하다."

"……."

"본질적으로 같은 근원을 둔 마력을 일정 수준 이상 일거에 쏟아부음과 동시에 영을 개방하여, 탑의 마력을 끌어들인다. 탑의 마력은 서로를 부르는 속성을 띠고 있으니. 그러나 출처가 다른 두 마력의 흐름은 균형이 맞춰져야 한다. 형(形)이 부서지기 전, 상통에 성공하면 그 중심에서 봉인은 깨어진다."

마스터는 현재 당장에라도 깨어질 수 있는 달걀과 같다. 외부의 압력이 가해지면 껍질은 부서지기 마련. 그러나 내부의 압력과 외부의 압력이 동시에 가해져서 중간에서 균형이 이루어진다면, 금속으로 코팅하듯 단단한 껍질을 되찾게 된다. 대충 그런 이야기였다.

그런데 척 듣기에도 아슬아슬한 이론이었다. 본디 제 마력이라지만, 마력 한 점 없는 몸으로 그 정도의 힘을 다루는 게 과연 가능한 일일까?

마스터를 얕보는 건 아니다. 하지만 그게 아무리 마스터라도 쉬운 일처럼 들리지 않았다.

"위험한 일 아닌가요? 실패하면요."

"나는 죽음에 가까운 상태가 된다."

"……일전에 허깨비 같은 존재가 된다고 하셨던, 그 상태 말인가요."

"그건 그나마 이지를 유지한다는 전제를 가졌다. 실패한다면, 반동이 클 테니 그보다 더한 상태가 될 테지. 유령도 아닌, 공기처럼 눈에 보이지도 않으면서 그저 존재할 뿐인 채로 잠들 것이다."

가슴이 서늘해진 난, 생각도 하지 않고 불쑥 내뱉었다.

"그 방법, 제가 반대한다면요?"

"대안이 있느냐."

말문이 막혀 난 입술을 깨물었다. 마스터의 지식은 나보다 폭이 넓었고, 그가 찾아내지 못한 다른 방법이 내게 있을 리 없다. 그의 말은 지극히 합리적인 분석을 따랐다. 그럼에도 난 순순히 그러마 하고 고개를 끄덕이기 어려웠다.

"마스터는 두렵지…… 않으신가요?"

난 두려운데. 내게 일어나는 일이 아닐지라도, 이렇게 두려운데. 말만 죽음에 가까운 상태이지, 그렇게 되면 마스터는 내 눈앞에서 사라지게 된다. 어쩌면 영영.

회복에 너무도 오랜 시간이 걸려서, 내 삶이 닿지 않는 곳에서 그의 삶이 다시 시작될 수도 있겠지. 그게 죽음과 얼마나 다를까? 홀로 남는다거나, 시온들과 홀로 대적해야 할 상황, 그 무엇도 그보다 두려운 게 없었다.

차마 시선을 들어 올리지 못하고 애꿎은 입술만 짓씹는 내게 마스터는 다만 단정하듯 말했다.

"이 상황을 타파할 만한 다른 길이 없다면, 다소의 위험은 감수해야 한다."

난 헛웃음을 지었다. 마스터는 항상 반박할 수 없게끔 결론짓는다. 그의 결정은 단호하고 흔들림 없다. 입 밖에 나온 순간 모든 가능성을 거쳐 최고의 답안을 끌어낸 것처럼. 또한 자신의 죽음을 논하면서도 해야 할 일이라며 망설임이 없다.

그렇기에 당신은 다르다. 세상 누구와도 다르다. 그래서, 그러지 않아야 할 온갖 이유를 들먹이면서도 당신에게 끌리는 나를 납득할 수밖에 없다. 그 초연함은 내가 이제껏 누구에게서도 보지 못한 것이므로.

하얗게 빛나는 빙하처럼 정교하게 제련된 다이아몬드처럼 그는 그대로 불가사의할 만치 완전하다. 실상 그가 어떤 인물인지, 어떤 생각을 품고 있는지 모르면서도, 나는 그가 내비치는 일면에 빨려드는 듯한 매혹을 느꼈다.

아니, 기실 초연하다는 표현은 맞지 않는다. 그저 지독히도 무심하여 어떤 감흥도 느끼지 못한단 것에 더 가까우리라.

서늘한 속삭임이 뇌리를 파고들었다.

과연 그는 무언가를 원해서 움직여 본 일이 있을까? 그런 갈망이 그에게 존재할까?

당연히 부정의 말이 나와야 할 것 같은 그 질문에, 놀랍게도 긍정의 답이 떨어진다.

그래, 그랬지.

마스터는 그 무언가 때문에, 이 마탑을 세웠다. 아무도 그 이유를 알지 못하나, 알지 못하는 이유는 그가 침묵했기 때문이다. 나로서는 절대적으로 그를 움직일 수 있는 무언가가 존재할지, 존재하지 않을지 확신하지 못한다.

다만 적어도 탑을 세운 건 당위가 아닌, 그 무엇 때문에 그 스스로 움직인 일이리라. 그가 바라는 목적을 달성하기 위해서. 거기에 성과를 보았는지는 모르겠다. 하지만 난 그의 동기가 궁금했다.

마스터가 마탑을 세운 건 단순한 권력욕이나, 야망 때문은 아닐 터였다. 그건 너무도 인간적이니.

얼음이 불로 탈바꿈하듯 때로 그가 드러내는 얼굴. 거기에 묻어난 감정. 그때의 그는 인형이다가 비로소 삶을 찾은 것 같았다.

그럴 때의 상황을 따져보면, 어쨌든 내 존재가 그에게 영향을 미치는 것 같기는 한데 그렇다고 마탑을 세운 목적과 날 하나의 선으로 잇기엔…….

무리수려나. 거기까지 생각하는 건 너무 멀리 간 거겠지.

……확실히 그는 피그말리온의 조각이나 빙하 같은 존재가 아니었다. 다시 말해, 마스터가 비록 무생물과 흡사하게 보일지라도 정말 무생물인 건 아니었다.

그도 나름의 생각이 있고 목표가 있고 그에 따라 살아간다. 되는 대로 살아가는 사람들과는 또 다르게 그는 열망에 가까운 목적의식을 품고 있다.

치밀하든 그렇지 않든, 그는 아주 속내를 드러내지 않는다. 속내를 드러낼 줄 모른다는 말에 가깝다. 그게 유리하기도 하거니와, 아예 타인과 제 내면을 공유한다는 생각을 한 적 없이 살아온 듯하다. 태어나서 한 번도 다른 표정을 지어본 적이 없는 양 무표정에 익숙하며, 침묵에도 그렇다. 그냥 무인도에 혼자 사는 사람이다.

마스터에게 있어서 자신 이외의 존재는 사람이 아닌 짐승일 뿐이고. 질리도록 독하고, 잔인한 일면은 있지만 그건 그가 기본적으로 타인에게 공감하지 못하는 인종이기 때문이다. 공감 능력이 떨어지는 게 반사회적 성격의 특징이라던데, 솔직히 마스터와 뭐가 다를까 싶다. 그건 스스로를 갈무리한다거나, 제어한다는 개념이 아니라 그냥 원래 그런 것이다. 그게 마스터의 성격이다.

그 점에 질리고 지쳤지만, 그래도…… 알 것 같았다.

물론 이 앎이 내 반감을 모두 해소해 주는 건 아니라서, 난 앞으로도 그의 성격과 싸워야 할 테지만. 알았으니까 이제, 내가 그를 어떤 식으로 바꿔야 할지를 모색해 볼 때였다.

그 이전에, 일단 이 마을을 떠날 준비를 해야 했다.

난 마스터에게 말없이 고개를 끄덕인 뒤 잠자리에 들었다. 숲지기의 사정을 보고해야 할까 했지만, 어차피 마스터에게 중요한 사실은 아니리라. 숲지기와 그 녀석이 우정을 쌓았든, 둘이 친분이 있든 마스터가 무슨 상관이겠어?

까무룩 잠이 들었다 깨어났을 땐, 어느덧 아침이었다. 떠날 준비를 서둘러야 한다는 강박감에 피로가 쌓여 있었음에도 때맞춰 눈떠졌다.

목적지는 이미 정해졌고, 출발만 하면 된다. 다만 그 이전에 물건을 좀 사 두고 준비를 해야지.

난 잠들어 있는 마스터 쪽을 흘깃 본 뒤 돈주머니를 챙겨서 밖을 나섰다. 내려가는 김에 여관 주인에게, 위에 식사를 올려 보내라고 일러두는 것도 잊지 않았다. 곧 고단한 여행길이 시작될 테니 마스터에게 든든하게 뭘 좀 먹여 둬야 했다.

아주 이른 아침은 아니라 상점도 이곳저곳 문을 열었다. 내 마법 로브에는 꽤 이것저것 들어가는 듯하니 되는 대로 물건을 사갈 생각이었다.

어젯밤 숲지기와 대화를 나누지 않았다면, 괴물이 또 마을에 쳐들어올지 모른다고 생각했을 거다. 그랬다면 떠나기가 애매했을 테지.

난 우리가 떠나더라도, 괴물이 마을을 침범하지 않을 거라는 확신을 얻었다.

설명하기 뭐한 사연이라 마을 사람들을 확실히 안심시켜 주기는 무리겠지만, 숲지기에게 침묵하는 대가로 알아서 수습시킬 예정이다. 그 아저씨도 그 정도는 해야지.

그보다 어디 보자. 뭘 사야 하지? 난 귀 따가울 만치 호들갑스레 맞아주는 옷가게 주인을 앞두고 고민에 잠겼다.

가지고 있는 게 금화나 보석밖에 없었으므로 비용을 어떻게 치를까 생각했는데, 괴물을 퇴치해 주었으니 물건값을 받지 않겠다고 가게 주인이 먼저 말해 주었다.

이런 작은 마을에선 옷 같은 거 다 만들어 입으니까 재고가 쌓여서 그런 것 같긴 한데, 나야 좋지.

우선 마스터에게 맞을 만한 치수의 아이 옷을 대충 몇 벌을 골라낸 난, 여기 여자들이 흔히 입는 편안한 옷 몇 벌을 좀 심혈을 기울여서 골랐다.

거기서 거기긴 한데 색이나 재질에서 약간 차이가 난다. 디자인도 중요하단 말이지. 여행복이 따로 마련되어 있었지만, 굳이 고르지 않은 이유는 간단했다.

'나 여행하고 있소' 티 내면서 돌아다닐 생각이 없었기 때문. 여기 사람들은 우리나라에서 등산 갈 때 등산복을 챙겨입듯 여행 간다고 해서 대놓고 복장을 갖추지 않는다. 어디 험난한 곳으로 여행갈 것도 아닌데, 모험가들이나 입는 여행복으로 시선을 끌 필요는 없었다.

다음 순서는 생필품이었다. 추적을 피하기 위해서라도 앞으론 마을에 꼭 필요한 경우를 제하곤 거의 들르지 못할 것이니 기본적인 것들은 마련해 놔야 했다.

야영을 해 본 적이 없었기에, 난 챙길 만한 물건들을 곰곰이 생각해 보았다. 지도와 담요, 침낭, 부싯돌, 기름, 조리 도구, 그리고 갖가지 식재료들……

로브에 보존 기능이 있을지 확신할 수 없었기에, 썩지 않을 만한 음식을 골라야만 했다. 지도 같은 건 꽤 값어치가 있는 것이었기에, 공짜로 받는 건 무리였다.

이번 가게 주인은 나이 지긋한 중년 사내였는데, 그는 미안한 얼굴로 값을 깎아 주겠다고만 말했다. 사실, 돈을 받는 건 당연한 일이니까.

이 마을은 워낙 외진 데 있어서, 다른 마을로 가는 길엔 필수적으로 야영을 해야 한다고 한다. 난 전적으로 가게 주인의 의견에 따라 담요 석 장과 밑이 깊은 냄비와 프라이팬, 국자, 자그마한 칼이며 기타 등등 필요할 만한 물건들을 구비할 수 있었다.

값은 금화로 치렀는데, 가게 주인은 카운터를 통째로 뒤집어서 간신히 거스름돈을 맞춰 주었다. 그러고도 약간 모자랐는지, 이번에 산 것들을 여관까지 배달해 주겠다고 했다. 부피가 꽤 있어서 어떻게 나를까 고민했으니 잘된 일이었다.

마지막으로 길 건너에 있는 빵집에서 노릇노릇한 빵을 사고—그 와중에 폭신폭신한 빵을 하나 해치우고—, 식료품상에서 치즈, 바싹 말린 육포며 조미료 같은 것들을 골라보던 난 막막함에 휩싸였다.

뭐가 뭔지 잘 모르겠는데. 근데 나, 내가 요리할 줄 모른단 사실을 잊고 있었네.

그럴 만도 한 게, 난 집에서 엄마가 만들어 주신 따뜻한 밥 먹고 학교에 다니는 평범한 학생이었다. 라면 정도는 끓일 줄 안다. 더해서 학교 실습 시간에 배워 본 김치찌개는 만들 수 있다.

그런데 여기선 이 식재료로 뭘 만들어야 할지. 어차피 내가 먹을 건 아닐 거라 실험 정신을 보여도 될 거긴 한데, 그랬다간 마스터가 탈이라도 나면 곤란하지.

혹시 마스터…… 요리할 줄은 알까? 앞치마를 두르는 건 둘째 치고, 마스터가 프라이팬을 들고 있는 모습은 상상하는 것만으로도 소름 돋을 만치 어울리지 않았다.

사실 유능하디유능한 마스터가 그토록 오래 살아왔으면서 요리를 할 줄 모른다는 건 문제가 있다.

맞아, 문제지. 나도 어린 시절부터 '자기 밥 정도는 자기가 만들어 먹을 줄 알아야 한다.'라는 소릴 귀에 인이 박이도록 들었는데.

하지만 그런 걸 가지고 트집을 잡기엔, 너무도 대단한 분이라서. 평생 왕처럼 산 사람이니 나무라기 어렵다. 만약 그에게 섭식이 필요했다면, 밥도 남이 지어 준 거 먹고살았을 텐데. 마스터를 몰락시킨 시온들도, 그가 세 끼 밥을 걱정해야 할 처지에 놓였다고 한다면 그 사실을 받아들이기 쉽지 않을 테지.

그런 이해를 떠나서 불만은 있었다. 솔직히 나도 귀하게 자란 자식인데, 짐말에 경호원도 모자라 이젠 요리사까지 하게 생겼다. 파천하는 왕을 수행하듯 온갖 치다꺼리는 다 해야 하는 신세다. 그러고 보면 마탑도 불공평한 신분제 사회였지.

"어휴, 내 팔자야."

난 한숨을 푹 내쉬었다. 여관을 나온 지 두어 시간쯤 지났나. 일단 살 건 대충 다 샀는데, 가장 중요한 게 남아 있었다.

줄곧 마스터를 업고 다니긴 싫으니, 말 한 마리와 뒤에 달고 다닐 수레를 살 생각이었다. 나야 걸어 다녀도 상관없으니 관리하기 힘들게 두 마리를 살 건 없고 마스터나 앉아서 가면 되니까.

빵집 주인에게 슬쩍 물어보니 여관 인근에 있는 공용 마구간에 가 보면 팔려고 내놓은 말이 있을 거라고 말했다. 그리고 그의 말이 맞았다. 아주 혈통 좋고 튼튼한 군마 같은 건 바라지도 않았으나 그래도 괜찮은 말 몇 마리가 투레질하는 게 눈에 띄었다. 난 말을 볼 줄 모르지만, 물 좋고 공기 좋은 곳에 살아서 그런지 말들은 꽤 건강해 보였다.

마구간 안에 있는 말 전부가 매물로 나온 건 아니었다. 마을 사람들의 말을 모아놓고, 개중 판매의사를 밝힌 것만 마구간지기가 대리로 판매하는 식이었다. 내가 살 만한 말 중 주인이 팔겠다고 한 건 두 마리였는데, 한 마리는 백마였고, 한 마리는 평범한 밤색 털의 말이었다.

난 잠깐 고민했다. 온통 검음을 상징하는 듯한 마스터와 백마는 대조가 되어 퍽 잘 어울릴 것 같았다.

백마란 어떤 의미에선 로망이지. 말이라면 역시 백마랄까. 쓸데없는 이유로 백마에 더 혹했음은 분명하다. 하지만 정작 내가 고른 건 밤색 말이었다. 백마는 성질이 더럽다지? 물어보니 역시나 둘 중 밤색 말이 더 성격이 온순하다고 해서 골랐다. 말을 다룰 줄도 모르는데 성질 사나운 말이 수레에다가 뒷발길질이라도 하면 곤란하니까.

그리고 수레는, 마침 내가 산 말이 촌장의 말이었기에 거래를 위해 만난 그에게서 얻을 수 있었다.

안 쓰는 수레라고는 하는데 먼지가 끼어 있다곤 하나 기름 먹인 나무판자로 만들어진 몸체가 튼튼해 보였고, 지붕도 얹혀 있었으며, 크기도 적당해서 딱 내가 찾던 그것이었다. 몇 년 동안 사용한 적 없는 수레이기에 청소와 정비가 필요하다고 한다. 촌장은 수레를 점심 때까지 말에 달아서 보내겠다고 말했다.

도망간 괴물이 다시 올까 봐 우리를 잡으면 어쩌나 우려했는데, 숲지기가 괴물에 대한 경계심을 누그러뜨리려고 잘 둘러댄 모양이었다. 괴물은 치명적인 상처를 입어 숲으로 돌아갔고, 마을엔 결계를 쳐놨다고 하던가.

촌장은 아쉬워하면서도 일정을 서둘러야 한다는 내 말에 굳이 붙잡으려고 하지 않았다. 괴물을 잡아 달라고 하면 지불이 불가능한 액수의 돈을 요구할 셈이었던 나로서는 다행이었다. 촌장은 마지막으로 식사를 같이하자고 말했을 뿐 더 이상 우리를 붙잡지 않았다.

그렇게 난 오전 중에 마을을 떠날 채비를 모두 마쳤다. 금화만 썼는데도 넉넉하다 못해 잔돈이 많이 남았다. 보석은 쓸 일이 전혀 없어서, 당분간 돈으로 바꿀 걱정은 안 해도 될 성싶었다. 여행 사정은 앞으로도 오랫동안 넉넉할 것이다. 물론, 이 돈이 다 떨어질 때까지 여행하는 건 있어서는 안 될 일이지.

그 전에 결론이 난다면 후련하겠지만, 그 결론이 의미하는 바는 마스터가 힘을 되찾는 것이었기에 섣불리 바랄 수 없는 것이었다. 마음이 무거워진다.

별로 돌아다니진 않았지만, 신경 써서 물건을 고르며 쇼핑을 했더니 피로가 몰려오는 듯했다.

빼놓은 건 없는지 머릿속으로 점검해 본 난 양손에 짐을 바리바리 들고 걸음을 재촉해 여관으로 돌아갔다. 충실한 비서가 따로 없다고 생각하면서.

"점심 먹고 출발하도록 하지요."

난 통보식으로 던졌다. 방으로 돌아와 보니 간소하게 아침을 먹은 마스터는 드물게도 무거운 엉덩이를 떼고 자리에서 일어나 창가에 서 있었다.

불씨가 남겨져 있다기보단 다 타 버린 검은 재 같은 허무가 깔린 눈은 마을의 풍경을 담고 있지 않았다. 그저 무언가를 생각하는 양 먼 곳의 하늘을 짚는 시선이 흡사 대기를 읽는 듯하다.

마스터는 그게 가능할 만한 능력자였지만, 지금은 아니었다. 그는 그대로 입술을 달싹였다.

"행로는."

당연한 듯이 보고를 요구하는 게 아니꼽기 그지없다. 어떻게 바란에 갈지 짜오긴 짜온 터라, 난 못마땅한 눈초리로 지도를 펴 들었다.

내 세계에서라면 시골구석에 가서도 제대로 된 지도를 구할 수 있 겠지만, 이곳은 그렇지 않았으므로 이런 시골 마을에서 구할 수 있는 지도가 변변할 리 없다. 마법이 좀 발달하여 측량은 그럭저럭 되는 편이지만, 상세하게 건물명 하나하나 나와 있진 않았다.

그 때문에 내가 들고 있는 지도에는 우리가 머무는 이 마을이 속 한 델피아와 샤자한을 포함한 인근 4국 정도의 간략한 지리만이 나 와 있었다. 작은 마을은 그나마도 기재되어 있지 않고, 큰 규모의 마 을만 간격을 두고 점점이 박혀 있다. 그런 상황에서 온라인 길 찾기 처럼 최적의 행로를 찾아내는 건 불가하다.

바란으로 갈 거라는 걸 들키지 않기 위해 은근슬쩍 인근 국가들의 정세를 물어보았는데 다들 별로 아는 게 없는 모양이었다. 그래, 이 시골 마을에서 뭔가를 기대한 내가 잘못이지.

그래서 내가 짠 여행길은 아주 간단했다. 그냥 가끔 큰 도시나 마 을에 들러서 물자를 수급하는 식으로, 대로를 따라가는 걸로. 산적 이나 여행길에 있을 법한 위협은 우리에게 해당하지 않았다.

난 손으로 지도 위에 다소 단순한 형태의 선을 그었다.

"이런 식으로 가면 될 거 같아요. 다른 의견이라도 있으신가요?"

트집을 잡으면, 진작 말씀하시지 이제 와서 다른 말을 꺼내시면 어찌하느냐고 면박이라도 줄 참이었다.

마스터는 늘 그러하듯 내 불만 어린 기대에 응하지 않았다.

"그대로 하지."

"그런데 문제가 있어요. 국경을 통과하려면 신분증이라는 게 필요 하다는 데, 어쩌죠?"

"방도가 생기겠지."

"어떤 방도요?"

"보석이 있으니 관리를 매수하거나 혹은, 국경 전역을 감시하진 않을 터. 은밀히 행동한다면 눈에 띄지 않고 넘어갈 수 있겠지."

"그건, 그렇죠. 그런데 이 바란이란 곳은……."

난 잠시 말을 삼켰다. 마스터가 바란으로 가자길래 뭐하는 나라인가 알아보았더니 샤자한에 인접한 도시국가였다. 용병 출신들이 상인들과 뜻을 모아 세운 나라.

규모는 작으나 훈련된 정예 군사를 갖추어 다른 나라가 침범하기에 녹록하지 않고, 상업이 발달하여 대단히 부유하다. 중립을 표방하여 타국에서 저지른 죄를 묻지 않는다고 하니, 많은 도망자들이 숨어든다고 했다.

여기서 이 도망자들이란 대개 정치적인 사유로 망명을 택한다거나 부당하게 형을 받은 자들을 말함이다. 죄를 저지르거나, 그러려는 시도를 보일 경우 엄벌한다니 이들이 바란에서 문제가 되는 경우가 적었다.

입국세도 물거니와 타국인이 일정 기간 이상 거류하려면 엄청난 비용을 지불해야 한다고 했으니, 바란은 재력 있는 도망자들 아니면 택하지 못할 도피처였다.

우리도 비슷한 이유—반란—로 도망을 친 신세이긴 한데, 난 샤자한에 가까워지는 게 영 석연찮았다. 그럴 가능성은 낮지만, 우릴 알아보는 사람이 있으면 곤란하잖아? 게다가 바란이라는 도시국가 내에 마스터가 떼어 둔 힘의 일부가 있다는 것도 미심쩍고.

뭔가를 숨겨 두기엔 너무 협소한 곳이다. 물론 도시국가이니 그 규모는 작지 않겠지만, 거대한 마력을 품은 집약체를 감추기엔 말이다. 힘을 숨겨 둔 곳에 분명히 이상 현상이 나타났을 텐데⋯⋯. 어쨌거나 바란 관련해서 마법적인 현상 어쩌고 하는 소리를 들은 적은 없었다. 힘이 발산되지 않게 너무 꼭꼭 숨겨놔서 그런 걸지도 모르지. 난 어깨를 으쓱했다.

"일단 자세한 건 출발하고 나서 이야기해요."

마스터는 친절하게 설명한다는 말과 매우 거리가 먼 인물이었으니, 가면서 캐물어 볼 참이었다.

그로부터 두 시간이 흐른 뒤, 우리는 드디어 출발할 수 있었다.

도착한 수레는 내가 처음 보았던 때보다 그럴싸한 모습을 하고 있었다. 때를 벗기고 윤을 낸 외형은 허름한 태를 벗어냈고, 개조해서 붙인 천장은 비를 막아 줄 만큼 튼튼했으며, 안에는 푹신한 모포가 깔렸다. 몸이 약한 동생이 타고 갈 거라고 해서 신경 써 준 듯하다.

난 걸어가며 길을 앞장설 셈이었지만, 너무 속도를 내지 않는다면 여자 한 명쯤 더 타도 무리가 없을 거라고 했기에 정 피로하면 그러기로 했다. 내가 끌고 가긴 할 텐데 마스터도 마차를 모는 정도는 할 수 있지 않을까?

말은 마스터를 목격하자마자 얼어붙은 듯이 파르르 떨며 유의미한 반응을 보였다. 난 짐승조차 알아보는 마스터의 본질이 무엇일까 고민에 잠겨야만 했다. 원래 유순한 말이긴 해도 어쨌든 마스터가 몬다면, 더더욱 말을 잘 들을 것 같다.

촌장을 비롯한 마을 원로들과 짧게 점심을 먹은 후—마법사와 함께 식사할 일이 흔치 않아서 무용담 정도로 삼을 느낌이었다—, 들고 온 짐이며 배달 온 짐을 모조리 정리해서 싣고, 빠트린 게 없는지 점검했다.

마스터는 처음부터 왕으로 태어난 양 손가락 까닥하지 않았고, 난 자폐증 걸렸다는 동생을 사람들 보는 앞에서 막 부려 먹을 순 없었기에 일단 내버려 두었다.

하지만 이대로 넘어갈 생각은 없었다. 난 하녀가 아니란 말이지. 제자는 제자이긴 한데 고리짝 도제 관계처럼 온갖 잡일을 나 혼자서 다 챙기는 건 심히 문제가 있다.

육체적인 힘이 크게 필요하지 않은 선상에서 마스터도 제 역할은 해야 했다.

예를 들어, 여행 계획을 짜는 거라든가. 요리를 돕는다든가. 후자의 경우는…… 달걀을 까는 마스터 같은 건, 좀 귀여울 것 같다.

난 망상을 뿌리치기 위해 머리를 휘저었다. 뭘 시킬지는 생각을 좀 해 봐야겠다.

난 마스터를 마차에 태우곤, 말을 이끌었다. 마을 사람들이 가는 곳마다 손을 흔들며 우리를 환송했다. 그 와중엔 섭섭한 듯 이해할 수 없는 눈물을 보이는 이도 있었다. 오래 머물지도 않았고, 별로 대화를 나누지도 않았는데…….

이상하게 가슴이 찡하다. 하도 삭막하고 잔혹 무도한 인간들에 둘러싸여 살다 보니, 사람다운 온기가 느껴질 때면 시린 몸이 찌릿하게 녹아드는 듯하다. 허허벌판 외딴곳에 떨어진 추위를 조금이나마 채워 주었다.

좋은 사람들이었다. 운이 좋은 건지—다시 생각해 보니 이 세계에 온 시점에서 운이 좋은 건 아닌 것 같지만—, 이쪽 세계에 떨어진 후로 처음에 만난 그 여관 주인도 그랬고, 좋은 사람을 많이 만났다.

낯선 이에게 기꺼이 호의를 베풀 줄 아는 사람들. 마스터나 마탑의 사람들을 보며 끝 간 데 모를 절망감을 느끼더라도, 탑 밖의 온기가 나를 지탱하게 했다.

내가 물렁하고, 얕보이는 인상이라서 그런가. 곰곰이 생각해 보니, 그것도 어쨌든 한몫하는 것 같다.

여관 주인이 두툼한 고기가 들어간 샌드위치와 과일을 잔뜩 싸 주었기에 내일까지 먹을 만한 식량은 있었다. 물론 마스터가 먹을 것들. 마스터에게 섭식은 영양 섭취를 위한 거라, 목적만 충족할 수 있다면 맛은 아무래도 상관없는 듯했다.

즉 마스터는 저녁때 먹은 거 아침에 또 못 먹는다고 하거나 음식을 가린다거나 하는 윗전 특유의 까탈스러움이 존재하지 않는 타입이었다. 그렇다고 많이 먹는 편도 아니니, 다 못 먹을 거 같으면 과일은 말 주지 뭐.

실은 내 쪽이 더 음식을 가렸다. 오랫동안 꿈도 꿔 보지 못한 새콤한 김치나 따끈따끈한 쌀밥이 그리웠다. 그 때문에, 그를 제한 다른 음식은 뭐든 별로 당기지 않았다. 아무래도 난 오래 타향살이할 체질은 못 되는 모양이다.

어쨌든 입맛에 안 맞는 음식을 먹느라 고역스러워하지 않아도 되는 건 다행이다. 내 안에 쌓인 마력은 생명력을 유지하는 데 소요되고 있었고, 따라서 난 굳이 음식을 먹을 필요를 느끼지 못했다. 마법사가 된 이후, 인간의 본능마저 잊어 가는 듯했다.

슬쩍 돌아보니, 마스터는 수레 위에서 담요를 덮고 가만히 눈을 감고 있었다. 바퀴가 튼튼하여 흔들림이 적지만, 그래도 이렇게 시끄러운데. 사람들이 내지르는 소리도 막을 친 양 그에게 닿지 않는 듯했다. 이미 그만의 공간이 형성된 모습, 익숙한 것이다. 아마 결코 깨어지지 않겠지.

상념을 뒤로하고 난 수레를 이끌며 마을을 빠져나왔다. 이왕 평상복을 산 김에 인기척이 느껴지면 벗겠지만, 날이 쌀쌀하기에 로브를 계속 입고 다니기로 했다. 고급스러운 붉은 로브를 입고 수레를 끄는 마법사라니! 그게 얼마나 부자연스러운 광경일지는 굳이 말하지 않아도 되리라.

이곳은 서늘한 가을이었다. 한 달 좀 덜 걸릴 여행을 하다 보면 겨울에 가까워질 테지만, 바란 공화국은 델피아보단 따뜻하다고 했다. 피한을 가는 제비가 된 기분이랄까. 뭐, 나쁘진 않지.

어쩐지 웃음이 나왔다. 비록 이런 상황이라도…… 마탑에만 콕 박혀 있다가 임무에 연연하지 않고 이렇게 세상구경을 나오니 새로운 기분이 들었다.

자유롭게, 다른 세상을 여행하는 것처럼. 그럴 마음은 없었지만, 내가 행로를 틀어서 온갖 곳을 뱅뱅 돈다고 해도 마스터가 어쩔 도리는 없겠지.

……그렇지, 관광지라도 물어보고 오는 편이 좋았을 텐데.

왠지 모를 아쉬움을 느끼는 그때, 저 앞 언저리에서 익숙한 인기척이 느껴졌다. 오늘 종일 보이지 않았던 그였다. 마지막 인사를 하려고 했었는데.

난 고개를 갸웃하며 걸음을 내디뎠다. 곧 머쓱한 얼굴의 사내, 숲지기가 보였다.

"숲으로 돌아간 줄 알았어요."

"이 일만 끝나면 그럴 생각이오. 그 전에, 며칠만 길을 안내해 드리려고 하오."

침묵을 지켜 준 것에 대한, 그 나름의 감사 표시리라. 목적지가 어딘지 밝힐 수 없단 데 생각이 미쳐 난 거절하려고 했다.

"괜찮아요. 굳이 그러지 않으셔도 돼요."

"다음 마을까지 가는 지름길을 알고 있소. 어차피 그리로 가실 게 아니오? 나를 따라오면 편하실 거요. 이대로는 좀 돌아가는 길이고, 좀 가파르긴 한데 수레가 통과할 만한 빠른 길이 있으니."

그건 꽤 솔깃한 제안이었다. 고민은 길지 않았고 난 곧 고개를 끄덕였다.

"좋아요. 그렇다면 신세 좀 지겠어요. 근데 보다시피 수레에 자리는 없어요."

"아가씨도 걸어가는 데 내가 수레에 타는 건 우스운 일이지. 갑시다."

숲지기가 피식 웃으며 앞장섰다. 내가 괴물과 싸우는 걸 보았을 텐데, 그래도 아가씨 취급을 하다니.

그게 참 묘했지만, 기분이 좋기도 했다. 그건 날 하녀로 부리는 데 아무 거리낌 없는 어떤 분과 심히 비교가 되어서인지도 모르겠다.

사실 숲지기와 동행하는 데는, 한 가지 계산이 또 있었다. 절대 까먹지 못할 그 녀석의 존재. 그 녀석은 숲지기와 동행한 후로 이십 분쯤 지난 시점에, 수풀에서 난데없이 튀어나왔다.

"왜 이렇게 늦게 나와!"

마음의 준비는 하고 있었지만, 하도 소리를 버럭 내지르기에 놀랐다. 게다가 내가 예상한 모습이 아니었다. 독특한 외모를 하고 있다 곤 하나, 인간 소년.

숲지기에게 들은 바 있었기에, 난 인간의 것이라 할 수 없는 노란

색 동공을 보고 바로 놈의 정체를 눈치챌 수 있었다.

"그래서 할 말은?"

난 인사 한마디 없이 다짜고짜 물었다. 피차 예의를 따질 만한 사이가 아니었다.

숲지기는 녀석과 날 우려 섞인 얼굴로 번갈아 보았다. 녀석은 숲지기의 존재에 움찔한 듯했지만, 기세를 죽이지는 않았다. 이내 녀석은 제가 생각한 것을 입 밖으로 냈다. 나로서는 결코, 달갑지 않은 소리를.

"나도 갈래."

뭐라고? 내가 눈을 가늘게 뜨자, 녀석은 황급히 덧붙였다.

"새, 생각을 좀 해 봤어. 내가 어떤 식으로 도움이 될 수 있는지를. 근데 지금 왕께선 상태가 좀……. 예전 같지 않으시잖아. 호위가 있으면 좋을 거라고. 보다시피 난 인간의 모습을 취할 수 있으니까 왕을 섬기는 데 도움이 될 거야."

인간의 모습을 할 수 있으니 동행하는 데 지장이 없단 걸 보여 주려고 이런 모습으로 왔나 보다. 난 단칼에 잘랐다.

"내가 있는데 네가 동행할 필요는 없어."

"하지만 넌 왕을 두고 자리를 비웠잖아!"

그건 사실이었다. 하지만 난 눈앞의 이 녀석 본모습이 어떤 건지 알았다.

그 때문에 외모 차별이라고 볼 수도 있지만 녀석과 함께 여행한다는 게 굉장히 찜찜했다.

"네 눈동자는 너무 눈에 띄는데?"

"이종족이라고 하면 돼. 내가 인간 세상에 나가 본 게 이번이 처음일 것 같아? 어리숙한 인간 여자보다는 내 쪽이 더 도움이 된다고."

으스대며 한다는 소리가 숫제 아니꼽기 그지없지만, 달리 반박할 말도 없다. 난 놈을 노려보면서 그대로 마스터에게 물었다.

"마스터는 어떻게 생각하세요?"

도움을 받을지 말지는 당사자의 의견을 구해야 하는 법이지.

"묻겠는데."

마스터는 요람처럼 몸을 묻고 있던 수레에 그대로 자리한 채 눈만 떴다. 흡사 왕가의 마차에 올라앉아 내려다보는 양 그 태에 알 수 없는 기세가 있었다.

그는 대수롭지 않은 투로 물었다.

"앞으로 내 명을 충실히 수행할 생각이 있나."

"네, 물론이지요! 왕의 뜻이라면 그 무엇이든—"

들떠서 활짝 웃는 얼굴로 쏟아 내는 녀석을 마스터는 무감동한 얼굴로 마주 보았다. 이내 선고처럼 그 말이 떨어졌다.

"그렇다면 저자를 죽여라."

그 소리에, 나와 녀석은 동시에 얼어붙었다. 마스터의 턱짓이 가리키는 위치에는 어쩐지 잊고 있었던 사내, 숲지기가 서 있었다.

"들어선 안 될 말을 들었다."

그 명령에 나와 녀석은 약속한 듯이 서로를 쳐다보았다. 왠지 모르게 의식하지 않고 서로 민감한 이야기를 해 버린 터라 아차했다. 그렇다고 다짜고짜 죽이라니? 참, 마스터는 숲지기와 녀석의 관계를 모르지 않던가.

"마스터, 그건 좀. 그러니까 저 둘은."

말하면서 경각심이 든 난 곁눈질로 녀석 쪽을 살피며 몸을 굳혔다. 이 녀석은 괴물이고, 왕인 마스터의 뜻을 따라야 한다고 굳게 생각할지 모른다.

그렇다면 친분이 있었건 어쨌건 숲지기를 해치려고 하겠지. 물론 그런 짓을 벌이려고 했다간 내가 막아설 테고, 결코 동행을 허락지 않겠지만…… 다행히 얼빠진 낯짝을 보건대 그 정도로 말종은 아닌 듯했다.

"저, 저어……. 저 필립은 저와 오래 알고 지낸 사이라서, 해치고 싶지 않아요."

"나를 섬기고 싶다고 말했으면서, 네 입놀림의 뒤처리도 하지 않을 셈이냐."

마스터는 무섭도록 사정 봐주지 않았다. 느긋하게 되묻는 물음에서 예기가 배어 나온다.

살인멸구라니 잔인도 하지. 생각 없이 떠벌리는 데 동조하다 보니 말이 막히는 것도 사실이었다. 난 슬쩍 눈치를 살폈다.

숲지기가 질린 기색으로 끼어들었다.

"나, 나라면 아무 말도 하지 않을 자신이 있소만."

"그를 어찌 믿지? 나에 대한 건 인간이 알아서는 안 될 바였다."

암흑을 뿌리듯 새카맣게 물든 눈이 녀석을 향해 꽂혔다.

"죽여서, 증명하라. 그리하면 동행을 허락하겠다."

단순히 녀석과 동행하고 싶지 않아서 그렇다기엔 너무도 수위 높은 요구였다.

마스터를 '왕'이라 하였으니, 그의 명령에 대해서 본능적인 압박감을 느끼는지 녀석이 하얗게 질린 얼굴로 몸을 떨었다. 본능과 감정의 저항 사이에서 심히 갈등하고 있는 느낌. 그럴 마음이 없었지만, 보기 안쓰러워서 절로 나서게 되었다.

"저, 꼭 죽이지 않아도 될 거 같은데요?"

"저자를 죽여서 입을 막는 게, 가장 간편하고 확실한 방법이다."

나는 재빨리 반박할 거리를 찾아냈다.

"하지만 숲지기가 마을로 돌아가지 않는다면, 마을 사람들이 그를 찾을 거예요. 우리를 의심하는 사람이 있을 수도 있겠지요. 그러면 우리가 그들 기억 속에 더 깊게 남을 거라고요."

"그렇다면 마을을 몰살시키는 것도 괜찮겠군. 후환을 남기지 않게."

떡하니 꺼낸다는 말이 너무도 스케일이 커서, 익숙할 대로 익숙해졌다고 생각한 나도 혀가 굴러가지 않았다. 사람이 어쩜 저럴까. 진심이라는 게 더 소름 끼친다.

아, 사람이 아니지. 나날이 갱신하며 실감하는 마스터의 비인간성에 대한 고찰을 미루어두고, 난 반감이 그득 묻어나오는 음성으로 입을 열었다.

"제가 그건 안 된다고 말했지요? 만약 그런 명령을 내리신다면, 제가 저 녀석을 당장 처리할 거예요. 마법을 써서라도."

다분히 협박조였다. 그리고 정말로 난 그럴 마음을 품고 있었다. 그간의 친분 때문에라도 안 된다고 당장 거절해 버려야 했을 녀석이 망설이고 있는 게 몹시 아니꼬웠던 것이다.

마스터의 시선이 내게로 옮겨졌다. 분노하고 있는 걸까. 섬뜩한 압박감이 내게로 쏟아져 내렸다.

여기가 마탑이었고 그의 힘이 온전했다면 나는 감히 그 시선을 마주하지 못했으리라. 하지만 여기는 마탑이 아니고, 마스터는 그 사실을 주지해야 할 필요가 있었다.

그런데 옆에서 녀석이 버럭 소리를 내질렀다.

"저, 저도 마법을 쓸 줄 알아요!"

그러더니 덮치듯이 숲지기를 향해 달려들었다. 그야말로 눈 깜짝할 새였다.

"너!"

말리기는 늦었다. 녀석이 숲지기를 정말로 죽이기라도 하면 베어 버릴 참으로 난 황망히 로브에 손을 집어넣었다. 검, 내 검이 어디 있더라?

녀석은 숲지기를 자빠뜨린 뒤 손바닥을 그의 이마에 붙이고 있었다. 섬광이 일듯, 번쩍하는 빛이 지나가고 녀석은 몸을 일으켰다. 그리고 마스터 쪽을 향해서 면목이 없는 듯 고개를 조아리며 중얼댔다.

"기, 기억을 지웠어요. 절대 기억 못 할 거예요. 저도 이, 이정도 마법은 쓸 줄 안다고요."

내가 마법을 쓰면 안 된다고 했지, 녀석에게는 제한이 없었다. 난 바로 마스터를 돌아봤다.

"수습은 했으니, 이걸로 용서해 주시면……."

어쨌든 마스터의 명을 따르지 않은 건 사실이라 어물거리는 녀석을 두고 마스터가 시선을 거두었다.

"아힌."

"네."

"뜻대로 하라."

그건 마치, 내게 한 걸음 양보하는 듯이 들리는 소리였다. 어쨌든 마스터도 내게 이 여행에 대한 사안을 결정할 권리가 있단 걸 인정한다는 뜻이리라. 하나의 성취를 이룬 듯 가슴이 뿌듯해진다.

녀석은 죄책감 서린 얼굴로 막 숲지기를 옆쪽에 뉘이고 있었다. 처음의 반감과 달리, 녀석이 최소한의 기대를 충족시켜 준 덕에, 난 녀석과 동행하는 데 긍정적이 되었다.

마법을 쓸 수도 있고, 유사시에 마스터를 보호할 수도 있다. 마탑의 시온과 비견되진 못하더라도 상당히 쓸 만한 일꾼……

그리고 녀석은 굉장히 입이 쌌다. 그건 단점이지만 장점이기도 했다. 순종적인 체하면서 눈치 없이 나불거리는 게, 내가 마스터였다면 뒷목을 잡았겠지. 물론, 마스터가 정상이었다면 녀석을 살려 둘 것 같지도 않지만.

어쨌거나 녀석은, 내게 마스터에 대해서 말해 줄 수 있었다. 좀 경계를 풀고 살살 꼬드기면 마스터가 없는 자리에서 이거저거 토설할지 몰랐다. 그건 무엇보다도 매력적인 장점이었다.

그리하여 난 결정을 내렸다.

"동행하는 게 좋겠어요. 그의 말대로, 제가 부득이하게 자리를 비울 때 그가 마스터를 지킬 수 있는 거니까요."

불현듯 녀석이 아주 교활한 괴물이라, 마스터가 자리를 비운 새에 그를 해치려고 할 수도 있단 생각이 들었다. 이 모든 게 잘 짜인 계획이라면?

마스터가 시온에게 뒤통수를 맞는 꼴을 보아서 그런지 의심병이 도진 난 뭐든 쉽게 신뢰가 가지 않았다. 하지만 그럼에도 불구하고,

의심할 수 없는 사실도 있었다.

놈이 그렇게 의뭉스럽고 잔악한 성품이라면 숲지기와 우정을 쌓을 수도 없었을 것이다. 그조차 꾸며낸 일이라고 해도, 일이 여기까지 되어오는 동안 그 어디선가 한 번쯤은 본색을 드러냈을 만하다.

그러니까 녀석이 마스터에게 도움이 되고 싶어 한다는 그건, 믿어도 되지 않을까. 유사시엔 내가 마스터의 곁을 지키고 녀석을 보내면 되니까.

내가 별달리 조건을 달거나 까다롭게 굴지 않고 승낙을 표했음에도 녀석은 못마땅한 눈치였다.

왜 못마땅한 눈치냐면 네가 뭔데 그런 걸 정하냐는 거다. 즉 녀석을 일행에 넣을지 말지가 내 권한이 됨으로써 향후 필연적으로 내 아래에 놓이는 제 위치에 대해서 불만을 품은 것이다. 하지만 입술을 불만스레 내밀면서도 녀석은 꾹꾹 눌러 참았다.

난 피식 웃으며 물었다.

"숲지기는 저대로 내버려 둬도 되겠어? 맹수가 잡아먹을 수도 있잖아."

"내 냄새를 묻혀놓았으니 건들지 않을 거야."

"그래. 너, 이름이 뭐야?"

난 녀석의 이름을 알고 있었다. 하지만 직접 입으로 듣고 싶었다. 그래도 한동안, 어쩌면 꽤 길게 함께 여행하게 될 텐데 자기소개는 해 두는 게 낫지 않겠어? 녀석이 불퉁하게 내뱉었다.

"이라칼."

"그래, 이라칼. 난 아힌이야. 이젠 이름으로 불러."

악수하자고 손을 내밀자 녀석이 마지못한 얼굴로 맞잡았다. 델 듯이 뜨거운 손이었다. 체온이 무척 높은 듯하다. 난 턱짓하며 길을 가리켰다.

"출발하자."

숲지기가 대충 어떻게 가면 될지 말해 둔 바가 있어서, 그리로 가면 될 성싶었다.

이라칼이 본능적인 공포를 자극하는지 좀처럼 걸음을 떼지 않으려고 하던 말도 이라칼이 목덜미를 툭 치자 복종하듯 걸음을 옮기기 시작했다.

이라칼은 마스터를 향해 고개를 꾸벅 숙이곤 앞장섰다. 그의 뒷모습을 바라보며 난 이라칼이 어린애 같은 인상과는 다르게 나보다 고작 십여 센티 작을 뿐이라는 걸 눈치챘다.

난 천천히 이라칼을 살피며 그의 앞모습을 떠올려 보았다. 평범한 의상. 작지만 단단한 몸집에 이상적인 비율로 팔다리가 길게 뻗어 있다.

인간으로 변신한 괴물은 대개 미형이라고 책에서 본 적 있다. 적의 방심을 유도하고 먹잇감을 미혹해서 해치우기 위함이라고.

그 말 그대로의 생김이었다. 두드러지게 아름답진 않아도 모난데 없이 반듯하고 앳되어 귀여운 구석이 있는 이목구비다. 잔털 없는 복숭아색의 미끈한 피부는 노예상에서 보았던 가꾸어진 노예들의 것처럼 깨끗했다. 샛노란 눈동자엔 야성이 배어 있어 일견 위협적이었지만, 반대로 야생의 새처럼 천진하게 비치기도 했다.

외형을 떠나서 내가 잊지 않아야 할 건, 녀석이 아무리 유순한 척하더라도, 마스터에게 복종하는 모습을 보이더라도 본성은 맹수라는 것이다. 착한 맹수라도 타고난 손톱과 이빨은 어쩔 수 없는 법이니.

여행길이니 별일이 다 있을 텐데 제 본체에 비하면 생쥐 같은 인간들을 상대로 그가 얼마나 인내할진 알 수 없는 노릇이었다.

이 일행에서 내가 그보다 우위를 점하고 있단 건 알고 있겠지만, 내 통제에 녀석이 꼭 따라 준다는 보장은 없다. 한 번 싸워서 꺾는 게 나을까.

……게다가 입도 무척 쌌지.

갑자기 걱정이 밀려들었다. 더불어 단단히 입단속을 해 두어야겠다는 의무심이 솟구쳤다.

"이라칼."

"왜."

"너 사고 치지 마."

"뭐라는 거야?"

"사람들과 함부로 싸우지 말라고."

"누가 싸운대?"

"그리고 마스터를 왕이라고 부르지도 마."

"나도 알아, 그럼 뭐라고 불러?"

"펠."

녀석은 마스터의 이름에 대해서 전혀 몰랐는지 눈을 휘둥그레 떴다.

"펠은 내 동생이고, 넌 우리가 고용한 이종족 전사인 거야. 알았지?"

외형은 어리다 하나 실력으로 입증하면 될 터였다. 내가 세운 설정을 듣고 이라칼은 고개를 끄덕였다.

"알았어."

이런저런 주의사항을 일러주며 우리는 다음 마을을 향해 빠르게 이동해 갔다.

한차례 폭풍이 지나가고 이제 세상으로 나아가는 만큼 미묘한 긴장감에 휩싸인 채로, 난 하나의 바람을 품었다.

이라칼과 어떻게 끝을 맺게 되던, 그 끝이 순조롭기를.

그것이 새로운 일행과 함께하게 된 내가 품게 된 소망이었다.

검은 달무리, 금빛 숲 2

펴낸날 2016년 6월 30일 초판 1쇄

지은이 해연
펴낸이 차보현
펴낸곳 연필

출판등록 제2015-000007호
경기도 동두천시 동두천로 63, 402-1004
전화 070-7566-7406 팩스 0303-3444-7406
www.bookhb.com

Copyright (C) 해연, 2016, *Printed in Korea.*
ISBN 979-11-87283-13-3 04810 (2권)
ISBN 979-11-87283-11-9 04810 (전 3권)

'연필'은 출판사 '에이치비(HB)'의 브랜드입니다.